Stephanie Laurens
Der irische Gentleman

AF202041

Stephanie Laurens

DER
IRISCHE
GENTLEMAN

Roman

Deutsch von Christiane Meyer

blanvalet

Die Originalausgabe erschien 2019 unter dem Titel
»A Conquest Impossible to Resist« bei Savdek Management.

Penguin Random House Verlagsgruppe FSC® N001967

1. Auflage 2023
Copyright der Originalausgabe © 2019
by Savdek Management Proprietary Limited
Published by Arrangement with Savdek Management Pty Ltd
Dieses Werk wurde vermittelt durch die
Literarische Agentur Thomas Schlück GmbH, 30161 Hannover.
Copyright der deutschsprachigen Ausgabe © 2023 by Blanvalet
in der Penguin Random House Verlagsgruppe GmbH,
Neumarkter Str. 28, 81673 München
Redaktion: Ulrike Nikel
Umschlaggestaltung und -motiv: © Johannes Wiebel | punchdesign,
unter Verwendung von Motiven von stock.adobe.com
(VJ Dunraven Productions, SASITHORN, Reimar Gaertner,
Philippe Prudhomme)
LA · Herstellung: sam
Satz: KCFG–Medienagentur, Neuss
Druck und Bindung: GGP Media GmbH, Pößneck
Printed in Germany
ISBN 978-3-7341-0915-7

www.blanvalet.de

Kapitel 1

24. März 1851
Newmarket, England

»Es sieht so aus, als wäre ich über eine echte Chance gestolpert. Endlich!« Prudence Cynster schritt mit raschelnden Röcken in das Frühstückszimmer ihrer Familie. Den Blick auf den Brief gerichtet, den sie in der Hand hielt, ging sie auf den Tisch zu und warf einen kurzen Blick auf die Unterschrift und den Titel, die auf der zweiten Seite standen. »Uns hat sich eine mögliche Chance eröffnet.«

Sie blieb stehen, erwiderte den Blick ihres Vaters und reichte ihm den Brief. »Was denkst du, Papa?«

Ihr Vater, Lord Demon Cynster, legte Messer und Gabel beiseite und nahm das Schreiben entgegen.

Pru nickte ihrer Mutter zu, die am anderen Ende des Tisches saß, und wünschte ihr sowie ihrer Tante Patience, die derzeit zu Besuch war, höflich einen guten Morgen. Dann umrundete sie den Tisch, um sich auf ihren Platz neben ihrem Vater und ihrem Bruder Nicholas zu setzen.

Der junge Mann wies mit einem Kopfnicken auf den Brief. »Wann ist das Schreiben gekommen?«

»Gerade eben.« Pru schüttelte ihre Serviette aus und griff nach der Teekanne. »Gilbert war dabei, die Post zu sortieren, als ich nach unten kam.«

»Von wem ist es?«, wollte Toby wissen, ihr jüngerer Bruder, der ihr wie immer gegenübersaß.

»Der Earl of Glengarah, der in Irland auf seiner Burg im County Sligo lebt, hat es geschickt.« Pru nahm einen großen Schluck von ihrem Tee und warf ihrem Vater einen prüfenden Blick zu. Zwischen seinen rötlich blonden Augenbrauen hatte sich eine Falte gebildet. War das ein gutes Zeichen oder ein schlechtes?

Während ihr Vater, der inzwischen über sechzig Jahre alt war, noch immer die Stallungen des Cynster-Gestüts verwaltete, leitete Pru, neunundzwanzig Jahre alt und das älteste Kind, das Zuchtprogramm. Nicholas, ein knappes Jahr jünger als Pru, erledigte die alltäglichen Angelegenheiten des Rennstalls. Toby war mit seinen fünfundzwanzig Jahren für beide ein fähiger Stellvertreter, wobei seine Vorlieben stark in Prus Richtung gingen.

»Glengarah schreibt«, murmelte der Lord, »dass sein verstorbener Vater zu seinem eigenen Vergnügen eine ganze Reihe von Pferden gesammelt hat, die sich alle durch ihre Stammbäume und ihren Charakter auszeichnen. Er möchte wissen, ob wir Interesse haben, uns die Sammlung einmal anzusehen. Vielleicht hinsichtlich einer möglichen Vereinbarung, die zum beiderseitigen Vorteil sein könnte.« Lord Cynster faltete den Brief zusammen und legte ihn neben Pru auf den Tisch. »Er hat eine kurze Beschreibung von drei Tieren mitgeschickt, die als kleiner

Einblick dienen soll, was wir von seiner Sammlung erwarten dürfen. Allerdings hat er nichts zu der Größe des Tierbestands geschrieben – nur dass es sich um eine ganze Reihe von verschiedenen Pferden handelt. Und zu den Stammbäumen gibt es leider keine näheren Erläuterungen.«

»Das stimmt«, gab Pru zu. »Aber angesichts der Tatsache, dass ich die letzten zwanzig Monate ziemlich erfolglos damit zugebracht habe, quer über die Britischen Inseln zu reisen, um Pferde zu finden, mit denen wir die ursprünglichen Blutlinien wieder in unseren Bestand einführen und die gewünschten Merkmale stärken können, sehe ich es ganz praktisch. Die Chance, dass Glengarah wenigstens ein Tier in seinem Bestand hat, das für uns nützlich sein könnte, ist zu groß, um sie einfach verstreichen zu lassen.«

»Die Suche war nicht ganz erfolglos«, korrigierte Toby sie. »Letztes Jahr hast du in Schottland immerhin diesen Berberhengst gefunden.«

»Im vergangenen Juni«, gab Pru zu. »Bloß war es das einzige Tier, und wir benötigen viel mehr Pferde, wenn wir die Qualität unseres Bestands verbessern möchten.«

Sie war bis Perthshire gereist, weil sie Gerüchte über einen wunderschönen Braunen gehört hatte, der einem exzentrischen schottischen Lord gehörte. Tatsächlich hatte sie das Pferd ausfindig gemacht und den Lord dazu. Sie hatte hart verhandelt und sich immerhin eine Einzellizenz gesichert, um mit dem Hengst zu züchten. Alles Prognosen, sichtbare Erfolge gab es bislang noch keine.

Nicholas tippte Pru am Ellbogen an und deutete auffordernd auf den Brief. Während Nicholas las, musterte Pru ihren Vater, der abwesend mit den Fingern auf das Tischtuch trommelte. Dann blickte sie zu ihrer Mutter hinüber, auf deren anmutigem Gesicht ein Ausdruck leichten Missfallens zu erkennen war.

»Weißt du irgendetwas über die Pferde von Glengarah?«, erkundigte Pru sich.

Ihre Mutter seufzte. »Ich habe nur gehört, dass der verstorbene Earl ein Einsiedler war und besessen davon, besondere Pferde zu sammeln. Ich weiß jedoch nicht, um welche Sorten es dabei ging.«

»Ich habe das Gleiche gehört.« Ihr Vater blickte ihre Mutter mit seinen blauen Augen an. »Außerdem, dass Glengarah nicht daran gelegen war, mit seinen Pferden in der Öffentlichkeit anzugeben. Und ich kann mich nicht daran erinnern, dass es einem Menschen gelungen wäre, jemals einen Blick in seinen Stall zu werfen.«

»Willst du damit sagen, dass keine Menschenseele wirklich weiß, was sich in den Stallungen von Glengarah befindet?«, warf Toby mit ungläubiger Miene ein.

Dass Menschen, die Pferdezucht betrieben, stolz auf ihre Tiere zu sein pflegten, war bekannt. Ebenso, dass sie sehr neugierig waren. Sie sah in den Augen ihres Bruders Nicholas, dass sein Interesse geweckt war.

Aber Nicholas faltete den Brief wieder zusammen und äußerte eine kritische Überlegung. »Ich dachte, du hättest die irischen Einträge im Ahnennachweis englischer Vollblüter nachgeschlagen.«

»Das habe ich«, erwiderte Pru, »und natürlich habe ich besonders auf die neuesten Einträge geschaut. Wenn der verstorbene Earl völlig zurückgezogen lebt, einschließlich seiner Pferdezucht, stehen die Chancen, dass er seine Pferde gar nicht hat registrieren lassen, eigentlich sehr hoch, oder? Das könnte der Grund sein, warum die Tiere in den aktuellen Listen nicht auftauchen.«

Toby überflog den Brief ebenfalls. »Es klingt, als hätte der ehemalige Earl of Glengarah so eine Art Büchse der Pandora erschaffen – man weiß erst, was sich darin befindet, wenn man sie geöffnet hat.« Er erwiderte Prus Blick, grinste und wedelte mit dem Schreiben herum. »Das Erstaunliche ist, dass du eine Einladung erhalten hast, auf dem Gut vorbeizukommen und den Deckel der Büchse abzunehmen.«

»Ganz genau!« Prus Begeisterung sprudelte über. »Ich muss hinfahren und mir den Bestand ansehen und mir ein Bild machen.« Sie streckte die Hand aus, damit Toby ihr das Schreiben zurückgab.

Am Ende des Tisches erklang ein tiefes Seufzen. »Ich hatte eigentlich gehofft«, sagte ihre Mutter, »dass du noch einmal für eine Saison in die Stadt kommen würdest.«

Von ihrem Platz aus konnte Pru ihre Schwester Margaret, genannt Meg, nicht sehen, weil sie teilweise von Nicholas verdeckt wurde. Meg war das einzige Mitglied der Familie, das nicht pferdeverrückt war. Obwohl sie gut reiten konnte, betrachtete sie Pferde in Verbindung mit Kutschen eher als Transportmittel oder vielleicht als modisches Accessoire, mehr nicht. Dem Rest der Familie begegnete die Vierundzwanzigjährige wegen deren Begeisterung für Pferde mit gutmütiger Toleranz, ließ jedoch durchblicken, dass dies außerhalb ihrer Interessen lag. Im Moment umfassten diese vor allem die gesellschaftlichen Ereignisse, an denen sie aufgrund ihres Standes und den Erwartungen ihrer Eltern teilnahm.

Pru lächelte ihre Mutter an. Trotz ihres nicht mehr ganz jugendlichen Alters hatte Lady Cynster nie die Hoffnung aufgegeben, dass sich noch ein passender Mann für ihre älteste Tochter finden würde.

»Du hast schließlich Meg, mit der du dich zeigen kannst, Mama, die das Ganze genießt«, pflegte Pru ihr vorzuhalten. »Und du musst zugeben, dass es ihre Chancen unheimlich einschränkt, wenn bei jedem Ball und bei jeder Einladung die ältere Schwester anwesend ist.«

Ihre Mutter schüttelte regelmäßig den Kopf, wenn dieses Thema angesprochen wurde. »Du kannst nicht ewig die Flucht ergreifen und dich vor der Gesellschaft verstecken«, ermahnte sie die Tochter, die genau das gerne versuchen wollte.

Obwohl sie Teil einer Familie war, die zu der glitzernden Welt der höchsten gesellschaftlichen Kreise gehörte, hatte sich Pru niemals für Bälle und Feiern interessiert. Sie zog das Reiten und die Pferde vor, eventuell noch die Jagd, den Rest empfand sie als unglaublich langweilig. Auf einem kräftigen Pferd zu galoppieren und den kühlen Wind auf dem Gesicht zu spüren war ihre Auffassung von Glück.

»Ich bin mir nicht sicher, ob man eine Reise nach Glengarah Castle als Flucht oder als Verstecken vor der Gesellschaft bezeichnen sollte«, mischte sich Patience ein, die Ehefrau von Lord Cynsters älterem Bruder Vane, die für gewöhnlich um diese Zeit des Jahres in London weilte und Honoria, die Duchesse of St. Ives, bei gesellschaftlichen Ereignissen unterstützte.

Bereitwillig ging Patience auf Prus Problem ein, wie die Familie sich in Bezug auf das irische Gestüt verhalten sollte. »Der derzeitige Earl of Glengarah ist Lord Deaglan Fitzgerald, übrigens die irische Version des Namens Declan. Man erzählt sich, dass er einen Streit mit seinem verstorbenen Vater hatte, daraufhin verbannt wurde und nach London kam. Das muss ungefähr fünf Jahre her sein.«

Vergeblich versuchte Pru, sich an den Mann zu erinnern, dem sie vielleicht während einer der vielen Saisons, die sie mitgemacht hatte, begegnet war.

»Ich bezweifle, dass du ihm begegnet bist«, sagte Lady Cynster, deren Schwägerin Patience noch ein paar Einzelheiten wusste. »Im Allgemeinen mied Lord Deaglan Fitzgerald gesellschaftliche Ereignisse und hat lieber dagegen rebelliert. Er hatte ein Vermögen von seiner Mutter und einer Großtante geerbt. An Geld mangelte es ihm also nie. Während die feine Gesellschaft über sein Leben und Treiben in London im Dunkeln blieb, habe ich gehört, dass er sich weithin in den weniger hohen Kreisen bewegte. Dort war er allgemein bekannt und hat sich den Ruf als lasterhafter Lebemann offenbar redlich verdient.«

»Dann ist es ja ein Glück, dass ich nur an seinen Pferden interessiert bin«, erwiderte Pru lachend. »Und wenn Lord Deaglan in London ist, müssten die Chancen gut stehen, dass ich ihm nicht über den Weg laufe. Dass er den Brief geschrieben hat, ändert daran nichts.«

Patience lächelte ein wenig mitleidig. »Pech für euch, er ist nicht mehr in London. Als er erfuhr, dass sein Vater verstorben war, kehrte er sofort nach Irland zurück und hält sich seitdem dort in Glengarah Castle als neuer Earl und Burgherr auf. Hierzulande hat sein überstürzter Abschied aus London sogar den Eindruck erweckt, dass seine wilde Lebensweise eine Trotzreaktion auf seine Verbannung gewesen sein könnte. Jedenfalls hat er sich in der Folgezeit nicht mehr von dem Anwesen entfernt und keine Einladungen angenommen. Und er hat auch keine seiner ehemaligen Freunde aufgefordert, ihn einmal zu besuchen. Man erzählt sich, dass er sich voll und ganz darauf konzentriert, das Anwesen nach der Hungersnot wieder aufzubauen.«

»Das«, sagte Toby, »könnte der Grund dafür sein, dass er geschrieben hat. Er braucht vielleicht Geld aus einer Zuchtlizenz.«

Lord Cynster nickte. »Nach allem, was ich über die Lage in Irland gehört habe, könnte das durchaus stimmen.«

»Wie auch immer«, fuhr Patience fort. »Nachdem Deaglan nun der Earl und inzwischen Mitte dreißig ist, verursacht sein gesellschaftlicher Rückzug auf beiden Seiten der Irischen See beträchtliche Angst.«

Nicholas runzelte die Stirn. »Ich hätte gedacht, dass

sein Ruf dafür sorgen würde, dass er bei den Kupplern nicht mehr gefragt ist.«

Patience bedachte ihren Neffen mit einem leicht herablassenden Blick. »Ihr scheint nicht zu wissen, dass die Fitzgeralds eine der ältesten anglo-irischen Familien sind. Ihren Titel führen sie bereits seit Jahrhunderten, und das Land um Glengarah Castle gehört ihnen seit einer Ewigkeit. Allerdings ist das Anwesen wohl im Augenblick in eine finanzielle Schieflage gerutscht. Deaglan wird mit seinem beträchtlichen Vermögen, das er geerbt hat, schon alles in Ordnung bringen und daher ein begehrtes Mitglied der irischen Gesellschaft sein, die jetzt großzügig über die Eskapaden des Earl hinwegsieht. Zum eigenen Vorteil, versteht sich.«

Pru hörte Patience' Worte zwar, jedoch wie aus weiter Ferne. Sie war zu beschäftigt damit, die Reise nach Westirland zu planen. »Wir müssen schnell handeln. Wenn das Gestüt von Glengarah nur ein einziges Juwel enthält, können wir es uns nicht leisten, beim Earl den Eindruck zu erwecken, dass wir nicht interessiert sind. Dann würde er sofort andere einladen, einen Blick auf seine Pferde zu werfen.« Sie betrachtete den Brief, den sie neben ihren Teller gelegt hatte. Jedes Wort hatte sich in ihr Gedächtnis eingebrannt. »Er hat nicht erwähnt, ob er auch anderen geschrieben hat.«

»Wir sind schon seit Langem die erste Adresse, wenn es um die Zucht von Vollblutpferden geht«, betonte ihr Vater nicht ohne Stolz. »Es wäre also nicht verwunderlich, dass er uns zuerst geschrieben hat.«

Nicholas nickte. »An seiner Stelle hätte ich es genauso gemacht. Was nicht bedeutet, dass ich nicht schauen würde, ob andere Züchter ebenfalls Interesse haben.«

»Das dürfen wir nicht riskieren«, wandte Pru ein. Sie befanden sich gerade mit vier anderen Ställen im Kampf um den Titel des besten Vollblutzüchters, der vor allem an den Rennerfolgen der Nachkommenschaft gemessen und beurteilt wurde. Der Erfolg eines Zuchtprogramms stärkte die Leistung des Rennstalls und war so gesehen der Eckpfeiler für den Wohlstand der Familie. Sie nahm den Brief in die Hand. »Ich muss rasch nach Irland reisen und sicherstellen, dass wir als Erste die Chance bekommen, eine Lizenzvereinbarung zu treffen, falls sich im Stall der Glengarahs tatsächlich ein paar Prachtstücke finden lassen. Ich möchte nicht, dass uns die Cruickshanks oder die Dalgettys ausstechen.«

Sie schob ihren Stuhl zurück. »Ich werde ihm sofort antworten und könnte übermorgen aufbrechen. Mit ein bisschen Glück bin ich in einer Woche dort.«

Die Miene ihres Vaters hatte sich zusehends verfinstert. »Toby soll fahren. Ein Ausflug in die unzivilisierten Gegenden Irlands ist nichts, was eine meiner Töchter tun darf.«

Pru seufzte innerlich. Sie hatte gehofft, dieser Diskussion aus dem Weg zu gehen – einer Diskussion, die sie im Laufe der vergangenen Jahre mehr als einmal geführt hatte. »Es besteht überhaupt keine Gefahr für mich. Wie immer werde ich Horricks und George sowie Peebles und Suzie mitnehmen.« Ihr schlauer, erfahrener Kutscher sowie ihr kluger und kräftiger Diener und Stallbursche, dazu der Drachen von Kammerzofe und die blitzschnelle, gescheite Zofe bildeten ihre Entourage, wie Toby es bezeichnete. Mit ihnen zusammen wäre sie auf jeden Fall in Sicherheit, selbst vor lasterhaften Adligen.

»Nicht einmal du, Papa, kannst annehmen, dass mir etwas zustoßen könnte. Sogar während meiner Reisen durch Schottland ist mir nichts passiert, und dieses Land ist viel wilder und weniger dicht besiedelt. Und damals konnte ich nicht einmal genau sagen, wohin es mich verschlagen würde. Dieses Mal hingegen habe ich ein klares Ziel.«

»Und«, sagte Toby und erwiderte ihren Blick, »Pru muss selbst vor Ort sein. Ich bin längst nicht so erfahren und gut darin, Stammbäume zu erkennen. Die Verantwortung kann ich nicht übernehmen, zumindest jetzt noch nicht.«

Pru grinste erleichtert aus Dankbarkeit für diese kleine Notlüge. Zwar hatte sie das beste Auge für Vollblutpferde, aber Tobys Blick war ebenfalls nicht zu verachten, er würde seinen Weg noch gehen.

Auch Nicholas schlug sich auf ihre Seite. »Wir brauchen frisches Blut, frische Vollblutpferde, das kann keiner von uns bestreiten. Und angesichts all der Zeit, die Pru inzwischen in die Suche investiert hat, müssen wir den Stall in Irland als Chance betrachten. Als eine große sogar, die wir uns auf keinen Fall entgehen lassen dürfen. Zugegeben, Toby könnte noch viel lernen, wenn er Pru begleiten würde, doch weil die Frühlingsrennen unmittelbar bevorstehen, brauche ich ihn hier. Im Augenblick benötigen wir alle Mann an Deck.«

Ihr Vater reagierte missmutig. Der Rennstall war seine große Leidenschaft, aber er ging vorsichtig vor. Alles, was den Erfolg bedrohen könnte, stieß bei ihm auf Ablehnung. »Die Vorstellung gefällt mir noch immer nicht.« Er sah Pru skeptisch an. »Es wäre besser, wenn du mit deiner Mutter und deiner Schwester nach London gehen würdest, zumindest für ein paar Monate.« Erwartungsvoll blickte er den Tisch entlang und erhoffte sich bei seinem Versuch, Pru die Reise an die Westküste Irlands zu verbieten, eindeutig die Unterstützung seiner Frau und seiner Schwägerin.

Irgendwann lehnten ihre Mutter und ihre Tante sich zurück und wechselten einen bedeutsamen Blick. Pru kreuzte die Finger. Trotz des Wunsches ihrer Mutter, dass sie endlich heiraten möge, hatte sie sie immer in ihrer brennenden Leidenschaft für die Pferde und das Zuchtprogramm der Cynsters unterstützt. Wenngleich ihre Mutter nie als außergewöhnliche Reiterin in Erscheinung getreten war, konnte sie sehr gut mit Vollblütern umgehen. Das hatte die Tochter von ihr geerbt. Pru betete und hoffte, dass ihre Mutter und ihre Tante einfach akzeptierten, dass sie kein Interesse an einer Eheschließung hatte. Das musste die ganze Familie einsehen, und im Grunde hatte sie ehrlich gehofft, dass das legendäre Verlangen der Cynster-Damen nach Hochzeitsfeiern erst einmal gestillt war. Immerhin hatten alle Kinder des Duke of St. Ives, Prus Cousins und Cousinen zweiten Grades, innerhalb von vier Monaten geheiratet. Als Letzte war vor einer Woche Louisa, die einzige Tochter des Duke, mit Lord Drake Varisey vor den Altar getreten.

Es war ihre Mutter, die zuerst das Wort ergriff. Mit ihren klugen blauen Augen sah sie Pru an. »Es scheint tatsächlich eine Chance zu sein, die zu vielversprechend ist, um sie ungenutzt verstreichen zu lassen.« Lady Cynster blickte ihren Mann an. »Ich glaube nicht, dass Pru sich in Gefahr begibt. Und wer weiß? Auf Glengarah Castle könnte sie finden, wonach sie die ganze Zeit sucht.«

»Das stimmt.« Patience nickte entschieden. »Dem stimme ich zu. Auf jeden Fall scheint es ratsam zu sein, dass Pru hinfährt, und zwar so schnell wie möglich.«

Anders als ihr Vater, der sie erstaunt anblickte, weil er die Hoffnung nicht aufgegeben hatte, dass sie eines Tages doch noch einen geeigneten Bräutigam finden würde. Er hatte erwartet, dass ihre Mutter und ihre Tante ihn dabei unterstützen würden.

Dieser Wunsch wurde ihm nicht erfüllt. Stattdessen ertönte plötzlich die Stimme von Meg, Prus Schwester, die wie immer an ihrem Tee nippte, versonnen an ihrer Scheibe Toastbrot knabberte und ihren Gedanken an Bälle, schöne Kleider, Musik und Tanz nachhing. Jetzt stellte sie mit einem lauten Klappern die Teetasse ab und sagte wie nebenbei: »Ich freue mich dieses Jahr wirklich auf die Saison.«

Pru hätte ihre Schwester umarmen können. In Megs unvergleichlich naiver Art hatte sie ihren Vater soeben daran erinnert, dass er zwei Töchter hatte.

Ihr Vater brauchte eine Weile, bis er endlich reagierte und theatralisch seufzte. »Also gut. Ich gebe auf. Du kannst so schnell ins verdammte Irland reisen, wie du willst.«

Seine Älteste strahlte, sprang auf, lief zu ihrem Vater, schlang die Arme um seine Schultern und drückte ihn. »Danke, Papa. Du wirst es nicht bereuen.«

Er tätschelte ihren Arm und brummte missmutig: »Das will ich hoffen. Sorge dafür, dass ich es nicht bereue.«

Pru hauchte noch einen Kuss auf sein langsam ergrauendes Haar und kehrte an ihren Platz zurück, um ihr Frühstück zu beenden.

Sobald sie fertig war, nahm sie den Brief des Earl of Glengarah in die Hand, erhob sich und eilte in die Bibliothek. Sie wollte eine Antwort schreiben und umgehend die notwendigen Vorbereitungen für ihre Reise nach Glengarah Castle treffen.

Lord Deaglan Fitzgerald schwang sich auf den Rücken seines Schimmelhengsts und pfiff nach seinen Hunden. Die rot-weiß gescheckte Hündin Molly, ein Irish Setter, hob den Kopf. Sie stand in einem steinigen Bachbett ganz in der Nähe und kam gehorsam angetrottet. Sam, der Kerry Beagle, hingegen, interessierte sich gerade mehr für eine Spur, die er gewittert hatte – vermutlich die des listigen alten Fuchses, der in der Gegend jagte.

»Sam!« Deaglan wartete nicht ab, ob der Hund ihm folgte, das Tier würde ihn leicht wieder einholen. Er drehte den Schimmel um und stieß ihm die Fersen in die Flanken. Thor machte einen Satz nach vorn und freute sich ganz offensichtlich darüber, endlich wieder laufen zu dürfen, auch wenn es nur zurück in die Stallungen der Burg ging.

Deaglan bemühte sich, nicht darüber nachzudenken, was ihn zu Hause erwartete. Noch mehr Papiere, Informationen über Investitionsmöglichkeiten, Briefe von seiner Bank in London und eine nicht enden wollende Flut von Rechnungen und Forderungen. Der Earl of Glengarah zu sein hatte nichts mit dem leichten, untätigen Leben zu tun, das man sich in der Gesellschaft so vorstellte. Nicht dass er sich im Laufe der vergangenen fünf Jahre Illusionen darüber gemacht hätte, wie hart er würde arbeiten müssen, um das Gut wieder auf Vordermann zu bringen. Nach dem Tod seines Vaters war es seine Pflicht gewesen, der Vernachlässigung des Guts ein Ende zu setzen.

Zugegebenermaßen machte Deaglan genau das, was er wollte, wobei die ständigen Unterbrechungen, zum Beispiel das Einholen von Genehmigungen für Pferdekoppeln, alles verzögerten und Zeit kosteten. Die Aufgabe zog sich in die Länge, und manchmal hatte er das Gefühl, kein Ende sehen zu können.

Wenn es nicht gerade um handwerkliche Dinge ging, dann waren es Probleme bei der Geburt eines Fohlens, eines Lamms oder eines Kälbchens, um die er sich kümmern musste. Oder Steinschlag hatte einen Hauptweg unpassierbar gemacht wie letzte Woche etwa. Oder der verdammte Fuchs hatte ein paar Hühner gerissen. Letzte

Woche war das Schlimmste die Zwangsräumung des Marders gewesen, der sich im Schuppen der alten Mrs. Comey häuslich niedergelassen hatte. Sie war auf der Burg das Kindermädchen gewesen, als er geboren wurde, und er brachte es einfach nicht übers Herz, jemand anderen zu schicken, wenn sie sich wieder einmal über irgendetwas beschwerte.

Dennoch kam er mit seiner Arbeitsweise, bei der er sich selbst viel abverlangte, allmählich voran. Schritt für Schritt gelang es ihm, die finanzielle Lage des Guts zu verbessern und zu stabilisieren, indem er die Abläufe in der Landwirtschaft veränderte und erneuerte, sodass seine Bauern in Zukunft das Maximum für ihre Mühen erwarten konnten.

Sein Ziel war es, Glengarah in ruhige und sichere finanzielle Gewässer zu lenken, damit das Gut und die Menschen, die dort wohnten, ihr Auskommen hatten – egal, welche Stürme die Zukunft bringen mochte.

Sie hatten die Hungersnot bloß deshalb mit Ach und Krach überstanden, weil er vor seinem Weggang noch mit der Hundezucht begonnen hatte. Wenn sie die Gewinne aus dem Verkauf der beliebten Jagdhunde nicht gehabt hätten, dann wäre es für viele Menschen unmöglich gewesen, in Irland zu bleiben. Auf vielen anderen Anwesen war es so geschehen, auch Glengarah hatte sich sehr anstrengen müssen.

Während er dem Geräusch von Thors Hufen lauschte, die rhythmisch über den üppigen smaragdgrünen Rasen stampften, schickte Deaglan ein Dankgebet gen Himmel, dass diesem Teil des Landes, in dem er zu Hause war, das Allerschlimmste erspart geblieben war. Trotz des Schwunds an seinem Erbe hatte er sicherstellen können, dass der Großteil der Häusler, die auf dem Anwesen lebten und arbeiteten, das Schlimmste überstanden hatten und geblieben waren. Nun arbeitete er daran, dass es allen wieder besser ging.

Vor ihm tauchte die Burg auf. Zwei Türme mit Zinnen, die aus dunkelgrauem Stein erbaut waren, erhoben sich über die Grünflächen der Koppeln und Wiesen und über die kleinen Wäldchen, die sich verstreut auf dem Land verteilten. Die bleigrauen Dächer, die Simse und Erker unterbrachen die strengen Linien des mächtigen Gebäudes und deuteten darauf hin, dass im Laufe von Jahrhunderten und über Generationen hinweg immer wieder Veränderungen an der Burg vorgenommen worden waren.

Der Earl, dem bereits vor seinem Großvater das Gut gehörte, hatte die Burg modernisieren lassen. Dafür waren Deaglan und sein jüngerer Bruder Felix in einem Haus aufgewachsen, das man durchaus komfortabel nennen konnte. Sein Vater dagegen hatte sich gar nicht darum gekümmert, ihn interessierte das nicht. Deaglan war seinem unbekannten Vorfahren dagegen ehrlich dankbar, dass er ihm mit der Burg ein behagliches Zuhause hinterlassen hatte, das diesen Namen wirklich verdiente.

Der kraftvolle Hengst trug ihn auf die grauen Mauern zu. Von ganz allein fand er seinen Weg zu dem Torbogen in der Außenmauer, durch den man auf den Hof vor den Stallungen gelangte.

Thor trabte durch den Bogengang, und Deaglan zog die Zügel an, damit es langsamer weiterging. Sein Blick fiel auf den Stall, und wie immer verspürte er eine beinahe unwiderstehliche Anziehungskraft – es war die Anziehungskraft der Pferde, die sich in den Boxen befanden. Diese Hingabe für die Tiere, der sein Vater sich vollkommen unterworfen hatte, führte schließlich zu ihrem Streit. Ursprünglich war das etwas gewesen, das sie geteilt hatten und das Deaglan nachvollziehen konnte, die leidenschaftliche Liebe zu Pferden. Aber während für Deaglan immer noch die Menschen an erster Stelle standen, hatte sein Vater lediglich die Pferde gesehen.

Nachdem er die Hundezwinger gebaut und die Hundezucht zum Erfolg geführt hatte, begann Deaglan zu hoffen, das Gleiche mit den Pferden tun zu können. Das hingegen hatte sein Vater anders gesehen.

Ganz anders.

Er hatte sich für nichts anderes außer für seine Pferde interessiert, selbst im Angesicht der drohenden Hungersnot und der dringendsten Bedürfnisse des Guts.

Wütend über so viel Uneinsichtigkeit und frustriert über seine eigene Hilflosigkeit hatte Deaglan der Burg damals den Rücken gekehrt. Seit seiner Rückkehr hatte er sich nicht groß um die Pferde gekümmert. Das wollte er tun, sobald er das Gut in Ordnung gebracht hatte. Bis auf seine Stallbesuche, um Thor zu holen, hatte er den Prachtstücken seines Vaters keine wirkliche Beachtung geschenkt.

Später, hatte er sich selbst gesagt. Irgendwann.

Erst wenn alles andere auf dem Anwesen wieder in Ordnung wäre.

Als er Thor zu den Stallungen lenkte, kam sofort ein Stallbursche angelaufen.

Deaglan reichte ihm die Zügel und wies den Jungen an, das Pferd gut abzureiben und ihm ein bisschen Hafer zu geben. Nachdem er ein letztes Mal über die Nase des Hengsts gestrichen hatte, wandte sich Deaglan dem Seiteneingang der Burg zu.

Er lief über den Nebenhof, der mit Steinen gepflastert war, und ging im Geiste die Liste der Aufgaben durch, die er noch erledigen musste. Zu seiner Überraschung stellte er fest, dass sie erheblich kürzer war, als er gedacht hatte.

Zusammen mit den Hunden hatte er die Burg fast erreicht, als die Seitentür mit einem Mal aufflog und Felix herausstürmte. Den Blick auf Deaglan gerichtet, sah man ihm seine Erleichterung deutlich an. Der Bruder bemerkte, dass Felix einen Brief in der Hand hielt, und wurde langsamer. O Gott, was kam jetzt? Waren noch mehr Pflichten zu den übrigen hinzugekommen?

»Ich muss dir etwas gestehen«, war das Erste, was Felix zu ihm sagte. Nicht gerade ermutigend.

Während der Jüngere neben dem Älteren herlief, stieß Deaglan ein nichtssagendes »Ach ja, und was?« aus.

Felix holte tief Luft und hielt den Atem dann kurz an. »Wir haben doch darüber gesprochen, den Stall eventuell zu kommerzialisieren. Ich weiß nicht, ob du das nach wie vor willst, wo du ständig so viel zu tun hast, nicht zuletzt mit der Hundezucht.«

Während der Jahre, in denen Deaglan in der Verbannung gelebt hatte, war Felix für ihn eingesprungen und für die Hundezucht verantwortlich gewesen. Seit dem Tod ihres Vaters hatte er außerdem die Aufsicht über die Stallungen und die Pferde übernommen. Deaglan fragte sich, worauf sein Bruder hinauswollte, und warf ihm einen abschätzenden Blick zu. »Du hast dich sehr gut um die Hunde gekümmert.«

»Weil du mir regelmäßig geschrieben und erklärt hast, was genau ich zu tun habe.«

Das stimmte. Jedenfalls hatte sich Felix als fähiger Stellvertreter erwiesen, als sein Bruder weg war, und unterstützte ihn, seit er zurück war, nach allen Kräften als seine Augen, Ohren und Stimme.

»Hier geht es um die Pferde«, sagte Felix und hielt den Brief hoch.

Deaglan unterdrückte den Drang, sich das Schreiben zu schnappen und es rasch durchzulesen. Aber das wollte er Felix überlassen, den er jetzt, wo er zurück war, nicht übergehen und kränken wollte. Was immer in dem Brief stehen mochte, es lag bei Felix, ihm davon zu erzählen. Trotz der fünf Jahre Altersunterschied, die sie trennten, standen er und Felix sich sehr nahe, und Deaglan sah keinen Grund, seinem Bruder auf die Zehen zu treten.

Sie erreichten den Seiteneingang, und Deaglan öffnete die Tür, trat in die kühle Dunkelheit des Korridors, der zur Eingangshalle führte.

Felix holte ihn irgendwann ein. »Wir haben über die Richtung gesprochen, in die du den Stall führen möchtest – über die Möglichkeit, eine Art Bündnis mit einem der führenden englischen Züchter zu schließen, um von deren Erfahrung zu profitieren und von ihnen Hilfe zu bekommen. Durch diese Verbindung kämen wir wieder auf die Beine. Ich weiß, dass du noch warten wolltest, bis du dich selbst um die Pferde kümmerst, aber ich dachte, dass es sowieso nicht mehr lange dauern wird und ich dir helfen könnte, indem ich schon mal ... vorfühle bei den Züchtern.« Felix holte tief Luft. »Also habe ich den Cynsters einen Brief geschrieben«, platzte er heraus.

Deaglan blieb mitten in der Eingangshalle mit dem schwarz-weiß gefliesten Boden stehen und starrte Felix an, der sich zu ihm umdrehte. »Den Cynsters?« Offenbar hatte sein Bruder gleich nach den Sternen gegriffen und das Unmögliche versucht. Die Bedeutung des Schreibens, das Felix in der Hand hielt, wurde Deaglan mit einem Mal klar. »Und?«

Felix konnte seine Freude nicht verbergen und schwenkte den Brief durch die Luft. »Sie haben geantwortet«, jubelte er und hielt Deaglan den Brief hin.

Der riss ihn fast an sich, las ihn ... und bemerkte, dass das Schreiben an den Earl adressiert war.

»Ach ja. Das wollte ich dir eigentlich gestehen«, sagte Felix. »Ich dachte, es sei besser, wenn ich in deinem Namen schreibe.«

Deaglan ließ die Augen über die Zeilen gleiten und versuchte, deren Tragweite zu begreifen.

Am Ende des Briefs angekommen, sah er Felix an und lächelte. »Das ist wundervoll!« Er spürte, dass er inzwischen genauso breit grinste wie sein Bruder. »Sehr gut gemacht!«

Erneut richtete er die Aufmerksamkeit auf den Brief. »Es scheint, als wäre dieser P. H. Cynster definitiv daran interessiert, einen Blick auf unsere Pferde zu werfen und sich nicht mehr lange Zeit zu lassen.« Das Interesse der Cynsters zu wecken war ein wirklich gelungener Streich, fand Deaglan.

»Wann hast du ihnen eigentlich geschrieben?«

»Vor zwölf Tagen habe ich den Brief bei der Post aufgegeben.«

Deaglan rechnete die Beförderungszeit mit ein und warf einen Blick auf das Datum des Schreibens. »Sie haben nahezu direkt nach dem Erhalt deines Briefs geantwortet.«

»Ja, sie sind anscheinend ziemlich interessiert an den Pferden und neugierig dazu.«

»Was hast du ihnen geschrieben?«

»Ich habe es bewusst vage gehalten«, versicherte Felix. »Zunächst habe ich ihnen von dem Prinzip erzählt, dem unser Vater bei der Organisation folgte, und habe ihnen Beschreibungen von drei Tieren mitgeschickt. Nichts Näheres über die Stammbäume, außer dass Papa die Tiere auch unter diesem Gesichtspunkt ausgewählt hat.«

»Was ist mit der Anzahl der Tiere, die sich in unserem Besitz befinden? Hast du ihnen das verraten?«

Felix schüttelte den Kopf. »Ich habe bloß erwähnt, dass es um eine große Anzahl von Pferden geht.«

Deaglan versuchte, zwischen den Zeilen zu lesen, mit

denen P. H. Cynster das Interesse der Familie bekundet hatte, denn es war richtig zu glauben, dass ein Zuchtprogramm mit den Tieren aus den eigenen Beständen einen echten Erfolg versprach.

Als er wieder auf die Unterschrift sah, fiel ihm auf, dass die Handschrift nicht die gleiche war wie die, mit der der Brief verfasst worden war. Offensichtlich war P. H. Cynster wohlhabend genug, um sich die Dienste eines Sekretärs leisten zu können. Außerdem geizten die Cynsters nicht, wenn es um Pferde ging, so hatte er es zumindest gehört.

Laut der Worte, die unter der Unterschrift standen, war P. H. Cynster der Leiter des Zuchtprogramms. Niemand war besser geeignet, um einen ersten Blick auf die Pferde seines Vaters zu werfen, die nun ihm gehörten.

»Das hier«, sagte Deaglan und hob den Brief, »ist eine sehr ermutigende Antwort.«

Felix starrte ihn an und stieß mit dem Finger gegen den Brief. »Hast du den letzten Absatz nicht gelesen? Dort steht, dass er denkt, heute Nachmittag hier sein zu können.«

»Was?« Deaglan hatte das Datum flüchtig gelesen und nicht weiter darüber nachgedacht. Noch einmal betrachtete er die entsprechende Passage. 31. März. »Grundgütiger.«

»Ganz genau!«, rief Felix. »Cynsters Brief kam verspätet bei uns an. Sieh dir das Datum an, an dem er aufgegeben wurde. Der Sturm auf der Irischen See vor ein paar Tagen … Weißt du noch? Darum habe ich mich so beeilt, dir Bescheid zu geben. Er rechnet damit, am Nachmittag des 31. März auf Glengarah einzutreffen. Das ist heute. Und es ist bereits nach vierzehn Uhr!«

Deaglan starrte seinen Bruder an. Ihm wurde schwindelig. Er holte tief Luft, dann straffte er die Schultern. »Also gut. Keine Panik.« Er war sich nicht sicher, ob er die letzten beiden Worte an Felix oder eher an sich selbst gerichtet hatte.

»Nachdem ich den Brief gelesen hatte«, sagte Felix, »und bevor ich zu dir gekommen bin, habe ich einen Diener auf den Turm geschickt, um Wache zu halten. Ich habe ihn gebeten, sofort zu uns zu kommen, falls er einen Besucher sieht, der die Zufahrt zur Burg hinaufkommt.«

Deaglan nickte. »Gut. Zumindest bleiben uns dann noch ein paar Minuten.« Er dachte nach. »Lass uns in die Bibliothek gehen. Du musst mir noch alles über den derzeitigen Zustand der Stallungen erzählen.«

In dem großen Raum ließen sie sich in ihre Lieblingssessel fallen und betätigten den Klingelzug.

Der Butler namens Bligh, ein großer, stattlicher Mann, der die typische schwarze Kleidung trug, tauchte umgehend auf. »Ja, Mylord?«

»Vorwarnung, Bligh, wir bekommen Besuch. Es handelt sich um einen Gentleman aus England, der sich die Pferde ansehen will. Er könnte jede Sekunde hier auftauchen. Ich vermute, wir sollten ihm ein Zimmer für die Nacht vorbereiten.«

»Vielleicht nicht nur für diese eine Nacht«, sagte Felix. Er erwiderte Deaglans fragenden Blick. »Wenn er an den Pferden interessiert ist, will er sich ein Bild der Tiere machen und sie beurteilen, und soweit ich weiß, dauert das eine gewisse Zeit. Möglicherweise ein paar Tage.«

»Also, Bligh, wir werden es wissen, sobald er hier ist. Vielleicht könnten Sie schon mal Mrs. Bligh und Mrs. Fletcher warnen. Ganz unabhängig davon, wie lange er bleiben wird, bleibt er wohl zumindest zum Abendessen.«

Der Butler hatte die Augenbrauen hochgezogen und dachte nach. »Wenn ich fragen darf, Mylord, welchem Stand gehört dieser Herr an?«

»Er gehört zur guten Gesellschaft, Bligh. Er ist Teil einer der angesehensten Familien Englands.«

»Ich verstehe, Sir.« Der Butler verbeugte sich. »In dem Fall können Sie sich sicher sein, dass wir unser Bestes geben. Ich werde Mrs. Bligh und Mrs. Fletcher dementsprechend instruieren.«

»Ach«, sagte Felix, als Bligh gerade gehen wollte. »Falls Sie sich gefragt haben, wo Henry steckt: Ich habe ihn auf den Turm geschickt, um Wache zu halten.«

»Eine sehr gute Idee, Sir. Ich werde jetzt mit dem Personal sprechen, dann zurückkommen und in der Eingangshalle warten.«

Sobald die Tür hinter Bligh ins Schloss gefallen war, beugte Deaglan sich vor. Er stützte sich mit den Unterarmen auf den Schenkeln ab und fixierte Felix mit einem eindringlichen Blick. »Was muss ich über die Lage im Stall wissen?«

Während Felix für ihn eine Bestandsaufnahme machte und Deaglan sich die einzelnen Pferde ins Gedächtnis rief, ertappte Deaglan sich dabei, dass er von der gleichen wachsenden Aufregung ergriffen wurde, die Felix fest im Griff hatte.

Je stärker diese Aufregung wurde und je mehr er akzeptierte, was passierte, desto stärker wurde der Impuls, sich eines einzugestehen: Vielleicht hatte er sich zu lange davor gedrückt, wieder die Kontrolle über den Stall und die Tiere zu übernehmen. Vielleicht hatte er zugelassen, dass sein Schwur, das Anwesen erst wieder auf den richtigen Weg zu bringen, alles andere außer Kraft setzte. Dabei hatte er diesen Schwur vorgeschoben, obwohl er sich etwas anderes gewünscht hätte.

Offensichtlich hatte das Schicksal entschieden, dass es an der Zeit für ihn war, in den Stall zurückzukehren, sich dem Sirenengesang zu stellen und zu siegen.

Irgendwann war Felix fertig mit dem Aufstellen seiner Liste. »Mir fällt nichts mehr ein, was du noch wissen müsstest.«

Deaglan nickte. »Du hast mir genug erzählt, um klarzukommen.« Weder er noch Felix dachten für eine Sekunde daran, dass Felix die Verhandlungen mit P. H. Cynster übernehmen könnte. Abgesehen von allem anderen hatte Felix wenig Erfahrung mit den Snobs der Gesellschaft. Es ihm aufzubürden, mit einem Cynster zu verhandeln, wäre so, als würde man ihn den Wölfen zum Fraß vorwerfen.

Glücklicherweise hatte Deaglan nach den vergangenen achtzehn Monaten, in denen er sich mit Bankern und ähnlichen Leuten hatte herumschlagen müssen, keine Skrupel mehr, sich gnadenlos in harte Verhandlungen zu stürzen.

»Ich muss sagen«, stellte Felix fest, »es ist schon sehr ermutigend, dass dieser Cynster so schnell geantwortet hat, findest du nicht?«

Deaglan nickte. »Das stimmt.«

Er und Felix schwiegen, als sie durch die dicken Mauern Schritte hörten, die sich ihnen über die Fliesen des Eingangsbereichs näherten.

Im nächsten Moment klopfte jemand an die Tür, und Henry, der Diener, stürzte atemlos und mit geröteten Wangen in die Bibliothek. »Eine Kutsche kommt die Zufahrt herauf, Mylord. Eine tolle Kutsche, Mylord. Ich kann gar nicht sagen, ob ich je zuvor eine so beeindruckende Kutsche gesehen habe. Und die Pferde! Erstklassig. Wunderbare Tiere. Schön sind sie, einfach wunderschön!«

Deaglan erhob sich. Sein Blick traf den seines Bruders. »Offensichtlich reist dieser P. H. Cynster, wenn man Henrys überschwänglichen Worten glauben darf, gern mit Stil. Jedenfalls müssten das seine eigenen Pferde sein.«

Felix nickte. »Er muss sie auf der Fähre mitgebracht haben.«

Das taten nicht viele Reisende. Insofern vermutete Deaglan, dass es etwas über P. H. Cynster aussagte, wenn er sich die Mühe gemacht hatte, seine eigenen Pferde mitzubringen. Deaglan schickte Henry los, damit er Mrs. Bligh vorwarnte. Sie fanden den Butler neben der Eingangstür stehen.

»Ich nehme an, dass die Ankunft des Herrn kurz bevorsteht, Mylord?«

»So sieht es aus, Bligh.« Mit einem Kopfnicken wies er zur Tür. »Mr. Felix und ich werden unseren Gast auf der Veranda erwarten.«

Bligh trat zu der massiven Doppeltür, machte sie auf und ließ sie offen stehen. Er selbst wartete am Absatz der Eingangstreppe. Der erste Eindruck war auch in dieser Umgebung sehr wichtig. Vor allem wenn er hier sein Schicksal begrüßte, was ja durchaus möglich war.

Als die Kutsche schließlich zu sehen war, spürte Deaglan, wie seine Aufregung wuchs. Das elegante Gefährt war genauso beeindruckend, wie Henry es beschrieben hatte. Nicht weil sie besonders auffällig oder protzig wäre, sondern allein wegen ihrer perfekten Linien. Nicht einmal Deaglan hatte je so eine Kutsche gesehen. Es schien ein ganz modernes, neues Design zu sein. Und sehr gut gefedert. Als der Kutscher die Zügel anzog, reagierte die Kutsche ganz ruhig. Was die vier Pferde betraf, die das edle Gefährt zogen, so waren sie ebenfalls die reinsten Augenweiden.

Deaglan beobachtete die Pferde genau, als der Kutscher sie sanft zum Stehen brachte. Ihm fiel auf, dass hinter den dunklen Fenstern schemenhaft ein Gesicht zu sehen war. Einer der Diener sprang von der Kutsche und öffnete die Tür.

»Cynster hat sogar seinen eigenen Diener mitgebracht«, murmelte Felix. »Wer macht denn so was?« Doch Deaglans Aufmerksamkeit galt nach wie vor den Tieren.

Sobald die Tür der Kutsche geöffnet und die kleine Treppe ausgeklappt war, kletterte zuerst ein junges Dienstmädchen mit wachen Augen heraus. Sie sah Deaglan und Felix an, ehe sie den Blick auf die Burg richtete, die sich hinter ihnen erhob. Ihre Augen wurden groß.

Der erste Eindruck.

Die nächste Person, die aus der Kutsche stieg, war eine ältere Kammerzofe. Sie trug schwarze Kleidung aus einem Seide-Baumwoll-Gemisch und hatte ihr Haar streng aus dem Gesicht gekämmt und hochgesteckt. Ihre Miene wirkte abweisend, als sie sich die Burg ansah. Überhaupt schien sie nicht so leicht zu beeindrucken zu sein.

Deaglan wollte sich gerade wieder auf die Pferde konzentrieren, als ihm etwas Seltsames auffiel. Warum reiste Cynster mit einer Zofe? Beziehungsweise sogar mit zwei Zofen?

Zum Abschluss entstieg der Kutsche noch eine zarte Gestalt, die dem Diener ihre behandschuhte Hand hinstreckte, der ihr mit gebotener Vorsicht beim Aussteigen half.

Es war eine Dame.

Goldblonde Locken umrahmten ein faszinierendes Gesicht. Sie war hochgewachsen, von schlanker Statur, mit Kurven an den richtigen Stellen. Das modische Reisekleid in Hellblau unterstrich ihre Vorzüge noch. Ihre Haut war zart und rosig wie die eines Pfirsichs. Ihre Augen waren groß und lagen unter wundervoll geschwungenen Brauen. Ihre weichen Gesichtszüge mit der geraden kleinen Nase und den vollen Lippen mit der Farbe von zarten Rosen fesselten seine Aufmerksamkeit sofort.

So etwas hatte er in den vergangenen achtzehn Mona-

ten nicht erlebt. Er verspürte eine gewaltige Anziehungskraft, die ihm sehr, sehr bekannt vorkam.

Einige Sekunden lang war alles, was er wahrnahm, diese Frau. Er spürte in sich den beinahe unbändigen Drang,
sie verführerisch anzulächeln, die Treppe hinunterzustei-
gen, ihre Hand zu nehmen und sie irgendwohin zu führen, wo sie ungestört wären. Am liebsten an einen Ort
mit einem Bett.

In ihm schrillten die Alarmglocken, und sein Verstand
setzte wieder ein, zwar etwas verspätet, doch immerhin.
Und er versuchte zu erfassen, was hier vor sich ging.

Cynster hatte anscheinend entweder seine Schwester
oder seine Ehefrau, seine junge und wunderschöne Ehefrau, mit nach Glengarah Castle gebracht, um Deaglan
Fitzgerald zu treffen. Einen bekannten Schwerenöter und
Verführer williger und für gewöhnlich verheirateter Damen.

Er verstand das nicht. Cynster musste eigentlich über
seinen Ruf Bescheid wissen. Warum also brachte er seine
unglaublich attraktive Ehefrau mit hierher?

Um Deaglan abzulenken und ihm ein Angebot zu unterbreiten?

Das würde bestimmt funktionieren, zumindest bis zu
einem gewissen Grad.

Und wenn es sich um Cynsters Schwester handelte?

Ihm war zu Ohren gekommen, dass viele Eltern bereit
waren, wegen seines Titels über seine Vergangenheit hin-
wegzusehen und die eigene Tochter als seine Countess ins
Spiel zu bringen.

Allerdings hatte er keine Dame auf die Burg eingeladen. Noch nie. Zynisch fragte er sich, ob die Cynsters das hier für einen Weg hielten, um seine Mauern zu durchbrechen. Eine verheißungsvolle Ablenkung.

All diese Gedanken schossen ihm während der kurzen Zeit durch den Kopf, in der die Dame sich mit ihren Zofen und dem Diener besprach. Dann hob sie den Blick und betrachtete ihn und Felix, wie sie Schulter an Schulter auf der Veranda standen. Schließlich richtete sie die Augen auf die Burg.

Der Bann war gebrochen, und Deaglan wartete darauf, dass P. H. Cynster herauskam. War der Mann gesundheitlich angeschlagen, dass er so lange brauchte?

Die Dame drehte sich dem Kutscher zu, redete mit ihm, und der Diener machte die Tür zu.

Im nächsten Moment wandte die junge Dame sich Deaglan zu und lächelte ihn selbstbewusst an, hob die Röcke ein wenig und stieg die Treppe hinauf.

Es war ihre Selbstsicherheit, die ihm die Augen öffnete. Die Erkenntnis kam ihm schlagartig. In seinem Kopf überschlugen sich die Gedanken, und er hatte das Gefühl, nicht mehr richtig durchatmen zu können und ins Wanken zu geraten …

Kapitel 2

Pru war gezwungen, den Blick zu senken, als sie die Stufen zum Eingang der Burg hinaufstieg. Sie hätte ihre Reitkappe darauf verwettet, dass der größere der beiden Herren, die auf dem Treppenabsatz warteten, der Earl war. Statt direkt von Newmarket hierherzureisen, war sie über London gefahren und hatte im St. Ives House übernachtet. Dort hatte sie sich lange mit der Duchesse Honoria, einer angeheirateten Cousine ihres Vaters, unterhalten. Unter anderem hatte sie ihr eine sehr genaue Beschreibung von Lord Deaglan Fitzgerald gegeben, von seinem Aussehen, seiner Persönlichkeit, seiner Wirkung. Wegen des letzten Punkts hatte Honoria geraten, dass Pru vorbereitet und vor allem gewappnet sein müsse, wenn sie mit dem Mann zu tun habe.

Natürlich hatte Pru sich gefragt, wie genau Honorias Beobachtungen wohl sein mochten, denn sie glaubte nicht, dass ein normaler Mann solch ein Adonis sein oder so eine Anziehungskraft besitzen konnte, wie Honoria angeblich behauptete. Immerhin hatte sie jetzt einen Grund, der Tante für ihre Einschätzung des Earl of Glengarah dankbar zu sein.

Obwohl sie gewarnt worden war, reizte der Mann sie, und im Geheimen verspürte sie eine gewisse Verlockung, als sie die Treppe erklomm. Ein groß gewachsener Mann, etwa einen Kopf größer als sie, mit breiten Schultern, langen Beinen und von schlanker Statur stand dort oben. Sein Gesicht hatte aristokratische Züge, eine breite Stirn und ein kantiges Kinn und war umrahmt von rabenschwarzen gewellten Haaren. Nach Aussagen von Honoria behaupteten einige Lästermäuler, er sehe aus wie ein gefallener Engel. Als sie sich der obersten Stufe näherte, warf sie ihm unter ihren dichten Wimpern hervor einen Blick zu. Vielleicht war er ja mal lasterhaft gewesen und hatte ein ausschweifendes Leben geführt, was ihm indes nicht anzusehen war.

Sie erreichte die Veranda, straffte die Schultern und sah ihm in die Augen.

Grün wie Irland, ein Smaragdgrün, das so intensiv war, dass es den Betrachter unweigerlich fesselte. Eine Sekunde lang hatte sie das Gefühl, in diesen faszinierenden Augen zu ertrinken, aber im nächsten Moment schüttelte sie ihre Faszination ab. Sie war hier, um sich die Pferde anzusehen. Aus keinem anderen Grund.

Er erwiderte ihren Blick. »P. H. Cynster, nehme ich an?«, brachte er etwas zögerlich hervor.

Seine Stimme klang tief und warm. Das typisch irische rollende R war ganz schwach zu hören und milderte die Schärfe.

Lächelnd streckte sie die Hand aus. »Ja. Ich bin Prudence Cynster.« Offensichtlich hatte er mit einem männlichen Besucher gerechnet, was ihr einen gewissen Vorteil verschaffte, denn der Earl musste sich erst an sie gewöhnen. Sie hob ihr Kinn ein wenig höher. »Ich leite das Zuchtprogramm der Cynster-Ställe und war fasziniert von Ihrem Brief, in dem Sie mich eingeladen haben, die Pferde Ihres verstorbenen Vaters zu begutachten.«

Dass Glengarah absolut nicht mit einem weiblichen Gesprächspartner gerechnet hatte, und schon gar nicht mit einer braven jungen Dame, war ein weiterer Vorteil für sie, weil sie sich von vornherein als selbstbewusste Geschäftsfrau präsentieren konnte, die sich nichts vormachen ließ. Deshalb war es in ihrem Interesse, sich mit ihrer unkonventionellen Persönlichkeit vorzustellen und Stärke zu zeigen.

»Ich bin hier, um Ihre Pferde zu besichtigen«, fiel sie ohne Umwege mit der Tür ins Haus und zeigte ein breites, freundliches Lächeln.

Der Earl musterte sie eine Weile aufmerksam, bevor er seine kräftige, warme Hand um ihre Finger schloss.

Eine Sekunde lang hätte sie schwören können, dass die Welt sich langsamer drehte, weil ihre Sinne sich vollkommen auf die Berührung zu konzentrieren schienen. In Glengarahs smaragdgrünen Augen erkannte sie einen Blick auf einen Strudel von kraftvollen Gefühlen, spürte die Anziehung sowie eine gewisse Vorahnung, die ihre Nerven auf eine verlockende Art kitzelte …

Elegant verbeugte er sich über die ihm dargereichte Hand. »Willkommen auf Glengarah Castle, Miss Cynster.« Deaglan richtete sich wieder auf und ließ langsam ihre Hand los. »Ich gebe zu, dass wir nicht mit einer Dame als einziger Repräsentantin Ihres renommierten Zuchtprogramms gerechnet hatten.«

Er sah zur Kutsche und zu ihren Dienern, die damit beschäftigt waren, Schachteln und Taschen zu entladen, während einige Stallburschen bereits darauf warteten, sich um die wundervollen Pferde zu kümmern.

Prudence Cynster verzog ihre Lippen zu einem beinahe maliziösen Lächeln, und Deaglan konnte sich eine Bemerkung nicht verkneifen. »Ich hätte nicht gedacht, dass Ihr Vater so …« Er zögerte und wusste nicht, wie er das passend ausdrücken sollte. »Dass er so fortschrittlich war, meine ich.«

Sie lächelte schief. »Sie haben recht. Fortschrittlich ist er nicht gewesen. Wenn es hingegen um Pferde und das Gestüt ging, wollte er immer das Beste. Obwohl er der wohl beste Reiter und der erfahrenste und erfolgreichste Pferdetrainer in Großbritannien ist, hat er vor Langem erkannt, dass meine Mutter ein außergewöhnliches Auge für Blutlinien besitzt. Anscheinend habe ich diese Fähigkeit von ihr geerbt – zusammen mit dem Talent fürs Reiten von meinem Vater. Und ich nutze meine Augen und mein Wissen über Zucht und Pferde gern, um unser Zuchtprogramm voranzubringen.«

Sie klang knapp und klar, die Worte kamen ihr über die Lippen, als hätte sie sie bereits viele Male ausgesprochen. »Ich wurde von Kindesbeinen an in das Zuchtprogramm eingeführt und bin seit über zehn Jahren aktiv beteiligt, bis ich vor vier Jahren die Leitung übernahm.« Sie sah ihm mutig in die Augen »Also, lieber Earl, wenn Sie ein Abkommen mit den Cynster-Ställen anstreben, werden Sie mich von der Qualität Ihrer Pferde überzeugen müssen.«

Eine offene, direkte Herausforderung. »Sie müssen uns unsere Ahnungslosigkeit verzeihen. Zugegeben, ich wusste nicht, dass das Zuchtprogramm der Cynsters von einer Dame geleitet wird.« Er hielt weiterhin ihren Blick gefangen. »Zudem haben Sie mit P. H. Cynster unterzeichnet und diese Tatsache damit ein wenig verschleiert.«

Sie zuckte leicht mit den Schultern. »So viele Männer haben ein Problem damit, mit einer Frau Geschäfte zu machen, dass ich mir seit Langem angewöhnt habe, das männliche Zartgefühl zu schonen. Alle bedeutenden Züchter und alle, die in dem Geschäftsbereich tätig sind oder mit uns zusammenarbeiten, wissen, wer P. H. Cynster ist.« Der Ausdruck in ihrem Blick veränderte sich, und ein freches Funkeln war zu sehen. Sie neigte den Kopf. »Ich entschuldige mich, wenn ich Sie … durcheinandergebracht habe.«

Es gelang ihm, sich ein protestierendes Schnauben zu verkneifen und das Thema zu beenden, doch das Gefühl drohender Gefahr, das sich in ihm breitmachte, lag nicht darin begründet, dass sie ihn auf dem falschen Fuß erwischt hatte.

Er versuchte sich einzureden, dass eine so intensive Anziehungskraft, die seine Sinne derart entflammen ließ, nach einer achtzehn Monate dauernden Abstinenz wohl nicht völlig verwunderlich war. Nur er selbst glaubte nicht daran, weil er noch nie eine so heftig aufflackernde, heiße Gier verspürt hatte. Oder einen solchen Drang, ihre Hand zu nehmen und sie an einen Ort zu führen, an dem sie ungestört wären. Und das gleich nach dem ersten Treffen.

Wie stark würde dieser Drang noch werden?

Wie lange würde sie bleiben?

In seinem Kopf überschlugen sich die Gedanken.

Einen Moment lang spielte er mit dem Gedanken, es Felix zu überlassen, sich mit dieser Dame auseinanderzusetzen und sich in die Schatten zurückzuziehen. Aber die Pferde gehörten ihm. Sie waren sein Besitz und seine Verantwortung.

Seine Zukunft.

Bestimmt würde sie ihn auf die Probe stellen, wie es noch keine Frau zuvor getan hatte, das war ihm klar. Und ebenso klar war ihm, dass er seinen Instinkten nicht die Führung überlassen durfte. Dann würde er nämlich riskieren, die Chance zu vertun, mit den Cynsters eine Vereinbarung zu treffen und mit ihrer Unterstützung das Gestüt zu einem richtigen Zuchtbetrieb auszubauen.

Hinzu kam, dass der Earl noch immer misstrauisch war, weil die Cynsters eine Frau geschickt hatten, dazu eine, die ihm mit ihrem Anblick bereits den Kopf verdrehte. Wieso hatten sie es zugelassen, dass sie in seine Nähe kam? Was hatten sie sich dabei gedacht? Sie mussten schließlich von seinem Ruf gehört haben und wissen, dass er sich diesen Ruf verdient hatte. Sollte das hier eine Art Prüfung werden?

Leider konnte er sie nicht an Felix weiterleiten, denn

sie war in allen Bereichen, die die Zucht von Pferden betrafen, viel erfahrener als er oder Felix.

Und sie hatte schon bewiesen, dass sie darauf vorbereitet war, jeden Vorteil zu nutzen, den ihre Weiblichkeit ihr bot.

Nein. Er musste diese Aufgabe selbst übernehmen.

Er und sie.

Pru betrachtete die grünen Augen des Earl und wusste, dass er darüber nachdachte, ob er die Flucht ergreifen und die Aufgabe, mit einer Frau zu verhandeln, abgeben sollte. Er war mit Sicherheit souverän genug und es darüber hinaus gewohnt, alles zu bekommen, was er wollte.

Sie hatte nicht vor, ihm diese Chance so ohne Weiteres zu geben. Vor allem wollte sie als Erstes unbedingt die Pferde sehen. Es juckte sie in den Fingern, und ihre Instinkte waren hellwach. Ihr war nämlich nicht entgangen, wie sehr den Brüdern ihre Pferde gefallen hatten. Sie mochten Amateure sein, wenn es um die Zucht ging, doch mit den Pferden an sich kannten sie sich aus. Ob es nun Erfahrung war oder der reine Instinkt oder beides, das blieb vorerst dahingestellt.

Pru wartete nicht ab, bis der Earl das Wort ergriff, sondern nahm die Zügel in die Hand. »Darf ich fragen, ob Sie wegen der Pferde Ihres verstorbenen Vaters bereits Kontakt zu anderen bekannten Ställen und Gestüten aufgenommen haben?«

Glengarah blinzelte. »Vielleicht würden Sie mich erst einmal aufklären, wie die Interessen der Cynsters an unseren Pferden genau aussehen?«

Sie lächelte. »Wir sind immer auf der Suche nach neuen Vollblutpferden, die Merkmale der ursprünglichen Blutlinie in sich tragen. Wie viele solcher reinrassigen Tiere haben Sie in Ihrem Bestand?«

»Einige. Sie müssen ja gleich nach Erhalt unseres Schreibens aufgebrochen sein. Sind Sie immer so gespannt darauf, sich vielversprechende Pferde anzuschauen?«

Sie sah ihn mit leicht zusammengekniffenen Augen an und bemerkte seine distanzierte, etwas arrogante Miene. Ihr Lächeln wirkte inzwischen leicht angespannt. »Wir waren noch nie dafür bekannt, irgendetwas auf die lange Bank zu schieben.«

»Ist das so?« Sein Blick wurde strenger. »Und ist das der einzige Grund, warum Sie so schnell hierhergekommen sind?«

Sie spürte Wut in sich hochkochen und erkannte, dass er genau das wollte. Unwillkürlich wich sie ein Stück zurück. In diesem Augenblick wurde ihr nämlich bewusst, dass sie und der verdammte Earl sich während des Gesprächs immer näher gekommen waren. Viel zu nahe. Sie hatte sich in seinen grünen Augen verloren, war von ihnen angezogen worden und hatte es nicht einmal bemerkt.

Sie sah Glengarah an und erkannte an seiner leicht erstaunten Miene, dass ihm das bis jetzt auch nicht klar gewesen war.

Sie zwang sich, den Blick von seinem Gesicht auf seinen Bruder zu richten, an dessen erwartungsvollem, freundlichem Ausdruck sie ablesen konnte, dass er sich ebenfalls gerne einbringen würde. Deaglan nutzte die Gelegenheit, wich noch ein Stück zurück und deutete auf Felix. »Erlauben Sie mir, Ihnen meinen Bruder Mr. Felix Fitzgerald vorzustellen.«

Der junge Mann lächelte und griff nach ihrer Hand, die sie ihm reichte. »Miss Cynster. Darf ich sagen, welch große Freude es ist, Sie auf Glengarah Castle begrüßen zu dürfen?«

Felix ließ ihre Hand wieder los und warf Deaglan einen fragenden Blick zu. Sein Bruder nickte beinahe unmerklich und gestattete es Felix, das Gespräch zu übernehmen.

»Wir hoffen, dass Sie Ihren Aufenthalt bei uns genießen. Wir werden uns bemühen, Ihnen all Ihre Wünsche hinsichtlich der Prüfung unserer Pferde zu erfüllen.« Felix wies nach rechts, wo neben der Burg eine Ecke der Stallungen zu erkennen war. »Der Stall befindet sich dort hinten, ich bin mir sicher, dass unsere Stallknechte Ihnen dabei behilflich sein werden, Ihre Pferde unterzubringen und zu versorgen. In der Zwischenzeit könnten wir schon einmal ins Haus gehen. Sie müssen nach der langen Reise erschöpft sein.«

Als er auf die offen stehende Eingangstür deutete, lächelte sie freundlich und nahm die Einladung, in die Burg zu gehen, sehr gern an. Die Fitzgerald-Brüder begleiteten sie beide, wobei sie sich weiterhin angeregt mit Felix unterhielt. Deaglan ließ sich ein Stückchen zurückfallen, um ihre Aufmerksamkeit nicht von seinem Bruder abzulenken, der ein unglaubliches Redetalent besaß und dem man zutraute, dass er junge Damen mit seinem Charme im Handumdrehen um den Finger wickeln konnte. Der Earl ging einen Schritt hinter den beiden her, als sie in die Eingangshalle traten. Er blieb neben Bligh stehen und bestätigte dem überraschten Butler, dass ihr Gast tatsächlich eine Frau war. »Sie hat ihre Ankleidedame und eine jüngere Zofe mitgebracht sowie einen eigenen Kutscher und einen Diener oder Stallburschen, genau kann ich das nicht sagen. Ich nehme an, dass es kein Problem sein wird, alle unterzubringen?«

»Selbstverständlich nicht, Mylord«, erwiderte Bligh leicht verschnupft, als fände er eine solche Invasion von Bediensteten reichlich übertrieben.

Deaglans Mundwinkel zuckten verdächtig, denn Miss Prudence Cynster mit ihrer ganzen Entourage unter seinem Dach zu haben, war alles andere als lustig. »Unter den gegebenen Umständen schlage ich vor, dass Ihre Frau noch einmal darüber nachdenkt, welchen Raum sie Miss Cynster zuweist. Ich denke an das Zimmer am Ende des Westflügels, das passenderweise einen Blick auf die Stallungen erlaubt. Insgesamt wäre es sehr passend.« Dass das Zimmer außerdem am weitesten von seinen eigenen Räumlichkeiten entfernt lag, verschwieg er lieber.

Bligh verbeugte sich. »Sehr wohl, Mylord«, sagte er und schickte sich an, die Gäste auf ihre Zimmer zu führen. Prudence stand mit Felix nach wie vor in der langen Eingangshalle, die ursprünglich einmal der Palas, das Zentrum der mittelalterlichen Burg mit Wohn- und Festsaal, gewesen war. Miss Cynster sah sich mit offenkundigem Interesse um und stellte Felix jede Menge Fragen, beispielsweise über das Familienwappen, das auf einigen alten Wimpeln zu sehen war, die an den Wänden hingen.

»Wenn ich etwas vorschlagen dürfte, Mylord«, schaltete sich der Butler flüsternd ein und wandte sich an den Earl. »Eine Tasse Tee wäre sicher angebracht. Wenn ich recht informiert bin, hat die Dame eine lange Reise hinter sich.«

»Das stimmt. Obwohl sie nicht sonderlich erschöpft wirkt, wäre es zweifelsohne nett, ihr Tee und Gebäck anzubieten. In der Bibliothek, Bligh. Bringen Sie das Teetablett dorthin, bitte.«

Deaglan ließ Bligh stehen und schlenderte zu Felix und Miss Cynster. Sie wirkte gelöst, doch bei genauer Betrachtung erkannte er einen aufmerksamen, vorsichtigen Ausdruck an ihr. In diesem Moment wurde ihm bewusst, dass er sie falsch eingeschätzt hatte und sie immun gegen Schmeicheleien wie die von Felix war. Um Erfolg zu haben, würde er sich selbst um sie kümmern müssen.

»Sagen Sie mir«, bat sie mit leiser Stimme, als er zu ihr kam, »ob noch andere Ställe Interesse an den Pferden Glengarahs bekundet haben? Wissen noch andere Züchter von diesen Tieren?«

»Ich, äh …« Felix wollte offenbar erneut den Ton angeben, wurde aber vom Hausherren des Anwesens unterbrochen. »Was mein Bruder zu sagen versucht, Miss Cynster, ist Folgendes: Wir haben keine Ahnung, wem mein Vater welche Tiere gezeigt oder mit wem er in Kontakt gestanden hat, um einen Termin für eine Besichtigung zu vereinbaren.«

Sie erwiderte seinen Blick so offen und direkt, wie er es inzwischen von ihr erwartete. »Ich verstehe.«

Deaglan lächelte lässig. »Darüber werden wir noch reden müssen. Zunächst habe ich die Anweisung erteilt, Ihre Dienstboten im Haus unterzubringen und Ihr Gepäck gleich in Ihr Zimmer zu bringen. Unsere Haushälterin Mrs. Bligh wird Sie begleiten, wann immer Sie möchten. Ich hoffe allerdings, dass Sie uns zuerst die Ehre erweisen, eine Tasse Tee mit uns zu trinken.«

Mit einem anmutigen Nicken nahm sie die Einladung an, und gemeinsam gingen sie durch die Zimmerflut.

»Bitte entschuldigen Sie, dass meine Tante Mrs. O'Connor nicht hier ist, um Sie zu begrüßen. Sie besucht gerade ein paar Freundinnen, wird jedoch bald zurückerwartet.« Er fing ihren Blick auf. »Es wird Sie sicher freuen, dass sie ebenfalls hier lebt und dafür sorgen wird, dass alle Anstandsregeln hinsichtlich Ihres Besuchs bei uns erfüllt werden.«

Der Blick, den sie ihm zuwarf, bewies, dass sie sich vor dem Aufbruch nach Glengarah Castle keine Gedanken darüber gemacht hatte. Deaglan hingegen lächelte schmallippig. Ihr unerwartetes Auftauchen hier konnte unter Umständen die Art von Schwierigkeiten mit sich bringen, die ein Damenbesuch eventuell verursachte und denen er für gewöhnlich aus dem Weg ging.

Vor der Tür zur Bibliothek blieb er stehen. Erneut ergriff Felix das Wort. »Es ist eine gute Entscheidung hierzubleiben, in der Nähe gibt es keine andere Unterkunft, die angemessen wäre.« Deaglan sah ihr flüchtig in die

Augen, machte die Tür auf und bedeutete Prudence Cynster hineinzugehen.

Sie zeigte keine Spur von Unbehagen, als sie sich in der großen und sehr maskulin eingerichteten Bibliothek umsah. Neben einer Gruppe von Sesseln, die vor einem riesigen Kamin angeordnet waren, blieb sie stehen und fühlte sich sofort wie zu Hause, umarmt von der Atmosphäre eines vertrauten Ortes. Das Mobiliar war von exzellenter Qualität, wenngleich man ihm das Alter ansah. Überall lagen Magazine verstreut über Pferde, Hunde und die Jagd. Das Feuer im Kamin prasselte gemütlich und verbreitete eine angenehme Wärme, die die Kälte der dicken Steinmauern vertrieb. Bücherregale, die unter ihrem Gewicht stöhnten, nahmen drei Wände des Raums ein. Auf der anderen Seite befanden sich Glastüren, die auf die Terrasse hinausführten, hinter der sich eine Rasenfläche und Beete erstreckten, in denen die ersten Frühlingsblumen ihre Köpfchen emporreckten.

Sie drehte sich zu Felix und dem Earl um, die ihr in den Raum gefolgt waren, und zeigte ein dankbares und etwas reumütiges Lächeln. »Ich danke Ihnen für Ihre Gastfreundschaft und entschuldige mich, falls meine Zugehörigkeit zum weiblichen Geschlecht Ihnen irgendwelche Schwierigkeiten bereitet hat. Ich gebe zu, dass es mir nicht in den Sinn gekommen ist, dass es so sein könnte.«

Der Earl erwiderte ihren Blick und betrachtete den Damenbesuch wohl als nicht ganz so unproblematisch, denn in seinen smaragdgrünen Augen glaubte sie die Worte zu lesen, dass es ihr hätte klar sein müssen.

Und damit hatte er recht. Sie hätte wissen müssen, dass es unklug sein könnte, unter seinem Dach zu bleiben. Glücklicherweise war es dank der Anwesenheit seiner Tante zumindest nicht mehr unschicklich.

»Ich fürchte, ich bin ein wenig zu zielstrebig, wenn es um Pferde geht«, wählte sie eine harmlos klingende Entschuldigung, bei der über das Gesicht des Earl ein leicht belustigter Ausdruck huschte. Langsam kam er näher und bedeutete ihr mit einer kleinen Geste, Platz zu nehmen.

Der Earl setzte sich in den Sessel gegenüber, Felix in den neben ihr. Der junge Bursche war leicht zu lesen und zu verstehen. Sein Bruder war aus einem ganz anderen Holz geschnitzt und würde sich durch andere Menschen nicht so leicht manipulieren lassen. Vermutlich hätte nicht einmal ihre Cousine Louisa, eine bekannte Expertin in Sachen Manipulation und Beeinflussung, bei ihm eine Chance.

»Dieser Raum ist der Bibliothek in unserem Haus in Newmarket so ähnlich, dass es beinahe unheimlich ist.« Sie wies auf den Tisch, der in der Nähe stand und fast vollständig unter Sportmagazinen begraben war. »Mein Vater und meine Brüder haben all diese Magazine abonniert und lassen sie überall herumliegen.« Sie erwiderte den Blick des Earl. »Ich sollte Ihnen dafür danken, dass Sie mich hierhergebracht haben, wo ich mich gleich sehr wohlgefühlt habe.«

Der umwölkte Ausdruck in seinem Blick verriet ihr, dass das nicht seine Absicht gewesen war, aber es war

nicht einfach, seine undurchdringliche Miene zu ent-
schlüsseln. Ihr wurde bewusst, dass sie wenig über ihn
wusste und er noch weniger über sie.

Den Blick auf sie gerichtet, lehnte er sich in seinem Sessel zurück. »Ich bin neugierig, Miss Cynster … Ich hätte
gedacht, dass Ihre Familie Sie nach London und zu den
etwas herkömmlicheren Vergnügungen für Damen geschickt hätte.«

Sie lächelte. »Sie versuchen es immer wieder. Und
manchmal gelingt es ihnen sogar.«

»Sie haben also die eine oder andere Saison in London
verbracht?«

»Einige, ja. Immerhin bin ich keine junge Debütantin
mehr.«

»Keine Angebote?«

Eine unverschämte Feststellung, wie sie an der Reaktion des jüngeren Bruders erkannte. Ihr war es egal. »Es
gab einige Angebote, nur keines, das mich so interessiert
hätte wie die Pferdezucht.«

Spöttisch zog er eine Augenbraue hoch. »Ist das so?«
Eindeutig war er einer dieser Männer, die mit ihrem Blick
vieles ausdrücken konnten, selbst Zweifel. »Also verbringen Sie Ihre Zeit vor allem in den Stallungen Ihrer Familie in Newmarket?«

»Für gewöhnlich bin ich dort anzutreffen, während
der vergangenen zwei Jahre bin ich durch die Gegend gereist und habe mir Pferde angesehen, die für uns hätten
interessant sein können.«

»Und wohin hat Ihre Suche Sie geführt?«

Das war eine Frage, auf die sie nicht vorbereitet gewesen war. Sie musste Lord Deaglan Fitzgerald nicht verraten, wie schwierig die Suche nach geeigneten Pferden sich gestaltet hatte.

Sie zermarterte sich das Gehirn nach einer geistreichen Gegenfrage, als plötzlich die Tür aufging und der Butler mit einem gut gefüllten Tablett erschien.

Der Earl deutete auf den niedrigen Beistelltisch zwischen den Sesseln. »Stellen Sie es bitte dort ab.«

»Ja, Mylord.« Bligh brachte das Tablett und warf Pru einen neugierigen Blick zu, als er sich wieder aufrichtete. Der Earl wies mit einem Kopfnicken auf die Teekanne. »Wenn es Ihnen nichts ausmacht?«

»Natürlich nicht.« Pru beugte sich vor und griff nach der Teekanne, schenkte drei Tassen voll und reichte eine dem Earl und eine Felix. Dann nahm sie ihre eigene Tasse mit der Untertasse, lehnte sich zurück und nippte an dem heißen Getränk. »Der Tee schmeckt wundervoll«, seufzte sie.

»Meine Haushälterin rühmt sich damit, den besten Tee zu haben.« Deaglan rief den Butler zurück, der auf dem Weg zur Tür war. »Richten Sie Mrs. Bligh bitte Miss Cynsters Komplimente aus. Und meine desgleichen.«

»Ich werde es ihr sagen, Mylord.« Der Butler lächelte, verbeugte sich und verließ die Bibliothek.

Die Tür war kaum ins Schloss gefallen, als es erneut klopfte und ein akkurat gekleideter Mann hereinkam.

Pru musterte über den Rand ihrer Tasse hinweg den Neuankömmling. Er war hochgewachsen und kräftig gebaut, beides etwas weniger als beim Earl, und hatte ebenmäßige, angenehme Züge. Er war frisch rasiert, schien im Alter des Earl zu sein und trug Reitkleidung: Reithosen und Stiefel mit einer schlichten Weste, einem unauffälligen Hemd und einem ordentlich gebundenen Halstuch unter einer braunen Reitjacke.

Wer auch immer er sein mochte, er war überrascht, sie beim Tee mit dem Earl und Felix zu erblicken.

»Jay.« Deaglan nickte und sah zu Pru hinüber. »Miss Cynster, erlauben Sie mir, Ihnen meinen Gutsverwalter und entfernten Cousin Jervis O'Shaughnessy vorzustellen.«

Der Verwalter lächelte und machte eine kleine Verbeugung. »Miss Cynster. Bitte, nennen Sie mich Jay so wie alle anderen.«

Pru lächelte warmherzig. »Gerne, Jay.«

»Miss Cynster ist hier, um sich unsere Pferde anzusehen«, sagte Felix mit einem Anflug von Stolz und Bewunderung. »Sie leitet das Zuchtprogramm der Cynster-Ställe.«

»Ist das so?« Jay sah Pru an, als wüsste er nicht genau, was er davon halten sollte. Solche Reaktionen gewohnt, lächelte sie ihn aufmunternd an, während der Earl of Glengarah ihm Tee anbot.

»Läute nach einer Tasse, wenn du möchtest, Jay«, sagte er und deutete auf den Klingelzug.

»Danke, Deaglan, ich bin nur kurz gekommen, um nachzufragen, ob Joes Jungs als Nächstes mit der Reparatur der Brücke oder mit dem Zaun auf der hinteren Koppel weitermachen sollen.«

»Mit der Brücke«, erwiderte der Earl. »Die Schneeschmelze hat die Brücke auf jeden Fall beschädigt, und
ich will keine unnötigen Unfälle riskieren.«

Pru hörte interessiert zu, als die drei Männer darüber
diskutierten, wie man die beschädigte Brücke am besten
reparieren könnte. Ihr ging es vor allem darum herauszufinden, auf welchen von ihnen sie sich konzentrieren
musste und welcher für ihre Pläne am wichtigsten war.
Darüber hinaus bescherte ihr die Diskussion über die
Brücke eine perfekte Gelegenheit, sich einen besseren Eindruck über das Verhältnis der drei Männer zueinander zu
verschaffen. Und obwohl Jay und Felix stärker ihre Meinung äußerten und der Earl über ihre Vorschläge nachdachte, lag die Entscheidung letztendlich bei ihm. Pru
hatte keinen Zweifel mehr daran, dass es genauso war,
wie Honoria es vorausgesagt hatte: Sie würde sich mit
Lord Deaglan Fitzgerald persönlich auseinandersetzen
müssen. Da wartete eine gewaltige Herausforderung auf
sie, die ihre normalen Erwartungen bestimmt übertraf.
Dennoch hatte sie trotz seines zweifelhaften Rufs keine
Angst, von ihm über den Tisch gezogen zu werden.

Eher störte es sie, dass er sich von ihr fernhielt und so
gut wie keine Anstalten machte, auf sie zuzugehen. Mittlerweile glaubte sie sogar, dass er nicht bedrohlich auf sie
wirken wollte und sorgfältig darauf achtete, so ungefährlich zu erscheinen, wie es für einen Mann wie ihn möglich war.

Leider machte ihn das für ihr Gefühl nicht weniger an-
ziehend. Und erst recht nicht für ihre schwer zu bändi-

gende Fantasie. Was er in ihr anregte, war eine Mischung aus turbulenten und verführerischen Gedanken sowie heimlichen Verlockungen, die nicht ganz zu kühlen geschäftlichen Überlegungen passten.

Es war nicht das, was sie auf dem irischen Gestüt eigentlich hatte tun wollen. Sie musste aufhören mit dem Träumen und Spekulieren, das tat ihr nicht gut.

Energisch riss sie sich zusammen, um wieder klar zu denken – etwas, das sie ständig tun musste, seit sie Deaglan Fitzgerald begegnet war.

Wie seltsam, so etwas war ihr bislang noch nicht passiert. Niemals. Vor allem nicht, wenn es eigentlich um Pferde ging.

Pferde!

Bevor der Earl etwas sagen und damit die Richtung des Gesprächs bestimmen konnte, fixierte sie ihn mit einem fragenden Blick. »In Ihrem Brief erwähnten Sie eine Abmachung, die in beiderseitigem Interesse wäre. Darf ich fragen, welche Abmachung genau Ihnen da vorschwebt?«

Er verzog die Lippen zu einem winzigen Lächeln, das etwas herablassend wirkte. »Ihnen ist sicherlich klar, dass das ganz allgemein formuliert war. Ich könnte konkreter werden, wenn Sie umreißen würden, welche Abmachungen die Cynsters normalerweise vorschlagen, sobald es um neue Vollblutpferde für Ihr Zuchtprogramm geht.«

»Es gibt eine Reihe möglicher Vereinbarungen – was genau infrage kommt, hängt davon ab, was für Pferde Sie haben und wie die Qualität der Tiere ist.«

»Angesichts Ihrer prompten Rückmeldung auf unser Schreiben muss es bei Ihnen doch einen Bedarf geben, den Sie gern decken würden.«

»Ja und nein.« Sie beugte sich vor und stellte die leere Tasse samt Untertasse zurück auf das Tablett. Sie nahm sich Zeit, lehnte sich in ihrem Sessel zurück und betrachtete den Earl einige Sekunden lang, ehe sie weitersprach. »Unser Gestüt ist groß genug, damit wir erstklassiges Zuchtmaterial auf jeden Fall nutzen können und wollen. Insbesondere möchten wir spezielle Blutlinien stärken, wobei wir im Allgemeinen vielversprechende Chancen nutzen, wenn sie sich uns bieten.«

Mehr wollte sie im Moment dazu nicht sagen, und sie ließ keinen Zweifel daran, dass diese Entscheidung endgültig war. Offenbar überzeugte sie ihn nicht ganz, denn er bestand weiterhin hartnäckig auf die schnelle Reaktion der Cynsters. Sie hingegen stellte ihm die Frage, warum er ihnen überhaupt geschrieben hatte und warum er noch immer mit ihr verhandeln wollte. Seinen zweifelhaften Ruf erwähnte sie nicht.

Allerdings waren weder er noch sie Anfänger, wenn es um Verhandlungen ging. Keiner von ihnen war bereit, sich in die Karten blicken zu lassen, erst recht nicht zu diesem frühen Zeitpunkt.

Einen langen Moment starrten sie einander an. Felix und Jay beobachteten alles von der Seitenlinie aus. Pru spürte, wie ihre Blicke hin und her gingen.

Deaglan war eindeutig enttäuscht über die Unnachgiebigkeit seines weiblichen Besuchers. Keine Frage, sie würde nicht einknicken und ihm keinen Vorteil verschaffen, indem sie verriet, wonach sie suchte und warum sie das tat.

Sie waren so in ihr Gespräch vertieft, dass Deaglan Jay gar nicht zu bemerken schien, der noch immer neben ihm stand. Er sah zu ihm hoch. »Gibt es sonst noch etwas?«

Jay verneinte und warf ihrem unerwarteten Besuch noch einen Blick zu. »Soll ich sonst noch etwas erledigen?«

Ein Teil von Deaglan wünschte sich, das Angebot einfach annehmen zu können. Sich mit Prudence Cynster auseinanderzusetzen würde ihm und seiner Geduld zweifellos viel abverlangen. »Nein. Sag mir einfach, was Joe meint.«

»Das werde ich.« Jay verbeugte sich vor ihrem Gast. »Miss Cynster.« Er nickte Deaglan und Felix zu und ging zur Tür.

Deaglan wartete ab, bis die Tür hinter Jay ins Schloss gefallen war. Vielleicht war es auch an der Zeit, was Miss Prudence Cynster und die Pferde seines verstorbenen Vaters anging, endlich die Probe aufs Exempel zu machen. Er suchte ihren Blick und deutete auf das Teetablett. »Nachdem die Höflichkeiten nun erledigt sind, möchten Sie vielleicht Ihren erfahrenen Blick auf einige unserer Pferde werfen?«

Pru gelang es, sich zusammenzureißen und angesichts seines zynischen Tons nicht gleich aufzuspringen. Sie erhob sich möglichst anmutig und setzte ein bezauberndes Lächeln auf: »Nichts lieber als das.«

Sie wollte die Pferde der Glengarahs sehen – und der Wunsch war jetzt noch stärker als zu dem Zeitpunkt, als sie in ihrer Kutsche die Zufahrt zum Haus hinaufgerollt war.

Kapitel 3

Pru lief neben dem Earl einen Korridor entlang, der von der Eingangshalle zu einem Seitenausgang führte, von dem aus man auf einen großen, mit Kopfsteinen gepflasterten Hof gelangte. Nach ungefähr dreißig Metern kamen sie durch einen Bogengang zum Hof vor den Stallungen. Den Stall selbst verschloss in der Regel ein riesiges Holztor, das gerade offen stand.

Wo immer sie hinsah, alles war sehr gepflegt und ordentlich. Aufgeräumt, sauber, in gutem Zustand. All das ließ Pru das Beste für den Stall vermuten. Sie hatte nämlich die Erfahrung gemacht, dass diejenigen, die sich um ihren Besitz kümmerten, auch gut für ihre Pferde sorgten.

Als sie sich dem Stall näherten, versuchte sie, einen Eindruck von seiner Größe und seiner Bauweise zu bekommen. Soweit sie das von außen beurteilen konnte, war es kein schmuckloses Gebäude wie die meisten Ställe. Es gab zahlreiche Gänge, die parallel verliefen und in denen sich die Boxen für die Pferde aneinanderreihten.

Sie hatten den halben Weg über den Hof zurückgelegt, als zwei Hunde angehechelt kamen. Einer schien ein Irish

Setter zu sein, der rostrot und weiß gescheckt war, während der andere Hund ein glattes, goldfarbenes Fell hatte. Die beiden tollten um sie und die Männer herum, wollten mit offenen Mäulern und heraushängenden Zungen ganz offensichtlich spielen und kamen sofort zu ihrem Herrn. Glengarah bückte sich, um sie zu streicheln und ihr Fell zu kraulen. »Nur für eine Minute«, sagte er. »Es sind treue Gefährten.«

Zufrieden mit der Aufmerksamkeit, die er erhielt, näherte sich der rot-weiße Setter der unbekannten Besucherin. Lächelnd ging sie in die Knie, um den Hund hinter den Ohren zu kraulen. »Du bist ein Hübscher, oder?«

Glengarah sah in ihre Richtung. »Sie können mit Hunden umgehen«, stellte er fest.

»Ja.« Pru griff dem Setter unters Kinn und hob es an, um dem Hund in die Augen blicken zu können. »Meine Cousins in Schottland züchten Schottische Hirschhunde. Wir bekommen öfter mal eines oder zwei von ihren Tieren.«

Glengarah richtete sich auf und ließ den Hund mit dem goldbraunen Fell los, der sofort schnüffelnd auf Pru zulief.

Sie streichelte den großen Kopf, betrachtete den kräftigen Körper und die langen, starken Beine und richtete den Blick dann auf Glengarah. »Ich habe diese Rasse noch nie gesehen – ist das ein Jagdhund?«

Er nickte. »Ein Kerry Beagle. Sie jagen genauso wie Hirschhunde.«

Aus einem Gebäude auf der rechten Seite des Hofs

hörte Pru das Jaulen und Kläffen von weiteren Hunden. Glengarah schaute in die Richtung des Stalls und zögerte kurz. »Wir züchten beide Rassen seit über zehn Jahren. Viele Besitzer von Jagdrudeln in Irland kommen zu uns, um Beagles zu kaufen. Und die Setter sind sehr gute Jagdhunde, die stark von Grundbesitzern gefragt werden.«

Sie konnte sich selbst davon überzeugen, dass die Hunde in einem erstklassigen Zustand waren und dass der Earl langjährige Erfahrung mit der Zucht haben musste. Obwohl es entscheidende Unterschiede zwischen der Hundezucht und der Zucht von Vollblutpferden gab, waren die Grundzüge eines solchen Unternehmens sehr ähnlich.

Glengarah klopfte den Hunden aufs Hinterteil. »Wir gehen jetzt in den Stall. Ihr könnt natürlich mitkommen, wenn ihr wollt, aber erwartet keine Aufmerksamkeit von uns«, sagte er und bedeutete Pru weiterzugehen, während die Hunde zurück zu ihrem Zwinger trotteten. Lächelnd schüttelte sie den Kopf. »Sie haben sie wirklich gut ausgebildet.«

Glengarah stieß einen amüsierten Laut aus. »Sie bekommen gleich etwas zu fressen, nur deshalb sind sie freiwillig zurückgelaufen.«

Pru lachte und schritt durch den Bogengang in den nächsten Hof, an dem der Eingang zum Stall lag. Bald würde sie die Pferde sehen. Sie ermahnte sich, die Erwartungen nicht zu hoch zu schrauben. Selbst wenn sie die erste Person aus der Welt der Pferdezucht war, die diesen Stall besichtigen durfte, bedeutete das nicht, dass die

Pferde, die der verstorbene Earl gekauft hatte, ihre Zeit überhaupt wert waren.

Sie hatte sich von den verheißungsvollen Grundsätzen des verstorbenen Titelträgers, den kurzen Beschreibungen der drei Pferde und von der faszinierenden Tatsache locken lassen, dass vor ihr noch kein Außenstehender diesen Stall besichtigt hatte. Allerdings gab es keine Garantie dafür, dass sie innen etwas Großartiges erwartete.

Falls sich herausstellte, dass die Pferde uninteressant für ihre Zucht waren, könnte sie umgehend wieder abreisen, nach Ballyranna im Bezirk Kilkenny fahren und dort den Earl of Kentland besuchen, den Zwillingsbruder ihrer Freundin Priscilla Caxton und von daher ein Bekannter der Familie. Die Ställe der Cynsters und der Kentlands arbeiteten seit Jahren eng zusammen, teilten Informationen und handelten untereinander mit Pferden.

Ganz unabhängig davon, was Pru also im Glengarah-Stall vorfinden würde, wäre ihre Reise über die Irische See nicht völlig umsonst gewesen.

Als sie den dunklen, kühlen Stall betraten, erstreckte sich vor ihnen ein langer Gang, von dem aus zu beiden Seiten Boxen abgingen. Im schummrigen Licht sog sie unwillkürlich die Luft ein und damit den vertrauten Duft nach Heu und Pferden.

Der Earl deutete den Gang entlang. »Kutschpferde zur rechten und in den ersten Boxen auf der linken Seite. Dann folgen auf der linken Seite die Reitpferde, die von der Familie benutzt werden. Der Großteil der Zuchtpferde befindet sich weiter hinten im Stall.«

Pru betrachtete kurz das erste der Kutschpferde. Es handelte sich um einen starken Wallach mit exzellenten Linien, doch sie wollte andere Tiere sehen und ging weiter. Als sie sich den ersten Boxen näherte, in denen die Pferde der Familie standen, bewegte sich ein großer Schimmel und steckte seinen Kopf über die Boxentür.

Mit seinen riesigen, dunklen Augen betrachtete er sie interessiert, wandte sich kurz Glengarah und dann wieder ihr zu. Das Pferd schnaubte leise. Pru hielt ihm die Hand entgegen und kam näher, um sich das Tier genauer anzuschauen.

Deaglan hielt Felix zurück, damit er Pru in Ruhe ließ, die sich mit dem Schimmel offenbar unterhielt, als hätten sie sich gesucht und gefunden. Über die Boxentür gebeugt, ließ sie ihren erfahrenen Blick über seinen Körper und seine Beine gleiten. »Wie heißt er, und wer reitet ihn?«

»Thor«, entgegnete Deaglan. »Und ich reite ihn.«

Sie sah ihn an. »Er ist stark«, sagte sie. »Selbst für Sie.« Bewundernd strich sie mit der Hand über Thors Wange. »Er muss eine der Anschaffungen Ihres verstorbenen Vaters gewesen sein, ein Teil seiner Sammlung.«

»Das ist er in der Tat. Da die Pferde hier regelmäßig bewegt werden müssen, haben alle Mitglieder dieses Haushalts Tiere für sich ausgesucht, um sie selbst zu reiten.« Mit einem Kopfnicken deutete er auf die Boxen. »Das sind die Pferde, die ich gerne als unsere Gäule bezeichne.«

Pru, der diese Bezeichnung missfiel, öffnete die Boxentür und betrat die Box.

Deaglan wollte schon nach vorne springen, um seine Besucherin von dem ungeduldigen, reizbaren Hengst fernzuhalten, als er erkannte, dass Thor vollkommen friedlich dastand, während sie ihn umrundete, seine Linien betrachtete, ihm näher kam und mit den Händen über die Schultern, seinen Rücken und seine langen Beine strich. Dabei drehte er seinen riesigen Kopf nach hinten, um sie im Blick zu behalten, ansonsten hielt er still. Anscheinend war er genauso fasziniert von ihr wie Deaglan.

Nein … Deaglan Fitzgerald war nicht fasziniert. Er wollte sie einfach verstehen und begreifen, wie sie Thor einschätzte. Sie gab keine Beurteilung von sich und hatte eine undurchdringliche Miene aufgesetzt, an der nichts abzulesen war.

Anscheinend war sie zufrieden mit allem, was sie gesehen hatte. Noch immer schweigend, steuerte sie die nächste Box an, in der eine Stute stand, die Deaglans Tante Maude ab und zu ritt, wie sie von ihm erfuhr.

»Wie viele Pferde haben Sie in der Sammlung?«, fragte sie abwesend, als wäre sie mit den Gedanken bereits bei der Stute. »Sie haben in Ihrem Schreiben nichts darüber erwähnt.«

Deaglan warf Felix einen warnenden Blick zu, schlenderte zu der Boxentür, die er geöffnet hatte, und lehnte sich gegen den Pfosten. »Zweiundfünfzig«, log er.

Das allein war eine beeindruckende Zahl, wie man an dem Blick, den sie ihm zuwarf, eindeutig ablesen konnte. Die fünf Pferde, die er in seiner Antwort unterschlagen hatte, zwei Stuten und drei Hengste, wollte er als Druckmittel für die Verhandlungen in der Hinterhand behalten. Er war entschlossen, sich wegen des Namens Cynster nicht übers Ohr hauen zu lassen.

Jeder Gedanke, dass sie nichts von dem Geschäft verstehen könnte, zu wenig Ahnung von Pferden, Vollblütern und Blutlinien hätte, hatte sich inzwischen wie morgendlicher Nebel aufgelöst. Sie, der Kopf des Zuchtprogramms der Cynster-Ställe, würde ihm ein Angebot unterbreiten. Das war bereits klar, obwohl sie erst zwei der zweiundfünfzig Pferde gesehen hatte. Und wie ihr Angebot aussehen würde, das vermochte er nicht einzuschätzen. Sie war die Expertin in solchen Verhandlungen und er ein Neuling, der auf jeden Fall versuchen würde, sich jeden möglichen Vorteil zu sichern.

Sein Reitpferd Thor war eines der prachtvollsten Exemplare eines Arabers, das sie je gesehen hatte. Und darüber hinaus handelte es sich zudem um einen der seltenen Schimmel. Sie würde erst einmal nicht zu Kentland oder sonst wohin fahren. Zweiundfünfzig Pferde zu begutachten würde mindestens eine Woche, wenn nicht länger dauern.

Sie konnte es kaum erwarten, endlich loszulegen, wenngleich sie versuchte, ihre Begeisterung zu zügeln und sich ihre Hoffnung auf ein gutes Geschäft nicht anmerken zu lassen. Nachdem sie die Stute begutachtet hatte, ging sie in die nächste Box, in der ein kastanienbrauner Hengst stand. Nachdem sie ihn gemustert hatte, musste sie sich dazu zwingen, nicht gleich in alle anderen Boxen zu stürmen. So sehr beeindruckte sie der Umfang des

Bestands. Und jedes Pferd, das sie betrachtete, ließ ihr Züchterherz höher schlagen.

»Gefällt Ihnen, was Sie sehen?«, erkundigte sich der Earl irgendwann.

»Ich muss zugeben, dass ich noch nie eine solche Sammlung von Pferden gesehen habe«, erwiderte Pru. Um zunächst bohrenden Fragen aus dem Weg zu gehen, sagte sie: »Sie haben sowohl Stuten als auch Hengste, und bisher ist der Anteil beider Geschlechter ausgeglichen.« Sie sah ihn an. »Gilt das für den gesamten Bestand?«

»Ungefähr. Es gibt ein paar Hengste mehr.«

»Was ist mit dem Alter der Tiere? Gibt es Stuten oder Hengste, die älter als fünfzehn sind?«

Er schüttelte den Kopf. »Nein. Mein Vater hat vor fünfzehn Jahren mit dem Kauf der Pferde begonnen und die ersten Tiere wieder verkauft, nachdem ihm im Laufe der Zeit klar geworden war, was er eigentlich wollte. Er hat dann lediglich Tiere gekauft, die dieser Vision besser entsprachen. Das jüngste Tier ist eine Stute, die zwei Jahre alt ist, und das älteste Pferd ein Hengst von vierzehn Jahren.«

»Ich verstehe. Also sind sie alle im fortpflanzungsfähigen Alter. Sehr gut!« Es war unmöglich, sich die Freude darüber nicht anmerken zu lassen.

Als sie den Gang entlangschritten und in den angrenzenden Bereich des Stalls kamen und auf der anderen Seite eine Koppel sahen, fiel es Pru immer schwerer, wie auf einem Spaziergang weiterzugehen. Der Drang, an jeder Box stehen zu bleiben, um sich die Pferde anzusehen, war kaum noch zu unterdrücken. Abgesehen von Thor, von der ersten Stute und dem kastanienbraunen Hengst nahm die Qualität der Tiere immer weiter zu, je tiefer sie in den Stall vordrangen. Als wären die Tiere nach Seltenheit und nach Perfektion sortiert worden.

»Wer entscheidet, welches Pferd in welche Box kommt?«, erkundigte sie sich neugierig.

»Mein Vater hat das entschieden. Er hatte ein exzellentes Auge.«

»Das glaube ich.«

Glengarah hielt kurz inne. »Darum sind Sie ja hier.«

Dazu sagte sie nichts. Überhaupt sagte sie nichts mehr, weil jedes einzelne Tier ihre Aufmerksamkeit derart fesselte, dass ihr allmählich schwindelig wurde. Der Wert der Tiere, die im Stall von Glengarah lebten, übertraf jede Vorstellung und war fast unbezahlbar.

Als sie am Ende des zweiten Gangs eine weitere Stallgasse mit Boxen erblickte, blieb Pru stehen. Dann sah sie Glengarah an. »Wie viele Pferde stehen dort noch?«

Er überlegte kurz und servierte ihr eine Zahl. »Wir sind an sechsundzwanzig Tieren vorbeigekommen, also folgen noch weitere sechsundzwanzig.« In ihrem Kopf drehte sich alles.

Statt weiterzugehen, blieb sie wie angewurzelt stehen und atmete tief durch, bevor sie sich dem Earl zuwandte. Leider war dem Mann überhaupt nicht anzusehen, was in ihm vor sich ging.

»Sagen Sie mir: Was war das Motiv Ihres Vaters, einen solchen Bestand von Pferden anzulegen?«

Deaglan zuckte mit den Schultern. »Pferde waren seine große Leidenschaft. Ursprünglich wollte er einfach ein paar Prachtexemplare besitzen. Seine ersten Käufe fußten allein auf diesem Wunsch und seiner subjektiven Einschätzung. Erst auf seiner Suche nach Pferden, die seiner Meinung nach seinen Kriterien entsprachen, erstand er auf einer Auktion zwei Hengste. Als er sich im Nachhinein mit dem Hintergrund der Tiere befasste, entdeckte er dort Hinweise auf die ersten Hengste und Stuten der Rasse. Von dem Zeitpunkt an legte er nicht mehr nur Wert auf die äußerlichen Eigenschaften der Tiere, sondern auch auf die Blutlinien. Im Laufe der folgenden Jahre entwickelte und verfeinerte er seinen Ansatz und die Vision, die ihm vorschwebte, immer weiter. In den letzten acht oder neun Jahren kaufte er ausschließlich neue Pferde hinzu und verkaufte kein einziges mehr – er hatte sich seine Kaufkriterien zurechtgelegt und hielt an ihnen fest.«

Sie nickte. »Ich verstehe.« Sie warf einen Blick zurück, den zweiten Gang entlang. Dann sah sie nach vorn zu der Stelle, an der die dritte Stallgasse nach links abbog. »Ich muss zugeben, dass der Grundriss der Stallungen mir ganz neu ist. Ungewöhnlich. So eine Anordnung von Gassen und Boxen habe ich bisher noch nicht gesehen. Die meisten Ställe sind rechteckige Gebäude oder eine Anzahl von schlichten Gebäuden, die um einen Hof herum angeordnet sind. Dieser Stall scheint irgendwie in sich … gewunden zu sein.«

»Der Grundriss ist der Tatsache geschuldet, dass mein

Vater immer weitere Trakte anbauen ließ, je mehr Pferde er kaufte und je größer der Bestand wurde. Der ursprüngliche Stall, der zur Burg gehört, war wesentlich kleiner.« Damals war es nicht mehr als ein kleiner Hof, an den sich zu beiden Seiten sechs Boxen angeschlossen hatten.

»Ich denke, das erklärt einiges.«

Als sie schwieg und weiter den Gang entlangblickte, konnte er sich eine Frage nicht verkneifen, die gar nicht so unwichtig war. »Wollen Sie noch mehr sehen?«

Pru zögerte. »Ja, ich würde gern einen ersten Blick auf alle zweiundfünfzig Pferde werfen. Nach der langen Reise und der Begutachtung der ersten Tiere fürchte ich allerdings, dass ich dem Rest des Bestands eigentlich nicht mehr gerecht werden kann.«

Normalerweise hätte sie eine solche Schwäche niemals freiwillig zugegeben, aber sie brauchte Zeit, um all das zu verarbeiten, was sie bis jetzt gesehen hatte. Und sie zweifelte daran, ihre Begeisterung über die nächsten sechsundzwanzig Pferde weiterhin zügeln zu können. Das war ihr gleich bei den ersten sechsundzwanzig schwergefallen, und sie hatte Mühe gehabt, sich nichts davon anmerken zu lassen. Das wäre ruinös für eine gewiefte Händlerin gewesen. Sie durfte ihre Pluspunkte nicht verspielen. Zumindest stand eines für sie fest: Sie würde eine Zuchtvereinbarung mit dem wilden, gefährlichen und unglaublich gut aussehenden Earl treffen. Was Glengarah dazu veranlasst hatte, ausgerechnet den Cynsters zu schreiben, das wusste sie nicht. Warum hatte er ein so großes Interesse an ihrer Familie? Zu riskieren, dass Glengarah an ihrem

Interesse zweifelte und einem anderen Züchter schrieb, wäre ein schwerer Schlag für sie. Pru versuchte einen praktischen Mittelweg einzuschlagen.

»Allerdings habe ich genug gesehen, um sagen zu können, dass ich gern eine vollständige Bestandsaufnahme und Begutachtung der Tiere durchführen würde. Das«, sagte sie mit einem Blick auf die Boxen in der Nähe, »dürfte ungefähr eine Woche dauern. Vielleicht sogar länger.«

Zu ihrem Erstaunen und zu ihrer Freude hellten sich die Mienen der Brüder auf. Sie lächelten, und ihre Körperhaltung wurde lockerer. Pru beschloss, das Eisen zu schmieden, solange es heiß war. »Als Teil meiner Begutachtung muss ich jedes Pferd beim Voltigieren auf dem Zirkel sehen, um seine Gangart und seine Bewegungen beurteilen zu können. Einige Tiere werde ich selbst reiten.« Sie blickte von Glengarah zu Felix. »An wen von Ihnen beiden kann ich mich wenden, um die Pferde auf den Voltigierzirkel zu führen?«

Felix lächelte erleichtert. »Ich freue mich, Ihnen bei alldem behilflich sein zu können.«

Der Earl wirkte nicht gerade freudig. Er machte den Eindruck, als wäre er angesichts Prus schneller Entscheidung überfordert. »Ich werde Ihnen auf dem Zirkel assistieren«, knurrte er. Als er ihren skeptischen Blick sah, fügte er hinzu: »Es sind immerhin meine Pferde, und mit mir werden gegebenenfalls auch die Verhandlungen geführt.«

Mit aller Anmut, die sie aufbringen konnte, neigte sie den Kopf und wandte sich von ihm ab. Offensichtlich war es zu viel des Guten gewesen zu hoffen, dass er sich bei der Beurteilung seiner Pferde und bei Übungen mit ihnen kooperativ zeigen würde. Pru erkannte, dass es wichtig war, sich an ihn zu gewöhnen, und zwar mit ihren Sinnen und Gefühlen, anders funktionierte es nicht. Es brachte nichts, zu heftig auf seine Nähe, seine Stimme und seine körperliche Präsenz zu reagieren.

Als sie zurück zur Burg liefen, plauderte Felix darüber, wen sie beim Abendessen noch kennenlernen würde. Mrs. O'Connor, ihre verwitwete Tante, sowie eine Cousine und einen uralten Onkel, einen entfernten Cousin mütterlicherseits. Gleichzeitig versuchte sie ihren Geist davor zu verschließen, dass Deaglan Fitzgerald mürrisch und irgendwie bedrohlich neben ihr herlief.

Für den Moment musste sie sich zumindest überlegen, wie sie verhindern konnte, dass er bemerkte, welche Wirkung er auf sie hatte. Bloß wie?

Als sie durch den Seiteneingang in die Dunkelheit und Kühle der Burg traten, kam ihr die Antwort auf diese Frage.

Sie könnte ihn von ihrer Reaktion auf ihn ablenken, indem sie sich auf eine Art mit ihm einließ, für die er bekanntermaßen empfänglich war. Anders ausgedrückt: Sie musste ihn dazu zwingen, sich mit seiner Reaktion auf sie auseinanderzusetzen. Zufrieden lächelnd, machte sie sich mit Glengarah und Felix im Schlepptau auf den Weg zurück in die Eingangshalle.

Während er die Haushälterin bat, sie zu ihrem Zimmer zu bringen, beobachtete Pru ihn aus den Augenwinkeln und beschloss, dass sie sich nicht zu schade dazu war, ihre weiblichen Reize für einen guten Zweck einzusetzen.

Eine Stunde später stand Pru vor der Tür zum Salon. Sie trug ein Kleid, das ohne Zweifel raffiniert, aber nicht aufdringlich war. In einem Goldton, den nicht jede Dame tragen konnte, verlieh der luxuriöse Satinstoff des eng anliegenden Oberteils mit gewagtem Ausschnitt, den ellbogenlangen Ärmeln und den bauschigen Röcken ihr einen sinnlichen Reiz. Um sich gegen die Kühle des Abends zu schützen, hatte sie einen Seidenschal mit Fransen in Gold, Schwarz und Umbrabraun um ihre Schultern gelegt.

Sie holte tief Luft, um sich für das Kommende zu wappnen. Mit einem erwartungsvollen Lächeln auf den Lippen ging sie durch die Tür, die der Butler für sie aufhielt.

Angesichts des unsicheren Blicks, den Glengarah ihr zuwarf, als sie eintrat, brauchte sie sich nicht weiter zu fragen, ob ihre Strategie aufgehen würde.

Eine Sekunde lang starrte er sie an, als sie auf ihn zuschwebte, dann presste er die Lippen aufeinander, erhob sich und ging auf sie zu. Er sah großartig aus, musste sie zugeben. Er trug ein Dinnerjackett in einem dunklen Grün, dazu eine elfenbeinfarbene Seidenweste und eine modische Hose und gab dabei eine so gute Figur ab, die kaum zu übertreffen war. Sie blieb vor ihm stehen, machte einen Knicks und reichte ihm mit einem Lächeln die Hand. »Mylord.«

Sie konnte beinahe spüren, wie er sich innerlich verhärtete. Doch bemühte er sich, sich seine Reaktion nicht anmerken zu lassen, und begrüßte sie so förmlich, wie es sich gehörte. »Miss Cynster, erlauben Sie mir, Ihnen die anderen Mitglieder der Familie vorzustellen?«

Seine Worte, die steif und hölzern klangen, passten nicht zu dem Feuer, das sie in seinen Augen hatte brennen sehen, ehe er die Lider gesenkt hatte. Um sich abzulenken, richtete sie ihre Aufmerksamkeit auf die drei Anwesenden, die sie noch nicht kannte: eine ältere Dame, eine junge Frau Anfang zwanzig und ein älterer Herr mit stahlgrauem Haar, der in einem Rollstuhl saß.

Die ältere und die junge Dame erhoben sich vom Sofa, um Pru zu begrüßen, die sich ihnen mit Glengarah näherte. Plötzlich spürte sie seine Hand an ihrer Taille und musste sich mühsam zusammenreißen, um nicht zu erzittern.

»Miss Cynster, erlauben Sie mir, Ihnen meine Tante Mrs. Maude O'Connor vorzustellen?«

Die Dame war hochgewachsen und von kräftiger Statur und verströmte eine stoische Ruhe und Stärke. Bekleidet war sie mit einem schlichten marineblauen Abendkleid mit Seidenquasten. Ihre Haare waren zurückgekämmt und hochgesteckt worden, sodass ihr attraktives Gesicht noch besser zur Geltung kam, dazu passten ihre klugen braunen Augen.

»Prudence, meine Liebe.« Mrs. O'Connor ergriff die Hand der jüngeren Frau. »Ich bin Witwe und lebe seit einer Ewigkeit hier, seit Deaglans und Felix' Mutter gestorben ist. Jemand musste sich schließlich um die beiden kümmern.« Bei diesen Worten warf sie Deaglan einen scharfen und dennoch liebevollen Blick zu. »Ich bedaure, dass ich bei Ihrer Ankunft nicht hier war, um Sie zu begrüßen«, fuhr Maude fort. »Sie müssen mir diese Unhöflichkeit verzeihen.« Sie sah ihren Neffen streng an. »Man hat mir nicht gesagt, dass wir Besuch erwarteten.«

Pru sah den Burgherrn erstaunt an. »Ich habe Ihnen geschrieben, Sie müssen meinen Brief erhalten haben.«

Der Earl of Glengarah nickte verlegen. »Das haben wir. Heute.«

»Nanu. Ich habe den Brief vor über einer Woche aufgegeben.«

»Letzte Woche gab es einen Sturm auf der Irischen See. Das verzögert immer die Zustellung der Post aus England. Der Brief erreichte uns erst heute Mittag.«

Pru wandte sich Maude zu und lächelte. »In dem Fall sollte *ich* mich entschuldigen, ich hätte Sie schon früher vorwarnen sollen.«

Maude winkte ab. »Jedenfalls ist es eine Freude, Sie bei uns zu haben. Wir bekommen so selten Besuch.« Ein weiterer strenger Blick zu Deaglan begleitete ihre Worte. Dann richtete Maude ihre Aufmerksamkeit erneut auf Pru. »Ich hoffe, Sie fühlen sich in Ihrem Zimmer wohl?«

»Ja, sehr sogar. Es gibt überhaupt nichts auszusetzen. Es ist ein schönes Zimmer.« Pru betrachtete ihren Gastgeber. Ihr war nicht entgangen, dass sie von ihrem Fenster aus einen hervorragenden Blick auf den Stall hatte.

»Sehr gut.« Maude wandte sich der jüngeren Dame zu,

um sie in das Gespräch einzubeziehen. Es war eine hübsche, jugendliche Frau mit blonden Locken, die sie wenig kunstvoll auf ihren Kopf zusammengesteckt hatte. »Darf ich Ihnen meine Nichte Miss Cicely O'Connor vorstellen? Sie lebt eigentlich in Dublin, ist jedoch hier, um die frische Luft auf dem Land zu genießen und Zeit mit mir zu verbringen.«

Miss O'Connor machte einen Knicks und reichte Pru die Hand. »Sie müssen mich Cicely nennen. Ich liebe Ihr Kleid – ist es von einem Londoner Modisten?«

Pru grinste. »Ich hoffe, dass Sie beide Prudence zu mir sagen.« Sie hörte ein leises, zynisches Schnauben, und ihr wurde bewusst, dass Glengarah anscheinend gerade die Bedeutung ihres Namens klar geworden war. Prudence stand im Englischen für Vernunft und Besonnenheit. Mit einem strahlenden Lächeln wandte sie sich Cicely zu. »Und ja, das Kleid ist aus London. Nicht dass ich in letzter Zeit dort gewesen wäre. Meine Mutter bestellt sie für mich in der schwachen Hoffnung, dass mich der Wunsch überkommen könnte, mich wieder in den Salons von London blicken zu lassen. Ich muss nicht extra erwähnen, dass das eher unwahrscheinlich ist.«

»Oh.« Cicely riss ihre blauen Augen auf. »Möchten Sie denn nicht auf den Bällen tanzen und die Feiern besuchen?«

Pru schüttelte den Kopf. »Ich habe drei Saisons lang durchgehalten. Das war genug. Es tut mir leid für Mama, aber ich verbringe meine Zeit lieber mit Pferden.«

»Nun«, sagte Maude, »in dem Fall passen Sie wunderbar in diesen Haushalt.« Ein geräuschvolles Räuspern brachte alle vier dazu, sich zu dem Herrn im Rollstuhl umzudrehen.

Der Mann lächelte Pru freundlich an und streckte die Hand aus. »Patrick Devereux, meine Liebe. Es freut mich, Ihre Bekanntschaft zu machen.«

Pru ergriff seine Hand und schüttelte sie. »Es freut mich ebenfalls, Sie kennenzulernen, Sir.«

»Ach, lassen wir die Förmlichkeiten, nennen Sie mich Patrick.«

Pru lächelte. Patrick Devereux schien um einiges älter zu sein als ihr Vater und war gehbehindert. Ermutigt durch das Funkeln in den Augen des Mannes sagte sie: »Ich vermute, dass es Ihre Aufgabe ist, einen beruhigenden Einfluss auf Ihre jungen Verwandten auszuüben.«

Er lachte. »Ach, wir sind alle ruhig und vernünftig genug, zumindest für Iren. Ich kam zum ersten Mal nach Glengarah, als meine Schwester ihren Hubert heiratete. Und seitdem bin ich immer wieder hergekommen. Wie ein Bumerang.«

Der Earl beugte sich leicht vor. »Mach dir deshalb keine Gedanken. Wir mögen dich trotzdem.« Patrick winkte ab, freute sich aber offenkundig über die Worte seines Neffen.

Die Zuneigung zwischen den Familienmitgliedern war beinahe mit Händen greifbar. Zumindest war Deaglan den Menschen, die ihn mochten, gegenüber sehr nett. Ihnen gegenüber zeigte er auch Sympathien und Gefühle.

Die Tür zum Salon ging auf, und Felix blickte herein.

Er sah sie und lächelte. »Sie haben den Weg gefunden, wie ich sehe.«

»Danke, das habe ich.« Es war nicht schwer gewesen. Der Korridor führte von ihrer Schlafzimmertür geradewegs zur Galerie, von der die Haupttreppe abging. Pru erwiderte Felix' Lächeln, als er die Tür schloss und sich zu ihnen gesellte. »Trotzdem danke, dass Sie es mir erklärt haben. Es war nett, an mich zu denken.«

Maude verwickelte Deaglan derweil in ein Gespräch und erzählte ihm vom Zustand der Höfe, die sie am Nachmittag besucht hatte. Sie meinte, dass an zwei Häusern dringende Reparaturen durchgeführt werden müssten.

Irgendwann führte eine allgemeine Diskussion über Pferderennen das Gespräch zu einer Unterhaltung über die Vollblutpferde, die derzeit auf irischem Rasen liefen. Pru hörte mit halbem Ohr zu, falls etwas erwähnt wurde, das sie ihren Brüdern oder Kentland berichten sollte.

Ihre Aufmerksamkeit wurde zunehmend von der Unterhaltung zwischen Glengarah und Maude gefesselt. Maudes Beobachtungen und Vorschläge zeigten, dass sie bodenständig und praktisch war. Eine Frau, der das Wohlergehen der Pächter ihres Neffen am Herzen lag und die zudem bereit war, für diese Leute zu sprechen.

Zunehmend bemerkte Pru, wie stark sich der Earl auch für seine Pferde engagierte und hoffte, aus dem Bestand einen Zuchtbetrieb aufzubauen. Seine Hingabe für die Pferde war tief verwurzelt, wie er alles, was das Gut betraf, mit ganzem Herzen machte. Auf ihn traf die

Redensart von tiefen Wassern zu. Zu dieser Einsicht war Pru im Verlauf des angeregten Gesprächs gelangt, das erst abbrach, als der Butler Bligh erschien.

»Das Dinner ist serviert, Mylord.«

»Sehr schön.« Maude blickte in die Runde. »Deaglan, wenn du Prudence ins Esszimmer begleiten würdest, dann kann Felix Cicely mitnehmen, und ich werde mit Patrick gehen.«

Ein Diener schlüpfte ins Zimmer und stellte sich hinter Patricks Rollstuhl. Pru drehte sich zu Glengarah um, just als der sich ihr zuwandte und sein Blick auf ihre Brüste fiel – auf die cremeweißen Hügel, von denen dank des großzügigen Ausschnitts ein kleines Stückchen zu sehen war. Sofort hob er den Blick, sah ihr kurz in die Augen und reichte ihr den Arm.

Anmutig neigte sie den Kopf, legte ihre Hand auf seinen Arm und ging gemeinsam mit ihm in die Eingangshalle. Sie spürte die starken Muskeln seines Arms, die sich unter ihren Fingerspitzen anspannten.

Die Wirkung seiner Nähe fühlte sich wie eine unsichtbare Hand an, die über ihren Rücken streichelte und bei ihr eine Gänsehaut auslöste. Sie nahm auch die Mauer wahr, unüberwindlich und kalt, die er zwischen ihnen errichtet hatte, die seine Emotionen und seine Wünsche verbarg. Wobei ihre wilde Seite es sich wünschte, so zu leben. Eine kleine Stimme in ihrem Innersten flüsterte ihr bereits zu, wie befriedigend das doch wäre.

Aber sie hütete sich davor, sich ihrer impulsiven Seite völlig hinzugeben, was sie, wie ihre Familie ihr im Laufe der Jahre immer wieder eingebläut hatte, unweigerlich in Schwierigkeiten bringen würde.

Nein. Solange sie an diesem einmal gefassten Plan festhielt, würde sie die Oberhand behalten oder zumindest einen Vorteil haben, wenn es später um die Verhandlungen ging. Und das war ihr Ziel.

Sie und der irische Lord erreichten das Esszimmer, einen beeindruckenden Raum, wenngleich nicht das größte Speisezimmer der Burg. Er brachte sie an ihren Platz, beugte sich zu ihr herunter, sobald sie saß, und flüsterte: »*Bon appétit.*«

Ganz harmlose Worte, die durch seinen Tonfall seltsam anzüglich klangen. Dazu strich er noch wie zufällig über ihren Nacken bis zu ihrer Schulter. Ein sinnlicher Schauer überlief sie, den sie nur mit Mühe unterdrücken konnte.

Das Spiel, mit dem sie begonnen hatte, konnte man offenbar auch gut zu zweit spielen. Und der verdammte Mann hatte das erkannt.

Deaglan gelang es mit Mühe, seinen Gast nicht ungnädig anzufunkeln. Er wusste sehr genau, dass sie etwas vorhatte. Es begann damit, dass sie Felix um den Finger wickelte – mit ihrem einladenden Lächeln, ihrer angeborenen Kultiviertheit und ihrem reizenden Äußeren. Doch es war nicht Felix, um den der Earl sich Sorgen machte, sondern er selbst.

Diese verdammte Frau hatte sich ganz bewusst dazu entschieden, ihn zu verführen, ihn zu reizen, vermutlich um ihn abzulenken und so einen Vorteil für die Verhandlungen zu gewinnen.

Selber schuld. Immerhin bezweifelte er, dass sie eine Ahnung hatte, was sie heraufbeschwor, indem sie ihn provozierte. Er wartete ab, bis der Rest der Anwesenden sich bei der Suppe in eine Diskussion über die Fischfänge vertiefte, die derzeit aus dem nahe gelegenen Glencar Lough und dem Drumcliff River gezogen wurden, der die südliche Grenze des Anwesens bildete.

»Miss Cynster.«

Sie wandte sich ihm mit hochgezogenen Augenbrauen zu. »Da ich den Rest der Familie gebeten habe, mich Prudence zu nennen, sollten Sie das vielleicht genauso halten.«

Er hielt ihrem Blick stand, ehe er den Kopf leicht schräg legte, als würde er darüber nachdenken. »Das könnte ich natürlich tun, sofern es sich schickt.«

Ihre himmelblauen Augen funkelten belustigt. »Sei's drum ... Es ist ja mein Name.«

»Ruft Ihre Familie Sie so?«

»Nein.« Sie sah ihm in die Augen und kämpfte mit sich. »Sie nennen mich Pru.«

Er nickte. »Das ist besser. Nicht so missverständlich. Also Pru. Und im Sinne von Geben und Nehmen, bitte, nennen Sie mich Deaglan.«

»Deaglan.« Sie zog ganz leicht die Brauen zusammen. Er musste den Impuls unterdrücken, den Arm auszustrecken, um die steile Falte auf ihrer Stirn mit den Fingerspitzen zu vertreiben. »Habe ich den Namen richtig ausgesprochen?«

»Haben Sie, ganz passabel für eine Engländerin.«

Sie lachte.

»Ich wollte fragen, ob ich mich richtig entsinne, dass Ihr Vater als Gründer und Besitzer der Cynster-Ställe noch immer ins Tagesgeschäft involviert ist?«

Sie schüttelte den Kopf. »Höchstens am Rande. Mein Bruder Nicholas, er ist ein Jahr jünger als ich, leitet inzwischen den Rennstall, ich kümmere mich ums Zuchtprogramm, wie Sie wissen, und unser jüngerer Bruder Toby arbeitet mit uns beiden zusammen.«

Er stellte ihr weitere Fragen und versuchte herauszufinden, warum ihre mächtige Familie sie geschickt hatte – und warum sie ihr erlaubt hatten, ganz allein und ohne Unterstützung zu ihm zu kommen.

Das Gespräch bei Tisch verlief lockerer als erwartet. Der Earl musste feststellen, dass sie genauso wortgewandt war wie er. Sie beantwortete seine Fragen, stellte ebenfalls welche über das Anwesen und darüber, was der Pferdebestand für ihn und das Gut bedeutete, und wollte ganz offensichtlich einen Eindruck gewinnen, wie wichtig es für ihn und für das Gut war, die Pferde kommerziell zu nutzen. Sie boten einander die Stirn, allerdings immer mit dem Wunsch, eine Einigung zu finden. Und keiner von beiden war dem anderen überlegen.

Irgendwann ließ er alle Raffinesse und alle Tricks fallen und fragte einfach: »Warum Sie? Von all Ihren Familienmitgliedern sind ausgerechnet Sie hier. Warum? Es gibt, entschuldigen Sie meine Ausdrucksweise, haufenweise Gründe, dass man besser einen Ihrer Brüder geschickt hätte.«

Sie hielt seinen Blick gefangen, ehe sie die Augen niederschlug und ihr Besteck zur Seite legte. »Wenn Sie es unbedingt wissen wollen: Ich bin hier, weil ich zweifellos die Beste bin, um Pferde zu beurteilen, und weil das die Rolle ist, für die ich gekämpft habe und die ich mir durch keinen gesellschaftlichen Druck oder dergleichen mehr nehmen lasse.«

Er sah ihr in die Augen, betrachtete ihre aufeinandergepressten Lippen und nahm hin, dass es die ungeschminkte Wahrheit war. »Danke«, sagte er und nickte.

»Jetzt bin ich dran«, erklärte sie lächelnd und richtete den Blick fest auf ihn. »Wie wichtig ist ein Geschäft, das den Glengarah-Stall und die Pferde betrifft, für das gesamte Gut?«

»Wichtig genug für mich, um die Leitung des Stalls zu übernehmen und mich um alle Dinge zu kümmern, die mit Ihnen zu tun haben.«

Sie musterte ihn mit einem milden Lächeln. »Sie haben, wie mir auffällt, die Frage nicht so offen beantwortet wie ich die Ihre.«

Er legte den Kopf leicht schräg. »Das war alles, was ich Ihnen im Moment sagen kann, tut mir leid.«

Unschlüssig kniff sie die Augen zusammen und wartete auf einen neuen Vorstoß, der prompt kam.

»Und was hat Sie eigentlich dazu veranlasst, unser Schreiben so schnell zu beantworten? Sie haben sofort geschrieben, nachdem Sie unseren Brief erhalten haben.«

Sie wandte den Blick verlegen von seinem Gesicht ab. »Das lag vor allem an mir. Meine Mutter wollte mich gerade davon überzeugen, mit ihr und meiner jüngeren

Schwester nach London zu fahren, die sich beide derzeit in unserem Stadthaus aufhalten.« Sie sah ihn an und lächelte. »Ich habe Ihr Schreiben als knallharte Ausrede genutzt, um nicht fahren zu müssen, und habe erklärt, wir müssten angesichts der Tatsache, dass keiner zu wissen schien, was für Pferde sich im Bestand des Glengarah-Gestüts befinden, umgehend antworten. Sonst würden wir riskieren, bei Ihnen den Eindruck zu erwecken, nicht interessiert zu sein. Und Sie hätten womöglich einem der anderen großen Züchter geschrieben. Von unserem Standpunkt aus war es wichtig, ja entscheidend, den ersten Blick auf die Tiere werfen zu können und das erste Angebot abzugeben, falls die Pferde es wert wären.«

»Und dem ist ja so.«

Sie neigte den Kopf. »Richtig. Deshalb sah ich mich in meiner Entscheidung, sofort nach Glengarah aufzubrechen, absolut bestätigt.«

Der Earl konnte nicht anders und musste lächeln. Die Weigerung seines Vaters, einen Fremden, der nicht vom Anwesen stammte, in den Stall zu lassen, gab der Geschichte eine besondere Note. Bloß wurde er irgendwie das Gefühl nicht los, dass mehr hinter ihrer prompten Antwort steckte. Das hoffte er noch herauszufinden.

Da er nicht weiterwusste, wechselte er das Thema. »Verraten Sie mir bitte noch, ob Sie tatsächlich so wenig für die Vergnügungen in London übrighaben?«

Sie schüttelte den Kopf. »Es macht mir Spaß, ohne mich zu erfüllen. Man erreicht in einer Woche dort einfach so wenig. Ich habe immer das Gefühl, als könnte ich zu Hause viel, viel mehr erreichen. Oder auf einer Reise wie dieser. Eine Saison in London fühlte sich für mich immer wie vergeudete Zeit an.«

»Ich verstehe«, sagte er und nickte. Die Jahre, die er in der Hauptstadt verbracht hatte, waren ihm ebenfalls leer vorgekommen. Er hatte sich immer Sorgen darüber gemacht, was in seiner Abwesenheit auf Glengarah vor sich ging.

»Meine Damen.« Maude schob ihren Stuhl zurück und erhob sich. »Es ist an der Zeit, dass wir die drei Herren hier verlassen, damit sie sich ihrem Whiskey widmen können.«

Deaglan stand auf und zog Prus Stuhl für sie zurück. Sie bedankte sich mit einem kleinen Lächeln bei ihm und ging dann zu seiner Tante, die auf sie wartete.

»Wir können uns gern in den Salon zurückziehen oder, wie wir es für gewöhnlich tun, in die Bibliothek gehen, wo die Herren sich dann zu uns gesellen. Was würde Ihnen mehr zusagen, meine Liebe?«

»Die Bibliothek klingt gut. Ich war vorhin dort und fand den Raum sehr gemütlich. Er erinnert mich an zu Hause.«

»Sehr schön.« Maude drehte sich zur Tür um und ging los. Pru und Cicely folgten ihr. Ohne sich umzudrehen, ergriff Maude noch einmal das Wort. »Meine Herren, Sie haben es gehört, wir sehen uns nachher in der Bibliothek.«

Pru grinste und verließ hinter Maude das Speisezimmer und folgte ihr in die Bibliothek.

Die Tante entschied sich für den Sessel, in dem Pru zuvor gesessen hatte. Da sie davon ausging, dass Deaglan sich auf seinen angestammten Platz setzen würde, wählte sie den Sessel daneben.

Ihre Strategie, ihn abzulenken und zu verwirren, verfolgte sie noch immer – wenngleich sie in der Hitze ihres Wortgefechts einiges über ihn in Erfahrung gebracht hatte, ohne selbst zu viel über sich zu verraten. Sie wusste einfach zu wenig über Deaglan Fitzgerald, um jetzt schon ein Geschäft mit ihm auszuhandeln. Sie musste mehr über seine Bedürfnisse, Wünsche und Ziele in Erfahrung bringen.

Und sie hoffte darauf, dass andere ihr dabei halfen, ohne dass sie zu viel über die Erwartungen der Cynsters bei diesem Geschäft verriet. Deshalb wandte sich Pru an Maude, sobald die alte Dame es sich gemütlich gemacht hatte. »Wenn ich es recht verstanden habe, waren Sie für Deaglan und Felix eine Art Ersatzmutter?«

Die Tante legte den Kopf leicht schräg und dachte nach. »Für Felix ganz bestimmt, er war noch klein, als meine Schwägerin starb. Deaglan ist fünf Jahre älter, und da er der zukünftige Earl war, bestand mein Bruder darauf, dass sein Sohn alles über das Gut lernen sollte, was er selbst als Kind nicht gelernt hatte. Er erbte den Titel mit dreiunddreißig Jahren von unserem Cousin und war nicht ausreichend auf diese Rolle vorbereitet worden. Für ihn war die Verwaltung von Burg und Gut immer eine Last, und er hatte sich der Aufgabe nie wirklich gewachsen gefühlt.«

»Also stellte er sicher, dass sein Sohn besser vorbereitet war?«

Maude nickte. »Es ist unnötig zu erwähnen, dass Deaglan ein ernstes Kind war, das schon in frühen Jahren die Verantwortung spürte, die man auf seine Schultern geladen hatte.«

»Ich verstehe.« Pru hatte Schwierigkeiten, das Bild des ernsten, kleinen Jungen mit dem des wilden, zügellosen Mannes unter einen Hut zu bringen, wobei Maudes Erzählungen ihr durchaus Stoff zum Nachdenken gaben. »Es muss schwierig gewesen sein, zwischen den Stühlen zu sitzen, als Deaglan und sein Vater sich schließlich so zerstritten, dass es zum Bruch zwischen den beiden kam.«

Maude stieß ein freudloses Lachen aus. »Ich saß nicht zwischen den Stühlen, sondern war auf Deaglans Seite. Zu dem Zeitpunkt war mein Bruder bereits so besessen von seinen Pferden, dass man nicht mehr vernünftig mit ihm sprechen konnte. Überhaupt nicht.«

Schritte näherten sich. Die Tür ging auf, und Deaglan schob Patricks Rollstuhl in die Bibliothek, gefolgt von Felix.

Pru unterdrückte ein Grinsen, denn sie hatten den Whiskey anscheinend in einem Zug hinuntergespült. Zugegeben, sie würde an Deaglans Stelle genauso gehandelt haben, um sie nicht länger als nötig mit einer Informationsquelle wie Maude allein zu lassen.

Die kluge ältere Dame erwiderte ihren Blick, als wollte sie sie davor warnen, sich weiter über die Vergangenheit der Glengarahs und ihre Probleme zu unterhalten.

Pru behielt zu gerne für sich, was sie soeben erfahren hatte, sah Cicely an und lächelte. »Es tut mir leid, über Sie weiß ich so gut wie nichts. Wie alt Sie sind und ob Sie schon eine Saison in Dublin verbracht haben.«

Cicely strahlte sie an. »Letztes Jahr und im Jahr davor ebenfalls. Und wenn ich nach Hause fahre, nach Dublin, werde ich wohl wieder auf Bälle, Dinnerpartys und sonstige Feiern eingeladen werden. Unsere Saison startet ein wenig später als die in London.«

»Ich verstehe.« Pru lenkte das Gespräch auf Modisten, Kleider und die neueste Mode, während sie darauf wartete, dass Deaglan den Rollstuhl vor den Kamin schob, in dem ein gemütliches Feuer prasselte, und anschließend in seinem angestammten Sessel neben ihr Platz nahm.

Sobald er an ihrer Seite saß, zog sich Pru aus der Damenplauderei mit Cicely und Maude zurück und wandte sich Deaglan zu. »Wie lange züchten Sie inzwischen eigentlich gewerblich Hunde?«

Nachdenklich hielt er ihren Blick einen Moment lang gefangen. »Zehn, nein zwölf Jahre mittlerweile.«

»Und die Zwinger waren die ganze Zeit über ein rentables Geschäft?«

Er nickte. »Beide Rassen sind recht selten und dadurch sehr gefragt. Wir haben von Anfang an auf die Stammbäume geachtet und dafür Sorge getragen, dass die Blutlinien verfolgt und verbessert wurden. Von daher hatten wir nie Schwierigkeiten, einen guten Preis auszuhandeln.«

»Wie werden sie verkauft?«, fragte sie. »Über einen Vermittler, oder gibt es einen zentralen Markt dafür?«

»Wir verkaufen die Tiere per Mundpropaganda.« Deaglan lehnte sich in seinem Sessel zurück, schlug die Beine übereinander und beantwortete geduldig ihre nächste Frage, die sich um das für die Tiere angestellte Personal drehte. Natürlich kamen sie bald von den Hunden auf die Pferde.

Der Earl nutzte den Themenwechsel, um sich nach den Praktiken auf ihrem Gut zu erkundigen. »Also wie wird der Zuchtbetrieb der Cynsters geführt? Wie sieht die Zusammensetzung von Stallknechten und Burschen bei Ihnen aus?«

Pru, die mit dieser Frage gerechnet hatte, antwortete bereitwillig. Nachzudenken oder gar ihr Gedächtnis anzustrengen, brauchte sie nicht. »Bestimmt läuft es bei uns ähnlich wie bei Ihnen. In beiden Ställen geht es schließlich um das Zuchtprogramm, das im Mittelpunkt steht, oder?«

Deaglan nickte. »Rory Mack ist unser leitender Stallmeister. Er wurde auf Glengarah geboren und hat sein Leben lang mit unseren Pferden gearbeitet. Praktisch fing er in unserem Stall an, als mein Vater die ersten Pferde kaufte, also kennt er all unsere Tiere. Mit der richtigen Anleitung könnte er sich in leitender Position in das Zuchtprogramm einbringen.« Er sah sie mit hochgezogenen Augenbrauen an. »Was meinen Sie? Wie viele Stallknechte würde er brauchen, um ungefähr fünfzig Pferde zu versorgen?«

»Das würde auf die Mischung von Hengsten und Stuten ankommen. Wie viele Ihrer zweiundfünfzig Tiere sind Hengste?«

Er zuckte mit den Schultern. »Ich kenne die Anzahl nicht auswendig, doch ich glaube, etwas mehr als die Hälfte der Tiere sind Hengste.«

»In dem Fall könnte ich mir vorstellen, dass man mindestens zehn Stallburschen braucht, die sich um sie kümmern und sie bewegen. Natürlich reiten auch Sie und Felix regelmäßig, aber bei so vielen Tieren bedeutet es sehr viel Arbeit, dafür zu sorgen, dass die Pferde in einem guten Zustand sind und bleiben. Das wissen Sie natürlich.« Sie richtete ihre blauen Augen auf sein Gesicht. »Ich habe Ihren Thor gesehen, welche anderen Exemplare aus Ihrem Bestand reiten Sie außerdem?«

»Es gibt einen Rotschimmel, den ich manchmal reite. Welche Art von Pferden reiten Sie?«

Ihre Augen begannen zu leuchten, es war ein Thema, das sie liebte. »Ich habe eine rotbraune Araberstute, mein Lieblingspferd. Wenn ich aber jagen oder einfach springen will, wähle ich ein älteres, erfahrenes Jagdpferd. Einen Schimmel. Er ist ziemlich kräftig gebaut und nimmt alle Zäune, die ich mit ihm überspringen will«, berichtete sie voller Begeisterung. »Gehen Sie hier auf die Jagd? Gibt es eine Meute in der Gegend?«

»Ja, außerhalb von Sligo. Wir stellen die meisten Hunde zur Verfügung.«

Sie hatte ihr Thema gefunden. Als Nächstes unterhielten sie sich angeregt darüber, welche Hunderasse am besten für die Jagd geeignet war. Er stellte fest, dass sie nicht allein die Hirschhunde kannte, die sie zuvor erwähnt hatte, sondern ebenso die schottischen Rassen. Offensichtlich hatte sie familiäre Verbindungen überall auf den Britischen Inseln.

»Kentland schwört auf seine Meute von Beagles, obwohl es ganz gewöhnliche Beagles und keine Kerry Beagles sind.«

Er nickte. »Da ist was dran. Wenn ich das richtig sehe, tun sich auf diesem Gelände mit seinen Tälern und Felsspalten Kerry Beagles am leichtesten, bis auf die Hirschhunde vielleicht.«

Mit funkelnden Augen lachte sie und erzählte die Geschichte einer Jagd, die mit einem listigen Fuchs endete, der eine junge, unerfahrene Meute im Kreis laufen ließ und dann verschwand, sodass die verwirrten Hunde ihrer eigenen Spur folgten. Der Earl beobachtete ihr Gesicht und verfolgte die Emotionen, die sich dort zeigten, und verspürte ein seltsames Gefühl von Kameradschaft. Gemeinschaft. Nähe.

Eine Bindung, die er lediglich zu sehr wenigen Menschen hatte. Und auf eine Frau hatte er sich auf diese Art noch nie eingelassen.

Als sie zu Ende erzählt hatte, fühlte er sich veranlasst, über seine eigenen Jagderlebnisse zu berichten, bei der die Jagdmeute über die Flanken des Tafelbergs Benbulben gerannt war. »So wie die Hunde geheult haben, hätte man denken können, sie hätten die Geister der Fianna aufgescheucht.«

»Wer waren die Fianna?«, fragte Pru mit leicht schiefgelegtem Kopf.

»Legendäre irische Krieger, die vor langer Zeit lebten.

Sie waren Furcht einflößend, und Benbulben war einer ihrer Jagdgründe.«

»Haben Sie je herausgefunden, was die Hunde so erschreckt hat?«

»Nein. Sie haben sich schlicht geweigert weiterzulaufen.«

»Wenn Sie mit der Meute jagen, wählen Sie und Felix dann Tiere aus Ihrem Bestand?«

Deaglan nickte. »Wir wechseln uns in dem Fall mit den älteren Hengsten ab.«

Das Gespräch war beendet, als der Teewagen hereingeschoben wurde und alle sich in ihren Sesseln zurücklehnten, um an ihrem Tee zu nippen.

Während sie sich unterhalten hatten, waren nach und nach auch die anderen zu ihnen gekommen. Zuerst Patrick, der ein paar Erinnerungen beigetragen hatte, und schließlich Felix und Cicely. Größtenteils lauschten die anderen, wenn Pru und Deaglan die Gesprächsführung übernahmen. Ob den anderen auffiel, dass die Fragen und Antworten ein Spiel von Angriff und Verteidigung verbargen, wusste Pru nicht. Deaglan hingegen wusste es sehr wohl.

Sie spürte, wie er sie beobachtete, und versuchte weiterhin, ihm wichtige Informationen zu entlocken. Leider war er genauso stur wie sie und wollte nichts preisgeben, was ihm möglicherweise Nachteile für die späteren Verhandlungen brachte. Erstaunlicherweise gelang es ihr aber, mit der Zeit noch ein bisschen mehr über ihn zu erfahren. Und statt gelangweilt zu sein, wenn sie zuhören musste, wie Männer über sich selbst sprachen, war sie gefesselt. Damit hätte sie nicht gerechnet.

Prudence Cynster hatte nie die Möglichkeit gehabt, sich mit einem Mann wie ihm auszutauschen – einem Mann, der jungen Damen gefährlich werden konnte. So ein Umgang war ihr eigentlich untersagt worden, außer es handelte sich um nahe Verwandte. Und bisher hatte sie noch nicht den Wunsch verspürt, etwas daran zu ändern.

Sie unterhielten sich gerade über Trainingspläne von Pferden im Allgemeinen, als Maude ihre Nadelarbeit zur Seite legte und sich entschuldigte. »Es ist an der Zeit, mich zurückzuziehen. Was ist mit dir, Cicely?« Maude erhob sich und wandte sich an Pru. »Und Sie müssen nach der Reise bestimmt sehr müde sein.«

Lächelnd gab Pru ihr recht, wenngleich leicht widerwillig. Aber da die Brüder Fitzgerald sich ebenfalls erhoben, war es in Ordnung. »Ich würde meine erste Besichtigung der Pferde gern morgen früh zu Ende bringen. Danach weiß ich, wie ich weiter vorgehen will«, vereinbarte sie mit Deaglan.

»In Ordnung, wir sehen uns dann beim Frühstück«, sagte er zu ihr und verbeugte sich.

Nachdem sie sich von allen verabschiedet hatte, verließ sie gemeinsam mit Maude und Cicely die Bibliothek. Als sie nebeneinander die Stufen hinaufstiegen, gestand Pru sich ein, dass sie zum ersten Mal in ihrem Leben lieber geblieben wäre und sich weiterhin mit Deaglan unterhalten hätte, statt ins Bett zu gehen.

Und er hatte das vielleicht genauso empfunden, denn

beim Verlassen der Bibliothek spürte sie seinen Blick und musste sich sehr zusammenreißen, um sich nicht zu ihm umzudrehen.

Deaglan beobachtete, wie die Tür hinter den drei Damen ins Schloss fiel, und ließ sich zurück in seinen Sessel sinken.

Er hatte mit einer lästigen Befragung gerechnet und eigentlich geglaubt, dass er sich freuen würde, wenn sie sich früher zurückzog. Vergeblich.

»Sie ist bezaubernd, oder?«, schwärmte Felix. »Und sie ist gescheit, kennt sich mit Hunden offenbar ebenso gut aus wie mit Pferden.«

»Und sie jagt.« Patrick nickte bedächtig. »Ich habe immer geglaubt, dass man sich mit Damen, die die Jagd lieben, leichter unterhalten kann. Sie sind nicht so zimperlich und unüberlegt, nicht so empfindlich.«

Das alles war Prudence Cynster nicht. Jedenfalls sah Deaglan es so. Seiner Einschätzung nach verfügte sie über eine brillante Klugheit, einen wachen Geist und über eine Entschlossenheit, die ihresgleichen suchte. Und das alles verborgen unter weiblicher Anmut.

Er konnte nicht leugnen, dass er ihre Gesellschaft genossen hatte. Ihr geistiger Wettstreit war höchst unterhaltsam gewesen. Scheinbar ganz harmlos und doch fordernd. Während er mit ihr die Klinge kreuzte, hatte er sich unglaublich lebendig gefühlt: herausgefordert, konzentriert und gefesselt.

Sie wusste nicht, dass die in der Bibliothek übrig gebliebenen Männer über sie sprachen. »Wir müssen sicherstellen, dass wir sie nicht unterschätzen. Vor allem weil sie eine Frau ist«, meinte der Earl und suchte Felix' Blick. »Wenn es um die Verhandlungen geht, dürfen wir nicht vergessen, dass sie nicht auf unserer Seite steht.«

»Der Cynster-Clan«, sagte Patrick. »So hat die arrogante Gesellschaft sie abfällig genannt.«

Deaglan runzelte die Stirn. »Über wen sprichst du?«

»Über den Anführer, den Erstgeborenen, und seine Cousins. Sylvester Cynster, der Duke of St. Ives, war die treibende Kraft, die bestimmte, wo es langging. Es gab insgesamt sechs von ihnen, wenn ich mich recht entsinne.«

»Der Cynster-Clan«, wiederholte Felix. »Was soll das bedeuten?«

Patrick grinste. »Es war der Spitzname, den die Damen der High Society, die stolz auf ihre Abstammung waren, der Gruppe gegeben haben.«

»Ich wusste gar nicht, dass du ihre Familie kennst«, warf Deaglan ein.

»Kennen ist zu viel gesagt«, räumte Patrick ein. »Ich habe viel über sie gehört. Zumindest über ihren Vater und seinesgleichen. Sie waren viele Jahre lang die Lieblinge der Gesellschaft, die sich für etwas Besonderes hielt. Gut aussehende Teufel, diese Männer, und unglaublich wohlhabend. Sie haben die Aufmerksamkeit der gelangweilten Damen gefesselt. Sie waren etwas jünger als ich und betrachteten sich als nützliche Menschen, die man bei einem Streit gern auf seiner Seite hatte.«

Patricks Blick ging in die Ferne. Deaglan wartete und

drängte ihn nicht. »Wein, Frauen und Spiele«, fuhr Patrick fort. »Nicht dass ich je gehört habe, sie hätten beim Glücksspiel viel verloren. Selbstbewusst, wie sie waren, zogen sie es vor zu gewinnen. Irgendwie bestimmten sie die Regeln. Das galt auch, wenn es um Pferde ging. Sie hatten immer ein Auge für gute Pferde. Und was noch wichtiger ist: Sie wussten sie zu schätzen. Prus Vater, unter dem Spitznamen Demon bekannt, war der beste Reiter, den man je gesehen hat. Dem hätte niemand widersprochen.« Patrick hielt inne. »Und dann heirateten sie, einer nach dem anderen. Wie Dominosteine, die der Reihe nach umkippten. Und es war wie das Ende einer Ära für die Gesellschaft, in der sie lebten und den Ton angaben.« Patrick richtete den Blick auf Deaglan. »Man sagt, dass die Cynsters nur aus Liebe heiraten. Und zumindest bei den sechs Männern schien das der Fall gewesen zu sein. Hingebungsvolle Ehemänner und Väter wurden aus ihnen.«

Felix richtete sich auf und schaute in die Runde. »Was passiert, wenn sie nicht aus Liebe heiraten?«

»Nichts.« Patrick schüttelte den Kopf. »Ich kenne bloß komische Gerüchte; dass schlimme Dinge passieren, wenn sie nicht aus Liebe heiraten.«

Deaglan beobachtete Patrick. Er hatte seinen Onkel eigentlich nicht für so versponnen und wirklichkeitsfern gehalten.

»Läute für mich nach einem Diener, Deaglan«, sagte er leise, als hätte er genug geredet.

Der Earl erhob sich und betätigte den Klingelzug.

Sobald der Diener gekommen war und Patrick hinausgeschoben hatte, verabschiedete Deaglan sich von Felix. »Ich gehe ins Bett. Wenn Miss Cynster morgen früh die Pferde sehen möchte, sollte ich wohl besser dabei sein.«

In ihrem Zimmer lag Pru zusammengerollt auf der Seite unter der frischen Wäsche im Himmelbett. Den Blick auf die silbrigen Strahlen des Monds gerichtet, die an der Decke tanzten, dachte sie über die Pferde nach, die sie am Nachmittag gesehen hatte. Über sechsundzwanzig Exemplare, die sie in der Stunde, die sie sich gegönnt hatte, kurz hatte begutachten können.

Sechsundzwanzig! Und es gab noch mal genauso viele. Sechsundzwanzig weitere Pferde, deren Qualität anscheinend immer weiter zunahm. Sie war unendlich froh, dass sie hierhergekommen war, dabei war sie anfangs lediglich einem Impuls gefolgt, der sie gedrängt hatte, nach Glengarah zu reisen.

Das hier war eine Chance, die man vielleicht nur einmal im Leben bekam.

Sie hatte sich im Umgang mit Deaglan Fitzgerald, dem Earl of Glengarah, ganz gut geschlagen. Es war ihr gelungen, ihre wachsende Aufregung für sich zu behalten und sich nichts anmerken zu lassen.

Jetzt musste sie schlafen, ihren überreizten Geist ausruhen, damit sie sich den Rest der Pferde morgen konzentriert ansehen und angemessen begutachten konnte. Und sie durfte sich ihre Freude über den bisherigen Erfolg ihrer Verhandlungen nicht anmerken lassen.

Nicht lange, und der Schlaf schloss sie in seine beruhigende Umarmung.

Kurz bevor sie einschlief, tauchte in ihrem Kopf ein Paar leuchtender smaragdgrüner Augen auf, und der Blick aus diesen Augen folgte ihr in ihre Träume.

Kapitel 4

Deaglan saß am Frühstückstisch, nahm einen Schluck von seinem Kaffee und dachte darüber nach, ob es wohl eine gute Idee wäre, wenn Felix sich um Pru kümmerte, während sie sich den Rest der Pferde ansah.

Ihre Fragen vom vergangenen Abend hatten ihm keine Ruhe gelassen, und er überlegte, was er tun sollte. Zwar hatte er nicht die Absicht, ihr einen Vorteil zu verschaffen, aber was kam dabei heraus, wenn er mehr Zeit mit ihr verbrachte und sich ständig in ihrer Nähe aufhielt? Er war sich nicht sicher, ob das eine gute Idee war.

Er hörte Schritte, die sich dem Frühstückszimmer näherten – leichte, heitere, beschwingte Schritte, die nur zu ihr gehören konnten. Felix war noch nicht nach unten gekommen, und der Rest der Familie frühstückte für gewöhnlich erst viel später.

Er wappnete sich innerlich. Heute musste er sie sozusagen in ihre Schranken weisen – sie auf Abstand und aus seinen Gedanken halten.

Sie kam durch die Tür, strahlend und munter in ihrer figurbetonten Reitkleidung aus blauem Samt, der dem Farbton ihrer Augen ähnelte.

»Guten Morgen«, begrüßte der Earl sie freundlich, jedoch unpersönlich und eher kühl.

Pru schien es nicht zu merken, sie wirkte offen, direkt und gespannt auf den Tag. »Ich wünsche Ihnen das Gleiche.« Sie sah sich um und begutachtete die Anrichte. »Ah, sehr schön und sehr lecker.«

Deaglan musterte sie, als sie am Büfett entlangging und sich von den verschiedenen Speisen etwas nahm. Höflich erhob er sich und zog den Stuhl neben seinem für sie zurück, als sie zum Tisch zurückkehrte.

Sie stellte ihren Teller ab und nahm Platz. Als er sich neben sie setzte, entdeckte sie seinen leeren Teller. »Sind Sie schon fertig? Dann müssen Sie ja sehr früh aufgestanden sein.«

Er zuckte die Achseln. Er war im Morgengrauen erwacht und hatte nicht wieder einschlafen können – die Aussicht darauf, was der Tag bereithalten mochte, hatte dafür gesorgt. »Es ist fast acht Uhr. Felix sollte auch bald kommen. Sind Sie immer so früh auf den Beinen?«

»In gewisser Weise schon. Ich bin eine notorische Frühaufsteherin und reite nach dem Frühstück oft noch aus. Wie auch immer …« Sie wedelte mit der Gabel durch die Luft. »Heute Morgen habe ich ja etwas vor: Ich möchte mir die Pferde ansehen. Das hat jetzt Vorrang.«

Er trank von seinem Kaffee und ließ die Tasse sinken. »Sie sagten gestern, dass Sie, nachdem Sie sich einen ersten Überblick über den Bestand verschafft hätten, einschätzen könnten, wie es weitergeht. Was genau haben Sie damit gemeint?«

Sie zögerte kurz, bevor sie ihm antwortete. »Sobald ich mir ein Bild über den Umfang des Bestands gemacht habe einschließlich der Blutlinien und der Variationen in der Qualität der Tiere, weiß ich, wie viel Zeit ich benötigen werde, um die Pferde zu beurteilen, an denen ich Interesse habe und mit denen ich gerne züchten würde.«

»Ich verstehe.« Mehr sagte er nicht. Sich näher auf sie einzulassen wäre unklug, ja sogar gefährlich.

Dennoch konnte er es nicht Felix überlassen, sich um sie zu kümmern. Nicht auszudenken, zu welchen Zugeständnissen sie seinen unerfahrenen Bruder verleiten würde. Natürlich könnte er Felix vorwarnen, bezweifelte allerdings, dass es funktionieren würde. Sie musste bloß ihre Begeisterung für die Pferde zeigen und zu strahlen beginnen, um sämtliche Schutzmauern einzureißen.

Nein, *er* würde sie begleiten. Zumindest so lange, bis er wusste, an wie vielen Pferden sie und die Cynsters interessiert waren und wie viele der Tiere sie unter Vertrag nehmen wollten.

Er schenkte sich noch Kaffee ein und wartete schweigend, bis sie mit dem Frühstück fertig war. Sobald sie ihr Besteck zur Seite legte, schob er seinen Stuhl zurück und half ihr beim Aufstehen. »Ich werde Sie begleiten«, sagte er und folgte ihr nach draußen.

Pru ging die lange Stallgasse entlang, bog um die Ecke und lief den zweiten Gang hinunter. Dabei warf sie begehrliche Blicke auf die Pferde, die sie am Tag zuvor kurz gesehen hatte.

Sie waren noch genauso schön und so bemerkenswert wie bei ihrem ersten Eindruck, wobei Deaglans Thor das schönste Tier blieb, das sie bisher gesehen hatte.

Doch das letzte Pferd, das sie sich gestern kurz angeschaut hatte, ein schlanker schwarzer Hengst, durch dessen Adern ihrer Meinung nach wertvolles arabisches Blut floss, stahl ihm fast die Schau.

Sie blieb stehen, um über die lange, samtige Nase zu streicheln, die der Hengst ihr über die Boxentür entgegenstreckte. »Ja, du bist eine wahre Schönheit«, murmelte sie. »Leider muss ich mir zunächst deine restlichen Stallnachbarn ansehen.« Es war schwer, sich die Begeisterung nicht anmerken zu lassen.

Mit einem letzten Klaps auf den Hals des Hengsts ging sie weiter. Sie war sich bewusst, dass Deaglan ihr nicht von der Seite wich.

Sie hatte sich gestern gefragt, ob er überhaupt die Zeit haben würde, sie zu begleiten. Offensichtlich hatte er sie und wich ihr nicht von der Seite. Egal. Mit Sicherheit hatte Deaglan das bessere Gefühl für die Pferde hier auf dem Gestüt und das größere Wissen über ihre Geschichten und Hintergründe. Als sie durch die Gänge und Boxen ging, war sie wie verzaubert vom Anblick der kostbaren Tiere.

Innerhalb weniger Sekunden hatte sie ausgeblendet, wer mit ihr unterwegs war. Der schwarze Araber war der erste in einer ganzen Reihe von Hengsten, die sie buchstäblich sprachlos machten. Dann folgten einige Stuten, bei deren Anblick sie beinahe ihre Zunge verschluckte.

Noch nie hatte sie so überzeugende Vertreter und Nachkommen sowohl irischer wie arabischer Pferde gesehen. Sie begutachtete jedes Tier sehr genau und suchte nach Schwächen, doch wurde nicht fündig.

Box für Box ging sie durch die nächste Gasse und zwang sich, den Mund zu halten, um nicht aus Versehen etwas zu sagen, das sich für die Verhandlungen als unklug erweisen könnte. Wie zum Beispiel den Besitzer des Stalls mit der Nase darauf zu stoßen, wie unglaublich wertvoll seine Tiere waren. Schließlich wollte sie den Cynster-Ställen keine Konkurrenz machen.

Sie musste eine Vereinbarung mit Glengarah treffen, musste es einfach schaffen, einen Exklusivvertrag zu bekommen. Eine andere Option gab es nicht. Dabei fiel es ihr immer schwerer, die Augen nicht aufzureißen und sich die Begeisterung nicht anmerken zu lassen, die mit jeder Box zunahm.

Deaglan ging schweigend neben ihr her. Augen und Sinne auf sie gerichtet, bemühte er sich, jede ihrer Reaktionen in sich aufzunehmen.

Zuerst war er erleichtert gewesen, dass sie ihn nicht mehr mit Fragen bombardiert und nicht weiter nachgehakt hatte, um herauszufinden, warum Felix den Cynsters geschrieben hatte. Wenngleich sein Brief sorgsam formuliert worden war, ahnte Pru, dass eine gewisse Erwartung hinter dem Schreiben steckte.

Sie musste nicht wissen, dass das Gut gerade so über die Runden kam, dass die Einkünfte kaum die Ausgaben überstiegen, dass sich der Stall endlich rentieren musste.

Er hatte erwartet, sie vielleicht zurückweisen zu müssen, auf Distanz zu bleiben, doch sie war einfach zu beschäftigt gewesen, um ihre wachsende Begeisterung für die Tiere vor ihm zu verstecken.

Vergebliche Liebesmüh, das hätte er ihr auch so sagen können. Ihr war anzumerken, wie sehr die Tiere ihr gefielen und wie sehr sie sich freute. Es war eine überschäumende Wärme, eine Flut der Emotionen, die sie beflügelten und sie in ihrer Begeisterung mitrissen.

Als sie den großen Fuchshengst begutachtete, das letzte der zweiundfünfzig Pferde, die er ihr zeigen wollte, war sie bereit, sich geschlagen zu geben.

Nachdem sie sich in der Box ganz in die Ecke gestellt hatte, um die Linien des Hengsts bewundern zu können, seufzte sie tief und verließ die Box, drehte sich zu Deaglan um und sah ihm in die Augen. »Ihre Pferde sind, wie Sie mit Sicherheit wissen, außergewöhnlich. Von den zweiundfünfzig Tieren, die ich gesehen habe, gibt es keines, das für eine nähere Begutachtung nicht infrage käme.«

Langsam zog er seine Augenbrauen hoch. »Und?«

Sie presste die Lippen aufeinander. »Ich bin mir sicher, dass die Cynster-Ställe eine Vereinbarung mit Glengarah anstreben werden, um mit einigen Ihrer Pferde zu züchten. Bis ich meine Beurteilung abgeschlossen und die Blutlinien und Merkmale bestätigt habe, kann ich allerdings nicht sagen, für wie viele und welche Ihrer Tiere genau wir Ihnen ein Angebot unterbreiten werden.«

Er nickte. Ihre Begeisterung war ansteckend. »Also, was folgt jetzt?«

Sie lächelte, und freudige Erwartung ließ ihre Augen und ihr Gesicht erstrahlen. »Ich fange wieder von vorne an, aber dieses Mal muss ich die Tiere auf dem Voltigierzirkel sehen.« Sie betrachtete den Rasen, der von der zweiten, dritten und vierten Stallgasse aus zu erreichen war. »Oder auf dieser Rasenfläche, falls Sie keinen Voltigierzirkel haben.«

»Wir haben einen überdachten Voltigierzirkel«, beruhigte er sie und wies mit einem Kopfnicken in Richtung des Gebäudes, das sich gegenüber der zweiten Stallgasse befand. »Wie Sie sich sicher gedacht haben, gibt es Winter, in denen wir einige Wochen lang eingeschneit sind.«

»Das habe ich mir tatsächlich gedacht«, bestätigte sie mit einem schmalen Grinsen.

Deaglan fragte sich, ob er ihr die letzten fünf Pferde zeigen sollte, nachdem sie die Maske hatte fallen lassen und ihm auf jeden Fall ein Angebot unterbreiten wollte. Die fünf Pferde standen in einem Teil des Stalls, der durch eine unauffällige Tür vom Rest abgetrennt war.

Plötzlich näherten sich Schritte. Er drehte sich um, sah Felix, der auf sie zukam, und der Moment verstrich. Im Übrigen betrachtete er die fünf Pferde, wie er es von Anfang an beschlossen hatte, als perfekte Druckmittel für die folgenden Verhandlungen – und das galt inzwischen mehr denn je.

»Da seid ihr beide ja!«, rief Felix aus. »Ich wurde zu den Zwingern gerufen, meine Lieblingshündin, ein Irish Setter, ist trächtig und kurz davor zu werfen. War ein falscher Alarm.« Felix sah von Pru zu Deaglan und wieder zurück. »Also, wie finden Sie unsere Pferde?«

»Wirklich bemerkenswert!« Pru strahlte. »Die Glengarah-Pferde sind wirklich beeindruckend. Ich bin mit den besten Vollblutpferden groß geworden und konnte kaum fassen, was ich hier gesehen habe.« Sie warf Deaglan einen Blick zu und lächelte selbstironisch. »Um ehrlich zu sein, ist mir ganz schwindelig geworden, als ich mir vorgestellt habe, welche Möglichkeiten einige der Tiere eröffnen. Ich muss mir Notizen machen, wenn ich die Pferde noch einmal eingehend begutachte.« Sie zog die Brauen hoch. »Das musste ich bisher noch in keinem anderen Stall tun.«

Felix sah sie stolz an. »Das ist ja wunderbar!«

Pru war jetzt ganz ernst. »Das ist es wirklich«, versicherte sie. »Sie haben keine Ahnung, wie viele Ställe ich mir angesehen habe, die nichts weiter zu bieten hatten als ganz anständige Gäule. Das ist mit ein Grund, warum es mir so schwerfällt zu begreifen, dass hier zweiundfünfzig außergewöhnliche Pferde auf einmal stehen.«

Der Gong, mit dem zum Mittagessen gerufen wurde, drang an ihre Ohren.

»Du liebe Güte!«, rief sie. »Ist es schon so spät?«

Der Earl deutete lächelnd die Stallgasse entlang zum Ausgang. »Die Zeiger der Uhren rasen, wenn man so vertieft in eine Sache ist.«

Gut gelaunt verließen sie gemeinsam den Stall und überquerten den Hof zum Seiteneingang der Burg. Deaglan hielt Pru die Tür auf. »Angesichts dessen, was Sie gesehen haben, möchte ich Ihnen eine Frage stellen. Wie würden Sie den Wert der Glengarah-Pferde verglichen mit anderen Zuchtbetrieben einschätzen, die Sie kennen?«

Sie warf ihm über die Schulter hinweg einen Blick zu. »Ich muss erst bestätigen, wie viele Ihrer Pferde den ursprünglichen Blutlinien der Vollblüte entstammen, und sichergehen, dass sie keine Merkmale in sich tragen, die den Wert mindern würden. Danach kann ich eine Einschätzung abgeben.«

Pru lächelte in sich hinein, als sie vor den Brüdern die Burg betrat. Deaglans Frage überraschte sie nicht. An seiner Stelle hätte sie sie genauso gestellt.

Während des Essens unterhielten sie sich über alles Mögliche außer über Pferde.

Pru zeigte offen Interesse an Deaglans Leben. Sie wollte wissen, was ihm wichtig war und welche Aufgaben er gerade zu erledigen hatte. Sie redete sich selbst ein, dass sie wissen musste, was ihn gerade belastete, falls irgendetwas davon seine Reaktion auf ihr Angebot beeinflusste.

Sie hatte Cousins, größtenteils zweiten Grades, die dazu ausgebildet waren, Güter zu verwalten. Einige wie Marcus in Schottland hatten bereits die Verwaltung des Guts übernommen, das sie einst erben würden. Andere wie Sebastian, der Erbe des Duke of St. Ives, arbeiteten zwar noch unter der Führung des Vaters, allerdings war ihnen die Verantwortung für Teilbereiche der Anwesen übertragen worden. Während ihres letzten Besuchs hatte

Patience ihr verraten, dass ihr ältester Sohn Christopher in die Fußstapfen seines Vaters Vane treten würde.

Insofern hatte Pru eine wirkliche Ahnung, was die Verwaltung eines Guts wie Glengarah alles umfasste. Und nach allem, was sie so gehört hatte, unterschieden sich die irischen Anwesen nicht sehr von den englischen.

Eine Sache, die ihr ungewöhnlich vorkam, war, dass der Gutsverwalter Jay O'Shaughnessy sich beim Mittagessen zur Familie gesellte. Da sich kein anderer darüber zu wundern schien, vermutete sie, dass es für die Familie eine normale Regelung war oder auf eine entfernte Verwandtschaft zwischen den Fitzgeralds und Jay zurückging.

Nachdem der Gutsverwalter sich mit Maude über die Pächter auf dem Anwesen unterhalten hatte, schenkte er Pru ein Lächeln. »Und? Wie fanden Sie die Pferde?« Er sah zu Deaglan hinüber. »Dürfen wir das fragen?«

Als der Earl lediglich die Augenbrauen hochzog, wandte Pru sich Jay zu. »Ich habe unser grundsätzliches Interesse an den Pferden bekundet, muss sie jedoch noch eingehend begutachten, ehe ich mehr dazu sagen kann.«

»Und was umfasst eine solche Begutachtung?«

»Der nächste Schritt besteht darin, jedes Pferd auf dem Voltigierzirkel zu sehen, um den Schritt, die Linien, die Stärke einschätzen zu können. Nachdem ich jedes Pferd beobachtet habe, werde ich schauen, was ich noch wissen muss, bevor ich eine Entscheidung treffen kann.«

»Ich verstehe.« Jay betrachtete sie einen Moment lang, ehe er sich zu Deaglan umwandte. »Joe und seine Leute haben mit der Reparatur der Brücke begonnen. Es wäre eine große Hilfe, wenn du kommen und schauen könntest, ob du mit Joes Methode einverstanden bist. Ich bin mir nicht sicher, ob es der beste Weg ist ...« Jay zuckte die Achseln. »Deine Meinung wäre einfach gut.«

Deaglans Blick streifte Prus Gesicht, und er kniff die Augen leicht zusammen. »Miss Cynster, Entschuldigung, Pru, Sie werden die Hilfe von jemandem benötigen, den die Pferde kennen. Sie brauchen eine Vertrauensperson für die Tiere.«

Jay lächelte erneut. »Ich bin mir sicher, dass Pru mehr als erfahren genug ist, um allein mit den Tieren fertigzuwerden. Und Felix ist schließlich auch noch da.«

Deaglan setzte sich auf. »Vielleicht. Nur bin ich kein Ingenieur, was die Brücke angeht, und außerdem zuversichtlich, dass Joe genau weiß, was er tut. Du kannst natürlich gern zur Brücke reiten und die Reparatur überwachen, wenn du es für nötig hältst, doch ich werde den Nachmittag auf dem Voltigierzirkel verbringen und zusehen, wie unsere Pferde beurteilt werden.«

Pru wäre es lieber gewesen, Deaglan wäre bei der Brücke geblieben, bloß ließ der entschiedene Tonfall keinen Zweifel daran, dass sein Entschluss feststand. Jay verzog leicht das Gesicht und akzeptierte Deaglans Entscheidung ohne Widerspruch.

Der Earl wandte sich ihr zu. »Was machen Sie genau, wenn Sie Pferde auf dem Zirkel beurteilen?«

Die Frage war weit gefasst, und da alle an der Antwort interessiert zu sein schienen, erklärte sie es ihnen. Sie hatte gerade damit begonnen, die unterschiedlichen Grundgangarten zu beschreiben, als sie bemerkte, wie Maude Jay am Ärmel zupfte. Offenbar war er nicht mehr an Prus Erklärungen über die Gangart von Pferden interessiert, weil etwas anderes anlag. Also blieb außer dem Earl of Glengarah, der seine wilde Seite abgelegt hatte, niemand übrig, mit dem sie über die Präsentation der kostbaren Pferde reden konnte.

Deaglan hatte angenommen, dass der Nachmittag genauso verlaufen würde wie der Vormittag und er gemeinsam mit Pru die Pferde beim Voltigieren beobachten könnte, nur war die Lage am Nachmittag vollkommen anders geworden. Sie waren sich bei der Untersuchung der Tiere einfach zu nahe gekommen, sodass er seine Aufmerksamkeit voll auf die Tiere richten musste und Pru weniger beachten durfte, wobei sie, wenn sie nicht aufpassten, ein paarmal bei der Untersuchung der nervös gewordenen Tiere zusammenstießen.

Beim ersten Pferd, Thor, hatte der Earl es sich erlaubt, erleichtert aufzuatmen, als sie den Hengst selbst voltigierte. Er hatte sich mit einem Mal aufgebäumt und war zurückgewichen, bis er den schulterhohen Holzzaun, der den Zirkel umgab, hinter sich gespürt hatte. Danach hatte er sich darauf konzentriert, den Hengst unter Kontrolle zu bringen, der immer noch scheute und steigen wollte. Gemeinsam hatten sie Thor beruhigt und wieder zur Ruhe gebracht. Dabei hatten ihre Schultern seine Brust berührt, und ihr Po war gegen seinen Schoß gedrückt worden.

Das Gefühl, sie an sich zu spüren, ganz unschuldig und dennoch verlockend, hatte sich in ihm ausgebreitet und eine unkontrollierbare Reaktion in ihm heraufbeschworen, die an Qual grenzte.

Als Felix das vierte Pferd in den Zirkel brachte, war Deaglan damit beschäftigt, immer wieder einen Satz zu wiederholen: *Prudence Cynster ist eine Frau, die ich nicht verführen darf.*

Es half nicht.

Nachdem sie das fünfte Pferd begutachtet hatte, machte sie eine Pause, um sich auf dem Papier Notizen zu den einzelnen Pferden zu machen. Und um sich Zeit zu nehmen, tief durchzuatmen, sich zu beruhigen und gegen das unbestimmte Gefühl zu kämpfen, das sie ergriffen hatte.

Eigentlich war die Geschichte albern. Sie kannte das. Es war etwas, das sie schon unzählige Male erlebt hatte, ohne dass es sie gestört oder gar belastet hätte.

Mit Deaglan Fitzgerald hingegen jagte ihr jede Berührung ein Kribbeln über die Haut, Hitze strömte durch ihren Körper und nahm immer weiter zu, bis Pru vollkommen durcheinander war.

Noch schlimmer fand sie es, dass sie aus unerfindlichen Gründen auf ihn eingespielt war wie auf keinen anderen Mann zuvor. Und die Verlockung, diese tiefen Gewässer zu erkunden, wurde immer größer. Genauso wie die wilde Seite ihrer Person, die sich mit sündigen Gedanken belastete und nach Erlösung strebte. Außerdem wünschte sie, endlich die Schutzmauer, die er errichtet hatte, einreißen zu können. Eine gefährliche Versuchung, gegen die sie sich behaupten musste.

Sie machte sich noch ein paar Notizen, reichte Felix die Zettel und sah zu, wie Deaglan das nächste Pferd auf den Zirkel führte. Ihr fiel kein plausibler Grund ein, warum sie darum bitten sollte, dass Felix die Aufgabe seines Bruders übernahm. Sie seufzte über ihre eigene Schwäche und ermahnte sich, dass sie hier war, um seine Pferde zu beurteilen und nicht ihn. Entschlossen riss sie sich zusammen, ging zu ihm und begann mit ihrer Expertise.

Er beobachtete sie genau und verfolgte jeden Schritt, den sie bei der Beurteilung machte. Allein die Tatsache, dass sie so oft Pferde begutachtet hatte und das Verfahren im Schlaf beherrschte, erlaubte es ihr, mit der Prozedur fortzufahren, ohne dass man ihr etwas angemerkt hätte.

Sie begann mit der körperlichen Beurteilung des Pferds, das ihr vorgeführt wurde. Diesmal handelte es sich um einen scheuen kastanienbraunen Hengst, der etwas über zwei Jahre alt war. Sie gingen die Pferde in der Reihenfolge durch, wie sie, vom Stalltor aus gesehen, in den Boxen standen. Während Thor also als Erster von ihr in Augenschein genommen worden war, war die Stute in der Box nebenan die Zweite und der Fuchshengst daneben der Dritte gewesen. Die folgenden Pferde gehörten ihrer Meinung nach, was ihren Wert für die Zucht betraf, zu den schwächeren.

Doch dieser junge Hengst, den sie als Ersten gesehen hatte, war einfach unreif. Sein Körper brauchte schlicht noch Zeit, um die starken Linien und den vollendeten

Gang auszubilden, die für ein Vollblutpferd typisch waren. Deaglan hielt den Kopf des Pferds fest, weil der Hengst nervös mit den Augen rollte. Pru, die dicht neben Deaglan stand, redete leise und beruhigend auf das Tier ein und streichelte die lange Nase. Nach und nach entspannte sich der Hengst ein wenig, spitzte die Ohren und legte sie wieder an, als Pru behutsam seine Lippen öffnete und seine Zähne und seinen Kiefer prüfte, dabei mit der Hand über seinen Nacken strich.

»Dein Kopf ist wunderschön«, murmelte sie. »Du wirst mal ein hübscher Kerl, wenn du erst ausgewachsen bist.«

»Was ist mit seinen Sprunggelenken?«, wollte Deaglan wissen.

Ganz langsam bewegte Pru sich, bückte sich und fuhr über das Vorderbein. Dann wiederholte sie es noch einmal von der Schulter bis zum Huf. »Er muss noch wachsen. Wenn er ausgewachsen ist, wird er ein bemerkenswert starkes Tier sein.«

»Er ist bereits jetzt ausgesprochen stark.«

Das war der Grund, warum Pru ihm nicht erklärt hatte, dass sie seine Hilfe nicht benötigte. Auch wenn ihn die erzwungene Nähe genau wie sie aufwühlte, hätte er sie auf keinen Fall mit diesen kraftvollen Tieren allein auf den Zirkel gelassen.

Sie ließ die Hand auf dem warmen Fell des Tiers liegen und unterbrach den beruhigenden Kontakt nicht, während sie langsam um das Pferd herumging, um die Linien des Körpers und des Hinterteils zu betrachten. Nachdem sie alles in sich aufgenommen hatte, ging sie zum Zaun, wo Deaglan die Longe hatte hängen lassen, und holte sie. »Ich werde ihn noch mal an der Longe laufen lassen, um mir die Gangarten anzuschauen, und ihn auf jeden Fall in einem Jahr noch mal in Augenschein nehmen.«

Sie trug die lange Longe zu Deaglan, der sie am Halfter befestigte. Dann steckte er die kurze Leine in die Tasche und reichte Pru das Ende der Longe. »Seien Sie vorsichtig, er ist unberechenbar.«

Sie überhörte seine Ermahnungen und konzentrierte sich lieber darauf, einen Augenkontakt mit dem jungen Hengst herzustellen. Ohne den Blick vom Pferd zu wenden, nahm Pru die Gerte, die Deaglan ihr reichte, mit einem Nicken entgegen und begann, mit dem Hengst zu arbeiten. »Gut, mein Lieber – dann wollen wir mal sehen, was du kannst.«

Sie versetzte seinem Hinterteil ein leichtes Tippen mit der Gerte, auf das der Hengst zögerlich reagierte. Pru bezweifelte sogar, dass das Tier schon einmal an der Longe gelaufen war. Zum Glück stellte sich der Hengst schnell auf die neue Situation ein und verfiel in die jeweilige Gangart, die Pru ihm vorgab. Sie überprüfte alle Gangarten, die für die Beurteilung wichtig waren, schätzte die Schrittlänge ein und verfolgte, wie die Muskeln und Sehnen sich während der Gangarten an- und wieder entspannten, sodass sie nichts anderes um sich herum wahrnahm.

Nicht einmal Deaglan.

Für einen winzigen Moment achtete sie mehr auf ihn

als auf das Pferd, woraufhin der kapriziöse Hengst die Regeln vergaß und beim Voltigieren übermütig im Kreis zu galoppieren begann. Das Hinterteil streifte ihre Schulter, und Pru drohte zu stürzen ...

Deaglan machte einen Satz nach vorn, fing sie auf und zog sie hoch, bevor sie in den Sand fallen konnte. Er schaffte es gerade noch, selbst das Gleichgewicht zu halten.

Wie aus weiter Ferne hörte Pru, dass Felix über das Gatter kletterte und losrannte, um die Longe zu packen und das aufgeregte Pferd festzuhalten und zu beruhigen. Sie selbst wirkte abwesend, war gefangen genommen von Deaglans smaragdgrünen Augen.

Die Kiefer aufeinandergepresst, die Lippen zu dünnen Linien verzogen, versuchte er seine heftigen Gefühle zu kontrollieren. In seinem Kopf betete er einen Satz herunter, der ihn vor einem törichten Fehler bewahren sollte: *Prudence Cynster ist eine Frau, die ich nicht verführen darf.*

Er hatte das Gefühl, diese Worte innerlich zu schreien. Jeder Muskel war angespannt, und allein mit Mühe gelang es ihm, seinen Griff zu lockern und sie wieder auf die Füße zu stellen. Dann machte er einen Schritt zurück und richtete seine Aufmerksamkeit auf den Hengst, den Felix eingefangen und beruhigt hatte.

Ohne Pru anzusehen, ergriff Deaglan das Wort. »Ich schlage vor, wir machen für heute Schluss.« Dann wandte er sich kurz an Felix. »Bring ihn zurück in seine Box.« Er sah Pru noch immer nicht an. »Haben Sie genug gesehen?«

Den Kopf leicht schräg gelegt, sah sie ihn abschätzend

an. Der Blick aus ihren blauen Augen war forschend – ob sie ihn ärgern oder einladen wollte, vermochte er nicht zu sagen. »Wir können morgen weitermachen.«

Er widerstand dem Drang, den Kopf zu schütteln – sie würde sich dadurch nur ermutigt fühlen. Also tat er sein Bestes, so zu tun, als wäre er sich der Spannung nicht bewusst, die sie beide aufgewühlt hatte.

Wortlos bedeutete er ihr, ihm voran den Stall zu verlassen, und gemeinsam gingen sie zum Seiteneingang der Burg. Während sie den Hof überquerten, wurde ihm bewusst, dass sie ihm immer wieder verstohlene Blicke zuwarf. Offensichtlich fragte sie sich, was er vorhatte. Und als sie die Burg erreichten, drehte er den Spieß herum und fragte sich, was sie wohl vorhatte.

Als Pru am Abend die Treppe herunterkam und sich in den Salon begab, hatte sie sich vorgenommen, mehr über ein Thema in Erfahrung zu bringen, das nichts mit Pferden zu tun hatte.

Seit sie aus dem Stall zurückgekehrt war, hatte sie ihre wachsende Neugierde nicht mehr bändigen können. Sie wollte unbedingt herausfinden, was sich da zwischen ihr und Deaglan Fitzgerald entwickelte.

Nach diesem Nachmittag war sie sich sicher, dass er die Verlockung, die Verwirrung, die Versuchung genauso spürte wie sie, wenn nicht noch mehr.

Kein anderer Mann hatte je einen solchen Einfluss auf ihren Verstand und ihre Gefühle gehabt wie er. Jetzt wollte sie den Grund dafür aufspüren, wollte wissen, wie es weitergehen würde und wie sie mehr darüber erfahren konnte.

Als sie den Salon betrat, stand Deaglan am Kamin und hörte, einen Arm auf den Kaminsims gelegt, Maude zu. Sein Blick huschte zu Pru. Er straffte die Schultern, als sie sich ihm näherte, doch obwohl sie ihn genau betrachtete, konnte sie auf seinem Gesicht nichts ablesen.

Er neigte den Kopf. »Darf ich Ihnen ein Glas Sherry anbieten?«

Sie lächelte ihn an. »Danke, ja. Es war gestern ein sehr guter Tropfen, ein Jerez, wenn ich mich nicht täusche«, sagte sie und lächelte Maude an.

»Wie kommen Sie mit den Pferden voran?«, erkundigte sich die Tante.

Sie erklärte ihr, dass sie heute erst mit der genaueren Beurteilung der einzelnen Tiere begonnen habe.

Deaglan, der ein Glas Sherry für sie in der Hand hielt, war kurz stehen geblieben, um ein paar Worte mit Felix, Cicely und Patrick zu wechseln. Nun kam er zu ihr und reichte ihr wortlos das Glas.

Pru sah ihm ins Gesicht und erkannte dort nichts außer höflichem Desinteresse. Beinahe trotzig erwiderte sie seinen Blick, griff nach dem Glas und berührte dabei wie zufällig seine Finger. Fast unmerklich zuckte er kurz zusammen, mehr passierte nicht. Sie hob das Glas an die Lippen, ohne ihn aus den Augen zu lassen, nahm einen Schluck und fuhr sich mit der Zungenspitze über die Lippen. Anschließend machte sie ihm ein Kompliment für den Sherry.

Wenn überhaupt wurde er noch steifer, noch distanzierter – sie hatte den Eindruck, er habe die Mauer, die er um sich errichtet hatte, noch ein wenig höher gemacht.

Als sie ihr Glas ausgetrunken hatte, nahm Deaglan es ihr ab und berührte dabei ganz leicht ihre Hand. Ihr Herz schlug schneller, aber er hatte sich abgewandt, um das Glas abzustellen. Als er sich wieder zu ihr und Maude umdrehte, lag ein undurchdringlicher Ausdruck auf seinem attraktiven Gesicht, der ihn von ihr entfernte.

Nach und nach kamen die anderen. Felix schob Patricks Rollstuhl. Und als sie und Deaglan zur Seite traten, spürte sie seine Hand an ihrer Taille, ehe er aufreizend ein bisschen tiefer strich und die Hand von ihr löste.

Ihre Sinne waren mit einem Schlag hellwach, und ein Schauer rieselte über ihre Haut. Und es war nicht das letzte Mal, ihr erschien es sogar, als würde er absichtlich versuchen, ihre aufgewühlten Sinne anzusprechen.

Pru hatte viel Zeit damit verbracht, sich für ein Kleid zu entscheiden. Die Wahl war schließlich auf das raffinierte frühlingsgrüne Seidenkleid gefallen. Außerdem hatte sie sich von ihrer Zofe die Locken kunstfertig herrichten lassen. Im Grunde sah es Pru absolut nicht ähnlich, sich über ihr Äußeres so viele Gedanken zu machen, der heutige Abend war eine Ausnahme. Es dauerte nicht lange, bis Bligh kam, um zu Tisch zu bitten.

Deaglan sah sie an und lächelte. Es war ein gefährliches Lächeln. Dennoch ergriff er ihre Hand und legte sie auf seinen Arm, spürte, wie die harten Muskeln sich unter dem Stoff seines Jacketts anspannten. Nachdem sie und Deaglan sich den anderen angeschlossen hatten und ihnen in den Speisesaal folgten, berührte sie mit ihrer Hüfte ganz leicht Deaglans Bein. Er ließ es zu, beugte sich zu ihr und strich mit dem Arm aufreizend an ihrer Schulter entlang. Vehement unterdrückte sie einen Schauer, der sie vielleicht verraten hätte.

»Sie waren sehr konzentriert, als Sie auf dem Zirkel waren«, murmelte er. »Und Sie wussten genau, was Sie zu tun hatten. Wie viele Pferde haben Sie dieses Jahr auf Herz und Nieren geprüft?«

Verwirrt durch seine tiefe Stimme und seinen Atem, der über ihr Ohr strich, hätte sie beinahe geredet, riss sich jedoch im letzten Moment zusammen und dachte über den verführerischen Earl nach.

Dieser Teufel spielte bewusst mit ihren Gefühlen, hoffte, sie dazu zu bringen, Informationen mit ihm zu teilen, die sie eigentlich für sich behalten sollte, wenn sie sich bald mit diesem Mann an den Verhandlungstisch setzen wollte. Trotzdem schenkte sie ihm ein Lächeln und hob das Kinn leicht an. »Einige.«

Sein Blick wurde süffisant, als er Pru zu ihrem Platz begleitete, der sich neben seinem am Kopf der Tafel befand. Sobald die Gäste alle saßen, erschienen Bligh und der Diener Henry mit dem ersten Gang. Unter dem Vorwand, seine Suppe zu löffeln, warf Deaglan Pru immer wieder verstohlene Blicke zu, ohne dass eine Spur von Argwohn oder Misstrauen zu erkennen gewesen wäre.

Nach der Suppe lehnte sich Deaglan entspannt auf seinem Stuhl zurück. Gerissen lächelte er Pru an. »Sie haben erwähnt, dass Ihr Bruder als Ihr Stellvertreter arbeitet. Ich vermute, dass er das Zuchtimperium der Cynsters überwacht, solange Sie hier sind?«

Mit einem kleinen Lächeln nickte sie. »Was immer gerade dort zu tun ist, übernimmt er. Natürlich kann er sich jederzeit an meine Eltern wenden, falls er auf unerwartete Schwierigkeiten oder Fragen stoßen sollte.«

»Stand es je zur Debatte, dass er an Ihrer Stelle hierherkommen könnte?«

Ihr Lächeln wurde etwas breiter. »Nicht wirklich.« Sie hielt kurz inne. »Er hat noch nicht genug Erfahrung darin, Blutlinien zu erkennen und Pferde zu beurteilen, das hat er selbst zugegeben.« Sie sah ihn mit ruhigem Blick an. »Bei solchen Beurteilungen ist die Erfahrung das A und O.«

Der Earl ließ etwas von seiner Neugierde, von seinem Interesse durchblitzen, sie konnte es in seinem Blick erkennen und es in seiner Stimme hören. »Und Sie haben diese Erfahrung?«

»Wenn es darum geht, auf einen Blick eine Einschätzung abzugeben, halten die meisten mich für sehr kompetent, das schon.«

»Ich verstehe.« Unter dem Tisch bewegte er sein Bein und drückte sein Knie sacht gegen ihres, woraufhin sich ihre Augen ein Stückchen weiteten. »Also, wie lange wird es Ihrer Meinung nach dauern, meinen Stall zu begutachten?«, fragte er.

Sie stützte sich auf einen Ellbogen, legte ihr Kinn in die Hand und richtete den Blick auf ihn. »Das ist schwer zu sagen … Nicht alle Hengste sind gleich. Stuten sind noch mal ganz anders. Und natürlich gibt es Tiere, die ich noch reiten muss, um meine Einschätzung der Merkmale bestätigen zu können.«

Er verdrehte die Augen. Diese verfluchte Frau presste nun doch tatsächlich ihr Knie gegen das seine, ehe sie mit ihrem schuhlosen Fuß über seinen Unterschenkel strich.

Ihm stockte der Atem. Verloren in ihren Augen, erkannte er die Gefahr zu spät. Er setzte sich ganz gerade auf seinem Stuhl auf und zog seine Beine zurück.

Bevor er sich überlegen konnte, wie er seine Selbstkontrolle wiedererlangen sollte, kam Bligh herein und servierte mit zwei Dienern den Hauptgang.

Deaglan war gerade dabei, sich von der Platte zu bedienen, die Bligh in den Händen hielt, als er ein paar Zehen in Strümpfen über seinem Spann spürte, die im nächsten Moment mit seinem Hosenbein spielten. Vergnügt warf er Pru einen bitterbösen Blick zu, den sie geflissentlich übersah.

Was folgte, war ein neckisches Spiel der Verführung, an dem er sich wider besseres Wissen beteiligte. *Wie du mir, so ich dir.* Bloß war es ein vergeblicher Versuch, die Zügel wieder an sich zu reißen und seine Selbstbeherrschung zurückzugewinnen.

Weit entfernt davon, dieses Ziel zu erreichen, entwickelte sich ihr Spielchen weiter, als das Dessert schließlich aufgetragen wurde. Der Earl of Glengarah fühlte sich an eine Kutsche erinnert, die außer Kontrolle geraten war und ungebremst weiterrollte.

Als das Essen beendet war und Maude sich erhob, stand auch Pru auf und schenkte Deaglan ein Lächeln, das allein für ihn bestimmt war. Zur Vorsicht blieb der Burgherr an seinem Platz. Er wollte nicht näher an Pru heran als unbedingt nötig. Er sah zu, wie sie sich mit einem letzten provozierenden Blick in seine Richtung zu Maude und Cicely gesellte. Als die Tür hinter den drei Damen ins Schloss fiel, atmete er durch und ließ sich erneut auf seinen Stuhl sinken.

Begierig griff er nach der Karaffe mit Whiskey, die Bligh vor ihn hingestellt hatte. Er schenkte Patrick und Felix zwei Finger breit von dem Getränk ein, gab dann doppelt so viel in sein Glas und trank einen großen Schluck.

Der Alkohol brannte, als er seine Kehle hinabrann. Aber er konnte das Feuer, das in ihm loderte, nicht löschen. Ein Feuer, das Prudence Cynster, mutmaßlich unschuldige Jungfer der besten Gesellschaft, absichtlich entfacht und geschürt hatte.

Was zum Teufel sollte er davon halten? Der Earl hatte keine Ahnung und wollte auch nicht zu genau über die Zweideutigkeiten nachdenken, die sie ausgetauscht hatten. Das wäre Wahnsinn. Zum Glück kühlte er langsam ab, während er an seinem Whiskey nippte und mit halbem Ohr der Unterhaltung von Felix und Patrick lauschte. Irgendwann war er wieder in der Lage, einen klaren Gedanken zu fassen. Und mit einem Mal wurde ihm klar, was er zu tun hatte.

Als er, Felix und Patrick sich in der Bibliothek zu den

Damen gesellten, ging Deaglan zum ersten Mal in seinem Leben auf Nummer sicher. Er hatte die Minuten, in denen er von Pru getrennt gewesen war, genutzt, um all sein Begehren und sein Verlangen wieder unter Kontrolle zu bringen.

Natürlich schützte ihn das nicht davor, weiterhin auf die Probe gestellt zu werden. Beinahe sofort versuchte sie, ihn erneut zu locken und ihr verführerisches Spielchen fortzusetzen.

Er widerstand, weigerte sich, seinen Händen zu erlauben, in ihre Nähe zu kommen, und hielt sich weit genug von ihr entfernt. Jedem verbalen Vorstoß ihrerseits begegnete er mit ungnädiger Abwehr, ganz im Stile eines eingebildeten Lords. Wenngleich es schwer war, klammerte er sich an dieser Rolle fest. Es half nichts, er musste ihrem Ansturm standhalten und ihre Sturheit nach und nach brechen. Erst wenn sie die Niederlage akzeptierte und ihn nicht mehr belästigte, wäre er in Sicherheit, und das galt genauso für sie.

Als er es konsequent ablehnte, auf ihre verbalen Köder anzuspringen, wuchs ihre Frustration, und sie presste die Lippen aufeinander. Gleichzeitig biss er die Zähne zusammen und ertrug ihre verlockende Nähe, ihre subtilen und eindeutigen Einladungen, das Spielchen weiterzuspielen.

Zwei Stunden später trug sie ein Nachthemd und einen Morgenmantel, hatte die Arme unter der Brust verschränkt und stand in dem Zimmer, das man ihr gegeben hatte, vor dem Fenster. Wütend funkelten ihre Augen in die klare Nacht hinaus.

Sie war verärgert, richtig verärgert. Zum Teil auf Deaglan Fitzgerald, zum Teil auf sich selbst.

Was hatte sie sich bloß dabei gedacht? Und welche Schnapsidee hatte sie bewogen, sich so auf ihn einzulassen? Sie hatte noch nie im Leben mit einem Mann geflirtet, sogar noch nie das Bedürfnis verspürt. Irgendetwas war ihr zu Kopf gestiegen oder in ihrem Innersten aus der Fassung geraten.

Das war die einzige Erklärung, die ihr einfiel. Die einzige, warum sie versucht hatte, den berüchtigten Schwerenöter herauszufordern. Einfach um zu sehen, ob es ihr gelingen und was am Ende geschehen würde.

Prudence ärgerte und schämte sich gleichermaßen. Sie wurde so geboren, so leichtsinnig und verwegen, flüsterte eine kleine Stimme in ihrem Kopf. Und dazu so eigenwillig und stur.

Ihre Familie kannte ihre wilde Seite seit Langem – die Seite, die sie auch zu einer furchtlosen Reiterin machte. Im Wesentlichen hatte sie allerdings dieser Seite, seit sie erwachsen war, keinen freien Lauf mehr gelassen, außer sie saß auf einem Pferd.

Jedenfalls musste sie sich selbst zügeln und sich ehrlich Fragen stellen. Und sich an die Qualität der Pferde von Glengarah erinnern, um die Verantwortung zu spüren, die auf ihren Schultern lastete. Pru hoffte, dass sie sich auf diese Weise erdete und dafür sorgte, dass sie mit beiden Füßen auf dem Boden stand. Noch nie hatte sie sich einer so entscheidenden Herausforderung stellen müssen. Dazu gehörte ebenfalls der Abschluss einer exklusiven Zuchtvereinbarung mit Glengarah, die die Cynster-Ställe an die Spitze der Vollblutzucht Englands katapultieren würde.

Diesen Gedanken musste sie ihrer Familie vermitteln. Ihre Eltern vom Wert der Glengarah-Pferde zu überzeugen würde nicht so schwer werden. Beide waren erfahren genug, dass die Beschreibung einiger Blutlinien ausreichen würde. Und sie würden hinter ihr und allem stehen, was sie anbieten würde, um den Earl dazu zu bewegen, seine Unterschrift unter den Vertrag zu setzen.

Und ihre Brüder würden sich außerdem anstrengen, dass die Cynster-Ställe nicht hinter den Glengarah-Pferden oder anderen Gestüten zurückfielen. Schließlich war das Arrangement für beide Seiten von Vorteil, und zusätzliche Konkurrenten waren nicht erwünscht. Die Vorstellung, dass ein anderer mit Glengarah einen Vertrag abschloss, war zu schrecklich, um darüber nachzudenken.

Sie wandte sich vom Fenster ab und ging zu dem breiten Bett. Nachdem sie ihren Morgenmantel ausgezogen hatte, schlüpfte sie unter die Bettdecke und starrte in den Betthimmel hinauf. Einige Minuten lang sann sie darüber nach, auf welchen Bedingungen sie bei den Verhandlungen bestehen sollte. Sie beschloss, dass sie als Allererstes einmal ihre Familie darüber informieren musste, was sie hier vorgefunden hatte. Allein diese Tatsache würde ausreichen, um sie davon zu überzeugen, dass sie das Geschäft mit Glengarah machen müssten, bevor ein anderer Züchter ihnen in die Quere kam, weil er Wind von dem unglaublichen Schatz bekommen hatte, der sich in diesen Stallungen verbarg.

Kapitel 5

Am folgenden Morgen kam Pru zeitig in den Frühstücksraum und war fest entschlossen, sich hinsichtlich dessen,
was sie und Deaglan am vergangenen Abend im Verborgenen getan hatten, nichts anmerken zu lassen. Dann erblickte sie ihn, und sein smaragdgrüner Blick traf ihre
Augen.

Sie verlangsamte ihre Schritte, zögerte eine Sekunde
lang hinter der Türschwelle, bevor sie sich zwang weiterzugehen. Etwas hochmütig nickte sie dem Earl of Glengarah zu und ging weiter bis zur Anrichte. Erst jetzt bemerkte sie, dass Jay auf dem Platz neben Deaglan saß
und sich mit ihm unterhielt. Sie nahm einfach einen Teller
von Bligh entgegen und interessierte sich nicht weiter für
Jay und die Fortschritte an der Brücke. Seit sie herein-
gekommen war, konnte sie seinen Blick wie eine Berührung auf ihrer Haut spüren. Er fragte sich offensichtlich,
welchen Weg sie angesichts ihres sehr intimen Spiels unter dem Tisch künftig einschlagen wollte.

Ob seine persönliche Anwesenheit an der Brücke wirklich nötig sei, hörte sie ihn fragen.

»Joe meinte, er könnte eine solche Entscheidung nicht

allein treffen und möchte deine Erlaubnis, bevor er weitermacht«, sagte der Verwalter.

»Also gut«, beschied er Jay nicht gerade begeistert. »Wir können direkt nach dem Frühstück aufbrechen.«

Eine Auskunft, die Pru gefiel. Ihre Miene hellte sich auf, und mit einem lockeren Lächeln setzte sie sich zu den Männern an den Tisch, lächelte ihnen zu und wünschte beiden einen guten Morgen.

Felix erschien, und auf der Anrichte klapperte ein Teller. »Hallo! Was für ein wunderschöner Tag.«

Pru blickte aus dem Fenster, nickte und wandte sich an Deaglans Bruder. »Ich muss einen Brief nach Hause schicken und würde ihn gern so schnell wie möglich bei der Post aufgeben. Ist die nächste Poststation in Sligo?«

Felix nickte. »Sie sollten den Earl bitten, den Brief für Sie zu frankieren, dann wird das Schreiben schneller befördert.«

Er betrachtete sie einen Moment lang. »Wenn Sie ihn nach unten bringen, werde ich ihn abzeichnen, ehe ich gehe.«

»Wohin willst du?«, wollte Felix wissen und wandte sich Pru zu. »Aha. Ich verstehe. Wenn Sie nach Sligo reiten möchten, begleite ich Sie gern und zeige Ihnen den Weg.«

»Danke. Ihre Gesellschaft wäre mir sehr lieb. Ich habe nämlich keine Ahnung, wo sich die Poststation befindet.«

Deaglan hörte zu, wie Felix über den kleinen Ort und seine berühmte Landschaft sprach. Er wäre lieber mit ihr dorthin geritten als mit Jay zur Brücke, aber die zügige Reparatur der Brücke, die durch die Fluten nach der Schneeschmelze beschädigt worden war, konnte nicht aufgeschoben werden, denn viel zu viele seiner Pächter waren auf die Brücke angewiesen.

Selbst wenn er noch so hin und her überlegte, sah er keine Möglichkeit, nach Sligo zu reiten. Deaglan hatte die halbe Nacht wach gelegen, sich herumgewälzt und darüber nachgegrübelt, ob es angesichts der Tatsache, dass Prus Familie das erfolgreichste Zuchtunternehmen weit und breit gehörte, eine kluge Idee wäre, sie zu verführen. Oder ob es der schlimmste Fehler wäre, den er überhaupt begehen könnte. Er war eingeschlafen, ohne zu einem Entschluss zu kommen.

Dass sie ihn am Morgen kühl begrüßt hatte, war vermutlich die Antwort auf seine Frage. Ihr war klar geworden, dass eine Annäherung auf persönlicher Ebene eine Komplikation bedeuten würde, die keiner von ihnen brauchen konnte. Zumindest wusste er nun, wo sie und er standen. Als Repräsentanten ihrer Familien mussten sie sich darauf konzentrieren, bei ihren bevorstehenden Verhandlungen das Beste für ihre Seite herauszuholen.

Inzwischen war es ihm absolut nicht recht, dass Pru von seinem Bruder nach Sligo begleitet wurde. Ihm war nämlich klar geworden, was das bedeutete: Auf dem Ritt nach Sligo hätte Pru Gelegenheit, Felix nach allen Regeln der Kunst auszuhorchen, und sein Bruder war es nicht gewohnt, einem so erfahrenen Spitzel nicht alles zu sagen, was er wusste. Im Geheimen fluchte er heftig.

Jay räusperte sich mit lauter Stimme. »Falls dich hier nichts mehr aufhält, sollten wir möglichst bald zur Brücke aufbrechen. Joe macht nicht weiter, solange er nicht deine Zustimmung hat.«

Deaglan resignierte. Er musste zur Brücke, selbst wenn es ihm gewaltig lästig war.

Er betrachtete Prus Profil. Zumindest musste diese Teufelin vor ihrem Aufbruch nach Sligo noch einmal zu ihm kommen, damit er den Brief freimachte. Zu seinem Ärger hatte sie den Brief bereits dabei. Kokett zog sie ihn aus der Tasche ihres Kleids und legte ihn vor ihm hin. »Wenn Sie den Brief frankieren und ihn einfach auf den Tisch in der Eingangshalle legen, kann ich ihn auf dem Weg nach draußen mitnehmen. Ich möchte Sie auf keinen Fall aufhalten.«

Er erwiderte ihren Blick einen Moment lang, streckte schließlich den Arm aus und zog den Brief zu sich heran. »Wie Sie wünschen.«

Sie sah ihm noch kurz in die Augen und wandte sich dann Felix zu. Deaglan blieb zurück und musste sich zusammenreißen, um zu tun, was er tun musste.

Pru hatte vor, den Ritt nach Sligo bestmöglich für sich zu nutzen. Nachdem sie den Frühstücksraum verlassen hatte, war sie nach oben gegangen, um mit der Hilfe ihrer Zofe die Reitkleidung anzuziehen und nach unten zu gehen, wo Felix auf sie wartete. »Ich sollte die Gelegenheit ergreifen, um eines von den Pferden zu testen«, sagte sie. »Es gibt einige Tiere, die ich selbst reiten muss, um meine

Beurteilung über das Potenzial des ganzen Bestands abschließen zu können.«

»Welches Pferd würden Sie denn gern reiten?«

»Mal schauen.«

Als sie weiter in den Stall hineingingen und um die Ecken bogen, bis sie im vierten Gang angekommen waren, wirkte Felix ziemlich nervös. Und als Pru vor der Box eines der stattlicheren Hengste stehen blieb, bekam er Bedenken. »Sie wollen wirklich Macbride reiten?«, stieß er hervor.

»Ja.« Sie öffnete die Tür zur Box. »Mein Stallbursche hat meinen Sattel gestern noch in Ihre Sattelkammer gebracht. Könnten Sie jemanden bitten, ihn zu holen?«

Sie wartete nicht auf Felix' Zustimmung, sondern schlüpfte in die Box hinein und nutzte die wenigen Minuten, bis ein Stallknecht mit Sattel und Zaumzeug erschien und beruhigend auf den schwarzen Hengst einredete.

Während der Stallknecht dem Pferd das Geschirr anlegte und es sattelte, verließ Pru die Box und wartete mit Felix auf dem Gang.

Der jüngere Fitzgerald verlagerte unsicher das Gewicht von einem Bein auf das andere. »Macbride ist nicht immer ganz einfach. Sind Sie sich sicher, dass Sie nicht lieber eine von den Stuten reiten möchten?«

Sie schüttelte den Kopf. »Der Wert der Sammlung lässt sich eher an den Hengsten als an den Stuten festmachen.« Sie tätschelte seinen Arm. »Keine Sorge, man hält mich gemeinhin für eine erfahrene Reiterin.«

Deaglan verließ die Burg und trat auf den Nebenhof, wo er Prudence Cynster im Damensattel auf einem ein Meter fünfundsiebzig hohen schwarzen Muskelpaket sitzen sah. Es gelang ihm nur mit Mühe, sie nicht mit offenem Mund anzustarren. Besorgnis überfiel ihn trotzdem, und mit undurchdringlicher Miene stapfte er zu ihr.

Er packte Macbrides Zaumzeug, brachte den Hengst zum Stehen und ließ sie seinen Unmut spüren. »Sie sind nicht kräftig genug, um Macbride zu reiten, tut mir leid.«

Bei dem vernichtenden Blick, den sie ihm zuwarf, wäre jeder andere Mann zusammengezuckt. »Beim Reiten geht es nicht allein um Kraft.« Sowohl ihr Ton als auch ihre Miene spiegelten eine gute Portion Überheblichkeit wider und erinnerten ihn daran, dass sie aus der Familie eines Duke stammte. Dann lächelte sie bemüht. »Lassen Sie ihn los und erlauben Sie mir, es Ihnen zu zeigen.«

Es war eine offene Herausforderung, die ihm nicht erlaubte, sich ihr zu stellen. Insgeheim hoffte er schlicht, dass Macbride mit ihr nicht durchging, was schließlich nicht ganz ungefährlich war. Deaglan ließ also das Zaumzeug los und machte einen Schritt zurück.

Prus Augen blitzten, als sie die Zügel anzog und den Hengst in Bewegung setzte. Im Schritt ritt sie an Deaglan vorbei und machte einen großen Bogen um ihn, um Jay und um Felix, die alle mehr oder weniger mitten auf dem Hof standen. Sie trieb das Pferd weiter an und trabte ein Stück, ehe sie in einen leichten Galopp wechselte. Dann brachte sie den schweren Hengst mit kleinen Zügelbewegungen dazu, eine Reihe von Drehungen und Kehrtwenden zu vollführen, sich hierhin und dorthin zu wenden, ehe sie wieder im Galopp im Kreis ritt, im nächsten Moment stoppte und ein paar Schritte zur Seite machte, um schließlich zwei Meter vor den Männern stehen zu bleiben.

Die Hände in die Hüften gestemmt, starrte Deaglan den Hengst ungläubig an. Selbst er hatte in der Vergangenheit immer wieder Schwierigkeiten gehabt, das Pferd zu halten. War der Hengst etwa lockerer geworden?

Macbride schnaubte, schüttelte seinen riesigen Kopf und wartete geduldig und anscheinend vollkommen zufrieden darauf, den Anweisungen seiner Reiterin Folge zu leisten. Pru erwiderte seinen Blick und zog die Brauen hoch. »Zufrieden?«

Er musste alles zurücknehmen, was er gesagt und gedacht hatte, und nickte ihr knapp zu. Allerdings konnte er sich einen Widerspruch nicht verkneifen. »Ich glaube noch immer, dass Macbride nicht das richtige Pferd für Sie ist.«

Sie sah ihn einen Moment lang an, bevor sie die Lippen zu einem versöhnlichen Lächeln verzog. »Ich gebe zu, dass er eine Herausforderung darstellt, doch an so etwas wachse ich schließlich.« Sie nahm die Zügel fest in die Hand. »Ich habe mein erstes Pony zum zweiten Geburtstag bekommen. Damals konnte ich bereits ohne Hilfe reiten. Seitdem habe ich einen Großteil meines Lebens auf dem Rücken dieser Tiere verbracht.«

Mit einem kleinen Nicken verabschiedete sie sich von Deaglan und winkte Felix, ihr zu folgen, bevor sie majestätisch mit Macbride die Zufahrt hinuntergaloppierte. Pferd und Reiterin verschwanden in der Ferne. Deaglan dagegen stand einsam auf dem Hof, während die Pfauenfeder auf ihrem Hut ihm spöttisch zuzuwinken schien.

Er starrte noch einen Moment lang in die Richtung und wandte sich an Jay. »Also gut. Dann wollen wir mal.« Und damit stapfte er zum Stall.

Pru nutzte wie vorgesehen den Ritt nach Sligo, um Macbrides Gangarten zu testen. Der fast dreizehn Kilometer lange Weg auf einer ordentlich befestigten Straße bot zahllose Möglichkeiten, das Pferd auf Herz und Nieren zu prüfen und Bewegungen und Geschwindigkeit zu testen.

Der Hengst war tatsächlich anspruchsvoll, was sie als durchaus positiv empfand. Er hatte Kraft, Durchhaltevermögen und eine exzellente Haltung. Seine Schrittlänge war für seine Körpergröße perfekt. Seine Reiterin konnte es kaum erwarten, ihn auf der Bahn laufen zu sehen, was natürlich noch warten musste. Genau wie ihre Mutter brauchte sie ein Vollblutpferd nicht auf der Bahn zu sehen, um eine Einschätzung abzugeben. Sie hatte eine Bewertungsmethode entwickelt, die auf anderen Kriterien basierte und den Cynster-Ställen enorme Gewinne bei der Übernahme neuer Vollblüter für ihr Zuchtprogramm bot. Dass sie sich als beständiger und zuverlässiger für die Beurteilung eines Pferds erwies, war ein zusätzlicher Vorteil.

Als die ersten Häuser Sligos vor ihnen auftauchten,

zügelte sie Macbride, bis er in einen leichten Trab verfiel. »Wie viel haben Sie auf dem Ritt von der Stadt gesehen?«, fragte Felix.

»Eigentlich nichts. Bereits auf der Kutschfahrt hierher war das nicht anders. Schade.«

»Also gut. Dann werde ich Ihnen auf dem Weg zur Poststation die Sehenswürdigkeiten zeigen.«

Pflichtschuldig führte er sie zu Pferd durch die Stadt und auf die Brücke über den Garavogue River. Er wies nach links vorn zu einem Grashügel, auf dem Steinruinen standen. »Das dahinten ist das alte Kloster. Die Poststation ist ganz in der Nähe.«

Die Straßen auf der anderen Seite des Flusses waren belebter. Es gab Geschäfte, und überall waren Menschen, Karren und Kutschen.

»Sligo ist eine bedeutende Hafenstadt«, erklärte Felix stolz. »Viele Schiffe, die nach Amerika fahren, starten von hier.«

Sie ritten noch einen Block weiter, dann zog Felix die Zügel an und stieg vor einem Backsteingebäude ab, an dem ein Schild mit der Aufschrift »Poststation« prangte. Pru wartete ab, bis er Macbride für sie festhielt, ehe sie die Stiefel aus den Steigbügeln nahm und geschickt auf den Boden sprang. »Wenn Sie hier kurz bei den Pferden warten, bringe ich den Brief schnell weg. Es wird nicht lange dauern.«

Felix nickte. »Mr. O'Leary wird Ihnen behilflich sein.«

Pru ging hinein und fand den hilfsbereiten Beamten, der hinter einem Tresen stand. Er nahm den Brief entgegen, bemerkte die Frankierung in der oberen Ecke und versicherte ihr, dass das Schreiben gleich am Mittag nach Dublin mitgenommen werde. »Wir haben für die Briefe spezielle Boten, sodass der Umschlag heute Abend auf der Fähre nach Liverpool sein wird.«

»Sehr schön.« Pru bedankte sich bei ihm und kehrte zurück zu Felix. Er hatte die Pferde inzwischen zu einer Steinbank geführt, die sie als Aufsitzblock nutzen konnte, um sich wieder auf Macbrides Rücken zu schwingen.

»Würden Sie gern noch mehr von der Stadt sehen?«, erkundigte Felix sich. »Oder möchten Sie lieber zurück nach Glengarah, um Ihre Expertise fortzuführen?«

Pru erwiderte sein Lächeln. »Bitte nach Glengarah. Ich habe mir erst acht der zweiundfünfzig Tiere genauer angesehen und muss mich etwas ranhalten, sonst bin ich noch wochenlang bei Ihnen zu Gast.«

»Uns würde das nichts ausmachen«, versicherte Felix, als sie die Pferde umdrehten und den Weg zurückritten, den sie gekommen waren. »Deaglan und ich freuen uns, Ihnen bei der Arbeit mit den Pferden behilflich zu sein.«

Das Wort freuen weckte eine Erinnerung in ihr, an das Bild von ihr in Deaglans Armen, was nicht ganz der richtige Ausdruck war.

Als sie zurück über die Brücke ritten, erklärte sie nachdrücklich: »Ich muss zugeben, dass ich es kaum erwarten kann, eine umfassendere Vorstellung von der Bandbreite Ihres Bestands zu bekommen.« Und als sie das gegenüberliegende Ufer erreichten und die Pferde antrieben, bis sie in einen leichten Trab verfielen, fragte sie neugierig:

»Sagen Sie mir, was Ihren Vater dazu bewogen hat, all diese Pferde anzuschaffen?«

»Ich dachte immer, es sei pure Langeweile gewesen. Nach dem Tod unserer Mutter mied er zudem die Gesellschaft – er hatte sowieso nie besonders viel dafür übriggehabt, im Mittelpunkt zu stehen. Gute Pferde dagegen wusste er immer zu schätzen. Schon früh entdeckte er seine Leidenschaft für die Tiere und war irgendwann regelrecht besessen von ihnen. So nennt Deaglan es jedenfalls.«

So gut ihr die Pferde und das Gestüt gefielen, wusste sie nicht, was der Earl sich von einem solchen Geschäft versprach. Wie sehr brauchte er es? War es reines Interesse? »Wie ich es sehe«, fuhr Felix fort, »interessierte Papa sich irgendwann für die körperlichen Merkmale der ursprünglichen Blutlinien, die Sie einem Rassepferd mit einem Blick ansehen können. Also ging er los und wählte seine Pferde nach diesen Kriterien aus.«

Pru beugte sich vor und streichelte Macbride über das glänzende Fell. »Ich habe gehört, dass Deaglan und Ihr Vater sich gestritten haben und Ihr Bruder daraufhin einige Jahre in London verbrachte. Seit er das Gut geerbt hat, ist er wohl ununterbrochen hier. Ich habe gesehen, wie viel Zeit er dem Anwesen widmet. Vermisst er nach der Zeit in London keine Gesellschaft?«

Felix stieß ein verächtliches Geräusch aus. »Er nicht. Immerhin war er bloß dort, weil ...« Er unterbrach sich und zuckte leicht die Achseln. »Deaglan glaubte immer, dass der Stall sich finanziell selbst tragen sollte. Als dann die große Hungersnot kam, wollte er die Last für das Gut abfangen, die der Stall inzwischen darstellte.« Felix machte eine kurze Pause. »Leider sah Papa das anders als er. Die Pferde waren seine Leidenschaft, und er wollte ihre gewerbsmäßige Nutzung auf jeden Fall verhindern.«

Pru ließ einen Moment verstreichen und versteckte ihre Bestürzung nicht. »Also hat Ihr Vater seinen Sohn aus dem Haus geworfen?«

Felix verzog den Mund. »Sie stritten miteinander. Ziemlich heftig. Es wurden viele Dinge gesagt, und Deaglan verschwand einfach. Er bat mich aufzupassen, verließ die Burg und kehrte erst zurück, als unser Vater tot war.«

Pru versuchte das zu verarbeiten. »Ich habe Deaglan mit den Pferden erlebt – er kennt sie beinahe genauso gut wie Sie.«

Felix protestierte. »Er kennt sie besser als ich, auch wenn er in der letzten Zeit nicht viel mit ihnen gearbeitet hat. Bevor er damals ging, war er an den Stallungen genauso beteiligt wie Papa. Aber er war dazu erzogen worden, hier irgendwann alles zu übernehmen, was zu der Burg, dem Gestüt und den Ländereien gehört. Deshalb sieht er die Dinge etwas anders, zukunftsorientierter. Er brachte auch früh die Hundezwinger an und machte aus der Hundezucht ein florierendes Geschäft. Damals hoffte er, unser Vater würde durch den Erfolg der Zucht einsehen, dass es mit den Pferden genauso laufen könnte. Davon wollte unser Vater offenbar nichts wissen.«

»Also war der Beginn der großen Hungersnot der Tropfen, der das Fass zum Überlaufen und Deaglan dazu brachte, die Sache voranzutreiben und zu versuchen,

den damaligen Burgherrn von seiner Sichtweise zu überzeugen?«

Felix nickte. »Wenngleich die Hungersnot so gut wie
überstanden ist, betrachtet Deaglan den Stall noch immer
als unzumutbare Belastung für das Gut und will das unbedingt ändern.«

»Ich verstehe.« Pru dachte an alles, was sie seit ihrer
Ankunft auf der Burg über die Einstellung des Earl gehört hatte. »Hat er nicht kürzlich die Leitung der Stallungen wieder übernommen?«

Felix warf ihr einen zweideutigen Blick zu. »Ja, die
Pferde bedeuten ihm alles. Zugleich hat er sich aber geschworen, sich erst um alles zu kümmern, was Papa vernachlässigt hat, ehe er sich wieder dem Stall widmen
will.«

»Tja, dann freue ich mich, dass er in dieser Situation
daran gedacht hat, den Cynster-Ställen zuerst zu schreiben.«

Während sie schweigend weitergaloppierten, dachte
Pru über die Puzzleteile von Deaglans Leben nach. In
ihrem Bild fehlten noch immer einige Teile, zumindest
wusste sie inzwischen, warum er sich nicht sofort nach
seiner Rückkehr organisatorisch um den Stall gekümmert hatte. Damals ging die große Hungersnot gerade zu
Ende. Die Iren hatten sehr gelitten, die Menschen, die auf
großen Anwesen lebten ebenso wie die Bewohner der
größeren und kleineren Städte. Es schien, als hätte Deaglan das Bedürfnis gehabt, alles in seiner Macht Stehende
zu tun, um die Lage für seine Leute zu verbessern.«

Plötzlich erklang hinter ihnen Pferdegetrappel, das schnell näher kam. Als sie langsamer wurden und sich umdrehten, erblickten sie Deaglan, der einen Fuchshengst ritt und nicht Thor. Er wurde langsamer, als er sich näherte, nickte ihnen beiden zu und blieb mit dem Pferd neben Macbride stehen, der erwartungsgemäß erst mal beruhigt werden musste.

Sobald die drei Pferde nebeneinanderher trabten, sah sie Deaglan spöttisch an. »Wir hatten uns nicht verlaufen.«

»Das habe ich auch nicht angenommen.«

Nein, er hatte bestimmt geahnt, dass sie die Zeit nutzen würde, um Felix auszuhorchen, vermutete Pru, war also so schnell wie möglich zu ihnen gestoßen. An seiner Stelle hätte sie es nicht anders gemacht.

Felix beugte sich vor. »Was ist mit der Brücke?«, fragte er.

»Es werden massivere Stützen benötigt«, antwortete Deaglan. »Ich bin froh, dass ich dort war und mir die Sache angesehen habe. Joe sollte die Brücke in einigen Tagen repariert haben. Die Kosten habe ich schon bewilligt, sodass er gleich loslegen kann.«

Er beobachtete Pru in ihrem himmelblauen Reitkleid, die Macbride sehr gut im Griff hatte. Der Hengst trabte entspannt neben den anderen Pferden her. Prus Aufmerksamkeit galt jedoch dem Fuchshengst, den Deaglan ritt, und der in ihren Augen ein ganz besonderes Tier war.

»Sie haben nicht viel Zeit in der Stadt verbracht«, sagte er. »Ich habe nicht gedacht, dass Sie schon auf dem Rückweg sind.«

»Ganz einfach, ich wollte schnell den Brief aufgeben.«
Ihr Blick war noch immer auf den Fuchshengst gerichtet.
Schließlich hob sie den Kopf und sah Deaglan an. »Können wir ein Stück galoppieren?« Sie wies mit einem Kopfnicken auf sein Pferd. »Ich würde gern sehen, wie er läuft.«

Als Antwort trieb er den Fuchs mit den Fersen an, und der Hengst galoppierte los.

Lachend folgte sie ihm mit Macbride und hielt zu ihm einen Abstand von etwa einem Meter. Als sie irgendwann Seite an Seite ritten, warf Pru immer wieder einen Blick auf die Beine des Fuchshengsts. »Er hat einen sehr gleichmäßigen, lockeren Gang. Sehr beeindruckend.«

Das war mehr, als sie bisher über die von ihr geprüften Pferde preisgegeben hatte. Der Besitzer hoffte, dass sie noch mehr erzählen würde, zügelte sein Pferd und ritt neben Macbride her. Mit dem Kinn deutete er auf den schwarzen Hengst. »Was ist mit ihm?«

Sie lächelte und klopfte dem Hengst auf den Hals. »Er ist genauso beeindruckend wie Ihr Fuchs. Wenn ich einen von ihnen kaufen wollte, wüsste ich nicht, für welches Tier ich mich entscheiden sollte. Da sie jedoch Exemplare unterschiedlicher Blutlinien sind, sollte man sie, was ihr Potenzial für die Zucht betrifft, wohl eher mit Vertretern derselben Blutlinie vergleichen und nicht miteinander.«

Er zögerte. »Mein Vater glaubte, dass Macbride ein Nachfahre von Byerley Turk sei und Constantine von Godolphin Barb abstamme.«

»Dem würde ich zustimmen.« Sie machte eine kleine

Pause. »Ich würde sie beide als sehr schöne Vertreter dieser Urrassen bezeichnen.«

Als die Burg bereits in Sicht war, wagte er noch eine weitere Frage. »Was denken Sie über den Umfang des Bestands, wenn man es so nennen kann? Die Vielfalt? Die Auswahl?«

»Die Vielfalt des Bestands ist …«, sie neigte den Kopf leicht in seine Richtung, woraufhin er den Atem anhielt.

»… sie ist schlichtweg verblüffend. Ihr Vater besaß ein sehr gutes Auge für die Tiere. Er hat Pferde aus den drei Urrassen beziehungsweise Blutlinien angeschafft sowie Tiere aus den bedeutenden Nebenlinien. In einigen Fällen sind diese Nebenlinien sogar noch seltener und verfügen über Merkmale, die sich jeder Züchter wünschen würde.«

Er spürte, wie seine Hoffnung wuchs. »Vom Standpunkt eines Züchters von Vollblutpferden aus gesehen, sind die Pferde aus Glengarah also in jeder Hinsicht eine wertvolle Quelle?«

»Das kann man weiß Gott so sagen. Sie wissen ja, dass die Cynster-Ställe eine Vereinbarung mit Ihnen erreichen möchten. Bis jetzt kann ich noch nicht sagen, mit wie vielen Pferden oder mit welchen Tieren genau.« Sie holte Luft und hielt kurz den Atem kurz an. »Und um eines klarzustellen: Das, was ich an Ihrer Sammlung besonders bemerkenswert finde, ist das Spektrum von Blutlinien in hoher Qualität. Das heißt, es handelt sich um Pferde, die sehr starke Vertreter dieser Blutlinien sind.« Sie hielt inne. »Mir fallen noch weitere Gestüte ein, die qualitativ sehr hochwertige Tiere haben. Bloß hat keiner dieser Züchter so viele starke Vertreter aller Ursprungsrassen und Nebenlinien.« Sie sah ihn an und lächelte. »In vielerlei Hinsicht ist die Glengarah-Sammlung das Paradies für Pferdezüchter. Das sagt natürlich noch nichts über den finanziellen Wert aus. Wenn es jedoch um den Wert der Sammlung im weiteren Sinne geht, kann es keinen größeren Beweis der Klugheit Ihres Vaters geben als die Pferde, die er für seine Sammlung angeschafft hat.«

Deaglan nahm die Worte mit einem Nicken zur Kenntnis und richtete den Blick geradeaus. In der Ferne tauchten die Zinnen der Burgmauern auf. Er hatte ihr ein paar Informationen gegeben, und sie hatte ihm im Gegenzug ziemlich viel erzählt.

Als sie nun weiterritten, dachte er über ihre Worte nach. Er hatte in den letzten Lebensjahren seines Vaters viel Zeit damit verbracht, über die Pferdezucht nachzudenken, ob man mit ihren Pferden züchten könnte, bloß hatte er die Tiere durch die väterliche Verbannung fast aus den Augen verloren. Und er hatte das Erstaunen vergessen, das er und Felix jedes Mal verspürt hatten, wenn ihr Vater ein neues Pferd mit nach Hause brachte. Es war eine Wertschätzung, eine Dankbarkeit gewesen, die sie miteinander verbunden hatte, den Vater und die Söhne. Bis der Stall zu dem Streitpunkt geworden war, der sie unwiderruflich entzweit hatte.

Die Sammlung ganz neu zu sehen weckte in ihm das Verständnis dafür, was sein Vater tatsächlich erreicht hatte. Was sein Vermächtnis war und was er seinen Söhnen damit hinterlassen hatte. Diese Erkenntnis hatte ihm den Mann, der sein Vater war, wieder nähergebracht.

Sie trabten auf den Hof vor den Stallungen, und die Stallknechte kamen angelaufen. Gleichzeitig ertönte der Gong zum Mittagessen. Die Frau, die das Schicksal ihm geschickt hatte, sprang aus dem Sattel auf den Boden, ehe er die Chance hatte, zu ihr zu gehen und ihr beim Absteigen behilflich zu sein. Mit Felix zusammen betraten sie die Burg und gingen ins Speisezimmer.

Pru war sehr zufrieden mit den Ergebnissen des Vormittags. Folglich betrat sie recht beschwingt das Speisezimmer, nachdem sie ihr schweres Reitkleid ausgezogen hatte. Höflich beantwortete sie Maudes Fragen über ihren Ausritt in die Stadt, über ihren Besuch auf der Poststation und über ihre Meinung zu Sligo. Anschließend dachte sie darüber nach, was der Vormittag gebracht hatte.

Obwohl der Earl ihre Zeit mit Felix ziemlich abgekürzt hatte, war es ihr gelungen, noch einiges Private in Erfahrung zu bringen, was die Gründe für Deaglans Wunsch nach einer Zuchtvereinbarung waren. Allmählich verstand sie seine Beweggründe, warum er auf eine Geschäftsbeziehung mit den Cynsters Wert legte. Sie fragte sich, ob Deaglan oder Felix oder jemand, der auf der Burg lebte, wirklich nachvollziehen konnte, welches Glück es war, solche Pferde wie diese hier reiten zu dürfen. Langsam hatte sie den Eindruck, dass es ihnen gar nicht so bewusst war, dass diese Tiere ein Geschenk des Himmels waren.

»Also, Miss Cynster?«, wandte sich Jay an sie. »Was haben Sie heute noch vor? Haben Sie Ihre Expertisen beendet?«

Sie lachte. »Nein. Jede Beurteilung dauert ihre Zeit, und wie ich Deaglan und Felix erklärt habe, sind alle Pferde des Bestands jede Mühe wert. Der verstorbene Earl hat eine hervorragende Wahl getroffen.«

»Ich verstehe. Also haben wir noch länger das Vergnügen Ihrer Anwesenheit?«

»Einige Tage werde ich schätzungsweise mindestens noch da sein.«

»Wie schön für die Pferde«, scherzte Deaglan. »Also, was haben Sie heute Nachmittag noch vor?«

Sie erinnerte sich an ihre Taktik, dass nichts zählte außer den Pferden. »Ich werde meine Beurteilung der Tiere auf dem Zirkel fortsetzen. Je schneller ich damit fertig bin, desto eher können wir uns zusammensetzen, um einen Vertrag auszuhandeln.«

Deaglan nickte. »Ich komme mit Ihnen.«

Neben ihr seufzte Felix. »Dann werde ich ausreiten und schauen, was Mrs. Comey möchte. Danach kümmere ich mich um einen Zeitplan für die Hunde.« Er wandte sich Pru zu. »Wir haben einige Hündinnen, die bald werfen. Also müssen rund um die Uhr mindestens zwei Leute im Zwinger sein.«

»Viel Vergnügen.« Sie lächelte ihn bedauernd an und schob ihren Stuhl zurück, um Deaglan und Felix bis zur Eingangshalle zu begleiten. Mit Deaglan zusammen ging Pru durch die erste Stallgasse und von dort über die

Rasenfläche zu einem Nebengebäude, in dem sich der Voltigierzirkel befand.

Ohne viele Worte zu machen, arbeiteten sie wie am Tag zuvor Hand in Hand. Deaglan wechselte immer die Pferde fürs Voltigieren, und sie machte ihre Notizen.

Sie hatte in den vergangenen zehn Jahren unzählige Pferde begutachtet und vertiefte sich in ihre Arbeit. Es war eine Aufgabe, die sie liebte. Deaglan arbeitete ihr zu. Er hielt jedes Pferd fest, damit sie es erst einmal genauer in Augenschein nehmen konnte, befestigte dann die Longe am Halfter und zog sich an den Rand zurück, während sie auf dem Zirkel mit dem Tier arbeitete.

Bei einigen Pferden dauerte es länger, bis sie zufrieden war und alle Schwächen erkannt hatte. Wobei die meisten Tiere Glengarahs in die letzte Kategorie fielen, da sie bei ihnen nichts fand. Und wenn ihr Urteil »makellos« lautete, war Deaglan überaus zufrieden, denn das nützte ihm und dem Gut am Ende mehr als alles andere.

Noch am selben Nachmittag gewöhnten sie es sich an, einander viele Fragen zu stellen und zu beantworten. Sie hatte sein Interesse und seine Klugheit bemerkt und er die ihre. Bald glich ihre Unterhaltung der eines Ausbilders und seines Schülers, wobei nicht sicher war, wer welche Rolle verkörperte. Allerdings waren die Feinheiten in der Expertise von Vollblutpferden zweifellos ihre Sache.

Sie hatte ihre Beurteilung des fünften Pferds an diesem Nachmittag beinahe beendet, als die Stute sich abrupt umdrehte. Pru wich zurück und geriet ins Stolpern, Deaglans Hand packte sie sicher am Ellbogen. Obwohl die Berührung ihr einen heißen Schauer über den Körper jagte, empfand sie seine Stärke als tröstlich und schenkte ihm ein dankbares Lächeln, ehe sie sich wieder der Stute zuwandte. Sie war froh, dass sie trotz der verwirrenden Gefühle zusammenarbeiten konnten wie zwei vernünftige Menschen.

Das sechste Pferd war ihr gemeinsames Verderben.

Es handelte sich um einen wundervollen Rotschimmel, einen Hengst, der eine weiße Blesse auf der Nase hatte. Pru war sich fast sicher, dass er ein Nachfahre von Curwen's Bay Barb war.

Außerdem war er eines der aggressiveren Pferde. Nicht scheu, sondern darauf aus zu dominieren. Es schien ihn wenig zu beeindrucken, dass sie eine Frau war, kleiner, schlanker, weniger stark. Im Grunde wirkte er, als hätte er nichts als Verachtung für sie übrig. Er war unruhig, scheu und stampfte nervös mit den Hufen. Bei ihm brauchte sie eindeutig Deaglans Hilfe.

Aber sobald sie das Tier an der Longe durch den Zirkel laufen ließ, beruhigte es sich. Zumindest hatte es den Anschein. Der Hengst war schnell, vielleicht sogar ein bisschen zu schnell für ihren Geschmack. Dennoch konnte sie seine Körperform und seinen Gang sehr gut erkennen und sich ein Urteil bilden.

Sie war beeindruckt von seiner Stärke und von seinem Selbstbewusstsein, von seiner Sicherheit und Kraft. Natürlich müsste sie sich noch anschauen, wie er sich mit einem Reiter auf dem Rücken machte, doch die reine

Kraft, die sich unter seinem glänzenden Fell zeigte, versprach eine Ausdauer, die ihresgleichen suchte.

Sie trieb das Pferd zum Galopp an und konzentrierte sich auf seine Hufe, um abzuschätzen, wie der Hengst die Schritte setzte. In dem Moment änderte das Tier ohne Vorwarnung die Richtung und zog die Longe über seinen Rücken. Pru ließ sie nicht rechtzeitig los und wurde fast von den Füßen gerissen. Direkt vor die Hufe des Hengsts, der erneut die Richtung geändert hatte.

Ihr stockte der Atem. Sie taumelte, versuchte verzweifelt, das Gleichgewicht wiederzufinden und sich in die entgegengesetzte Richtung zu werfen. Deaglan schnappte sie und riss sie zurück. In letzter Sekunde drehte er dem Hengst den Rücken zu, der hart gegen ihn stieß und an ihnen vorbeistürmte. Sobald das Pferd ein Stück von ihnen entfernt war, brachte Deaglan sie hinter den Zaun des Voltigierzirkels in Sicherheit. Während er die Arme noch immer um sie geschlungen hatte, sahen sie hinüber zu dem störrischen Hengst, der auf der gegenüberliegenden Seite stehen geblieben war, sie hochmütig betrachtete und beinahe verächtlich schnaubte. Den Blick auf das Pferd gerichtet, war Pru nach wie vor innerlich aufgewühlt.

»Habe ich es übertrieben?«, fragte sie kleinlaut.

Deaglan stieß ein ungläubiges Lachen aus. »Ich glaube, er war gelangweilt und hat einfach beschlossen, dass er genug hat.«

Prus Herz pochte noch immer. Deaglan hielt sie weiterhin an sich gedrückt. So fest, dass er ihre Brüste spürte.

Sie versuchte nachzudenken, vergeblich, da sie keinen klaren Gedanken fassen konnte. Alles schien in einem Meer von Gefühlen versunken zu sein.

Ihr Innerstes drängte sie, sich noch enger an ihn zu schmiegen. Sich in seine Stärke und Kraft fallen zu lassen. Mühsam holte sie Luft. Ihr Brustkorb war wie zugeschnürt. Sie blickte hoch. Eigentlich hatte sie vorgehabt zu lachen, um den Moment irgendwie leichter zu machen, aber in seinen Augen war keine Spur von Leichtigkeit oder Lockerheit zu erkennen. Was sie fühlte, war ein heißes, heftiges Verlangen, das vom Smaragdgrün seiner Augen noch verstärkt wurde.

Der Anblick ließ ihre Gefühle erneut aufwallen. Eine innerliche Wildheit, die sie ihr Leben lang in sich trug, brach aus ihr hervor. Glück und Unglück, Freude und Angst stürmten auf sie ein, drängten sie weiter, immer weiter …

Seine Arme ließen sie nicht los, er lockerte seinen Griff nicht einmal.

Ihre wilde Seite verstand das als Ermunterung. Oder zumindest als ein Zeichen, dass er dem, was zwischen ihnen war, genauso wenig widerstehen konnte wie sie. Und dass er genauso wenig wie sie vorhatte, einen Rückzieher zu machen.

Ihr Blick lag auf seinen Lippen, seinem Mund. Sie hob den Kopf, bot sich ihm an und schloss die Augen, damit ihre Lippen sich trafen. In dem Moment wusste Deaglan genau, was für ein Kuss es war. Kein zögerlicher Kuss, kein scheuer Kuss und bestimmt kein unschuldiger Kuss.

Es war eine Suche, die von der Sehnsucht nach Erkenntnis befeuert wurde. Er hatte sich gefragt, wie viel Erfahrung sie haben mochte. Angesichts ihres Alters und ihrer Selbstsicherheit war es nicht leicht zu beurteilen gewesen. Jetzt wusste er, dass sie nicht erfahren war.

Das hier war der Kuss einer selbstbewussten Frau, die erforschen und erkunden wollte.

Er war bereit, ihr den Weg zu zeigen.

Alle Gedanken daran, ob es eine gute Idee war oder vielleicht nicht, waren verschwunden, hatten sich in Luft aufgelöst. Als er ihre Lippen spürte, begriff er, wonach sie suchte. Sie wollte herausfinden, wohin die Anziehung, die so heiß zwischen ihnen brannte, noch führte.

Er wollte es auch wissen, und zwar so sehr, wie er es seit Langem nicht mehr erlebt hatte. Es war eine Sehnsucht, der er nicht widerstehen konnte, zumal sie den ersten Schritt gemacht hatte und ihm nicht das Gefühl gab, irgendeine gesellschaftliche Grenze zu überschreiten.

Es war leicht, an ihren Lippen zu saugen, sie behutsam zu öffnen und ihre wachsende Leidenschaft zu schmecken. Vielleicht waren es gefährliche Gewässer, in die er sie lenkte, aber er war ein Meister darin, solche Meerengen zu bewältigen.

Ihr Mund war wundervoll, zog ihn noch weiter in die erotische Annäherung hinein. Sie folgte ihm, befeuerte sein Verlangen mit ihrer schamlosen Offenheit, trieb seine Leidenschaft weiter an. Ein Strudel der Lust riss ihn mit sich. Und erst in diesem Moment wurde ihm bewusst, dass er die Kontrolle längst verloren hatte.

Sie hatte sich nicht mehr im Griff und stand kurz davor, sich mit ihm zusammen in diesen Strudel zu stürzen. Dann zögerte sie. Nicht auf diese Weise. Ihre Leidenschaft durfte nicht derart ungezügelt und ihr Innerstes nicht derart aufgewühlt sein. Pru vergrub ihre Finger in seinem Haar und hielt ihn fest, um den Kuss weiter zu vertiefen. Es wurde ein stürmischer, rauschhafter, gieriger Austausch, der sie beide in Besitz nahm. Ihre Selbstbeherrschung war verschwunden oder in unerreichbare Ferne gerückt. Und vor allem verjagte sie jeden Gedanken daran, dass sie ihn hier und jetzt nicht bewusst herausfordern konnte.

Seine Reaktion kam prompt und war extrem, weil er sich in diesem Augenblick nicht mehr unter Kontrolle hatte. Er umfasste ihr Gesicht und stieß mit der Zunge in ihren Mund. Sie wich nicht zurück, sondern kam ihm entgegen, trieb ihn an. Sie fuhren erst auseinander, als sich Schritte näherten.

Felix.

Deaglan musste sich sehr zusammenreißen, um den Kuss zu beenden und sich von Pru zu lösen. Er blickte in ihr Gesicht, wartete, bis sie ihn ansah. In ihren Augen stand eine Mischung aus Leidenschaft und Verlangen.

»Wir müssen ...«

Erst jetzt schien sie ihn wahrzunehmen, drehte sich um und sah zu dem Hengst, der noch immer friedlich auf der anderen Seite des Zirkels stand.

Als Felix auf das Gatter kletterte und sie ganz harmlos

begrüßte, lehnte Deaglan scheinbar entspannt am Zaun und beobachtete Pru.

Sie hatte ihm noch immer den Rücken zugewandt und die Hände in die Hüften gestemmt, schaute dabei dem Hengst zu und tippte mit der Gerte, die sie fallen gelassen hatte, in den Sand.

»Das war sehr, sehr ungezogen von dir, du Gauner.«

Deaglan hatte keine Ahnung, wen sie damit meinte. Den Hengst oder ihn. Vielleicht verfluchte sie sogar die Leidenschaft, die sie gemeinsam heraufbeschworen hatten.

Deaglan wartete im Salon, als Pru eintrat. Er beobachtete, wie sie hereinschwebte, und suchte nach einem Hinweis, einem Zeichen, einer Andeutung, wie sie auf ihn und den Kuss reagieren und in welche Richtung sie beide gehen würden.

Es gab nur zwei Möglichkeiten, vorwärts oder zurück. Die Möglichkeit, sozusagen um den heißen Brei herumzureden, gab es nicht. Was zwischen ihnen passierte, war einfach viel zu intensiv.

Ihre Blicke trafen sich kurz – zu kurz, um irgendetwas darin zu lesen. Auch Deaglan hatte nach ihrem erregenden Intermezzo Schwierigkeiten, den Blick von ihr zu wenden, wenngleich sie ein dramatisches dunkelblaues Seidenkleid trug, das ausreichte, um sein Interesse zu wecken.

Ein Interesse, das geschlummert hatte, seit er nach Glengarah zurückgekehrt war. Das mochte, wie er vermutete, zur Intensität seiner Reaktion auf sie beigetragen haben, auf den einfachen und doch so leidenschaftlichen Kuss. Sie weckte sein Interesse auf eine Art wie keine andere Frau – ob Dame, gelangweilte Ehefrau oder Dirne – es je geschafft hatte. Auf eine Art, der er nicht widerstehen konnte.

Was seine Verantwortung betraf, konnte er es vor sich selbst nicht rechtfertigen, ihr den Hof zu machen und damit vielleicht ein mögliches und für das Gut enorm wichtiges Geschäft mit den Cynsters zu gefährden. Er ging zum Getränkeschrank, schenkte ihr ein Glas von dem Sherry ein, den sie so mochte, und ging mit ihrem und seinem Glas in der Hand zu ihr.

Sie drehte sich um, als er sich ihr näherte. Ein höfliches Lächeln umspielte ihre Mundwinkel, und sie hatte eine freundliche, ruhige Miene aufgesetzt. Als er ihr das Glas reichte, wurde ihr Lächeln breiter. »Danke.«

Nachdem sie ihm das Glas abgenommen hatte, strichen ihre Finger leicht über die seinen. Die Berührung dauerte einen winzigen Moment zu lange, um unbewusst zu sein. Sie sah hoch, und ihre Blicke trafen sich – in ihren blauen Augen konnte er ihre Entscheidung lesen, die Richtung, die sie eingeschlagen hatte.

Sein Herz schlug heftiger, die freudige Erwartung wuchs. Sie nahm das Glas wieder in die Hand und wandte sich Felix zu, während Deaglan darauf wartete, was nun passieren würde. Er hatte keine Ahnung, warum sie eine solche Wirkung auf ihn hatte, war jedoch fest entschlossen, den Grund herauszufinden.

»Wie viele Welpen erwarten Sie?«, wollte Pru von Felix wissen.

»Mindestens vier, manchmal bekommen wir sogar acht oder neun.«

»Sind sie alle im Voraus vergeben, oder verkaufen Sie das, was kommt?«

Felix sah Deaglan fragend und etwas unsicher an. Nach ihrem Ausritt nach Sligo hatte der Ältere den Jüngeren zur Seite genommen und ihn gewarnt, Prus Fragen nicht zu offen zu beantworten – besonders wenn es um die Pferde, die Hundezucht oder um das Gut an sich ging. »Vor allem Letzteres«, antwortete Deaglan. Solange sie ihre Antworten möglichst allgemein hielten, würden keine sensiblen Informationen weitergegeben.

Sie unterhielten sich weiter über die Hunde und die bevorstehenden Würfe, bevor Patrick sich erkundigte, wie Pru mit den Pferden vorankam. Sie gab eine vage Antwort, erklärte allerdings kurz darauf, dass ihre Expertise noch einige Tage in Anspruch nehmen würde.

Während die Anwesenden sich weiter über belanglose Themen unterhielten, gab Deaglan sich neutral. Nichts wies auf ihre Affäre hin. Und sie hatte keine Ahnung, in welche Richtung er mit ihr gehen wollte.

Zumindest hatte er seine Schutzmauer abgebaut, obwohl er nichts tat, um sie zum Handeln zu ermutigen.

Sie hatte noch nie eine Liaison gehabt, keine Affäre, kein Techtelmechtel. Sie war noch nie daran interessiert gewesen und hatte von daher auch keinerlei Erfahrung, aus der sie schöpfen konnte.

Es wäre einfacher, wenn sie ihren Cousinen zugehört hätte, die sich öfter über so etwas unterhielten. Aber sie hatte das Geflüster der Mädchen immer als Zeitverschwendung abgetan.

Jetzt hatte sie also keine Ahnung und mühte sich ab, wenngleich sie eigentlich wusste, welche Richtung sie einschlagen wollte. Was sie brauchte.

Angesichts ihrer leidenschaftlichen Affäre im Stall hatte sie ihre Entscheidung, eine sachliche Distanz zu Deaglan zu wahren, noch einmal überdacht und sich entschlossen, distanziert an dieses Problem heranzugehen, damit sie beide nicht zu sehr abgelenkt wurden. Vor allem hatte er durch ihren Mangel an Erfahrung eine Gefahr für seine Selbstbeherrschung gesehen.

Am letzten Abend hatten sie regelrecht gemauert und ihre Positionen fest verankert. Jeder für sich hatte beschlossen, den anderen mit nüchterner Distanz zu behandeln. Beinahe den ganzen Tag über hatten sie sich eigentlich gut geschlagen.

Und dann war es zu dem Kuss gekommen …

Es war eine Offenbarung gewesen. Besonders Pru wollte mehr erfahren, mehr lernen. Und diesen Wunsch konnte sie nicht mir nichts, dir nichts wieder ablegen und beiseiteschieben.

Der Ausdruck, der in seinen Augen gestanden hatte, als sie den Kuss beendeten, hatte sie tief berührt und keinen Zweifel daran gelassen, dass ihn dieses exzessive Erlebnis genauso fassungslos gemacht hatte wie sie.

Wenn es für sie beide gleichermaßen verwirrend war

und keinen Vorteil für einen von ihnen bot, würden sie der Sehnsucht einfach nachgeben und die Zeit genießen.

Das war die Richtung, in die sie gehen wollte. Und wenn ihre wilde Seite dabei die Führung übernahm, hatte sie nicht das geringste Interesse daran, dies zu zügeln.

Da die Gruppe an diesem Abend geschlossen ins Esszimmer ging, gab es gab keine Möglichkeit, einige ungestörte Worte zu wechseln. Ab und an tauschten sie Blicke, in denen eine ganz andere Bedeutung mitschwang, als in den leichten Gesprächen bei Tisch, das war alles. Es gab im Gegensatz zum vergangenen Abend keine verruchten Berührungen, keiner ergriff die Chance.

Was nichts daran änderte, dass ihre Sinne in Flammen standen, weil Deaglan ihr so nahe war. Noch nie zuvor hatte sie eine solche Verwirrung verspürt, die ihre Nerven anspannte und sogar ihr Denkvermögen beeinflusste.

Sie bemühte sich, nach außen hin alles normal erscheinen zu lassen – ob es ihr gelang, wusste sie nicht. Irgendwann spürte sie Maudes Blick auf sich, der sie und Deaglan kritisch musterte, woraufhin sie sich fragte, ob man ihnen etwas anmerkte.

Kurz darauf begab Pru sich zusammen mit Maude und Cicely in die Bibliothek. Dort versuchte sie, sich so gut wie möglich an der Unterhaltung zu beteiligen, saß jedoch wie auf heißen Kohlen und wartete auf Deaglans Erscheinen. Dann kam er, und ihre Sinne richteten sich augenblicklich auf ihn. Er nahm in seinem angestammten Sessel Platz, und wie üblich wählte sie den Sessel neben ihm. Ihre Unterhaltung drehte sich um die aktuelle Lage im Land, wie sich die unterschiedlichen Landstriche von der großen Hungersnot erholten und wie sich das alles auf ihre Freunde und Bekannten auswirkte.

Sie wäre am liebsten in der Bibliothek geblieben, bis alle anderen gegangen waren, damit sie und er sich der schwelenden Anziehungskraft widmen konnten, die mit jeder Minute, die sie in der Gegenwart des anderen verbrachten, immer stärker wurde, bis sie das Gefühl hatte, kaum noch richtig durchatmen zu können.

Als Maude ihren Stickrahmen zur Seite legte und vorschlug, sich in die Zimmer zurückzuziehen, lächelte Pru erleichtert, erhob sich und folgte Maude zusammen mit Cicely aus der Bibliothek.

Wie der nächste Schritt aussehen würde, darauf musste sie warten.

Deaglan beobachtete, wie Pru ging, wie sich die Tür hinter ihr schloss. Für ihn ein Zeichen, sich noch ein Glas Whiskey zu gönnen. Felix und Patrick widmeten sich ohne Alkohol wieder ihrer Diskussion, die sich jetzt, ohne die Damen, um Politik drehte. Der Burgherr kehrte zu seinem Sessel zurück, trank einen kräftigen Schluck und hörte den anderen mit halbem Ohr zu, während er über die Situation zwischen Prudence Cynster und ihm selbst nachdachte. Er hatte so etwas noch nie erlebt. Jede Dame, mit der er sich vorher eingelassen hatte, schien sich auszukennen, und nun das.

Pru dagegen wusste es nicht. So viel war mittlerweile klar. Sie war in gewisser Weise naiv und unbedarft. Trotzdem durfte er sie nicht drängen, vielmehr musste er eine passive Rolle übernehmen. Die Ehre verlangte, dass er nichts tat, um sie in irgendeiner Weise zu beeinflussen, schon gar nicht, wenn es sich um eine adelige Dame aus der besten Gesellschaft handelte. Er musste einfach warten.

Wie lange, wusste er nicht. Da er es mit Prudence Cynster zu tun hatte, konnte er es nicht einmal schätzen.

Allerdings wusste niemand besser als er, dass es nur eine Richtung gab, in die er mit ihr zu gehen wünschte. Vorausgesetzt, sie selbst wollte es so und machte nicht in letzter Minute einen Rückzieher. Wobei er nach allem, was er an diesem Abend gesehen und gespürt hatte, nicht glaubte, dass sie von dieser Option Gebrauch machte.

Sie war ein Mensch, der den Sprung ins kalte Wasser wagte – und für die Frau, die sie war, lag es durchaus im Bereich des Möglichen, unkonventionelle Entscheidungen zu treffen. Wie lange sie diesen unerträglichen Stillstand zwischen ihnen zulassen würde und wie lange sie den Missmut über verweigerte Leidenschaft und Begierde noch tolerierte, wusste er nicht. Und er konnte es auch nicht einschätzen oder vorhersagen.

Er trank sein Glas aus. Erfahren war er vielleicht, bloß waren sie und diese Situation vollkommen neu für ihn.

Kapitel 6

Am nächsten Morgen erschien Pru nach einer ungewöhnlich unruhigen Nacht zum Frühstück. Sofort wurde ihre Aufmerksamkeit von Deaglan gefesselt, und sie selbst empfand die wechselseitige Abhängigkeit stärker als am Abend zuvor.

Sich während des Frühstücks nach außen hin nichts anmerken zu lassen war schwierig genug, das hingegen, was dann folgte, war noch schlimmer.

Sie musste mit ihrer Begutachtung der Pferde fortfahren. Und das bedeutete, eng mit Deaglan zusammenzuarbeiten, über Stunden hinweg. Jede noch so winzige, zufällige Berührung, jeder noch so kleine Körperkontakt ließ sie und ihn erstarren, weil sie beide sich nicht verraten wollten.

Wäre es nicht so schwierig und die Situation nicht so angespannt gewesen, hätte es durchaus amüsant sein können, sich anzuhören, wie sie beide ab und an scharf die Luft einsogen, wie sie gelegentlich jäh ausatmeten und wie ungeschickt sie miteinander waren. Insgesamt hatten sie diesmal, da Felix bei ihnen war und ihnen bei Bedarf half, nicht die Möglichkeit, auf die immer stärker werdende, prickelnde Spannung zwischen ihnen einzugehen oder etwas in der Richtung zu unternehmen.

Am Ende des Tages, an dem sie unter allergrößten Anstrengungen zehn weitere Pferde begutachtet hatten, ging sie mit Deaglan zusammen zum Seiteneingang der Burg. Sein Blick war gespannt und nicht gerade freundlich.

Was sollte sie tun? Wie sollte sie, heimlich und unauffällig, seine Aufmerksamkeit erregen?

Sie hatte keine Ahnung und auch keine Möglichkeit gehabt, einen Hinweis von ihm zu bekommen.

Schweigend stiegen sie die Treppe hinauf, um in ihre Zimmer zu gehen und sich umzuziehen. Am Treppenabsatz angekommen, traten sie auf die Galerie. Sie blieben stehen und sahen einander an. Dann wandte Pru sich nach rechts und lief in den Westflügel zu ihrem Zimmer am Ende des Gangs, während Deaglan in sein Zimmer ging, wo immer das sein mochte.

Pru traf auf ihre Zofe Peebles, die gerade das frühlingsgrüne Satinkleid ausschüttelte. »Soll es wieder dieses Kleid sein?«

»Nein. Was haben wir noch mitgebracht?«

Wenig begeistert bot die Zofe ihr ein Seidenkleid in einem gedeckten Bronzeton an, das sie gern zu Hause trug. Eine Erinnerung an ihre Familie erschien ihr im Augenblick sehr tröstlich.

Sie setzte sich auf den Stuhl vor der Frisierkommode und ließ sich von Peebles die Haare richten. Unterdessen versuchte sie nachzudenken, was sie tun sollte.

Die Wahrheit war, dass sie sich das bisher gar nicht

überlegt hatte. Nicht eindeutig. In ihrem Kopf geisterte lediglich ein Gedanke herum, der ihr keine Ruhe ließ:

Ich will eine Affäre mit Deaglan Fitzgerald.

Ich habe vor, die Geliebte des verwegenen und bekanntermaßen wilden Earl of Glengarah zu werden.

Zumindest für die Zeit, die ich auf seiner Burg verbringe.

Geprägt durch das erste Gefühl schwindelerregender Begierde, setzte sich dieser Plan so fest in ihren Kopf, dass sie ihn nicht wirklich durchdachte. Hätte sie das getan und das Für und Wider abgewägt, würde die Sache dann anders aussehen? Sie wusste es nicht, bezweifelte es aber.

Wenn ihre wilde Seite nach vorne preschte, konnte sie nichts dazu bringen, wenigstens kurz innezuhalten. Je schwieriger der Sprung, je höher das Hindernis, desto entschlossener war sie, es zu wagen und es zu überwinden. So war sie immer gewesen und konnte es jetzt nicht ändern. Und sie wollte es auch nicht. Sie mochte sich so, wie sie war.

Doch trotz ihres unbändigen Wunschs, den Weg zu nehmen, der unweigerlich in sein Bett führen würde, hatte sie noch immer nicht die endgültige Entscheidung getroffen, ihrem unbändigen Ich die Zügel schießen zu lassen.

Sie starrte in den Spiegel und schürzte unschlüssig die Lippen, als wüsste sie nicht, ob sie sich gefiel. »Hier.« Peebles legte ein Paar goldene Ohrringe auf die Frisierkommode. »Ich habe Sie noch nie so abwesend erlebt. Was immer in Ihrem Kopf vorgeht, ist Zeitverschwendung. Im Übrigen werden Sie unten erwartet.«

Pru griff nach den Ohrringen. »Danke. Ich bin tatsächlich abgelenkt.«

»Durch die Pferde?«, fragte Peebles.

»Unter anderem. So!« Die Ohrringe saßen, die dazu passende Halskette ebenfalls. Pru erhob sich, betrachtete sich im Standspiegel und ging zufrieden zur Tür.

Sie kannte sich gut genug, um zu wissen, dass sie vor der Herausforderung, die Deaglan Fitzgerald darstellte, keinen Rückzieher machen würde. Demzufolge musste sie sich überlegen, wie sie sich und ihn an einen Ort lenken konnte, an dem sie ungestört waren und sich einander hingeben konnten. Mit etwas Glück würde ihr in den nächsten Stunden eine Idee kommen.

Leider entwickelten sich die Dinge in den folgenden Stunden nicht so, wie Pru es sich erhofft hätte. Am Ende kehrte sie missmutig und zutiefst enttäuscht in ihr Zimmer zurück. Während des Abendessens und des Aufenthalts in der Bibliothek hatte ihr Verlangen nach Nähe und Berührung epische Ausmaße angenommen, die dann nicht erfüllt wurden. Entsprechend frustriert ließ Pru sich von ihrer jüngeren Zofe beim Auskleiden helfen. Suzie war weniger sensibler als die viel ältere Peebles und würde keine Fragen wegen ihrer schlechten Stimmung stellen.

»Was halten Sie von den Bediensteten des Hauses, Suzie?«, erkundigte Pru sich.

»Sie sind nett, Miss. Hier geht es gemütlich und ruhig zu. Keine Panik, und niemand brüllt herum. Es sind sehr freundliche Menschen. Unsere Kutscher fühlen sich im

Stall wie zu Hause, und die Zimmermädchen vertragen sich alle sehr gut.«

Die Auskünfte der Zofe regten Pru an, darüber nachzudenken, ob sie ihren Aufenthalt nicht verlängern sollte, allein wegen ihr und dem Earl. Es gab keinen Grund, sich nicht auf Deaglan Fitzgerald einzulassen.

Aber sobald Suzie ihr in das Nachthemd geholfen, ihr eine gute Nacht gewünscht und das Zimmer verlassen hatte, gab es nichts, was Prus Gedanken weiter abzulenken vermochte. Sie legte sich ins Bett und drehte die Lampe herunter.

Vielleicht würde der Schlaf ihr neue Kraft und neue Ideen bescheren, sodass sie am nächsten Morgen möglicherweise einen zündenden Einfall hatte, wie sie weitermachen konnte. Ein paar Minuten später öffnete sie die Augen wieder und starrte in den Betthimmel hinauf.

Sie hatte noch nie so etwas empfunden wie jetzt und begriff nicht, warum ausgerechnet ein Mann, der einen so schlechten Ruf hatte wie der Earl of Glengarah, solche Gefühle in ihr auslösen konnte – Gefühle, die immer stärker wurden.

Sie hätte aufgehört, über die möglichen Gründe zu grübeln, denn sie bezweifelte, dass es sie weiterbringen würde. Viel schlimmer war, dass er diese Gefühle genauso in anderen Damen weckte. Sein Ruf ließ jedenfalls darauf schließen.

Trotzdem konnte sie es nicht über sich bringen, diesen Moment des Wahnsinns zu bereuen. Immerhin hatte sie genau diesen Moment genossen, der ihr dieses verdammte, unstillbare Kribbeln beschert hatte. Sie musste vorangehen, anstatt zurückzuweichen. Ein Rückzieher lag ohnehin nicht in ihrer Natur.

Also voran. Eine andere Möglichkeit gab es nicht.

Sie fragte sich, ob er von sich aus irgendwann noch einmal die Initiative ergriff. Er schien zu warten, um ihr damit zu zeigen, dass es sich um ihre Entscheidung handelte.

Inzwischen wusste sie das selbst. In ihrer Beziehung lag es an ihr, den ersten Schritt zu tun. Sich zu überlegen, wie sie das machen sollte, hatte sie während dieses langen Tages hauptsächlich beschäftigt, abgesehen von ihrer Beschäftigung mit den Pferden.

Nach wie vor wusste sie nicht, was sie tun und wie sie weiter vorgehen sollte.

Trotzdem ... eine kleine Stimme in der hintersten Ecke ihres Kopfes fragte sie ganz leise, ob der nächste Zaun, das nächste Hindernis nicht vielleicht zu viel wäre. Jedenfalls wollte sie nicht nachgeben. Pru war nicht bereit, sich den Konventionen zu beugen und einen Rückzieher zu machen.

Nachdem sie sich fünf Minuten lang hin und her geworfen hatte, akzeptierte sie, dass die Gedanken an sie und Deaglan zu verwirrend und aufwühlend waren, um zur Ruhe zu kommen.

Also schlug sie die Decke zurück, kletterte aus dem Bett, holte ihren seidenen Morgenrock und schlüpfte hinein. Dann zog sie ihre Slipper an, drehte die Lampe wieder auf und trug sie hinaus in den Flur und ließ ihre Tür einen Spaltbreit offen stehen. Leise lief sie über den flauschigen Läufer in Richtung der Treppe.

Sie erreichte die Galerie und eilte geräuschlos die Stufen hinunter. Die Bibliothek war ihr Ziel. Das, was sie jetzt brauchte, war ein gutes Buch. Sie erinnerte sich daran, einige von Jane Austens Werken auf einem Regal in der Bibliothek gesehen zu haben.

Leise öffnete sie die Tür zu dem großen Raum, der im Dunkeln lag, weil die Vorhänge zugezogen waren. Nur das Licht ihrer Lampe und der Schein der glühenden Asche im Kamin erhellten ihn ein wenig.

Vorsichtig schloss sie die Tür hinter sich und durchquerte den Raum, ließ den Lichtschein über die Regale wandern, bis sie die Bücher entdeckte. Sie hatte gerade *Anne Elliot*, einen Roman von Jane Austen, herausgezogen und wollte sich hinsetzen, als ein leises Knarren sie bewog, sich umzudrehen.

Ihr Herz schlug ihr bis zum Hals, als sie Deaglan sah. Er hatte die Krawatte gelöst, die locker um seinen Hals hing. Seine Haare wirkten zerzaust, und im Schein der Lampe funkelten seine Augen geheimnisvoll. Er saß in seinem angestammten Sessel und beobachtete sie. Ihre Lippen formten ein »Oh!«, ohne dass ein Laut zu hören war.

Den Blick auf sie gerichtet, hob er das Kristallglas, das er in der Hand hielt, und trank es aus, bevor er es neben sich auf ein Tischchen stellte. Dann erhob er sich und kam langsam auf sie zu, sein bedeutungsvoller Blick schien sich in ihren zu brennen. Ihre Erregung wuchs, und sie fühlte sich aufgewühlt bis in die Zehenspitzen. Zugleich wollte sie unbedingt herausfinden, was ihn antrieb.

Deaglan bemerkte ihre innere Unruhe, ihre erwartungsvolle Anspannung, als er näher kam. Er blieb vor ihr stehen. Unverwandt sah er sie an, griff nach dem Buch, das sie umklammerte, nahm es ihr aus den Händen und ließ es auf den Tisch neben der Lampe fallen.

Als das dumpfe Geräusch verklang, streckte er den Arm nach ihr aus, zog sie energisch in seine Arme, hob ihr Gesicht leicht an und küsste sie.

Dieses Mal ließ er seiner Begierde freien Lauf, von einer Schutzmauer war nichts mehr zu spüren. Jetzt wollte er nichts als das unbändige, gierige Begehren stillen, das sie im Laufe der vergangenen zwei Tage in ihm geweckt hatte. Er öffnete ihre Lippen, tauchte stürmisch in sie ein, nahm sie leidenschaftlich in Besitz und ließ ihre Zungen miteinander tanzen.

Er eroberte sie, denn es war keine sanfte Verführung. Deaglan wollte es, und er nahm es sich. Erst nachdem er seinen Hunger fürs Erste gestillt hatte, entspannte er sich ein wenig und gab ihr die Gelegenheit, zu Atem zu kommen.

Eigentlich erwartete er, dass ein wohlerzogenes Fräulein, das älter war als manche Freundin, durch die Wucht seiner Leidenschaft verunsichert sein würde.

War sie nicht. Vielmehr schlang Pru die Arme um seinen Nacken und hielt ihn fest, schmiegte ihren schlanken Körper an ihn und erwiderte seinen Kuss genauso gierig, wie er sie geküsst hatte. Das, was sie praktizierte, war pure, hemmungslose Begeisterung.

Sie küsste ihn mit einer nackten Gier und unbändigen Lust, die ihn ins Taumeln brachten, die seine Sinnlichkeit weckten und ein Feuer in seinem Innersten entfachten.

Pru genoss den Moment, ließ sich vom Strudel der Gefühle mitreißen, von dem Verlangen, das er ausgelöst hatte. Es war verzehrend, fesselnd. Sie konnte nicht genug bekommen, nicht genug empfinden, selbst dann nicht, als ihre Sinne aufschrien.

Plötzlich spürte sie, wie er mit den Händen über ihre Brüste, ihre Taille, ihre Hüften streichelte, und Hitze durchströmte sie. Erneut loderten Flammen auf und brannten jede Zurückhaltung nieder. Auf dieser Welle der Empfindungen wurde ihr Körper auf eine Art und Weise lebendig, die sie nicht für möglich gehalten hätte. Von der sie nicht gewusst hatte, dass es sie gab.

Das hier war Leidenschaft, war Begierde, und sie wollte mehr von beidem.

Mit ihren Lippen und ihrer Zunge zeigte sie ihm, was die Wahrheit war und was sie wollte: befreit sein von jeglicher Zurückhaltung, von allen Beschränkungen, befreit sein von Konventionen und Erwartungen.

Das hier war sie, ihr wahres, freies Ich. Die furchtlose Reiterin, die über die Zäune flog, an die sich andere nicht heranwagten.

In ihr wuchs die Leidenschaft, brach sich Bahn, versuchte sich der Feuersbrunst hinzugeben, die zwischen ihnen brannte.

Mit einem Mal beendete er den Kuss, löste sich von ihr, gab ihre Brüste frei und machte einen Schritt zurück, beraubte sie seiner Wärme und seiner Leidenschaft. Erstaunt, verwirrt, durcheinander starrte sie ihn an.

In seinen grünen Augen brannte das Feuer, verriet ihr, wie sehr er sie wollte. Seine Miene dagegen wurde immer undurchdringlicher.

»Letzte Chance«, murmelte er. Seine Stimme war nur noch ein raues Flüstern und klang drohend. »Wenn das hier noch einmal passiert, wird es in einem Bett enden. Und nichts wird uns dann noch voneinander trennen.« Deaglan senkte den Kopf, damit er ihr besser in die Augen blicken konnte. »Wenn du das nicht möchtest, dann musst du hier Einhalt gebieten – und der einzige Weg, das zu erreichen, ist deine Abreise.«

Er sah ihr forschend in die Augen, ohne dort ein Anzeichen für einen Rückzieher zu erkennen. Er sah nichts als Verlangen, sodass er noch einen letzten Versuch unternahm. »Eines kann ich dir versprechen, und zwar mit absoluter Sicherheit: Wenn du Glengarah Castle als Jungfrau verlassen möchtest, dann solltest du deine Expertise über die Pferde morgen zu einem Ende bringen und noch am Nachmittag mit der Kutsche aufbrechen. Wir können zur Not per Brief verhandeln.«

Er ließ sie los und trat einen Schritt zurück. Als wäre sie nicht körperlich von ihm befreit, sondern als wäre zugleich eine Art Bann gebrochen, wurde ihr Blick mit einem Mal klar. »Willst du mir damit sagen, dass ich gehen soll?«

»Nein, ich sage dir, dass du besser gehen solltest, weil wir so nicht weiterkommen.«

In all den Jahren, in denen er mit Frauen schlief, hatte er immer die Oberhand behalten. Doch hier hatte er die Situation nicht unter Kontrolle, und er würde sogar noch den Rest seiner Selbstbeherrschung verlieren. Weil sie ihn herausforderte, bewusst und unbewusst mit jedem Schritt.

Er achtete darauf, dass seine Miene und seine Stimme so Furcht einflößend wie möglich wirkten. »Du kannst dich entscheiden: Entweder verbringst du die morgige Nacht sicher in einem Bett im Castle Hotel in Sligo, oder du verbringst die Nacht hier in meinem Bett, mit mir. Es ist deine Entscheidung.«

Er wartete ihre Antwort nicht ab, sondern machte auf dem Absatz kehrt und stapfte zur Tür, ging ohne einen Blick hinaus.

Pru starrte zur Tür, die leise hinter ihm ins Schloss fiel. Ihr Körper sehnte sich nach einer Berührung, wie sie es noch nie zuvor empfunden hatte. Eine ganze Weile bewegte sie sich nicht, wartete darauf, dass ihr Körper wieder zur Ruhe kam und ihr Verstand und ihre Sinne sich sammelten. Noch einmal rief sie sich jede Sekunde des gemeinsam Erlebten ins Gedächtnis, und gab sich ganz der Erinnerung hin.

Irgendwann stellte sie das Buch ins Regal zurück, schnappte sich die Lampe und verließ die Bibliothek.

Ganz ruhig stieg sie die Treppe hinauf. Seit sie wusste, wo sie stand und wo er stand, und nachdem sie die rich-

tige Entscheidung getroffen hatte, auf die er so lange gewartet hatte, würde sie gut schlafen können.

Kapitel 7

Am folgenden Morgen betrat Pru gut gelaunt den Frühstückssalon. Sie schenkte Deaglan und Felix, die schon am Tisch saßen, ein strahlendes Lächeln, ehe sie zur Anrichte ging und sich an den Speisen bediente.

Sie riss sich zusammen, damit man ihr die Selbstzufriedenheit, die sie verspürte, nicht ansah.

Als sie sich schließlich mit ihrem Teller in der Hand dem Tisch näherte, erhob Felix sich und zog ihr den Stuhl zwischen seinem und Deaglans Platz zurück.

Sie belohnte ihn mit einem Lächeln und einem Danke, stellte ihren Teller ab und setzte sich.

Als sie Deaglan anlächelte, blickte er sie mit versteinerter Miene an und nickte ihr ziemlich steif zu.

Felix sprach sie von der rechten Seite an. »Ihnen bei Ihrer Begutachtung und bei Ihrer Arbeit mit den Pferden auf dem Zirkel zuzusehen ist faszinierend. Ich sehe so viel mehr in unseren Pferden als vorher. Außerdem hatte ich keine Ahnung, dass solche Expertisen so aufschlussreich sein können.«

Sie neigte ihm den Kopf zu. »Von unserem Standpunkt aus müssen sie das sein. Ohne eine klare Vorstellung von der Qualität der Pferde wird es schwierig, eine Zuchtvereinbarung zu treffen, die immer ein gewisses Risiko birgt. Eine vernünftige und gründliche Beurteilung der Pferde vor den Verhandlungen bedeutet, dass wir alle uns über deren Wert im Klaren sind.«

»Nehmen Sie sich immer so viel Zeit für die einzelnen Pferde?«, fragte Felix.

»Ja und nein. Die genaue körperliche Prüfung ist bei jedem Pferd gleich, aber die Beurteilung der Gangart und der Bewegung der Tiere dauert länger, je besser das Pferd ist.«

Deaglan beugte sich auf seinem Stuhl nach vorn. »Was ist der Grund dafür?«

Sie wandte sich ihm zu und unterdrückte ein Lächeln. »Weil die Beurteilung auf Schwächen basiert. Und um sicherzugehen, dass eine bestimmte Schwäche eben nicht besteht, ist es notwendig, einem Pferd die Möglichkeit zu geben, das zu zeigen. So verlängert sich die Zeit, die man mit den Tieren an der Longe arbeitet.« Sie sah wieder Felix an. »Während meiner ersten Sichtung ist mir bereits aufgefallen, dass die Pferde – abgesehen von denen, die Sie privat reiten und die deshalb in der Nähe des Tors stehen – in einer bestimmten Reihenfolge im Stall untergebracht sind: und zwar aufsteigend nach der Qualität der Tiere. Wenn ich mich recht entsinne, hat Ihr Vater den Stall so organisiert.«

Felix nickte. »Ja, er bestand darauf, dass die Pferde in dieser Reihenfolge in den Boxen stehen.«

»Das ergibt einen Sinn.« Sie widerstand dem Impuls,

Deaglan anzusehen. »Je weiter ich in den Stall hineingehe, desto länger dauert die Prüfung der Tiere. Bei den Hengsten, die wir auf dem Ausritt nach Sligo dabeihatten, wird die Expertise nicht mehr ganz so lange dauern, weil ich sie schon in Bewegung gesehen habe. Bislang habe ich zweiundzwanzig Pferde begutachtet – dreißig muss ich mir noch anschauen.«

Sie nahm ihre Teetasse, nippte daran und warf Deaglan einen verstohlenen Blick zu. Ihm war offenbar klar geworden, dass seine schroffe Aufforderung vom Nachmittag, sie möge ihre Beurteilung der Pferde möglichst schnell beenden, nicht in seinem Interesse gewesen war. Zum Glück hatte sie nicht die Absicht, die Burg, den Stall oder ihn zu verlassen und wegzulaufen.

Er hob seine Kaffeetasse, trank einen Schluck und sah Pru an. »Wie viele Tage wird es noch dauern, bis Sie die restlichen Pferde beurteilt haben?«

Undurchdringlich zog sie die Augenbrauen hoch. »Gestern habe ich zehn Pferde begutachtet, fünf am Morgen und fünf am Nachmittag. Realistisch betrachtet, werde ich in den kommenden Tagen nicht so viele schaffen. Beim letzten Drittel Ihres Stalls werden es wohl nicht mehr als sechs pro Tag sein. Da ich mir noch dreißig Tiere ansehen muss, werde ich schätzungsweise mindestens vier Tage benötigen.« Sie machte eine Pause und schaute ihn ruhig an. »Vielleicht auch eine Woche.«

»So lange?«, fragte er schließlich.

Was dachte er sich? »Mindestens. Die Cynster-Ställe pflegen kein vorschnelles Urteil zu fällen – unsere Entscheidungen sind immer gründlich durchdacht und werden sorgfältig getroffen.« Sie hielt seinem Blick stand und nahm noch einen Schluck Tee. »Unsere Entscheidungen werden also absolut gezielt gefällt«, fügte sie anzüglich hinzu.

Sie bemerkte, wie ein Muskel in seinem Kiefer zuckte, und konnte sich ein Lächeln nicht verkneifen.

Deaglan starrte sie ungerührt und ein bisschen verbittert an. Diese verfluchte Frau wollte ihn herausfordern ... Nein, es war schlimmer als das. Sie zeigte ihm ganz deutlich ihre Absicht, alle Konventionen hinter sich zu lassen und sich ihm hinzugeben. Sie wollte mit ihm ins Bett.

Grundgütiger! Wie war er um Himmels willen in diese Situation geraten?

Seine eigene Begierde zu zügeln war schwer genug. Doch auch noch ihr Verlangen zu bändigen, das sprengte alle Ketten.

Selbst wenn sie von einer gezielten und durchdachten Entscheidung gesprochen hatte, konnte er nicht glauben, dass sie das hier wirklich richtig überlegt hatte.

Er musste die erste Gelegenheit nutzen, die sich bot, um mit ihr zu reden und sie zur Vernunft zu bringen. Da sie und Felix beide angedeutet hatten, direkt zum Stall gehen zu wollen, folgte er ihnen in die Eingangshalle. Dort traf er auf Jay.

»Mir dir wollte ich reden«, hielt er seinen Chef auf.

»Später«, winkte Deaglan ab.

»Es ist ...«

»... nicht so wichtig wie das Geschäft, über das ich mit

Miss Cynster reden muss.« Deaglan ging an ihm vorbei und folgte der kapriziösen Frau, die das Schicksal ihm geschickt hatte, auf den Nebenhof.

Er überließ es Felix, das nächste Pferd zu holen, das besichtigt werden sollte, und ging zu Pru auf den Voltigierzirkel, trat so nah an sie heran, dass ihre Augen sich weiteten, als sie sich umdrehte und ihn mit einer gewissen Vorsicht ansah. »Was denkst du dir dabei?«, fuhr er sie entnervt an.

Sie zog eine Augenbraue hoch, musterte ihn einige Sekunden lang. »Ich stelle dich auf die Probe.«

Seine Verärgerung brach sich Bahn. »Ich habe es ernst gemeint.«

Pru legte ihm eine Hand auf den Arm und drückte sacht zu. »Ich weiß.«

Er blieb stehen und kämpfte gegen den beinahe überwältigenden Drang an, beide Hände zu heben und sich mit gespreizten Fingern durchs Haar zu fahren. Sie ging stattdessen los und nahm die Zügel des Pferds entgegen, das Felix gerade auf den Zirkel führte.

Was zur Hölle sollte er nur tun, fragte er sich. Was war das Richtige?

Er versteckte seine aufgewühlten Gefühle ganz tief in seinem Innersten, machte auf dem Absatz kehrt und ging zu ihr. Sie hielt die Zügel der schwarzen Stute in der Hand und sprach leise und beruhigend auf das Tier ein.

Verbittert zwang er sich, die Verwirrung zu ignorieren, die sowohl von dieser vom Schicksal gesandten Pferdenärrin als auch von seinen eigenen inneren Dämonen herrührte, und sich an den Rhythmus zu halten, den sie in den vergangenen Tagen gefunden hatten. Er half ihr, indem er die Pferde festhielt, während sie sie begutachtete.

Missmutig registrierte er, dass sie weit weniger Schwierigkeiten mit ihm zu haben schien als umgekehrt, und verbrachte einige Minuten damit zu überlegen, ob man die Angelegenheit beschleunigen konnte. Seufzend musste er einsehen, dass es diese Möglichkeit nicht gab. Er war auf eine korrekte Expertise angewiesen und auf eine richtige Einschätzung des Zuchtwerts. Andernfalls würde es zu keiner lukrativen Abmachung mit den Cynsters kommen.

Endlich hatte er gelernt, die Lage, in die das Schicksal ihn gebracht hatte, so anzunehmen, wie sie war. Wenn Prudence Cynster Glengarah Castle verließ, ohne dass es einen Vertrag mit dem Cynster-Gestüt gab, dann würde das kein gutes Licht auf die Pferde aus dem Glengarah-Stall werfen.

Als das Geräusch des Gongs, der zum Mittagessen läutete, zu ihnen herüberklang, arbeitete sie gerade erst mit dem vierten Pferd an diesem Tag und war mit dessen Begutachtung nicht einmal fertig.

Schlecht für ihn, dass sie das Zeug hatte, seine Selbstbeherrschung ins Wanken zu bringen. Warum das so war, wusste er nicht, aber er wollte sie so sehr, wie er noch keine andere Frau zuvor begehrt hatte. Und egal, wie sehr er sich bemühte, so zu tun, als wäre das nicht so, wusste sie es inzwischen besser. Er würde sie nicht ablehnen, weil es reine Zeitverschwendung war, gegen diese unbändige Anziehungskraft anzukämpfen.

Nein. Wenn man bedachte, wo sie jetzt standen, dann war es die einzig realistische Option für ihn, mit ihr zusammen den Weg zu gehen, den sie gehen wollte. Hals über Kopf in eine intime Beziehung hinein.

Alles, was er tun konnte, war nämlich, mitzugehen, die Zügel fest in der Hand zu halten und sicherzustellen, dass sie sie nicht in einen Abgrund führte.

Als er die letzten Meter zu ihr zurücklegte, konnte er in ihrem Blick eine Frage lesen. Mit einem Kopfnicken und einer Geste in Richtung Haus gab er ihr die Antwort. »Sollen wir?«

Pru konnte sich ein Lächeln nicht verkneifen. Als sie an der Seite von Deaglan Fitzgerald, dem gerissenen Earl of Glengarah, zum Haus ging, verspürte sie einen Schauer der Erwartung. Er hatte zugestimmt, und sie würde von einem Adligen, der weithin als Meister auf diesem Gebiet bekannt war, endlich alles lernen, was sie sich in den vergangenen Jahren so vorgestellt hatte. Und zwar mithilfe eines gebührenden Partners, den sie im Grunde bereits hatte.

Als er ihr den Stuhl zurückzog, damit sie sich zum Mittagessen an den Tisch setzen konnte, strich er unbemerkt mit den Fingerspitzen über ihren Nacken und löste einen wohligen Schauer in ihr aus.

Dann lehnte er sich zurück, und sein Blick sagte ihr, dass er sich an ihr kleines Intermezzo erinnerte. Und als sie in seine faszinierenden grünen Augen blickte, durchlebte sie diese Momente noch einmal, und es fühlte sich an, als hätte er eine brennende Fackel in die glühenden Kohlen geworfen. Und in diesem Augenblick hatte sie keinen Zweifel mehr daran, dass ihre Entscheidung richtig war.

Er wollte sie, und sie wollte ihn.

Während die Anwesenden sich von den Platten bedienten, die vor ihnen standen, dachte sie noch einmal über die Argumente nach, die für ihre Option sprachen. Mit neunundzwanzig war sie keine ganz junge Frau mehr und hatte dem Thema Hochzeit und Ehe bewusst den Rücken gekehrt. Eine Ehe würde sie bloß einschränken. Den Rest des Lebens innerhalb der konventionellen Grenzen zu verbringen, die die Gesellschaft für Damen ihres Standes vorsah, war für sie keine wünschenswerte Zukunftsaussicht. Deshalb hatte sie es als ihr Schicksal angenommen, unverheiratet zu bleiben, und sich dennoch nach einer anderen Lösung gesehnt, die Zärtlichkeit und Liebe ohne Ehe versprach. Und so waren ihre Möglichkeiten begrenzt geblieben.

Bis sie nach Irland gekommen war. An die Westküste. Nach Glengarah Castle.

In das Zuhause des Earl of Glengarah, der einen entsetzlichen Ruf mit sich herumschleppte und der Held einer fleischgewordenen sinnlichen Verführung war.

Von Anfang an hatte sie keinen Grund gesehen, der Versuchung, die er verkörperte, widerstehen zu müssen. Erst die geplanten Geschäftsbeziehungen hatten Zweifel bei ihr hervorgerufen, die sie inzwischen als unbedeutend abtat. Eine kleine Affäre mit Deaglan Fitzgerald würde schon kein Riesendesaster sein und den Ruf der Pferde nicht ruinieren. Tatsächlich war die Qualität der Tiere so unbestritten, dass ein anderes Ergebnis als eine exklusive Bewertung undenkbar war.

Unter ihren Wimpern musterte sie heimlich Deaglan. Inzwischen war ihr klar geworden, dass er sich gar nicht so sehr von ihrem Vater, ihren Brüdern oder ihren unzähligen Cousins unterschied.

Gegenüber Damen war er von Natur aus fürsorglich, hatte einen ausgeprägten Beschützerinstinkt, war eben ein perfekt erzogener Gentleman aus adeligem Haus, der überall Karriere machte. Ungeachtet seines Rufs handelte er instinktiv innerhalb der Grenzen, die die Gesellschaft setzte. Und eine dieser Regeln besagte, dass ein feiner Herr keine wohlerzogene junge Dame verführen sollte, die unter seinem Dach weilte.

Natürlich war die Voraussetzung eine junge, unschuldige Dame, was bei Pru höchstens zur Hälfte stimmte, da ihr die frühe Jugend fehlte. Und auch ihre Unschuld war nicht ganz ehrenwert, was wiederum am Earl lag, der sich damit ziemlich schwertat. Es war ihre Entscheidung. Er hatte es ihr gesagt, und sie war sich sicher, dass er sie nicht einmal mehr küssen würde, wenn sie es nicht ausdrücklich wünschte.

Dank ihrer Worte und Taten am Morgen wusste er, dass sie durchaus vorhatte, ihre Wünsche sehr deutlich zu formulieren, aber sie zweifelte nicht daran, dass er sie drängen würde, noch deutlicher zu werden.

Und das würde sie tun. Heute Abend. Sobald die Arbeit mit den Pferden für den Tag erledigt war und sie allein wären.

Allerdings musste sie, bevor sie sich aufeinander einließen, ganz deutlich sagen, was genau sie sich vorstellte.

Überdies sollte es eine kurze Affäre werden, deren Ende absehbar war. Sie würde noch ungefähr eine Woche oder zehn Tage lang auf Glengarah weilen. Und wenn sie eine Vereinbarung getroffen und einen Vertrag unterzeichnet hatten, würde sie allein nach Newmarket und zu den Cynster-Ställen zurückkehren. Ihre Affäre wäre also von begrenzter Dauer, und das würde auch die Wahrscheinlichkeit unerwarteter Komplikationen verringern.

»Bereit?«

Deaglans tiefe Stimme brachte eine Saite in ihr zum Schwingen, die sie mit einem Schlag ins Hier und Jetzt zurückholte. Sie sah ihn an und lächelte. »Ja.«

Dann reichte sie ihm die Hand, erlaubte es ihm, ihr beim Aufstehen zu helfen, und ging mit ihm zurück auf den Voltigierzirkel.

Während Pru mit den Pferden arbeitete, gelang es ihr recht gut, die Auswirkung von Deaglans Nähe zu verdrängen und nicht daran zu denken, was bei ihrem nächsten Beisammensein wohl passieren würde. Auf diese Weise hielt sie ihre aufgewühlten Gefühle zumindest ein Stück weit unter Kontrolle.

Während der Zusammenkunft im Salon, beim Abendessen und in der Bibliothek spürte sie hingegen, wie ihre Anspannung wuchs, wie ihre Erregung zunahm und sie das Gefühl hatte, kurz vor einer Ohnmacht zu stehen. So gut es ging, vermied sie es, Deaglan anzusehen, was die wachsende Aufregung jedoch nicht im Zaum zu halten vermochte.

Sie war froh und erleichtert, als Maude endlich ihre Stickarbeit zur Seite legte und verkündete, dass sie sich nun zurückziehen sollten.

Suzie erwartete Pru bereits, aber sie schob eine Begründung vor, sich noch für eine oder zwei Stunden die Notizen zu den Pferden ansehen zu wollen. Als Teil ihres Plans hatte sie dafür gesorgt, dass sie das Kleid, das sie für den Abend gewählt hatte, auch ohne Hilfe ausziehen konnte. Sie würde Suzie also später nicht noch einmal rufen müssen. Als die Tür hinter ihrer Zofe ins Schloss fiel, legte Pru ihre Notizen beiseite und begann, im Zimmer auf und ab zu laufen. Immer wieder warf sie einen Blick auf die Reiseuhr, die sie auf den Kaminsims gestellt hatte.

Als die richtige Uhrzeit gekommen war, machte ihr Herz einen Satz. Endlich. Sie erhob sich, strich ihr Kleid glatt, machte die Zimmertür auf und ging zur Galerie, eilte leise die Treppe hinunter.

Alles war ruhig, alles lag im Dunkeln.

Sie hatte sich nicht die Mühe gemacht, eine Lampe mitzunehmen, da sie während ihres kleinen Rundgangs in der Nacht zuvor bemerkt hatte, dass überall in dem riesigen Haus Lampen brannten. Kurz darauf blieb sie vor der Tür zur Bibliothek stehen, die einen Spalt offen stand, und hörte Deaglans tiefe Stimme, der sich offenbar gerade mit jemandem unterhielt.

»Ehrlich gesagt bin ich ziemlich überrascht, dass die

Cynsters eine Frau geschickt haben, um die Sammlung deines Vaters zu begutachten«, hörte sie mit einem Mal Jay. »Ist das nicht irgendwie eine Beleidigung? Zumindest eine kleine?«

Prus Augen weiteten sich, und sie spürte Wut in sich hochkochen.

»Du würdest so etwas gar nicht sagen, wenn du sie bei der Arbeit mit den Tieren gesehen hättest«, erwiderte Deaglan trocken. »Sie ist ein Naturtalent und eine ausgesprochene Expertin auf diesem Gebiet.«

»Genau genommen kann man wohl sagen, dass die Tatsache, dass die Cynsters sie und niemand anders geschickt haben, wohl eher das Gegenteil bedeutet. Sie haben ihr diese weite Reise deshalb erlaubt, weil sie genug über unsere Pferde gehört haben. So viel, dass sie ihren besten Sachverständigen geschickt haben, nämlich den Chef ihres Zuchtprogramms«, sagte Deaglan. »Und das ist sie.«

»Vielleicht«, entgegnete Jay, klang jedoch wenig überzeugt. »Auch wenn sie eine exzellente Reiterin sein mag, ist das überhaupt eine Befugnis, uns einen Handel anzubieten? Oder wird sie nach England zurückkehren, Bericht erstatten, und uns wird per Post ein Angebot unterbreitet?«

»Sie ist in der Tat eine exzellente Reiterin, was nicht unbedingt der Grund dafür ist, dass sie die Leitung des besten Zuchtprogramms auf den Britischen Inseln innehat.« Deaglans Tonfall klang mit einem Mal schärfer als zuvor. »Und ja, sie wird uns ein Angebot unterbreiten, sobald sie mit ihrer Begutachtung fertig ist. Im Übrigen scheint es wahrscheinlich zu sein, dass wir zu einer Einigung gelangen werden, von der beide Seiten profitieren.«

»Ich verstehe.« Jay klang ein bisschen verschnupft. »Nun ja, du wirst dich über die zusätzlichen Einnahmen freuen, und ich nehme nicht an, dass eine Einigung irgendetwas an der Art ändern wird, wie der Stall geführt wird.«

Pru hätte am liebsten über Jays Naivität ein verächtliches Schnauben ausgestoßen. Nachdem sie nun wusste, wie groß Deaglans Interesse tatsächlich war, konnte sie sich nicht vorstellen, dass er lediglich den Cynsters gestatten würde, mit seinen Pferden zu züchten, sondern dass er selbst diese Richtung verstärkte und Änderungen in seinem Stall vornahm. Statt seinen Verwalter zu korrigieren, hörte sie Deaglan sagen: »Da wir erst über die geschäftlichen Dinge sprechen müssen, kann ich über Einzelheiten noch nichts sagen.«

»Schön. Die Zeit wird es zeigen. Ich gehe dann mal ins Bett. Morgen früh reite ich gleich zur Brücke raus, um mit Joe zu reden.«

»Gut. Ich werde wahrscheinlich mit Miss Cynster im Stall sein, falls du mich suchen solltest.«

Pru schlich eilig von der Tür weg und versteckte sich in einer Nische unter der Treppe. Sie hörte, wie Jay die Bibliothek verließ, und hielt den Atem an, als er an ihr vorbeikam.

Entschlossen holte sie Luft, rief sich ins Gedächtnis, was sie vorhatte, kam aus den Schatten, betrat die Bibliothek und machte die Tür hinter sich zu. Deaglan saß an seinem Schreibtisch und hatte die Augen auf sie gerichtet. Sein eindringlicher Blick im Schein der Lampe jagte ihr einen sinnlichen Schauer über den Rücken.

Langsam legte er den Stift beiseite, den er in der Hand gehalten hatte, und lehnte sich auf seinem Stuhl zurück.

Bemüht, sich äußerlich nichts anmerken zu lassen, obwohl ihre Gefühle vor Aufregung tanzten, ging sie zum Schreibtisch. Als Deaglan aufstehen wollte, bedeutete sie ihm, sitzen zu bleiben, und hockte sich auf die Armlehne eines der Stühle.

In diesem Moment war es gut, dass der breite Schreibtisch zwischen ihnen stand. Sie wollte zuerst ihren Standpunkt erklären, bevor sie in seine Reichweite kam. Eindringlich sah sie ihn an und ignorierte den Schraubstock, der sich um ihren Brustkorb gelegt zu haben schien.

»Bevor wir weiter der gegenseitigen Anziehung erliegen, möchte ich noch einiges klarstellen.«

Er betrachtete ihr Gesicht leicht ungläubig. »Und das wäre?«

»Das wäre Folgendes«, sie holte kurz Luft, um sich zu beruhigen. »Wir müssen uns einig sein, hier und jetzt, dass eine Affäre zwischen uns von begrenzter Dauer sein wird.« Sie vollführte eine kleine Geste. »Ein paar Tage, eine Woche vielleicht – so lange, bis ich Glengarah verlasse.«

Er kniff die Augen ganz leicht zusammen. »Du meinst, bis wir uns auf einen Vertrag geeinigt haben.«

Sie nickte. »Ganz genau.« Bevor er Ja oder Nein sagen konnte, sprach sie weiter. »Und ich möchte von Anfang an deutlich machen, dass ich absolut kein Interesse an einer Hochzeit habe.«

So intensiv sie seine Miene auch musterte, sie konnte dort keine Reaktion auf ihre Worte ablesen. »Offen gesagt möchte ich nicht, dass du plötzlich ein schlechtes Gewissen bekommst und es für nötig hältst, dass wir heiraten, um meinen Namen und meinen Ruf zu schützen. Du kannst mir glauben, dass mein Name und mein Ruf jegliches Geflüster überstehen werden, das während unserer Affäre vielleicht aufkommen wird.«

Deutlicher konnte sie nicht werden. Deaglan lehnte sich auf seinem Stuhl zurück und starrte ungläubig die junge Frau an, die vor ihm saß und ihm gerade die Bedingungen unterbreitete, die galten, falls er mit ihr schlafen wollte, was den Earl of Glengarah in dieser Direktheit offensichtlich kränkte. Und wie bei so vielen anderen Vorfällen der vergangenen Tage war sein erster Impuls, schnellstmöglich ihre Ansichten zu ändern, die er geradezu absonderlich fand. In diesem Fall sogar wahnsinnig.

Grundgütiger, was dachte er sich eigentlich dabei, fragte er sich. Eine sture, eigensinnige, dickköpfige Dame war wirklich nicht gerade die Sorte Frau, die er sich als seine Countess wünschte. Außerdem würde sie ihn ganz schön auf Trab halten. Das reichte!

Er schob die kuriosen Gedanken beiseite, stand auf und ging zu ihr, und blickte fragend in ihr Gesicht.

Pru runzelte die Stirn. »Was ist?«

»Wenn du jetzt damit fertig bist, mir Vorschriften zu machen ...«

Stürmisch packte er sie an den Oberarmen und küsste sie. »Denk das ja nicht«, beschied er sie streng und betrachtete es als Befehl.

Sie schlang die Arme um seinen Hals und hielt sich an ihm fest, während seine Lippen sie verzehrten und sie in Besitz nahmen. Flammen der Leidenschaft hüllten sie ein und setzten sie in Brand. Sie vergrub die Finger in seinem Haar und ließ ihn nicht mehr los – ihr Anker in einer Welt, die ins Wanken geraten war.

Alle Zügel, die sie noch in der Hand gehalten hatte, waren im Feuer verbrannt. Die Hitze kroch über ihre Haut, drang tief in ihr Innerstes. Das hier war es, was sie unbedingt erkunden wollte, dieser Sprung in die Leidenschaft und die Lust.

Ihre wilde Seite war an die Oberfläche gekommen, reagierte auf den Moment, auf die Herausforderung. Sie hatte alles über diese Seite ihrer eigenen Persönlichkeit erfahren wollen – und jetzt war dieser Augenblick gekommen. Pru stürzte sich mit aller Kraft und ohne nachzudenken, in das Abenteuer.

Sie ballte die Hände in seinen Haaren zu Fäusten, drängte sich an ihn und erwiderte seinen Kuss genauso gierig wie er, war genauso berauscht vom Versprechen der Flammen, die hungrig über ihre Haut leckten.

Flammen, die er schürte. Mit den Händen strich er über ihre Kurven. Seine Berührung brannte selbst durch die Seide ihres Abendkleids wie Feuer. Mit einer Hand strich er über ihre Hüfte, umfasste ihren Po und zog sie an sich. Der Beweis seines Verlangens presste sich gegen ihren Bauch, hart wie Stahl und unmöglich falsch zu verstehen.

In ihrem Kopf überschlugen sich bei diesem Angriff seiner Leidenschaft und ihrer verzweifelten Begierde die Gedanken. Mit einem Mal unterbrach er den Kuss, starrte sie an. »Nach oben. Jetzt sofort«, verlangte er mit rauer Stimme.

Er fasste ihre Hand und führte Pru zur Tür. Sie war erregt, ihr Atem ging schnell und flach, und in ihrem Kopf herrschte ein großes Durcheinander.

Er zog sie durch den kurzen Korridor in die Eingangshalle und zur Treppe. Als sie versuchte, die erste Stufe zu nehmen, und ins Stolpern geriet, hob er sie hoch.

Dankbar schlang sie die Arme um seinen Hals, als er sie schnell die Treppe hinauftrug und über die Galerie und durch den Flur in den Westflügel eilte.

Vor ihrer Tür blieb er stehen, ließ sie runter, machte die Tür auf und führte sie als Erste ins Zimmer. Sie hatte die Lampe auf dem Tischchen am Fenster brennen lassen. Sanftes Licht erhellte den Raum. Als die Tür hinter ihm ins Schloss fiel, drehte sie sich um.

Sein Blick war wie der eines Raubtiers auf ihr Gesicht gerichtet. »Letzte Chance«, flüsterte er.

Sie blinzelte ihn an und überlegte. Dann ging sie auf ihn zu, nahm sein Gesicht in beide Hände, stellte sich auf die Zehenspitzen und küsste ihn ebenso fordernd wie einladend.

Und er konnte dieser Aufforderung, sie zu erobern, nicht widerstehen.

Und Deaglan nahm sie. Ihr Geschmack war berauschend, das Gefühl, als er mit den Händen über sie streichelte, so verführerisch, dass er sich dem nicht entziehen konnte. Sie zu küssen und von ihr geküsst zu werden, das Geben und Nehmen, war alles, woran er denken konnte. Er bekam nicht genug von ihr. Zwar war sie ein Neuling auf dem Gebiet und unerfahren, doch ihr Eifer und ihre Begeisterung nährten seine Bedürfnisse. Sie war eine Frau mit einem unabhängigen Geist und einem freien Willen, die sich entschieden hatte, das hier mit ihm gemeinsam zu erleben und sich von ihm alles zeigen zu lassen, was er wusste.

Irgendwann knabberte sie an seiner Unterlippe, und er stöhnte auf. Als er daraufhin eine Spur von Küssen auf ihren Hals hauchte, ging ihr Atem schneller und steigerte ihre Erregung.

Er hatte es nicht eilig, ließ sich Zeit, und ihr ging es ähnlich. Sie gab sich damit zufrieden, ihm zu folgen in dem Tempo, das er vorgab.

Deaglan entschied sich dafür, es langsam angehen zu lassen, damit es zu einem intensiven Erlebnis wurde. Es war nicht leicht, aber es war die Anstrengung wert, die sich am Ende auszahlen würde. Er hielt sie gefangen, lenkte ihren Verstand durch die unterschiedlichsten Empfindungen, die er in ihr auslöste, und zog ihr die Kleider aus. Stück für Stück legte er sie frei, verehrte jede Kurve ihres wundervollen Körpers mit seinen Fingerspitzen, Lippen, seiner Zunge. Er genoss das Geschenk, das sie ihm bot, entbehrte nichts, nahm alles in Besitz.

Als die Schnüre ihres Korsetts sich unter seinen geschickten Händen lösten, stand er mit ihr zusammen schon neben dem Bett, und ihr Körper wurde lediglich von einem seidigen Unterkleid, ihrer Unterwäsche und feinsten Seidenstrümpfen bedeckt. Mit seiner rauen Hand strich er über ihre zarte Haut unter dem feinen Stoff. Es war eine verführerische, aufreizende Liebkosung, die die Erwartung steigerte und ihre Nerven in Alarmbereitschaft versetzte. Mit einer Hand umschloss er ihre Brust, presste heiße Küsse auf den festen Hügel und leckte durch den seidigen Stoff über die Brustspitze. Pru stöhnte leise. Voller Vorfreude verzog er die Lippen zu einem Lächeln, ehe er seinen Mund um die Knospe unter dem feuchten Stoff schloss.

Ihre Finger in seinem Haar verkrampften sich. Er saugte stärker, leckte sie, bevor er sich der anderen Brust widmete und Pru keuchte. Sie war bereit, und er musste sie nur noch nehmen.

Zu diesem Zweck zog sie ihn aus, lockerte den einfachen Knoten seiner Krawatte, widmete sich den Knöpfen seiner Weste und wenige Sekunden später denen seines Hemds. Nichts als eine dünne Schicht Leinen trennte ihre Hände noch von seiner Brust. Inzwischen lag seine gesamte Garderobe auf dem Boden, und Pru schickte einen heißen, hungrigen Blick auf seine Nacktheit.

Noch nie hatte sie einen solchen inneren Drang verspürt. Wenn das hier Begehren, wenn das hier Lust war, begriff sie, warum die Damen den Verstand verloren. Ihr stand diese Erfahrung noch bevor, und sie war fest entschlossen, jede einzelne Empfindung auf dem Weg zum Ziel zu spüren, zu genießen, auszukosten. Da sie allerdings auf diesem Gebiet ein Neuling war, fühlte sie sich unsicher, ob sie ihn drängen sollte, schneller zu machen, oder nicht.

Eigentlich war es keine Frage. Pru gab ihren Widerstand auf, folgte ihm und nahm jeden Höhepunkt in sich auf, der sie auf dem Weg, den er sie mit ruhiger, bedächtiger Sicherheit entlangführte, erwartete.

Befreit von dem Bedürfnis, alles steuern zu wollen, konzentrierte sie sich voll und ganz auf ihre Sinne und ließ sich einfach von ihnen mitreißen.

Deaglan behielt mit all seiner Erfahrung den Überblick. Ihre Brüste sehnten sich nach seiner Berührung, ihre Haut fühlte sich so lebendig an wie nie zuvor, ihre Nerven waren hellwach und spürten jede Berührung, jede Liebkosung, jeden Druck auf der Haut. Auf eine sehnsüchtige Art hungrig, die sie so nicht kannte, war sie zu allem bereit, als er sie aufs Bett warf. Dort beugte er sich über sie, küsste sie ganz langsam und bedächtig. Alles in ihr begann zu tanzen.

In diesem Moment erhob sich Deaglan, um seine Hose und seine Schuhe auszuziehen. Sie schaute nach unten, und ihr Lächeln schwand, als sie sah, was sie zuvor bloß gespürt hatte.

Mit ihren Lippen formte sie ein stummes »Oh!«, als er zurück aufs Bett kletterte.

»Du sollst nicht denken«, rief er ihr in Erinnerung, und in seiner Stimme schwang Belustigung mit.

Mit diesen Worten kniete er sich zu ihren Füßen auf die Matratze, beugte sich vor und strich mit seiner warmen, starken Hand ihr Bein hinauf und wieder hinunter.

Ihr wurde bewusst, dass sie sogar den Atem anhielt, als sie beobachtete, wie er sich auf einem Arm abstützte und sich über sie beugte. Sie folgte mit dem Blick seiner Hand, mit der er über ihr Knie strich und über ihren Oberschenkel zu ihrem Strumpfhalter wanderte. Ein Stückchen oberhalb hielt er inne.

Dann neigte er den Kopf und presste seine Lippen auf die nackte Haut des Oberschenkels. Sie fühlte, wie er die Finger in den Strumpfhalter schob. Langsam, quälend langsam, zog er Strumpfhalter und Strumpf herunter und folgte der Spur mit seinen Lippen, küsste, liebkoste, reizte, erkundete sie.

Als er ebenfalls ihr anderes Bein so entblößt hatte, keuchte Pru. Sie war ungeduldig, hungrig, wand sich unter ihm. Das Verlangen nach dem, was sie nicht benennen konnte, wuchs weiter und beherrschte ihren Willen.

Sie streckte die Arme nach ihm aus und grub die Finger in seinen muskulösen Rücken. Sie kam ihm entgegen und küsste ihn, legte alles, was sie empfand und was sie wollte, in diesen Kuss.

»Zeig es mir, zeig es mir, zeig es mir«, stammelte sie.

Sie hatte nicht gedacht, dass sie die flehentlichen Worte laut ausgesprochen hatte, aber es war so. »Gleich«, sagte er.

»Gleich« konnte nicht schnell genug kommen. Sie teilte ihm ihre Ungeduld, ihr wachsendes Verlangen und ihre

Sehnsucht durch ihre Hände, ihre Lippen, ihre Zunge mit und schließlich ebenfalls durch ihren Körper.

Während sie sich einander hingaben, schob er seinen Oberschenkel zwischen ihre Beine und streichelte träge über die Innenseite ihrer Schenkel, bis sie fast den Verstand verlor. Irgendwann berührte er sie endlich dort, wo sie es sich so sehr wünschte. Er strich zwischen ihren Schenkeln hindurch, spürte ihre Feuchte, umkreiste und reizte ihren geheimsten Punkt und drang schließlich mit einem Finger tief in sie ein.

Ihre Gefühle schienen Funken zu sprühen. Sie erlebte einen kurzen Blick auf die Erfüllung, bevor sich alles wieder beruhigte. Ihr Bewusstsein wurde vom Gefühl seines Fingers beherrscht, mit dem er in sie glitt und sich wieder zurückzog. Es war ein Rhythmus, den sie als Vorspiel dessen erkannte, was noch folgen würde.

Statt sie zu beruhigen, schürte dieses Wissen ihre Ungeduld und steigerte weiter die Lust, die sie antrieb.

Sie wand sich unter ihm, drängte sich an ihn und forderte ihn auf weiterzumachen. Jetzt endlich zog er ihr das Unterkleid aus.

Als sie ihn zum ersten Mal Haut an Haut spürte, stockte ihr der Atem. In ihrem Kopf wirbelte alles durcheinander. Ihr war schwindelig, als er mit den Händen über ihren Körper fuhr, sie in Besitz nahm und die Lust in neue, ungeahnte Höhen trieb.

Trotz des Sturms der Empfindungen, den er auslöste und in dem sie beide gefangen waren, war er ihr Anker. Noch immer küsste er sie leidenschaftlich und hielt sie fest. Dann zog er sie unter sich, und die Erwartungen, ihre und seine, wuchsen ins Unermessliche.

Trotz der Hitze, die sich in ihr ausbreitete und die durch seine Hände, mit denen er unentwegt über ihre Haut streichelte, genährt wurde, gelang es ihr, ihn mit einer hochgezogenen Augenbraue herausfordernd anzublicken. Mutig griff sie nach seiner Erektion, schlang die Finger darum und hielt inne, um den Gegensatz von samtig seidiger Haut und stahlhartem Schaft zu genießen.

Sein Verlangen war genauso drängend wie ihres. Er half ihr dabei, die breite Spitze seiner Erektion zwischen ihre Schenkel zu führen. Als sie ihm in die Augen sah, konnte sie Feuer in den smaragdgrünen Tiefen erkennen.

»Wie du magst«, murmelte er. Während in seiner Stimme Herausforderung und zugleich Verständnis mitschwangen, konnte nichts die Leidenschaft in seinem Blick dämpfen. Sie holte Luft und ließ sich noch ein Stück tiefer sinken, erlebte das unbeschreibliche Gefühl, wie er in ihren Körper eindrang, wie ihre inneren Muskeln sich weiteten und wie sie sich um ihn schlossen. Sie spürte einen kleinen Widerstand, und ein Schmerz wie von einer Nadel durchzuckte sie, der bald verging.

Glücklicherweise brauchte sie als exzellente Reiterin keine Anweisung, wie sie ihren Körper anheben und sich dann wieder auf ihn sinken lassen musste. In weniger als einer Minute hatte sie einen Rhythmus gefunden, der anspruchsvoll genug war, um seine gesamte Aufmerksamkeit zu fordern.

Ihre Beine und Schenkel waren geschmeidig und stark,

ihr Körper war schlank und biegsam. Beschienen vom Licht der Lampe, saß sie wie eine von Mondschein umgebene und golden bekrönte Göttin auf ihm und ritt ihn. Ihre Hemmungen wichen immer mehr. Sie genoss den Ritt, gab sich hin, legte den Kopf in den Nacken und verlor sich in ihm.

Durch die wachsende Lust und den immer schneller werdenden Rhythmus sowie durch die Erregung, die sie beide ergriffen hatte, wurde ihr bewusst, dass sie ab und an die Augen öffnete, um ihn anzusehen und die Woge der Begierde auszukosten, die ihn mitriss. Er hatte sich ihrem Rhythmus längst angepasst, kam ihren Bewegungen entgegen, stieß in sie, steigerte ihre Lust und trieb sie weiter an.

Ihre Blicke verhakten sich miteinander, bevor die Welle der Lust über ihnen hereinbrach.

Unermüdlich bewegte sie ihren Körper zwischen seinen Händen. Ihr Rhythmus war ein zwingender Takt, der in seinen Lenden, in seinem Herzen widerhallte. Ein Rhythmus, der ihn so unausweichlich lockte, wie sie es von Anfang an getan hatte.

Er spürte, dass sich ihr Höhepunkt anbahnte, und wählte den Weg, der seiner Meinung nach der richtige war, um ihr die Erfahrung zu schenken, die sie bei ihrem ersten Mal erleben sollte. Er nahm sie auf den Schoß, beugte sich vor und saugte an einer ihrer aufgerichteten Brustspitzen. Sie ließ den Kopf in den Nacken fallen, keuchte und stieß einen Schrei aus, als sie im nächsten Moment in seinen Armen zum Höhepunkt kam.

Pru hatte zu wissen geglaubt, was passieren würde, doch sie wusste es nicht wirklich. Die Kraft der Empfindungen, die ihr Innerstes erfüllten, als die Spannung in ihr sich mit einem Schlag löste, war so intensiv, dass sie von einer gleißend weißen Welle der Lust fast geblendet wurde.

Einen Augenblick lang schwebte sie an diesem goldenen Ort jenseits der Realität und nahm das herrliche Gefühl in sich auf. Zu gerne hätte sie mehr davon gehabt.

Irgendwann kehrte sie langsam in die Wirklichkeit zurück. Sie spürte Deaglans Arme um sich, als er sich mit ihr zusammen umdrehte und sie im nächsten Moment auf dem Rücken unter ihm lag. Sie blinzelte. Die Lampe war dunkler geworden. Als er sich bewegte, wurde ihr klar, dass er seinen Höhepunkt noch nicht erreicht hatte. Deshalb war sie bereit, weiterzumachen und das hier bis zum Ende zu erleben. Sie verzog die Lippen zu einem Lächeln, streichelte mit den Händen seine Brust hinauf bis in sein Haar. Bedächtig vergrub sie die Finger darin und hielt ihn fest. Den Blick noch immer mit seinem verbunden, leckte sie sich über die Lippen, berührte mit ihrem Mund den seinen und murmelte: »Jetzt sind Sie dran, Mylord.«

Er lachte leise an ihren Lippen und küsste sie, ließ dabei dem Feuer in seinem Innersten freien Lauf. Er nahm sie, stieß kraftvoll in sie, folgte einem Rhythmus, der sie zu ihrer eigenen Überraschung mitnahm. Mit ihm zusammen jagte sie dem nächsten Höhepunkt entgegen. Die Haare auf seiner Brust reizten ihre empfindlichen Brustspitzen, und seine rhythmischen Bewegungen steigerten ihre Erregung, bis ihr Körper nach Erlösung schrie.

Gemeinsam erklommen sie den Gipfel, den sie zuvor bereits erreicht hatte.

Wild, atemlos, keuchend sprangen sie über die Klippe und ließen sich fallen, hinein in eine noch stärkere Explosion der Empfindungen, die sie mit sich riss.

Pru war wie im Rausch, die Gefühle waren noch intensiver als beim ersten Mal, und sie wurden eingehüllt von der Magie des Augenblicks.

Lust erfüllte sie, durchströmte sie wie Wogen, von denen eine noch größer, noch stärker war als die vorherige. Durch einen goldenen Schleier nahm sie wahr, wie Deaglan sich in ihren Armen anspannte, wie er stöhnte und schließlich erschöpft auf sie sank. Instinktiv schloss sie ihn in die Arme und hielt ihn fest, während sie gemeinsam den Frieden dieses goldenen Vergessens genossen.

Mit einem Lächeln auf den Lippen spürte sie, wie sich ein befriedigtes Gefühl in ihr ausbreitete. Dankbar und glücklich streichelte sie über seinen Rücken, ehe sie erschöpft einschlief.

Irgendwann brachte er genug Kraft auf, um sich aus ihr zu lösen und zur Seite zu rollen. Das Gesicht halb im Kissen vergraben, schlug er ein Auge auf und sah sie an.

Er atmete tief durch und versuchte, herauszufinden und zu begreifen, was gerade passiert war und warum sich alles so ganz anders anfühlte als sonst.

Er ließ den Blick über ihr Gesicht gleiten und wollte sich sammeln, aber es gelang ihm nicht. Er konnte nur daran denken, was in der vergangenen halben Stunde geschehen war.

Außergewöhnlich und unwiderstehlich war es gewesen, ja geradezu süchtig machend. Und das sagte ausgerechnet er, für den der körperliche Akt eigentlich seit Langem nichts Besonderes mehr gewesen war.

Er würde herausfinden müssen, warum es ihn so gefesselt hatte, mit ihr zu schlafen, und was es für ihn bedeutete. Für ihn und für sie.

Es war eine Vertrautheit gewesen, die er so zuvor noch nie empfunden hatte. Und den Grund dafür wollte und musste er finden.

Deaglan löste sich aus Prus warmer Umarmung und ließ sie weiterschlafen. Einen Moment lang hielt er inne, um ihr Gesicht zu betrachten. Dann drehte er sich um und sammelte leise seine Kleider ein, schlüpfte in seine Hose, knöpfte sie zu, zog sein Hemd an. Das Jackett, die Weste und die Krawatte klemmte er sich unter den Arm, bückte sich und hob noch seine Schuhe und Strümpfe auf.

Der Morgen graute noch nicht, nicht einmal das Personal war auf den Beinen. Niemand würde bemerken, wie er in seine Räumlichkeiten schlich, die sich am anderen Ende der Burg befanden. Trotzdem verweilte er noch und betrachtete das Gesicht der Frau, die in seinen Armen lebendig geworden war, die sich unter ihm gewunden hatte, hemmungslos in ihrer Leidenschaft. Im Schlaf wirkten ihre hübschen Züge weicher, und im Augenblick sah er dort nichts von der Leuchtkraft, der Begeisterung, der Lebensfreude, die in ihr wohnten. Ihre Furchtlosigkeit, ihre Leidenschaft, ihre Energie und ihr Überschwang unterschieden sie von jeder anderen Frau, die er bisher kennengelernt hatte.

Ihre Leidenschaft war im Vergleich zu den Feuern, die er bisher erlebt hatte, ein tosender Feuersturm gewesen. Darin war sie ihm ähnlicher und passte besser zu ihm als jede andere Frau.

Einige Minuten lang stand er da und sah sie an, während ihm die Erkenntnis kam, dass er trotz ihrer Sturheit, ihres Eigensinns und ihrer Unabhängigkeit, ja selbst trotz ihrer Halsstarrigkeit das Gefühl hatte, nicht nur die Nächte, sondern genauso die Tage mit ihr verbringen zu wollen. Endlose Tage.

Wie lange er am Ende dort stand, sie anstarrte und begriff, dass sie sein Schicksal war, wusste er nicht. Irgendwann drehte er sich um, durchquerte das Zimmer und schlüpfte leise durch die Tür hinaus.

Kapitel 8

Deaglan frühstückte in aller Ruhe und ließ sich Zeit. Er war gespannt, ob Pru kommen würde. Nach einer solchen Nacht blieben die meisten Damen, die er kennengelernt hatte, länger im Bett. Für gewöhnlich erschienen sie erst am frühen Nachmittag.

Wenngleich er bezweifelte, dass Pru es ihren erfahreneren Schwestern in dieser Hinsicht gleichtun würde, könnte sie ihm eventuell aus dem Weg gehen und sich das Frühstück aufs Zimmer bringen lassen.

Er hätte weder auf das eine noch auf das andere eine Wette abgeschlossen, doch er war erleichtert, als er ein paar Minuten später ihre beschwingten Schritte hörte. Sie schwebte in den Salon, ein sonniges Lächeln auf den Lippen, und strahlte ihn und Felix an. »Guten Morgen.«

Deaglan bedankte sich mit einem warmen Lächeln, Felix blinzelte kurz, und Pru bediente sich am Büfett und kam zum Tisch zurück, um ihren angestammten Platz einzunehmen. Egal, was sie tat, sie lächelte, was bei Deaglan ein Gefühl der Entspannung und Lockerung auslöste, verbunden mit einem gewissen Hauch von Selbstzufriedenheit.

»Ich habe gestern Abend noch meine Notizen sortiert. Seitdem kann ich es kaum erwarten, die restlichen Pferde zu begutachten – vor allem weil wir jetzt zu den qualitativ noch hochwertigeren Tieren kommen.«

»Aha.« Felix nickte, als würde er das als Grund für ihre gute Laune akzeptieren, und warf seinem Bruder einen beunruhigten Blick zu, der Missfallen ausdrückte.

Deaglan hatte mit so etwas gerechnet und gab Felix ohne Worte zu verstehen, dass es ihn nichts anging, was hier vor sich ging.

Deaglan wartete geduldig. Er hatte noch eine Stunde in seinem eigenen Bett geschlafen, war erholt und um eine Erfahrung reicher aufgestanden. Allerdings war er zunächst ein wenig verunsichert gewesen, weil er nicht sicher war, ob er das Geschehen der Nacht wirklich ernst nehmen sollte und mit dem Herzen dabei war. Sein Problem war, dass er nicht damit gerechnet hatte, von einer solchen Situation unvorbereitet getroffen zu werden. Immerhin war klar, dass Pru, die ihm das Schicksal geschickt hatte, damit sie vor ihm auf die Knie fiel, den intimen Akt mit ihm genossen hatte und nicht plante, überstürzt abzureisen. Was schließlich wegen der Sichtung der Pferde seine große Angst gewesen war.

Er hatte zwischenzeitlich darüber nachgedacht, wie er es am besten angehen sollte. Pru musste ihre Meinung ändern, genauer gesagt, die Entscheidung, ihre Affäre mit ihrer Abreise definitiv zu beenden, noch einmal überdenken. Und sie musste daran glauben, dass es ihre eigene Idee und nicht seine war. Nur so würde er zu einem

Ergebnis gelangen, das seinen Wünschen entsprach und ihr die Aussicht auf eine Hochzeit, also auf ein Leben mit ihm, schmackhaft machte, ohne dass sie auf die Idee kam, es könnte ebenfalls sein Ziel sein.

Natürlich würde er für seinen Wunsch, sie zu heiraten, kämpfen, bloß gab es Wege, um eine Frau zu kämpfen, bei denen man ohne Waffen oder Worte auskam, und er kannte sie alle.

Nachdem sie ihr Toastbrot gegessen und von ihrem Tee getrunken hatte, sah sie Deaglan in die Augen. »Wirst du mir heute im Stall helfen?«

Eine direkte Frage, in der noch eine andere mitschwang. Sie wusste, was sie selbst über die vergangene Nacht dachte, war indes nicht sicher, wie es bei ihm aussah und ob er bereit war, ihre Affäre fortzusetzen.

Sie las seine Antwort in seinen Augen ab, noch bevor er das Wort ergriff. »Das lasse ich mir auf keinen Fall nehmen.« Er ließ einen Herzschlag verstreichen, fuhr dann etwas lauter fort, wobei er sie vor den anderen Anwesenden demonstrativ duzte: »Wie du schon sagtest, ist die Qualität der nächsten Pferde, die du dir anschauen wirst, noch höher als die der bisherigen Tiere. Ich würde sehr gern sehen, wie du sie beurteilst und einschätzt.«

Sie stellte ihre Tasse ab. »In dem Fall sollten wir gleich anfangen.«

Felix erhob sich desgleichen und folgte ihnen. »Ich werde euch eine Weile zusehen, bevor ich zu den Hunden gehe.«

Pru erteilte mit einem Lächeln ihre Zustimmung, und

zufrieden wie schon lange nicht mehr hielt er ihr die Seitentür auf.

Der folgende Tag war ein Sonntag. Samstags hatten Pru und Deaglan Seite an Seite mit den Pferden gearbeitet, dabei hatte sie festgestellt, dass sie bei diesem Zusammensein ruhiger geworden war und ihre Gefühle nicht mehr so heftig aufwallten. Vielmehr hatten sie die kleinen Berührungen mit Wärme und Vorfreude erfüllt, weil sie wusste, dass die meisten Erwartungen erst in der Nacht erfüllt würden.

Und so war es gewesen. Nachdem der Rest der Familie sich am Abend zurückgezogen hatte, war Deaglan in ihr Zimmer gekommen – in ihre Arme, in ihr Bett, in ihren Körper. Den Rausch der vergangenen Nacht noch einmal zu erleben war unglaublich gewesen.

Am Morgen war er wieder weg, als sie aufwachte. Daraufhin hatte sie sich zu ihm und dem Rest der Familie an den Frühstückstisch gesetzt und anschließend mit allen anderen die Sonntagsmesse in der Kapelle der Burg besucht, an der neben der Hälfte des Personals auch einige der ortsansässigen Familien teilgenommen hatten.

Sie hatte beinahe vergessen, dass der Großteil Irlands katholisch war, die Fitzgeralds hingegen gehörten der anglikanischen Kirche an wie die meisten der höher gestellten Familien.

Nachdem sie ihre Kirchenkleidung gegen Reitkleidung getauscht hatten, gingen sie und Deaglan Richtung Stall. Die Stunde vor dem Mittagessen wollten sie für einen kurzen Ausritt nutzen und dafür zwei der Pferde nehmen, die noch geprüft werden mussten.

Als sie an Deaglans Seite zum Stall ging, bemerkte sie, wie schwungvoll ihr Gang war, und sie spürte einen Eifer, sich ihrer Aufgabe zu widmen, wie sie ihn normalerweise so nicht empfand. Offenbar war es eine kluge und vernünftige Entscheidung gewesen, eine Affäre zu beginnen. Sie lernte Dinge über sich selbst, die sie sonst nicht erfahren hätte. Während des gestrigen Tages und die Nacht hindurch hatte er ihre Erwartungen und Wünsche erfüllt und ihr so viel Handlungsspielraum wie möglich gewährt.

Die entspannte und heitere Stimmung, in der sie sich gerade befand, war ein Schritt in die Richtung, in die er sie lenken wollte. Und auch der gemeinsame Ausritt hatte dieses Ziel gehabt. Je mehr sie seine Gesellschaft genoss, desto leichter würde seine Aufgabe werden, ihr die Rückkehr nach England auszureden.

Sie hatten soeben den Nebenhof überquert, als das Geratter einer Kutsche, die sich auf der Zufahrt näherte, an ihre Ohren drang. »Hast du eine Ahnung, wer das sein könnte?«, fragte Pru.

Er schüttelte den Kopf. »Wie auch immer, derjenige wird zu mir wollen. Zumindest muss ich diesen Besuch begrüßen.«

Sie berührte seinen Arm. »Lass uns mal nachschauen.« Sie hatten die Veranda vor der Burg gerade erreicht, als eine schwere, ziemlich alte Reisekutsche um die letzte Kurve bog. Deaglan sah sie und stöhnte laut und aus tiefstem Herzen. »Wer ist das?«, erkundigte sich Pru.

»Tante Esmerelda, die ältere Schwester meiner Mutter. Sie kommt ab und zu vorbei, leider immer, ohne vorher Bescheid zu geben. Sie, Maude und Patrick sind alte Freunde. Die beiden sind absolut pflegeleicht und unkompliziert, während Esmerelda ziemlich aufdringlich ist und sich gern überall einmischt.« Und angesichts der Beziehung zwischen ihm und Pru könnte sich ein Besuch von Esmerelda zu seinem schlimmsten Albtraum entwickeln.

Die Kutsche blieb vor der Treppe stehen, und der Diener, den Bligh geschickt hatte, um den Schlag zu öffnen, stand schon untertänig bereit. Gottergeben beobachtete der Earl, wie seine Tante, die in seiner Vorstellung zusehends eine Botin des Verderbens war, aus der Kutsche stieg.

Neben ihm sog Pru plötzlich hörbar die Luft ein. »Deine Tante ist Lady Connaught?«

»Ja«, sagte er, und eine böse Vorahnung beschlich ihn. »Du kennst sie?«

»Nicht besonders gut.« Prus Tonfall klang inzwischen ganz und gar nicht mehr entspannt. »Wir sind uns gelegentlich begegnet. Die Dame bewegt sich in denselben exklusiven Kreisen wie meine Mutter und meine Tanten.«

»Sie bleibt für gewöhnlich nur ein paar Tage, höchstens eine Woche«, schärfte Deaglan ihr ein. »Wir müssen einfach vorsichtig sein.«

Er berührte ihren Rücken und bedeutete ihr, seine Tante zu begrüßen – die sie aus der Entfernung bereits unverhohlen anstarrte.

»Deaglan, mein Junge«, begrüßte sie ihren Neffen herzlich. »Gut siehst du aus. Und gesund.«

»Genau wie du, Tante.« Deaglan beugte sich vor, um Esmerelda pflichtschuldig auf die faltige Wange zu küssen. »Ich nehme an, du hattest eine gute Reise?«

Esmerelda winkte ab. »Die Reise war gut.« Sie richtete den Blick auf Pru, die am Fuß der Treppe ein paar Meter von ihr entfernt stand. Deaglan trat vor, um die Begrüßung vorzunehmen.

»Darf ich dir Miss Prudence Cynster vorstellen? Ich glaube, ihr kennt euch. Miss Cynster ist hier, um sich Vaters Pferde anzuschauen und vielleicht ein Zuchtarrangement zwischen Glengarah und den Cynsters auszuhandeln.«

Mit einem ebenso höflichen Lächeln auf den Lippen wie Deaglan machte Pru einen Knicks, kam einen Schritt nach vorne und ergriff Esmereldas ausgestreckte Hand. »Es ist mir eine Freude, Sie wiederzusehen, Ma'am.«

»Mir ebenfalls, Miss Cynster. Sind Sie seit Längerem hier?«

»Nicht mal eine Woche, Ma'am. Lord Glengarahs Bestand an Pferden ist riesig, und die Expertise erfordert viel Zeit.«

»Ich verstehe.« Esmerelda wandte ihren scharfen Blick auf Deaglan. »Also! Hast du endlich den Schritt gewagt, wie ich sehe?«

Deaglan erstarrte. Wie viel hatte der alte Drachen sich inzwischen zusammengereimt?

Lady Connaught machte eine kleine, abfällige Geste

mit der Hand. »Ich wusste immer, dass du den Stall und die Pferdezucht ebenso wirtschaftlich nutzen wolltest wie die Hundezucht. Dein Vater war deinen Ideen gegenüber einfach viel zu kurzsichtig. Ich bin froh, dass du nicht aufgegeben hast.«

Deaglan wechselte einen Blick mit Pru, atmete auf und reichte Esmerelda den Arm. »Komm rein, Tante. Maude wird sich freuen, dich zu sehen, und Patrick ebenfalls. Außerdem ist Cicely, Maudes angeheiratete Nichte, hier und leistet ihrer Tante Gesellschaft.«

»Tut sie das?« Esmerelda ergriff seinen Arm, stützte sich darauf und stieg die Stufen empor. Deaglan bemerkte, wie sie Pru einen Blick zuwarf, der ebenso abschätzend war wie die Blicke, die sie auf seine Pferde richtete.

»Also, Miss. Was umfasst die Beurteilung eines Pferds?«

Pru erklärte in einfachen Worten, was ihre Aufgabe war, während sie die Lady in den Salon brachten. Als Deaglan seine Tante zu einem Sessel vor dem Kamin führte, wurde ihm klar, dass es von nun an keine gemütlichen Abende mehr in der Bibliothek geben würde. Esmerelda hatte ihre eigenen Regeln, die sie als korrekt betrachtete.

Eilige Schritte kündigten Maude und Cicely an. Maude begrüßte ihre Schwägerin herzlich, die ihr wiederum Cicely vorstellte.

Nicht lange und Felix erschien, der anscheinend von Bligh über die Ankunft der alten Dame informiert worden war.

Als Liebling Esmereldas ruhte von nun an ihre ganze Aufmerksamkeit auf Felix. Schweigend saß Deaglan da, beobachtete und hörte zu. Wie erwartet dauerte es nicht lange, bis Esmerelda den Blick erneut auf Pru richtete.

»Ich muss gestehen, Miss Cynster, dass ich nicht sonderlich überrascht war, Sie hier ganz ohne einen Ihrer Brüder oder einen anderen Verwandten zu sehen, die ich eigentlich erwartet hätte. Wie ich hörte, haben Sie einige Monate des vergangenen Jahres damit zugebracht, ohne Begleitung durch Schottland zu reisen. Ich weiß von Ihrer Großmutter, dass es bei der Reise wie hier um Pferde ging.«

Deaglan sah Pru fragend an und war irritiert über ihre Geheimnistuerei. Pru, die aus härterem Holz geschnitzt war, ließ sich nicht aus der Ruhe bringen und ignorierte den indirekten Vorwurf. »Ich werde oft gebeten, weite Reisen zu unternehmen, um Pferde zu begutachten, die wir vielleicht in unser Zuchtprogramm aufnehmen wollen.«

»Nun.« Esmerelda stellte ihre Tasse auf die Untertasse. »Angesichts Ihres Alters und der Tatsache, dass Sie dem Heiratsmarkt den Rücken gekehrt haben, hält Sie das zumindest auf Trab«, erklärte sie ziemlich forsch. Wobei Deaglan nicht sicher war, für wen Esmereldas Bemerkungen eigentlich gedacht waren – für Pru oder eher für den Earl.

»Davon abgesehen, kommen nur wenige unverheiratete Damen der feinen Gesellschaft, egal, welchen Alters, damit durch, sich für etwas zu interessieren. Und bestimmt nicht für die Pferdezucht. Andererseits sind Sie immerhin eine Cynster. Ich schätze, dass man in dem Fall mit so etwas rechnen muss.«

Natürlich war das noch lange nicht das Ende von Prus Befragung durch die unmögliche Verwandte. Ihre Anwesenheit hier war für Esmerelda viel zu interessant, um die Gelegenheit ungenutzt verstreichen zu lassen, und so lästerte sie weiter über die Gesellschaft, die für alles zu fein war. Deaglan war fast dankbar dafür, dass es diesmal nicht er war, der im Mittelpunkt des Interesses seiner Tante stand. Zu seiner Erleichterung hatte sie bislang kein Thema angeschnitten, das mit seinen Wünschen einer Hochzeit kollidieren konnte. Seine Furcht war, dass Pru den Vorschlag ohne Zögern ablehnte und gleich abwinkte. Eine zukünftige Countess, die von ihrem Glück noch gar nichts wusste, war durchaus ein Problem. Zum Glück schlug sie sich ziemlich gut, wehrte Esmereldas viel zu direkte Fragen ab, beantwortete ausschließlich die, die ihr sicher erschienen, und tat das so ausführlich, dass die Zeit nur so verflog.

Eine kluge Strategie. Deaglan merkte sich das, während er zuhörte, wie Esmerelda Pru über Themen ausfragte, die anzusprechen ihm gar nicht in den Sinn gekommen wären.

Zum ersten Mal in seinem Leben fragte er sich, ob das Erscheinen dieser Tante zu seinem Vorteil war. Sie würde sich jedenfalls sehr darüber freuen, von seinem Plan zu hören, Pru zu heiraten und ihr einen stolzen Adelstitel zu verleihen. Man konnte ja nie wissen …

Immerhin überstand Pru die Befragung ohne mit der Wimper zu zucken. Sie hatte Erfahrung darin, sich mit Damen wie Lady Connaught auseinanderzusetzen. Als der Gong zum Mittagessen schlug, warf sie Deaglan heimlich ein schiefes, belustigtes Lächeln zu. Gleichzeitig kam es ihm vor, als wäre sie in Habachtstellung und jederzeit bereit, abzulenken und abzuwehren.

Das brachte Deaglan auf die Idee, ob es angesichts der ungeklärten Situation zwischen ihnen beiden nicht verkehrt war, sie auf andere Gedanken zu bringen. Zumindest wäre es günstig, wenn Pru weniger Zeit und Muße hatte, sich intensiv mit ihm und seinen Zukunftsplänen für sie beide zu befassen.

Nach dem Mittagessen schafften Pru und Deaglan es endlich, zu ihrem Ausritt aufzubrechen, und wählten zwei der Hengste, die auf dem Voltigierzirkel bereits begutachtet worden waren.

Während sie darauf warteten, dass die Stallburschen die Pferde holten und sattelten, wollte Deaglan wissen, was es für ihre Beurteilung bedeutete, ein Pferd zu reiten, und was es über das Tier aussagte. Bereitwillig gab sie ihm eine vollständige Auskunft. »Die meisten Pferde muss ich nicht reiten, um mir ein Bild von ihnen zu machen. Lediglich bei Hengsten kann ich ihre Stärke und ihr Temperament besser beurteilen, wenn ich auf ihrem Rücken sitze. Es ist eine Bestätigung meines Urteils und etwas, das ich gerne mache. Einerseits ist es ein Schutz für uns, damit wir keinen Hengst einsetzen, der vielleicht nicht das richtige Temperament hat und keine guten Nachkommen produziert. Und andererseits ist es eine Sicherheit für den neuen Besitzer, ein perfektes Pferd zu bekommen. Wenn ich einen Hengst geritten habe und es keinen Hinweis auf einen schwierigen Charakter gibt, habe ich keinen Grund anzunehmen, dass das Pferd kein gutes Zuchttier ist.«

»Bist du dir sicher, dass du nicht alle Hengste persönlich reiten möchtest?«, scherzte Deaglan.

Sie lachte. »Dazu besteht kein Grund. Nachdem ich auf dem Zirkel mit ihnen gearbeitet habe, kann ich sagen, welche Pferde klug genug sind, um mit einem schwierigen Naturell klarzukommen. Das sind die Tiere, die ich zur Vorsicht noch mal reiten muss. Bei deinen Hengsten ist das bislang sehr selten passiert.«

Ihr Gespräch brach ab, als die Stallknechte die Pferde nach draußen brachten. Zunächst einen kräftigen schwarzen Hengst, einen direkten Nachkommen des berühmten Darcy Arabian, der als Stammvater des englischen Vollbluts galt. Ebenso berühmt waren die Vollblüter des königlichen Stallmeisters James Darcy, der im siebzehnten Jahrhundert gelebt hatte und dessen Leidenschaft es war, Vollblüter aufzuhellen. Auf Glengarah allerdings war es kein stark aufgehellter, sondern ein schlammbrauner Hengst, ebenfalls ein direkter Nachfahre der Darcy-Pferde war.

Als er ihr in den Sattel half, gab es einen Moment der Nähe, als sie in seine Augen blickte und dort das Feuer brennen sah. »Bereit?«, fragte er.

Sie nickte und folgte ihm vom Hof vor den Stallungen. Sobald sie den kopfsteingepflasterten Weg hinter sich gelassen hatten, trieb Deaglan den Braunen zu einem leichten Galopp an. Pru ritt neben ihm her. Der schwarze Hengst galoppierte mit flüssigen Bewegungen und reagierte problemlos auf ihre Anweisungen.

Sie ritten querfeldein. Sie hob das Gesicht an und atmete tief ein. Wie sie das hier liebte: mit einem kraftvollen Pferd in Gesellschaft eines Mannes, den man anbetete, im Sonnenschein über die grünen Wiesen zu preschen. Die Luft war frisch und klar, und eine sanfte Brise wehte einen Duft zu ihr herüber, der sie daran erinnerte, dass das Meer nicht weit entfernt war.

Wenn sie wegen einer Pferdeprüfung eine Reise unternehmen musste, arbeitete sie gewöhnlich am Wochenende, um ihre Aufgabe möglichst schnell zu erledigen. Aber hier und jetzt war sie froh, nicht mehr tun zu müssen, als den Charakter der beiden Hengste einzuschätzen und ansonsten den Tag zu genießen.

Im Grunde hatte sie nicht einmal vor, schnell mit ihrer Arbeit fertig zu werden. Zweiundfünfzig Pferde zu begutachten war ohnehin ein außerordentlicher Kraftakt. Außerdem war sie es nicht gewohnt, ihre endgültigen Entscheidungen über ein Pferd übereilt zu treffen. Sie nahm sich gern Zeit, dachte nach, prüfte alles noch einmal und würde kein Pferd in ihr Zuchtprogramm aufnehmen, wenn sie nicht hundertprozentig von der Qualität des Tiers überzeugt war. Hinzu kam, dass sie ihre Affäre viel zu sehr genoss, um dem Ganzen ein unnötig frühes Ende zu bereiten.

Insofern war sie mehr als zufrieden damit, die Landschaft zu genießen und den Tag auszukosten, und trieb den Hengst noch ein bisschen an, um Deaglan einzuholen. Als sie wenig später einen Steilhang hinaufritten, erklärte er ihr, dieser Hügel heiße Kings Mountain und der stahlgraue See, den sie in der Ferne sahen, sei Glencar Lough.

Sie hob die Hand, um ihre Augen zu beschatten. »Der Fluss, der an der südlichen Grenze eures Anwesens verläuft, entspringt er in dem See?«

»Ja. Das ist der Drumcliff River.« Er hielt kurz inne. »Am östlichen Ende des Sees gibt es einen Wasserfall, der ziemlich schön ist. Falls du noch Zeit hast, könnten wir irgendwann einen Ausflug dorthin machen.«

Sie ließ die Hand sinken. »Gibt es Felder, die an den See grenzen?«

»Ein paar. Wir nutzen sie als Sommerweiden für die Rinder.« Er stieß dem Hengst sacht die Fersen in die Seiten, und sie ritten weiter.

Dieser Ausritt war Teil seines Plans, ihr den Gedanken nahezubringen, seine Countess zu werden. Je länger er über die Aussicht nachdachte und je mehr Zeit sie miteinander verbrachten, desto stärker wurde seine Überzeugung, dass sie die Frau war, die er an seiner Seite brauchte. Ihr gemeinsames Leben würde nicht das luxuriöse Ambiente der schwerreichen Aristokratie sein, sondern eines, in dem sie ihr Anwesen mit allen Höfen, die dazugehörten, verwalteten, sich um die Zwinger, Ställe, um die Hunde- und die Pferdezucht kümmern und seine Leute führen und beschützen würden.

Bisher hatte er nicht an eine Ehefrau gedacht, weil er

nicht damit gerechnet hatte, dass eine Frau mit seiner Herkunft und einem respektierten Titel ein solches Leben reizvoll fand. Er hatte angenommen, mit seiner Suche nach einer Frau länger zu warten, ehe er um die Hand einer wohlerzogenen Dame anhielt und sie auf dem Altar der Pflicht opfern würde. Bei Pru dachte er nicht mehr in solchen Begriffen. Wenn sie seine Frau würde, dann wäre das alles andere als ein Opfer, weder für ihn noch für sie. Zumindest hoffte er das. Er war überzeugt, dass sie ein verantwortungsvolles und zugleich freies Leben mit ihm verlockend finden würde.

Irgendwann erreichten sie ihr Ziel, ein kleines Gebäude, das der Earl of Glengarah zu einer Schule erklärt hatte. Es stand auf felsigem Untergrund, umgeben von einer freien Fläche, über die kalte Winde wehten. Kein gerade gemütlicher Ort.

Er stieg vom Pferd und band die Zügel an einem Ring fest, der am Seitenpfosten des alten Hauses befestigt war. Dann ging er zu Pru, lächelte sie an, streckte die Arme aus und hob sie aus dem Sattel.

Er ließ sie nicht sofort los, und sie machte keine Anstalten, sich von ihm lösen zu wollen. »Danke, dass du mir angeboten hast, dich zu begleiten. Für meine englischen Augen sind eure Weiden erstaunlich grün, und das Land wirkt einfach friedlich.« Sie betrachtete die Felder vor der Schule. »So ruhig. Es ist still – stiller, als ich es auf dem Land gewohnt bin.«

Er ließ sie los und drehte sich um, um selber über die Felder zu blicken. »Ich habe nicht viel Zeit auf englischem Land verbracht. Das hier ist für die Gegend ziemlich normal.«

Zusammen schlenderten sie zur Eingangstür der Schule. »Natürlich«, sagte er, »ist gerade Sonntag. Zwar kommen die anglikanischen Familien in die Kapelle der Burg, doch der Großteil der Bauernfamilien ist katholisch. Und sie laufen oder fahren zur Kirche in Rathcormack, das gute drei Kilometer weit weg ist. Einige verbringen den Tag auch in Drumcliff oder Sligo.«

»Was ist mit dem Geistlichen, Reverend Kilpatrick? Ist er Teil eures Haushalts?«

Deaglan verneinte. »Da es in diesem Bezirk nicht viele Anglikaner gibt, wechselt er zwischen drei großen Anwesen. Wir haben lediglich alle drei Wochen eine Messe.«

»Aha. Ich verstehe.«

Sie hatten die Tür erreicht, frisch gestrichen und neu hergerichtet. Deaglan drehte den Türknauf und stieß die Tür auf, was auf dem Land eher üblich war. Gefolgt von Pru betrat er den Raum und sah sich um.

Es gab drei Fenster, die alle mit Scheiben versehen waren. Je eines in Richtung Osten, Süden und Westen. Das Licht, das durch die Fenster fiel, erhellte den ehemals dunklen Raum. Eine große Tafel war an einer Wand angebracht worden, und eine einzelne Reihe von Doppeltischen, zehn Plätze insgesamt, standen in der Mitte des Raums. Einen weiteren Schreibtisch und einen Stuhl für den Lehrer gab es in einer Ecke, und unterhalb der Fenster befanden sich Regale, die Büchern, Kreide, Tafeln und anderen Lehrutensilien Platz boten.

»Ich habe im vergangenen Herbst beschlossen, aus diesem Haus eine Schule für die Kinder der Bauern auf dem Anwesen zu machen. Das Haus stand einige Jahre lang leer, und für fünf unserer Höfe ist es gut erreichbar, und die Kinder können zu Fuß herkommen.« Er sah Pru an. »Ich versuche gerade noch die Familien auf dem Anwesen davon zu überzeugen, dass es nichts Schlechtes ist, die Kinder zur Schule zu schicken.« Er verzog leicht das Gesicht. »Damit hatte ich nur zum Teil Erfolg. Obwohl die Familien mehr Kinder als genug haben, schicken sie sie lieber zur Feldarbeit als in die Schule.«

»Hast du überhaupt einen Lehrer engagieren können?«

»Zum Glück ja. Er kommt ursprünglich aus Drumcliff und hat ein Stipendium in Dublin gewonnen, doch er hat immer nach Hause zurückgewollt. Reverend Kilpatrick hat ihn für diesen Posten vermittelt, und unsere Bauern auf den Höfen haben ihn als Einheimischen akzeptiert, das hat ihm den Weg geebnet.«

»Interessant.« Sie sah sich neugierig um. »Also, was wollen wir heute hier?«

»O'Donnell, der Lehrer, hat berichtet, dass es in der Ecke des Dachs ein Leck gibt. Kein großes, aber immerhin eines, das repariert werden muss.«

»Hier.« Den Kopf in den Nacken gelegt, wies Pru auf eine Stelle, wo Feuchtigkeit durchdrang.

Deaglan trat zu ihr und betrachtete verärgert den Schaden. »Das ist ein neues Dach, ich werde die Zimmerleute noch einmal zurückholen müssen. O'Donnell hatte

213

recht: Es wird nicht besser, sondern schlimmer, und das Holz wird irgendwann zu faulen beginnen.«

Bevor sie den Raum verließen, blieb sie stehen und sah zu der Reihe von Bänken. »Es wirkt alles sehr ordentlich und sauber. Wie viele Kinder gehen hier zur Schule?«

»Bisher gerade mal sechs, immerhin ist es ein Anfang.«

»Ihr habt Plätze für zehn Schüler und zudem genügend Platz für eine weitere Tischreihe.« Sie sah ihn an. »Gibt es nicht noch mehr Kinder, die kommen könnten?«

Er verzog resigniert das Gesicht. »Die sechs, die bereits kommen, sind jüngere Kinder. Die älteren Geschwister müssen für gewöhnlich zu Hause bleiben, um ihren Eltern bei der Arbeit zu helfen.«

»Ich habe gehört, dass das oft der Fall ist«, nickte sie. »Vor allem wenn es nicht genügend Hofarbeiter gibt, die bereit sind, für Kost und Logis zu arbeiten.«

Deaglan seufzte. »Das ist das Irland nach der großen Hungersnot. Es gibt einfach nicht genügend Arbeitskräfte. Wenn du Vorschläge hast, wie man die Eltern davon überzeugen könnte, mehr Kinder zu schicken, höre ich mir sie gern an«, schlug er vor, während sie zu den Pferden gingen.

»Ich habe keine persönliche Erfahrung, aber einige Verwandte, die Schulen auf ihren Anwesen betreiben, und ich habe gehört, dass Mary, die Marchioness of Raventhorne, erwähnt hat, dass es eine gute Taktik sei, Essen anzubieten.«

»Essen?« Er ging neben ihr her.

»Ja, Mittagessen für die Kinder.«

Er zog die Augenbrauen hoch. »Ich frage mich …«

Sie unterbrach ihn. »Ist eure Köchin aus der Gegend? Wenn ja, warum fragst du sie nicht und hörst dir an, was sie denkt? Du hast sechs Schüler und einen Lehrer, und alles, was sie brauchen, ist eine Scheibe Pastete, Brot und Käse und Äpfel oder dergleichen. Vielleicht könnte ein Stallknecht morgens einen Korb mit Essen bringen. Mary hat festgestellt, dass ein ordentliches Mittagessen selbst auf den Gütern in Wiltshire, denen es wirtschaftlich ziemlich gut geht, einen Anreiz für die Eltern darstellt, ihre Kinder zur Schule zu schicken. Das hat zudem den Vorteil, dass selbst die Kleinen sich an Schultagen nicht selbst versorgen müssen.«

»Wir werden das ausprobieren«, erklärte er und blickte ihr in die Augen. »Wenn es in Wiltshire funktioniert hat, sollte es hier erst recht klappen, wo die Erinnerung an den Hunger noch sehr präsent ist.«

»Was ist mit den Leuten passiert, die hier gewohnt haben?«

»Sie sind mit anderen Mitgliedern ihres Clans nach Amerika ausgewandert. In der Zeit der großen Hungersnot sind von Sligo aus viele Schiffe in See gestochen. Diejenigen, die mitgefahren sind, hofften, in Amerika noch einmal neu anfangen zu können. Leider hat hier niemand jemals wieder etwas von ihnen gehört.«

»Sind sie gestorben?«

»Das weiß niemand so genau. Viele, die zu jener Zeit losgesegelt sind, haben es jedenfalls nicht über den Ozean geschafft.« Er zog den Gurt ihres Sattels auf dem Rücken des braunen Hengsts fest, da sie nun die Pferde tauschen würden.

Pru blickte über die Felder. »Ich weiß wenig über die große Hungersnot ... Nur dass es sie gab. Wie die Menschen sie überstanden haben, weiß ich nicht.«

»So oder so, ganz unterschiedlich. Wir gehörten zu denen, die noch Glück hatten, wenngleich wir natürlich schlechter dran waren als früher, das Schlimmste machten die armen Leute mit, in anderen Regionen sogar stärker als hier. Jedenfalls haben viele Bauern und Landarbeiter Irland verlassen, bevor sie verhungerten.« Er zog den Sattelgurt fest und sah sie an. »Fertig?«

Sie nickte.

Der schwarze Hengst blieb angebunden, als Deaglan neben den braunen Hengst trat und Pru in den Sattel hob. Das große Pferd bewegte sich unruhig, reagierte auf das veränderte Gewicht durch den Damensattel, aber Pru gelang es, den Hengst schnell zu beruhigen. Zufrieden kehrte Deaglan zu dem schwarzen Hengst zurück, band ihn los und stieg auf. »Ist es das, was du mit Temperament und Charakter meinst?«

»Ja und nein.« Sie nahm die Zügel fest in die Hand. »Das hier ist normal. Erst wenn der Hengst weiter zur Seite ausweicht und unruhig wirkt und seine Nervosität noch zunimmt, könnte das auf ein tiefer liegendes Problem hindeuten.«

»Bisher ist das bei diesen beiden noch nicht zu erkennen, oder?«

Sie nickte und trieb den braunen Hengst mit den Fersen

an, bevor sie den sanften Hügel hinabritten in Richtung der Burg, deren Zinnen in der Ferne zu erkennen waren.

Der Abstieg machte es erforderlich, einige Zeit lang im Schritt zu reiten. Pru dachte über ihre frühere Frage nach, warum es auf Glengarah während der Hungersnot nicht ganz so schlecht gegangen war wie auf vielen anderen Gütern im Land.

Sie sah ihn an. »Hast du die Hundezucht gemeint, die euch irgendwie geholfen hat?«

Er nickte. »Außerdem waren da noch die Rinder und die Schafe. Als die Kartoffelfäule auftrat, waren wir nicht komplett darauf angewiesen. Wir konnten zudem Gewinne aus anderen Einkommenszweigen erwirtschaften, die keine Einbußen erlitten, und damit die Bauern unterstützen, die keine Einkünfte mehr hatten.«

»Das war deine Entscheidung, oder? Die Umverteilung der Mittel?« Als er sie überrascht ansah, grinste sie. »Felix hat mir erzählt, du hättest eigenmächtig die Hundezucht ins Leben gerufen.«

Er zuckte mit den Schultern. »Ich habe ungefähr fünf Jahre vor der großen Hungersnot mit der Hundezucht begonnen. Irgendwann war ein Punkt erreicht, an dem ich nicht mehr persönlich anwesend sein konnte, zum Glück hatte ich gute Mitarbeiter, die wussten, was ich wollte und wie ich es wollte. Sie leiteten sogar Geld aus der Hundezucht an Familien in Not weiter.«

Der schwarze Hengst trottete hinter dem braunen her. Pru lächelte zufrieden, als sie hörte, dass der Earl hinter der Verteilung der Geldmittel gesteckt hatte.

Von Felix wusste sie, dass der Beginn der großen Hungersnot auch der Beginn des Streits zwischen Vater und Sohn gewesen war. Deaglan hatte für das gekämpft, was er in dem Moment für richtig gehalten hatte. Und war dafür eingestanden, bis zur letzten Konsequenz. Bis zu dem Punkt, an dem er das Land, die Menschen, die Hunde und Pferde verlassen hatte.

Offenbar musste er bereits in jungen Jahren die Verantwortung für das Anwesen übernehmen, weil der Vater, ein Sonderling, andere Wege ging, die der Sohn nicht gutheißen konnte. Dessen Konsequenz dagegen war ein Charakterzug, den sie aus ganzer Seele unterstützte und den sie nicht vergessen würde. Es war ein wesentliches Anliegen des Earl, sich um seine Untertanen so zu kümmern, damit sie keine Not litten und die Schule besuchen durften.

Ihr Blick glitt über die Felder und Wiesen vor ihnen, die sich in unzähligen verschiedenen Schattierungen von Grün bis zum blauen Band des Flusses erstreckten. Ihr kam eine Erinnerung, und sie drehte sich im Sattel um. »Als ich von Dublin anreiste, fiel mir auf, dass man hier nicht wie anderswo so viele verlassene Höfe und verfallene Steinmauern sieht.«

Ein paar Schritte hinter ihr herrschte Schweigen. »Es gab solche Anzeichen, als ich zurückkehrte«, gab er schließlich zögerlich zu. »Mein Vater hatte sich nicht einmal um die nötigsten Reparaturen gekümmert. Ich machte es mir zur obersten Aufgabe, das alles erst einmal wieder in Ordnung zu bringen.«

Sie nickte. »Jeder in meiner Familie hätte genauso gehandelt. Wir sind lange genug Grundbesitzer, um zu wissen, dass unser Wohlstand wesentlich von dem der Menschen abhängt, die auf unseren Anwesen arbeiten. Es kommt mir komisch vor, dass dein Vater es nicht genauso sah.«

Er stieß einen verächtlichen Laut aus. »Ich habe ihm das immer vorgehalten. Vermutlich hatte er einfach Desinteresse, weil er im Gegensatz zu Felix und mir nicht hier geboren wurde. Er spürte wohl nie eine wirkliche Verbundenheit mit diesem Land.«

Verwirrt sah sie Deaglan an und runzelte die Stirn. »Hat er Glengarah denn nicht als sein Stammhaus betrachtet?«

»Seltsamerweise nicht. Vielleicht weil er nicht direkter Erbe des Titels war, sondern bloß der dritte Anwärter und mit dem Earl, den er irgendwann beerben sollte, nur entfernt verwandt war. Unser Vater wurde in Dublin geboren und verbrachte sein Leben an der Ostküste, bis er ungefähr dreißig war. Die Ostküste ist eine schönere, angenehmere Umgebung als die Westküste. Unser guter Papa zog sich immer mehr zurück. Bis ihm eine unerwartete Krankheit und ein ebenso unerwarteter Unfall von einem nahezu unbekannten Verwandten zum Titel verhalfen. Er war gerade mal dreißig und war von einem Tag zum anderen ein Earl mit einem riesigen Anwesen an der wilden Westküste Irlands und trug eine Verantwortung, die er nie ganz begreifen konnte.« Er machte eine kurze Pause. »Wie du dir denken kannst, wurde die Ehe mit meiner

Mutter unter diesen Umständen arrangiert. Sie erwies sich als wahres Geschenk, weil sie wusste, wie man ein großes Anwesen führte. Solange sie lebte, lief alles ganz gut. Zum einen ließ sie es nie zu, dass mein Vater die Burg und das ganze Anwesen vernachlässigte. Zum anderen hatte er noch nicht seine Leidenschaft für Pferde entdeckt, die sich bald zu einer Besessenheit entwickelte. Das alles kam erst nach dem Tod meiner Mutter.«

Sie legte den Kopf leicht schräg. »Das erklärt das mangelnde Verständnis deines Vaters, denke ich.«

»Vielleicht.« Seine Stimme klang mit einem Mal härter. »Aber es ist keine Entschuldigung für seine Weigerung, das Richtige für das Gut und die Menschen zu tun, die von uns abhängig waren.«

Als wollte er ihr bedeuten, dass die Diskussion für ihn beendet war, trieb Deaglan den schwarzen Hengst an, bis er gleichauf mit dem Braunen war, und wechselte in einen leichten Galopp. »Da vorne gibt es ein Stück gerade Strecke, wo wir galoppieren können.«

Sie erreichten eine freie, ebene Fläche, trieben die Tiere an, ritten Nacken an Nacken und flogen mit kraftvoll stampfenden Hufen über das freie Feld.

Als die Bäume am Rande der freien Fläche näher kamen, richtete Deaglan sich im Sattel auf und bremste den schwarzen Hengst zu einem leichten Galopp. Sobald Pru mit dem Braunen gleichauf war, lächelte sie Deaglan an. »Das war wundervoll! Ich wünschte, ich könnte jeden Tag so ausreiten.« Sie senkte den Blick und klopfte dem Hengst auf den Hals.

Das könntest du, wenn du mich heiraten würdest, hätte er am liebsten gesagt, hütete sich jedoch, die Worte laut auszusprechen. Als sie nebeneinander galoppierten, dachte er über die Fortschritte nach, die er bei Pru inzwischen gemacht hatte. Ihre Fragen zu dem Gut und der Schule waren ermutigend. Er hatte ihr ohnehin mehr erzählt und mehr verraten, als er es bei jedem anderen getan hätte. Nur durfte er keinen Fehler machen.

Er zügelte das Pferd, bis sie im Schritttempo gingen, und atmete durch. »Ich sollte dir gestehen, dass nicht ich es war, der dir als Leiterin des Cynster-Zuchtprogramms einen Brief geschickt hat.« Er blickte in ihr überraschtes Gesicht. »Es war Felix. Er hat dir in meinem Namen geschrieben. Er war immer meine rechte Hand. Als ich ging, wusste ich, dass er für mich einspringen würde und dass Zwinger und Stall gut geführt würden. Leider besaß Felix bei meinem Vater nicht das richtige Durchsetzungsvermögen, um für das Gut als Ganzes die richtigen Entscheidungen zu treffen. Ich war der Einzige, der den starrsinnigen älteren Herrn dazu bewegen konnte, in dieser Hinsicht zu tun, was nötig war.«

Er richtete den Blick auf die Burg, die durch die Bäume hindurch ab und an zu sehen war, und holte tief Luft. »Als ich zurückkehrte und erkannte, welchen Schaden mein Vater dem Gut zugefügt hatte, fühlte ich mich verpflichtet, all das zuerst einmal wieder in Ordnung zu bringen, bevor ich mich um den Stall kümmern wollte.« Er machte eine kurze Pause. »Es war immer mein Plan gewesen, irgendwann die Leitung des Guts zu übernehmen und eine Zucht aufzubauen. Um ganz offen zu sein, war ich mir nicht ganz sicher, ob ich nicht genauso zu einem Besessenen würde wie mein Vater«, seufzte er leise.

»Das wird nicht passieren, du bist ganz anders als er«, warf Pru ein. »Felix wusste um die Schwierigkeiten des Guts, deshalb beschloss er, mir zu helfen, indem er dir schrieb. Um sozusagen einmal vorzufühlen.«

Sie lächelte, und Belustigung schwang in ihren Worten mit. »Wann hat er es dir gestanden?«

»Ein paar Minuten bevor du die Zufahrt hinaufkamst. Die Beförderung deines Antwortschreibens hatte sich ja um einiges verzögert, erinnerst du dich?«

Sie nickte. »Ja, ich erinnere mich.«

»Die Leitung des Stalls wieder übernehmen zu können sollte also sozusagen meine Belohnung dafür sein, alles auf dem Gut in Ordnung gebracht zu haben.«

Pru sah ihn an. »Der Grund, warum ich so schnell auf Felix' Einladung in deinem Namen reagiert habe, war folgender: Ich war bereits quer über die Britischen Inseln gereist, um genau solche Pferde zu finden, wie es sie in der Sammlung deines Vaters gibt. Felix' Schreiben weckte dann große Hoffnungen in mir. Und nachdem ich eure Pferde zum ersten Mal sah, wusste ich, dass ich gefunden hatte, wonach ich suchte. Darum bin ich geblieben, um eine Expertise zu erstellen und um einen Vertrag auszuhandeln.«

Sie sah ihn an und las im Smaragdgrün seiner Augen die offensichtliche Frage. »Du musst verstehen, dass ich in der Welt der Vollblüter bekannt dafür bin, sehr wählerisch zu sein, was die Pferde betrifft, die ich für unser Programm zulasse. Der Grund dafür ist einfach: Wir haben mittlerweile exzellente, hochwertige Vollblutpferde, also muss jedes Pferd, das ich aufnehme, von noch höherer Qualität sein. Außerdem spielt die Rangordnung der Rennställe eine Rolle. Einige Ställe kaufen bloß Pferde, andere haben ein eigenes Zuchtprogramm. Im Augenblick konkurrieren die Cynster-Ställe, die inzwischen von meinen Brüdern geleitet werden, mit mindestens vier anderen Gestüten um die Vorrangstellung. Die vergangenen zehn Jahre hatten unsere Ställe mit Abstand den ersten Platz inne.«

Sie warf ihm einen kurzen Blick zu. »Ich vermute, du kannst dir vorstellen, wie meine Brüder sich fühlen.«

»Sie stehen unter Druck, um mindestens so gut abzuschneiden wie dein Vater, nehme ich an. Du gehst bemerkenswert offen mit den Gründen um, warum du unsere Pferde brauchst«, sagte er.

»Es scheint mir die Zeit für Offenheit und Vertrauen zu sein.«

Deaglan zögerte kurz. »Noch eine Frage zu eurer Zuchtstrategie … Alle Vollblüter stammen von den Gründungsblutlinien ab, reichen also viele Generationen zurück. Warum wollt ihr jetzt sozusagen zum Ursprung zurück, in die Vergangenheit?«

»Weil die ursprünglichen Merkmale, die wir so schätzen, inzwischen verwässert sind. Vollblutpferde sind nämlich alles andere als reinrassig. Sie sind Kreuzungen, und das führt zur Schwächung der wesentlichen Merkmale, je mehr Generationen vergehen. Bei Vollblutpferden ist es unerlässlich, ab und zu einen Schritt in die Vergangenheit zu gehen und die stärksten Träger der erwünschten Züge wieder in die Zucht einzubringen – und das hat seit Jahrzehnten keiner mehr getan.«

Fast alles, was er ihr erzählt hatte, hatte sich auf die Vergangenheit bezogen. »Wie gesagt«, murmelte er, »wirtschaftlich gesehen, läuft es für das Anwesen recht gut.«

Er lächelte schief. »Abgesehen davon bin ich bestimmt glücklicher und werde besser schlafen können, wenn das Geschäft abgeschlossen ist und der Stall sich irgendwie bezahlt macht. Obwohl wir inzwischen schwarze Zahlen schreiben, gibt es keinerlei Spielraum und überhaupt keine Rücklagen.« Er blickte in ihre schönen blauen Augen. »Bis ich einen Vertrag ausgehandelt und unterzeichnet habe, der dafür sorgt, dass der Stall einen vernünftigen Ertrag für das Gut bringt, werde ich keine Ruhe finden.«

Sie erwiderte seinen Blick einen Moment lang, ehe sie nickte. »Danke, dass du mir das gesagt hast. Jetzt wissen wir beide, wo der andere steht.«

Das taten sie wirklich, und er musste zugeben, dass er sich besser und sicherer fühlte, nachdem er ihr gegenüber seinen Schutzschild hatte sinken lassen und nachdem sie ihm gegenüber das Gleiche getan hatte.

»Abgesehen von allem anderen«, sagte sie nachdenklich, »wird der Stall, wenn er sich erst rechnet und Gewinne bringt, Kapital erwirtschaften, das für Verbesserungen auf dem Gut benötigt wird, wie zum Beispiel für die Brücke und die Schule.«

»Ganz genau.« Es schien, als würden sie einander sehr gut verstehen. »Wir können den Rest des Weges galoppieren, falls du das schaffst.«

Sie musterte ihn verächtlich und trieb den braunen Hengst an, der wie entfesselt losjagte.

Kapitel 9

Zwar tat die Lady so, als würde sie sich kaum für Pru interessieren und als wäre sie abgelenkt von allem anderen, doch immer wieder warf die ältere Dame den beiden interessierte Blicke zu, die sie geschickt ignorierten.

Als Willkommensgruß für Lady Connaught hatte die Küche ein größeres Essen vorgesehen, wie die Anzahl der Besteckteile verriet. Jay war eingeladen worden, sich der Gesellschaft anzuschließen, was der herrischen und ungnädigen Dame absolut nicht zu gefallen schien, wie ihre arrogante Miene bewies. Vielleicht war ihr der nette Gutsverwalter nicht fein genug, um den Platz neben ihr zu bekommen, denn Lady Connaught hielt viel auf ihre adelige Herkunft. Eindeutig betrachtete sie ihn aufgrund ihres Stands in der oberen Schicht als gesellschaftlich untergeordnet, auch wenn er ein entfernter Cousin des Earl war.

Obwohl sie bei ihrer früheren Befragung wenig erfolgreich gewesen war, schien sie es nicht lassen zu können und schoss sich auf Pru ein. »Sagen Sie mir, meine Liebe, wie geht es Ihren geschätzten Brüdern? Ist es schon absehbar, ob sich einer von ihnen demnächst häuslich niederlassen wird?«

Pru ließ den Suppenlöffel sinken. »Nicholas und Toby sind jünger als ich und derzeit vollkommen damit ausgelastet, den Rennstall zu führen. Ich bezweifle, dass einer von ihnen überhaupt einen Gedanken an Hochzeit und Ehe verschwendet.«

»Du liebe Güte, Sie sind alle so fleißig.« Die alte Dame fuchtelte mit ihrem Löffel vor Prus Nase herum. »Ich muss mich fragen, was dem Vater des derzeitigen Duke wohl durch den Kopf gegangen wäre, wenn er miterlebt hätte, dass so viele seiner Nachfahren so viel Zeit auf derlei Dinge verwenden. Wenn ich mich recht entsinne, war er der Inbegriff des wohlhabenden, wohlerzogenen Adligen, ohne Zweifel würde er sich im Grabe umdrehen.«

Nachdem die Suppenteller abgeräumt waren, richtete Lady Connaught den Blick auf Felix. »Mein lieber Junge, kommst du diesen Monat noch nach Dublin?«

»Äh.« Felix warf Deaglan einen leicht panischen Blick zu. »Ich bin mir nicht sicher, ob ich das Gut so lange allein lassen kann, zumindest im Moment nicht.«

»Ist das so?« Lady Connaught sah ihn ungläubig an. »Jetzt ist Deaglan hier und will sich offenbar nicht vom Fleck rühren. Sicherlich kannst du dir dann die Zeit nehmen, um dich ein bisschen umzublicken. Um an einigen Bällen und Partys teilzunehmen. Deaglan hat ja einige Jahre in London verbracht, und ich kann ihm nicht vorwerfen, dass er ein Einsiedler wäre und nichts von unserer Welt wissen würde. Du hingegen, du musst ausgehen und dich umsehen.«

»Ja, Tante.« Da als Nächstes ein Fischgericht hereingebracht wurde, das vorsichtig gegessen werden musste, nutzte Felix die Gelegenheit und drehte sich zur Seite, um sich mit jemand anderem zu unterhalten, während Lady Connaught sich vorbeugte und an Jay vorbei Cicely ansprach. »Mein liebes Mädchen, wann hast du vor, dich mal wieder mit deiner Mama in der Gesellschaft blicken zu lassen?«

Pru war längst klar, dass Cicely auf Glengarah war, um Jagd auf Felix zu machen. Da sie klug war und mit beiden Beinen fest auf dem Boden stand, hatte sie es ganz subtil angefangen. Und Prus Einschätzung nach kam sie ihrem Ziel damit Stück für Stück näher.

Cicely, die sich nicht aus der Ruhe bringen ließ, lächelte freundlich und entschlossen. »Ich habe im Augenblick noch nicht vor, nach Dublin zurückzukehren. Wie du sicher weißt, konzentriert sich Mama dieses Jahr ganz auf meine Schwestern, die auf die Saison vorbereitet werden müssen.«

»Ah, ja.« Die Lady tippte abwesend mit ihrer Gabel auf ihren Teller. »Alice und Corrine heißen sie, nicht wahr?«

»Ja«, bestätigte Cicely, die erst mal über lauter Neuigkeiten schwatzte, um die alte Dame abzulenken. Pru und Deaglan wechselten einige belustigte Blicke. »Erinnere mich daran, mich bei Cicely zu bedanken, sie hat uns alle gerettet«, murmelte er.

Mit Cicely zusammen folgte Pru Maude und Lady Connaught nach dem Essen aus dem Zimmer, sodass die Männer ungestört ihren Whiskey genießen konnten. Zu Prus Erstaunen gab die alte Klatschtante, die die Wände reden hörte, sich diesmal damit zufrieden, im Salon über harmlose, unverfängliche Dinge zu plaudern. Selbst als die Männer sich schließlich zu ihnen gesellten.

Erst als Pru zum Teewagen ging, um ihre leere Tasse und die Untertasse abzustellen, wandte Lady Connaught sich ihr neugierig zu. »Dann werden Sie also in der nächsten Zeit hier sein und die Pferde begutachten, mit denen mein verstorbener Schwager uns gelangweilt hat? Sind die Tiere den ganzen Aufwand tatsächlich wert?«

»Es scheint, als hätte der verstorbene Earl ein gutes Auge für Pferde gehabt«, erklärte Pru entschieden.

Lady Connaught reagierte abfällig. »Ich schätze, jeder von uns muss etwas haben, in dem er gut ist, oder?«

Pru fand, dass dies keiner Antwort bedurfte, und schwieg, woraufhin sie und die anderen drei Damen sich kurz darauf erhoben und sich zurückzogen.

Deaglan folgte Pru, die als Letzte in Richtung Tür ging. »Feingefühl ist nicht gerade Esmereldas Stärke, und das lässt mich hoffen, dass es uns gelungen ist, sie davon zu überzeugen, dass dein einziges Interesse den Pferden gilt«, flüsterte Deaglan.

»Ich bin mir da nicht so sicher, wir können nur hoffen«, sagte Pru. »Wenn sie errät, dass da noch mehr ist, könnte es angesichts ihrer Verbundenheit mit meinen Tanten etwas … schwierig werden.« Ihr Blick wurde weicher, und sie musste sich zwingen, ihre Hand nicht an seine Wange zu legen. »Andererseits bin ich noch keiner Herausforderung aus dem Weg gegangen.«

Er lachte, und mit einem Nicken und einem Versprechen im Blick sah er ihr hinterher, während sie den anderen Damen folgte. Der Blick der alten Dame blieb einen Moment lang bei ihr hängen und wirkte überheblich und herablassend. Sie schien etwas zu ahnen, denn sie stieß noch ein leises Schnauben aus, drehte sich um und schritt die Treppe hinauf.

Mit aller gebotenen Zurückhaltung folgte Pru ihr. Als die Affäre mit Deaglan begann, hatte sie nicht damit gerechnet, dass jemand wie Lady Connaught in Erscheinung treten könnte. Und selbst wenn sie es gewusst hätte, konnte sie sich nicht vorstellen, dem Earl of Glengarah aus dem Weg zu gehen und ihm nicht mehr in sein Bett zu folgen.

In seinem Zimmer wartete Deaglan darauf, bis es im Haus still war und er sich in Prus Schlafzimmer schleichen konnte. Die Anwesenheit seiner Tante machte es notwendig, möglichst diskret zu sein.

Früher hatte Esmerelda kaum Aufheben um sein ausschweifendes Leben in London gemacht. Sie hatte ein- oder zweimal versucht, ihn zu den Bällen und Partys zu locken, auf denen Adlige wie er sich ihre Bräute suchten. Als er sich dagegen gewehrt hatte, bedachte sie ihn mit einem gnädigen Achselzucken. Inzwischen war er fünf Jahre älter und nicht mehr der Erbe, sondern der Earl. Und er hatte ihren Versuchen, ihn in ihre sogenannte feine Gesellschaft zu locken, konsequent widerstanden.

Er fragte sich, was sie überhaupt nach Glengarah geführt hatte. Obwohl die Saison in London begonnen hatte, war sie hier, um angeblich Zeit mit Maude und Patrick zu verbringen. Ein hohes Maß an Misstrauen, was Esmereldas Motive betraf, war also durchaus angebracht.

Seine Gedanken wanderten zu Pru und zu den letzten Sätzen, die sie im Salon gewechselt hatten. Offensichtlich dachte auch sie nicht über einen Rückzug in die Sicherheit nach. Er fragte sich, was ihre Erklärung über ihre derzeitige Meinung in Bezug auf ihre Gefühle für ihn und ihre Affäre aussagte. Hatte sie einen Punkt erreicht, an dem sie sich wünschte, die Affäre würde nicht enden?

Er war nicht davon überzeugt. Sie hatten bisher erst zwei Nächte miteinander verbracht. Nicht einmal er konnte hoffen, eine Frau in so kurzer Zeit umzustimmen – und Prudence Cynster war nicht irgendeine Frau. Außerdem hatte er noch nicht herausgefunden, warum sie nichts von der Ehe hielt.

Ein Geräusch aus dem Flur drang an sein Ohr. Er blieb stehen und legte den Kopf leicht schräg, um besser hören zu können. Die stampfenden Schritte seiner Tante näherten sich, ehe sie im nächsten Moment gebieterisch an die Tür klopfte.

Kurz spielte Deaglan mit dem Gedanken, nicht zu öffnen. Doch er wusste, dass sie einfach hereinplatzen würde.

Die Kiefer ärgerlich aufeinandergepresst, ging er zur Tür und machte sie auf. »Tante. Was gibt's?«

Mit leicht zusammengekniffenen Augen sah sie ihn an. »Als würdest du das nicht wissen.«

Sie bedeutete ihm mit einer ungeduldigen Handbewegung, zur Seite zu gehen, und stapfte ins Zimmer. Er stand noch immer an der Tür, während sie zu einem der Sessel ging, die vor dem Kamin standen, und Platz nahm.

Deaglan akzeptierte, dass es kein Entkommen gab, machte die Tür zu und setzte sich in den Sessel, der ihr gegenüberstand. Als Esmerelda schwieg und ihn nur nachdenklich anblickte, zog er bedächtig eine Augenbraue hoch.

Sie verzog die Lippen und hob das Kinn. »Ich bin hier, um zu fragen, welche Absichten du hinsichtlich Miss Cynster hegst.«

Als er nicht sofort antwortete, wurde Esmerelda ärgerlich. »Ich bin nicht blind – und ich müsste es sein, um nicht mitzubekommen, was unter diesem Dach vor sich geht. Maude hat sich vielleicht nichts anmerken lassen, trotzdem ist auch sie nicht blind. Und Patrick genauso wenig. Selbst Felix ist nicht so dumm.« Esmerelda hielt kurz inne. »Was Cicely betrifft, weiß ich es nicht wirklich. Sie lässt sich nicht in die Karten schauen, wobei es einer raffinierten jungen Dame wie ihr mit Sicherheit ebenfalls aufgefallen ist.

Also, mein Lieber, da Prudences Vater nicht hier ist und dein Vater nicht mehr lebt, fällt es mir zu, darauf hinzuweisen, dass deine Entscheidung Auswirkungen auf zwei Familien hat. Und zwar dramatische. Ein Fitzgerald, der eine Cynster verführt? Unvorstellbar. Was hast du zu sagen?«

Ihm fiel keine Möglichkeit ein, sich vor der Antwort zu drücken.

»Zuerst einmal«, sagte er, »wenn so etwas wie Verführung im Spiel gewesen ist, so war das absolut einvernehmlich.«

Esmerelda sah ihn mit großen Augen ungläubig an. »Wirklich?«

»Vertrau mir, die derzeitige Situation hat sich nicht einfach so ergeben. Die Anziehungskraft war zu stark, um ihr zu widerstehen. Und wir haben es beide versucht. Wie dem auch sei, deine Annahme ist korrekt. Miss Cynster und ich haben eine Affäre.« Er hob die Hand, um ihrem Widerspruch zuvorzukommen. »Wobei es im Augenblick Unstimmigkeiten gibt, wie es weitergehen soll.«

Er hielt inne. Die Ungeduld stand Esmerelda ins Gesicht geschrieben, während er rasch über seine Optionen überdachte. Angesichts dessen, was sie inzwischen wusste und was er ihr gerade gesagt hatte, bestand seine einzige Chance darin, den Rest noch zuzugeben.

»Während ich mich mit Pru vor dem Altar sehe, denkt sie, dass die Liaison von begrenzter Dauer ist und enden wird, sobald sie Glengarah verlässt. Von Anfang an hat sie klargemacht, dass sie es so will, und ich habe diese Bedingung akzeptiert. Anfangs habe ich selbst noch geglaubt, dass es ebenfalls mein Wunsch ist.«

»Und dann hast du es dir anders überlegt. Aha.« Esmerelda blickte ihn an, als hätte sie ihn vorher nicht deutlich gesehen. Dann lehnte sie sich zurück. Ihre Miene ließ darauf schließen, dass sie versuchte, das alles zu begreifen und sich ein Bild von der Situation zu machen. »Sie kennt sich in der Gesellschaft gut aus. Sie ist praktisch dort aufgewachsen und weiß um die sogenannte feine Lebensart ebenso wie um die Gefahren. Ich vermute, das erklärt, warum sie auf dieser Bedingung bestanden hat. Sie wollte dir die Hände binden, falls du beschließen solltest, dass es eine gute Idee wäre, eine Cynster zur Frau zu nehmen.«

»Das habe ich selbst angenommen. Und natürlich hat sie recht zu denken, dass es aus adeliger Sicht als ein vorteilhafter Schritt betrachtet würde, wenn ich vorhätte, sie vor den Altar zu zerren. Eine solche Ehe wäre gesellschaftlich akzeptabel angesichts ihres Wissens über Vollblutpferde und durch ihre Erfahrung mit der Zucht geradezu unbezahlbar.«

Esmerelda wedelte mit der Hand. »Alles schön und gut, aber du möchtest wohl nicht eines schönen Morgens aufwachen und dich ans Bett gefesselt vorfinden, während deine Frau mit einem Kastriermesser in der Hand über dir steht.« Deaglan konnte sich ein Grinsen nicht verkneifen. »Ja, gut, das ist übertrieben. Doch so abwegig ist die Idee dahinter nicht. Du kannst sie nicht in die Ehe zwingen. Ich warne dich: Unter den goldblonden Locken und dem sonnigen Gemüt lauert das Temperament einer Cynster. Um zum Punkt zurückzukehren …« Esmerelda sah ihn an. »Sie war noch Jungfrau, oder?« Deaglan erwiderte wortlos ihren Blick. »Ich verstehe das als ein Ja, und das passt übrigens zu allem, was ich über sie gehört habe. Laut ihrer Großmutter und Großtante hatte Prudence bisher kein Interesse an Männern. Ganz unabhängig davon, wen man ihr vorgestellt hat. Ihre Mutter hat es praktisch aufgegeben.«

Deaglan zögerte eine Weile, bevor er genauer nachfragte. »Hast du eine Ahnung, warum sie keine Ehe will? Es kommt mir wie eine unumstößliche Haltung vor. Weißt du, ob es dafür einen speziellen Grund gibt?«

Esmerelda schürzte die Lippen und begann in ihrem Gedächtnis zu kramen, wo sich unzählige Erinnerungen und Informationen befanden, dann schüttelte sie den Kopf. »Ich habe nichts von einem besonderen Vorfall gehört – dass ihre große Liebe etwa eine andere geheiratet hätte oder dergleichen.«

»Also ist dir nichts über mögliche Gründe aus ihrer Vergangenheit bekannt?«

»Glaub mir, mein Junge, wenn ich es wüsste, würde ich es dir verraten.« Esmerelda sah ihn an. »Ich nehme an, dass du vorhast, sie umzustimmen?«

Er nickte. »Leider wird es einige Zeit dauern. Und wenn der Grund für ihre Abneigung gegen die Ehe nicht in ihrer Vergangenheit liegt, dann weiß ich gar nichts …«

Esmerelda tätschelte seine Hand. »Was immer es ist, du musst es herausfinden. Es wäre unklug, ihr zu erlauben, ohne einen Ring am Finger von Glengarah abzureisen. Wenn sie dir hier durch die Finger schlüpft, würde ich nicht darauf wetten, sie zurückzugewinnen. Und nicht einmal du wirst es schaffen, sie wieder hervorzulocken.« Mit diesen Worten stand Esmerelda auf.

Deaglan erhob sich auch. »Wie gesagt, es ist noch zu früh, um definitiv etwas zu sagen, allerdings habe ich bereits Fortschritte gemacht.«

»Gut, lass nicht locker!« Sie stampfte zur Tür und

wartete darauf, dass Deaglan sie öffnete. »Eines noch. Wenn deine Überzeugungskünste nicht von Erfolg gekrönt sein sollten, kannst du mich bitten, euch beide als Paar in einer kompromittierenden Situation zu überraschen. Das sollte selbst Prudence Cynster bewegen, sich hinzusetzen und über dein Angebot nachzudenken, das immerhin nicht schlecht ist.«

»Ich bete und hoffe, dass es nicht dazu kommen wird«, entgegnete Deaglan trocken und öffnete die Tür.

»Dann solltest du dich anstrengen und überzeugend sein.« Und auf dem Weg zu ihrem Zimmer hörte er seine Tante murmeln: »Wenn jemand Experte darin ist, die Meinung einer Frau zu ändern, sobald ein Schlafzimmer in Aussicht steht, dann bist du das.«

»Danke für dein Vertrauen«, konnte er sich nicht verkneifen zurückzugeben.

Deaglan machte die Tür zu und lauschte, wie die Schritte seiner Tante langsam verhallten. Er war sich nicht mehr ganz sicher, ob seine Tante sich am Ende als Hilfe oder eher als Hindernis erweisen würde.

Immerhin hatte sie ein paar Fragen beantwortet und ihm Klarheit über sein derzeitiges Dilemma verschafft. Darüber hinaus hatte er begriffen, dass er noch größere, entscheidendere Fortschritte machen musste, damit Pru zumindest darüber nachdachte, ihn zu heiraten. Und zwar bevor seine Tante die Geduld verlor und die Dinge in die eigene Hand nahm.

Wenn sie das täte, nicht vorstellbar.

»Dann stehe uns der Himmel bei.« Mit entschlossener

Miene öffnete er die Tür und machte sich auf den Weg zu Prus Zimmer.

Kapitel 10

Trotz des Drucks, den seine Tante auf ihn ausübte, war Deaglan kein Mensch, der die Dinge überstürzte. Vor allem nicht, wenn sein Opfer noch nicht wusste, dass es überhaupt verfolgt wurde. Er hatte es nicht eilig, aus der Deckung hervorzukommen und zu riskieren, dass sie die Flucht ergriff.

Als er ein paar Tage später am Frühstückstisch saß, war ihm längst klar, wie sein nächster Schritt aussehen würde. Ganz ruhig wartete er darauf, dass Pru erschien.

Wach gerüttelt durch das Drängen seiner Tante, hatte er die vergangenen drei Nächte und Tage damit verbracht, aufmerksam zu sein. Und das nicht nur, was Prus Vorlieben im Schlafzimmer betraf, die sich allmählich als deutlich experimentierfreudiger entpuppten, als es sich für eine wohlerzogene Dame schickte. Deshalb war er zu einem anderen Schluss gekommen: Um ihr zu beweisen, dass die Rolle als seine Countess nicht allein darin bestand, ihre grundlegenden Bedürfnisse zu erfüllen, musste er alles darüber erfahren, was ihr im Leben wichtig war. Allein dann konnte er es schaffen, diese Rolle so interessant für sie zu machen, dass sie sie für sich in Anspruch nahm.

Irgendwann hatte er eine Eingebung gehabt, was sie gegen die Ehe haben könnte. Ihm war schließlich klar geworden, dass sie das Gefühl hatte, die Ehe würde ihr Leben auf eine bestimmte Art und Weise beeinflussen, die zu akzeptieren sie nicht bereit war.

Könnte es das Problem sein, dass sie keine Kinder haben wollte? Er war ein Earl, und es würde von ihnen erwartet werden, dass sie nach der Hochzeit Kinder bekämen. Er würde es nicht als Hindernis betrachten. Falls Kinderlosigkeit der Preis wäre, den er zahlen müsste, um mit Pru zusammen sein zu können, würde er ihn, ohne zu zögern, zahlen.

Leider gab es auf der Burg keine Kinder, mit denen er seine Theorie hätte überprüfen können. Gestern hatte er arrangiert, dass sie beide ausritten – vorgeblich, um zwei weitere Pferde zu begutachten und um unterwegs bei der Schule vorbeizuschauen. Zu der Zeit hatten die Kinder auf ihren Bänken gesessen, und Pru hatte sich freiwillig gemeldet, um auf alle sechs aufzupassen. Sie hatte sie mit Geschichten aus England und ihrer Kindheit gefesselt, die sie zu einem großen Teil in den Stallungen der Cynsters in Newmarket verbracht hatte. Erleichtert hatte der Earl festgestellt, dass Kinder kein Problem für sie darstellten. In den Folgetagen hatte er durch eine Bemerkung hier und eine beiläufige Frage dort herausgefunden, dass ihr viele Charakterzüge wichtig waren, die ihm genauso am Herzen lagen wie Ehrlichkeit, Loyalität und Hingabe. Zusammen mit Dingen wie der Liebe zur Heimat, zum Zuhause und zur Familie. Tatsächlich schienen sich ihre

Meinungen zu den wichtigsten Themen des Lebens sehr zu ähneln.

Und wenngleich er es nicht gewagt hatte, sie direkt nach ihrer Abneigung gegen die Ehe zu fragen, bekam er so langsam eine Ahnung, wie die Antwort lauten könnte.

An diesem Morgen wollte er ein Risiko eingehen. Wenn sich sein Wagnis auszahlte, hätte er eine Menge gewonnen. Wenn nicht, hätte er sein wertvollstes Druckmittel für die Verhandlungen verspielt.

Seine Überlegungen wurden durch Schritte unterbrochen, die sich näherten. Pru kam herein, war anscheinend gut gelaunt und freute sich auf den Tag, den sie mit ihm und den Pferden verbringen würde.

Er wartete, bis sie sich Räucherhering und Ei auf den Teller gefüllt hatte, dann ließ er die Kaffeetasse sinken. »Du musst nicht mehr als drei Pferde auf dem Zirkel prüfen.«

Sie nickte. »Ich hoffe, ich kann heute Nachmittag meine Notizen niederschreiben, danach werde ich wissen, welches der Pferde ich noch reiten muss, um mir ein abschließendes Bild zu machen.« Sie hielt inne und sah ihn an. »Es scheint so, als wäre ich morgen mit der Expertise fertig. Danach können wir mit den Verhandlungen beginnen.«

Die mangelnde Begeisterung darüber, die in ihrer Stimme mitschwang, war Musik in seinen Ohren. »Wenn du deine Begutachtung der Pferde auf dem Zirkel abgeschlossen hast, gibt es noch etwas, das ich dir gern zeigen würde. Etwas, das unsere Verhandlungen noch ein paar Tage verschieben wird.«

Das freudige Interesse in ihrer Miene war genau das, was er sich erhofft hatte. »Ach ja? In dem Fall sollte ich besser aufessen, in den Stall gehen und die letzten drei Beurteilungen abschließen.«

Pru war voller Vorfreude die Treppe hinuntergeschwebt – ein Gefühl, an das sie sich in den letzten Tagen gewöhnt hatte. Es war bemerkenswert, wie leicht und beschwingt der Start in den neuen Tag war, wenn man die Nacht in den Armen eines talentierten Liebhabers verbracht hatte.

Und es stand außer Frage, dass es Deaglan Fitzgeralds Verdienst war. Er hatte sie im großen Stil mit Lust und Leidenschaft bekannt gemacht und mit einem Verlangen, das hell brannte, und mit Stellungen, die sie nicht im Traum für möglich gehalten hätte.

Die Aussicht auf die bevorstehenden Verhandlungen, der Auftakt zum Abschied von Glengarah und zum Ende ihrer Liaison, hatte einen Schatten auf ihr Glück geworfen. Gott sei Dank vorübergehend. Natürlich hatte Deaglan sich einen Weg überlegt, um ihre Affäre noch weiterführen zu können.

Sobald sie fertig war mit dem Frühstück, erhob Deaglan sich, und gemeinsam begaben sie sich in die Stallungen.

Seite an Seite überquerten sie den Hof. Pru konnte nicht verstehen, wie ihre nächtlichen Erlebnisse mit Deaglan alles um sie herum noch intensiver erscheinen ließen. Ihre gesamte Welt wirkte farbenfroher, faszinierender, fesselnder, als wäre ihr ganzes Leben einfach lebendiger.

Sie und Deaglan gingen direkt zum Voltigierzirkel und

machten sich daran, die letzten drei Tiere zu begutachten. Da diese Pferde, zwei Hengste und eine Stute, die besten im ganzen Stall waren, durfte Pru nichts überstürzen. Sie musste bei diesen Tieren ganz sichergehen, dass ihre wahre Qualität tatsächlich dem äußeren Anschein entsprach. Es war fast Mittag, als Deaglan das dritte Pferd zurück in seine Box führte.

Als er zurückkam, hatte Pru ihre Notizen beendet, und gerade wurde der Gong zum Mittagessen geschlagen.

»Komm.« Er ergriff ihre Hand. »Je schneller wir essen, desto eher kann ich dir etwas zeigen, das dich hoffentlich begeistern wird.«

Sie seufzte. »Du weißt wirklich, wie man eine Dame zappeln lässt.« Er lachte und zog sie mit sich.

Wie er versprochen hatte, führte Deaglan Pru nach dem Mittagessen sofort nach draußen und über den Nebenhof in den Stall hinein.

Sie sah ihn an und bemerkte das leichte Lächeln, das seine Lippen umspielte. »Ist es hier, was du mir zeigen möchtest?«

Er nickte. »Das ist es. Folge mir.«

Nichts anderes hatte sie vor. Fasziniert ging sie an seiner Seite die Gassen des Stalls entlang – durch die erste Gasse in die zweite und weiter in die dritte. Schließlich bogen sie um die Ecke in den vierten Gang und kamen zu den letzten Boxen, in denen die drei Pferde standen, mit denen sie am Morgen gearbeitet hatten.

Deaglan blieb stehen und drehte sie zu sich herum.

»Jetzt schließ die Augen und rühr dich nicht von der Stelle.«

Sie spürte, wie er einen Schritt zurück machte. Zu der Wand, die das Ende der Gasse bildete. Ein seltsam knirschendes, schleifendes Geräusch drang an ihre Ohren. Im nächsten Moment wehte eine sanfte Brise über ihr Gesicht.

»Hier, nimm meinen Arm.« Deaglan trat an ihre Seite und legte ihre Hand auf seinen Ärmel. »Jetzt komm mit.«

Er ging los, und sie folgte ihm, hielt mit ihm Schritt. Dann drehte er sich mit ihr zusammen nach links, und sie machten zehn Schritte. Pru hatte keine Ahnung, wo sie waren.

»Bleib stehen.« Er hielt an, und sie stoppte ebenfalls. »Schau nach rechts.« Er hob ihre Hand von seinem Arm, hielt sie fest. »Und jetzt«, hauchte er, und seine Stimme war kaum mehr als ein Flüstern, »mach die Augen auf.«

Pru öffnete die Lider, blinzelte und sah noch einmal genau hin. Sie standen vor sechs Boxen. Fünf Pferde standen dort, die sie zuvor noch nicht gesehen hatte. Alle hatten die Köpfe über die Boxentüren gehoben und sahen sie neugierig an. Diese Pferde ...

Pru konnte nicht glauben, was sie da sah. Mit einem unterdrückten Keuchen machte sie einen Schritt nach vorn und hob die Hand, um die samtige Schnauze eines der schönsten Hengste zu streicheln, den sie je gesehen hatte.

»Oh.« Der Laut kam ihr leise über die zittrigen Lippen. Ihr fehlten noch immer die Worte. Dann sah sie nach rechts und nach links, und das Ausmaß dessen, was Deaglan ihr hier zeigte, wurde ihr mit einem Schlag bewusst.

»O mein Gott.« Sie blickte ihn an. »Diese Pferde sind prächtig. Wie um alles in der Welt ...«

Er lächelte schief. »Das sind die Juwelen der Sammlung meines Vaters. Er betrachtete sie als Höhepunkt dessen, was er hatte sammeln wollen. Nachdem er die fünf erstanden hatte, hörte er auf, weitere Pferde zu kaufen.«

»Er hatte recht, es gibt keine Chance, diese hier noch zu übertreffen.« Pru stellte sich auf die Zehenspitzen und blickte die Boxen entlang nach links, dann nach rechts. »Drei Hengste und zwei Stuten. Ein Darley Arabian, ein Byerley Turk und ein Godolphin Barb, die stärksten Vertreter dieser Blutlinien, die ich je gesehen habe.«

Er nickte. »Und die Stuten?«

»Selbst ohne genauere Betrachtung würde ich eindeutig sagen, dass sie die besten Vertreterinnen der Gründerstuten oder der Stammmütter sind, die es gerade gibt.«

In ihrem Kopf überschlugen sich die Gedanken. »So viele, warum?« Sie sah ihn an und fragte sich, ob er ihr antworten würde.

Seine Lippen zuckten, sein Blick blieb ruhig. »Ich habe sie zurückgehalten als Druckmittel für die kommenden Verhandlungen. Das war, als ich dich noch nicht kannte.« Sein Blick wurde intensiver. »Jetzt habe ich beschlossen, sie dir zu zeigen, um alle meine Karten auf den Tisch zu legen.«

Sie sah ihn an und holte tief Luft. »Du hast beschlossen, mir das hier anzuvertrauen. Und du vertraust darauf, dass ich dir das Geschäft anbiete, das du dir wünschst.«

»Nein, ich vertraue darauf, dass du mir das Geschäft anbietest, das Glengarah braucht, weil du weißt und verstehst, warum wir es brauchen.«

Sie dachte über seine Worte nach, nahm sie in sich auf, in ihren Verstand und in ihr Herz, und erkannte die Wahrheit in seinem Blick. Zwischen ihnen hatte sich etwas verändert. Es bestand Vertrauen zwischen ihnen. Sie vertraute ihm bedingungslos. Und er hatte ihr gerade bewiesen, wie sehr er ihr ebenfalls vertraute.

Sie sah wieder zu den Pferden. Das hier war seine Zukunft, die Zukunft des Guts, der Menschen, die hier lebten, seine eigene. Er hatte ihr die Zügel in die Hand gegeben, um die Verhandlungen zu führen, und hatte ihr gleichzeitig gezeigt, wie viel Freude und Glück es bedeutete zu teilen. »Diese Pferde sind deine Trumpfkarten, und indem du sie mir gezeigt hast und ich nun von ihrer Existenz weiß, hast du es für mich unmöglich gemacht, einfach abzureisen, ohne eine Vereinbarung auszuhandeln, die diese Pferde einschließt.«

Sie drehte ihm den Kopf zu. »Wir können es uns schlicht nicht leisten, dass ein anderer Stall den Vertrag mit dir macht.«

Er lächelte beruhigend und drückte leicht ihre Hand. »Dann ist es ja gut, dass ich kein Interesse daran habe, einen Vertrag mit jemand anderem als mit dir zu schließen.«

Sie sah in seinen Augen, dass er es ernst meinte, und

die Gefühle, die sie durchströmten, waren so stark, dass sie beinahe ins Schwanken geriet. Sie blickte sich um. Die Boxen wiesen auf eine Rasenfläche hinaus, die unter freiem Himmel lag und von vier schlichten, angewinkelten Wänden begrenzt wurde. Sie sah nach links zu der Tür, durch die er sie geführt hatte. »Ich bin mir gerade nicht einmal sicher, wo wir überhaupt sind.«

Er lachte leise. »Mein Vater war ein seltsamer Kauz. Wenn es um seine Sammlung ging, war er mehr als verschlossen. Der Stall bestand zunächst lediglich aus der ersten Stallgasse, dann fügte er, als er immer mehr Pferde kaufte, die zweite, die dritte und schließlich die vierte hinzu. Aber er fertigte eine Zeichnung des gesamten Stalls an, ehe er die zweite Gasse bauen ließ. Später, als der dritte und vierte Gang errichtet wurden, vervollständigten sie den Bauplan, der von vornherein so angelegt war, um die Prachtstücke der Sammlung vor allen Augen zu verstecken. Nur diejenigen, denen mein Vater es explizit erlaubte, durften diese Tiere sehen.«

Sie runzelte die Stirn und versuchte, sich den Aufbau des Stalls vor Augen zu führen, ehe sie zu der Wand wies, die an die Rasenfläche grenzte. »Also ist das die Rückwand der Boxen in der zweiten Gasse?«

»Nein, das ist die Rückwand der Boxen im linken Teil der ersten Gasse. Der Stall ist wie eine fünfeckige Spirale aufgebaut. Jede Seite, jeder Gang ist kürzer als der vorherige, und der Winkel der Ecken ist, wie du vielleicht bemerkt hast, größer als die üblichen neunzig Grad. Während sich in der ersten Gasse zu beiden Seiten Boxen befinden – wobei die Kutschpferde in den Boxen auf der rechten Seite untergebracht sind –, sind in der zweiten, dritten und vierten Gasse nur auf der linken Seite Boxen. Der Bereich auf der rechten Seite wird von einem rasenbedeckten Hof eingenommen, der von den Nebengebäuden und dem Voltigierzirkel begrenzt wird. Der fünfte Gang, in dem wir uns derzeit aufhalten, hat bloß auf der rechten Seite Boxen.«

So einigermaßen konnte sie sich die Konstruktion des Stalls bildlich vorstellen. »Das ist genial. Ich hätte nie gedacht, dass hier noch diese Boxen und Pferde sind. Nichts deutet darauf hin, dass sich hinter dem Ende des vierten Gangs weitere Boxen befinden.«

Deaglan nickte. »Das war Vaters Absicht, der diese Pferde vor der Welt verstecken wollte.«

»Verrückt, er war ein echter Sammler.« Sie holte tief Luft und drehte sich zu den Pferden um. Nachdem sie einen Moment lang ihre Schönheit in sich aufgenommen hatte, warf sie Deaglan einen Blick zu. »Ich nehme an, ich soll sie begutachten?«

Er lächelte und machte eine ausholende Handbewegung. »Bitte. Genau wie du möchte ich unbedingt ihren exakten Wert erfahren.«

Pru ging zu jeder Box und nahm jedes der Pferde sorgfältig in Augenschein. Würde sie einen Fehler, einen Makel finden? Nein. Sie konnte nichts entdecken, was ihren ersten Eindruck zerstört hätte: Diese Pferde waren ebenso ihre Zukunft wie seine.

Es dauerte vier Stunden, in denen sie auf dem Voltigierzirkel mit den ersten drei Pferden arbeitete, mit den beiden Stuten und dem Byerley-Turk-Hengst, bevor sie ihre Einschätzung der Tiere als zuverlässig und unanfechtbar annahm.

»Das reicht für heute.« Deaglan schloss die Tür zur Box des rotbraunen Hengsts. Er hatte zuvor noch nie irgendwelche Anzeichen von Müdigkeit bei Pru entdeckt, die Aufregung und die vierstündige Arbeit mit drei starken Pferden forderten ihren Tribut. Sie war erschöpft.

Sie zögerte, überlegte, ob sie die letzten beiden Hengste noch prüfen sollte. Schließlich nickte sie. »Ich würde ihnen nicht gerecht werden, wenn ich jetzt weitermachen würde.«

Er brachte sie durch die Tür in den hinteren Teil des vierten Gangs. Während er die Tür schloss und verriegelte, untersuchte sie den Mechanismus. »Definitiv absolut sicher«, lautete ihr Urteil.

Seite an Seite schlenderten sie durch den Stall und weiter über den Nebenhof. Deaglan betrachtete ihr Gesicht, als sie es in die letzten Sonnenstrahlen des Tages hob, und er sah dort einen glücklichen Ausdruck. Daraus schloss er, dass sein Wagnis sich ausgezahlt hatte.

Sie seufzte. »Damit du es weißt: Ich kann verstehen, warum du die fünf Pferde erst einmal nicht erwähnt hast, denn ich hätte an deiner Stelle genauso gehandelt.«

Er lächelte. »Gut zu wissen.« Etwas in ihm kam zur Ruhe, und er verspürte eine tiefe Zufriedenheit.

Sie erreichten den Seiteneingang. Pru blieb stehen und drehte sich zu ihm um. »Danke, dass du mir die Prachtstücke aus der Sammlung deines Vaters gezeigt hast. Sie sind die kostbarsten Stücke in Glengarah.« Sie machte eine kurze Pause. »Selbst wenn die Sammlung aus nicht mehr als diesen fünf Tieren bestünde, würde das für einen Vertrag mit den Cynster-Ställen ausreichen.«

Es waren nicht allein die Cynster-Ställe, mit denen er eine Einigung erreichen und einen Bund schließen wollte, ging es ihm durch den Kopf, doch er hielt die Worte zurück. »Danke, dass du so offen bist.«

Der Dank zauberte ein kleines Lächeln auf ihre Lippen. Ihre Augen begannen zu strahlen, als sie sich umdrehte und ins Haus ging.

Mit beschwingten Schritten genoss sie das Hochgefühl, das sich in ihr ausgebreitet hatte, ein anderer Ausdruck fiel ihr nicht ein. Sie glaubte fast zu schweben.

Am liebsten hätte sie getanzt wie ein albernes Mädchen. Und all das, weil Deaglan ihr vertraut und ihr seine fünf besten Pferde gezeigt hatte.

Es waren nicht die Pferde an sich, die ihr Herz zum stolzen Schlagen brachten, sondern es war das Vertrauen, das zwischen ihnen entstanden war.

Ihr war vorher nicht klar gewesen, dass ein körperlicher Akt so tief gehen und so viel bewirken konnte. Als sie die Eingangshalle erreichten, sah sie ihn an und legte alles, was sie empfand, in ihr Lächeln.

Sie hätte nicht gedacht, dass die Verbindung zwischen ihnen, die Tag für Tag und Nacht für Nacht stärker wurde, die Quelle puren Glücks sein könnte.

Am folgenden Morgen beendete Pru die Begutachtung

der letzten zwei Hengste, und sie und die beiden Brüder gingen in die Bibliothek, um endlich über das Zuchtabkommen zu reden. Felix erkundigte sich noch danach, wie es ihr am Vormittag ergangen war.

»Ich war froh, dass ich genug Zeit hatte, um die beiden Hengste ganz genau in Augenschein zu nehmen. Von allen Pferden, die ich je beurteilt habe, sind die beiden die perfektesten. Aus diesem Grund hat bei ihnen die Prüfung am längsten gedauert.«

»Und haben sie bestanden?«, wollte Felix wissen.

»Mit Bravour.« Sie sah Deaglan an. »Wie Ihr Bruder bestätigen kann, wurde ich etwas missmutig, als ich bei keinem der beiden den kleinsten Makel entdecken konnte.«

Deaglan grinste, machte die Tür zur Bibliothek auf und bedeutete Pru hineinzugehen.

»Also«, sagte Deaglan, den Blick auf Pru gerichtet, »die Pferdezucht unterscheidet sich so grundlegend von der Hundezucht … Wo fangen wir an?«

»Es ist üblich, zuerst einmal kurz zu umreißen, was sich jede Seite von der Vereinbarung wünscht und erhofft, wie die Erwartungen an einen Vertrag aussehen und was unbedingt geregelt werden sollte.« Pru sah erst ihn und dann Felix an. »In unserem Fall streben die Cynster-Ställe eine exklusive Lizenz an, um mit den Glengarah-Pferden zu züchten. Exklusivität ist sehr wichtig für uns.«

Deaglan nickte kurz und sachlich. »Das verstehe ich. Im Gegenzug muss es aber eine Wechselseitigkeit bezüglich des Zuchtmaterials geben, und natürlich müssten im Fall der Exklusivität die Zuchtgebühren angemessen sein.«

Pru nickte zustimmend. »Was die Gebühren betrifft, so haben wir festgestellt, dass man als Grundlage die durchschnittlichen Kosten für den jährlichen Unterhalt eines Pferds heranziehen sollte.« Sie sah Felix an. »Wissen Sie, wie hoch die Kosten sind?«

Felix sah Deaglan an. »Äh, nein. Es gab bislang keinen Grund, eine Aufstellung dieser Kosten zu machen.«

Pru nickte. »Dann ist das etwas, das Sie tun müssten, ehe wir die Details der Vereinbarung besprechen.« Sie sah Deaglan an. »Für eine erste Besprechung ist es wichtig, Dinge zu beleuchten, die noch geklärt werden müssen, ehe wir in die Verhandlungen einsteigen.«

Er blickte zu Felix. »Wir sollten in der Lage sein, die Zahlen aus den Kontobüchern des Stalls zu ziehen.«

»Und«, fuhr Pru fort, »wenn wir schon dabei sind, würde ich mir gern das Buch ansehen, in dem die Käufe verzeichnet sind. Ich muss wissen, von wem euer Vater die Pferde gekauft hat, und würde die Einträge dann mit dem ›Ahnennachweis englischer Vollblüter‹ abgleichen und die Herkunft der Tiere bestätigen. Das Verzeichnis belegt den Ursprung der Blutlinie jedes Pferds und wird für das Zuchtprogramm der Cynsters freigeben.«

Felix runzelte die Stirn. »Müssen Sie das trotz der Beurteilung noch tun?«

»Mit solchen Pferden wie diesen«, erklärte Pru, »ist die Bestätigung der Auflistung im Ahnennachweis eine reine Formalität – meine Beurteilung ist viel wesentlicher und wichtiger. Wenn ein Pferd bei mir durchfällt, müssen wir uns gar nicht die Mühe machen, in der Ahnentafel nachzuschauen.«

Deaglan streckte die Beine aus. »Wir haben also alle noch einiges vorzubereiten, bevor wir mit den eigentlichen Verhandlungen beginnen können.« Er sah Felix an. »Sind die Kontobücher noch im Büro des Stalls?«

»Sie sind dort, wo unser Vater sie unbedingt lagern wollte«, erwiderte Felix resigniert.

»In dem Fall«, sagte Deaglan und erhob sich aus dem Sessel, »schlage ich vor, wir gehen los und holen sie.«

Als Felix sie erreichte, runzelte er die Stirn. »Ich nehme an, Papa hat Buch über seine Käufe geführt – er hielt das immer alles sehr geheim, verriet nicht, woher die Pferde stammten. Bis zu seinem Tod wurde diese Geheimniskrämerei immer schlimmer.« Felix sah seinen Bruder an. »Ich kann mich allerdings nicht entsinnen, je ein solches Buch gesehen zu haben.«

Deaglan dachte nach und schüttelte den Kopf. »Ich ebenso wenig, aber wenn es so ein Buch gibt, dann befindet es sich im Büro des Stalls.« Er machte die Tür auf und bedeutete Pru vorauszugehen. »Lasst uns nachsehen.«

Die drei durchquerten gerade die Eingangshalle, als sie Jay trafen. Ihm fiel auf, wie zielstrebig die drei wirkten, und blieb stehen. »Wohin des Weges?«

»Ins Büro im Stall«, sagte Felix. »Miss Cynster muss die Details der Pferdekäufe einsehen.«

Deaglan sah Jay an. »Hast du die Kontobücher im Gutsbüro?«

Langsam schüttelte Jay den Kopf. »Nein. Die sind alle im Büro im Stall.«

»Gut.« Mit einem Nicken in Jays Richtung bedeutete Deaglan Pru und Felix weiterzugehen und folgte ihnen.

Sie fanden die Geschäftsbücher in den Stallungen. Das Büro entpuppte sich als geräumiges Zimmer, das sich am Ende eines Korridors befand, der von den Stallgassen abging. Was sie nicht fanden, war ein Verzeichnis mit den Einzelheiten der Käufe.

Stattdessen stellten sie fest, dass jeder Kauf in den Kontobüchern des Stalls notiert war. Zum Glück waren außerdem genügend Details über jeden Kauf aufgeschrieben worden.

Pru seufzte. »Ich vermute, dass es am schnellsten sein wird, mir die hier anzusehen.« Sie deutete auf den Stapel mit den Kontobüchern des Stalls. »Dann kann ich mir die wichtigsten Informationen herausschreiben. Dein verstorbener Herr Vater hat sich weder Gedanken noch Mühen gemacht hat, das Buch richtig zu führen.«

»Das passt zu seiner Weigerung, die Pferde irgendwie kommerziell zu nutzen. Er wusste bestimmt, dass er ein Buch über die Käufe hätte führen müssen, und war dennoch der Meinung, dass wahrscheinlich kein Kapital aus den Tieren geschlagen würde.«

»Dabei«, sagte Pru, »hat er nicht mit euch beiden und mir gerechnet.« Sie machte eine kleine Pause und legte nachdenklich den Kopf schräg. »Wenn ich so darüber nachdenke…« Sie nickte leicht. »Da ich diejenige sein werde, die das Buch zusammenstellt, und jedes Pferd in diesem Buch bereits umfassend begutachtet habe, wäre es angebracht, wenn ich Dillon Caxton, den aktuellen Bewahrer des Jockey-Club-Buchs und Mamas Cousin, bitten würde, die Inhalte unseres Buchs noch einmal zu überprüfen und zu bestätigen. Immerhin wird dieses Buch sehr wichtig für dich, die Cynsters und die Vereinbarung sein. Und es wird den Wert der Fohlen wesentlich beeinflussen.« Sie hielt inne und dachte mit leicht zusammengekniffenen Augen nach, ehe sie entschieden nickte. »Ja. So sollten wir es machen.« Deaglan wechselte einen faszinierten Blick mit Felix und sah keinen Grund zu widersprechen.

»Gut.« Nachdem sie sich darüber verständigt hatten, begann Deaglan, die Kontobücher einzusammeln.

Sie teilten den Stapel auf und trugen die Bücher für die letzten fünfzehn Jahre in die Burg und dann auf Prus Bitte in ihr Zimmer.

»Packt sie hierher auf den runden Tisch«, rief sie.

Deaglan legte den Stapel ab, den er getragen hatte. »Bist du dir sicher, dass du hier oben arbeiten willst?«

»Ja, hier ist es ruhiger, und die anderen werden mich nicht stören.« Sie beäugte den Stapel von Kontobüchern. »Ich brauche Ruhe, wenn ich diese Bücher in einer halbwegs angemessenen Zeit durchsehen will.«

Deaglan akzeptierte das mit einem schiefen Grinsen und sah Felix an. »In dem Fall lassen wir dich mal allein und machen uns daran, unsere Zahlen zusammenzusuchen. Wir sind in der Bibliothek, falls du uns brauchst.«

Pru nickte und schlug, als die Männer zur Tür gingen, das unbenutzte Kontobuch auf, das sie aus dem Büro im Stall mitgenommen hatten und das das zukünftige Buch über die Pferdekäufe des Glengarah-Stalls würde.

Lächelnd zog Deaglan die Tür hinter sich ins Schloss und ging mit Felix zusammen zur Treppe.

Spät in der Nacht, als der Rest des Hauses schlief, öffnete Deaglan die Tür zu Prus Zimmer. Sie saß in Nachthemd und Morgenrock am Tisch und hatte sich im Schein der Lampe in die Kontobücher vertieft.

Erst als er die Tür schloss, sah sie hoch und erwiderte sein Lächeln. Ihre Locken wirkten im sanften Licht der Lampe beinahe golden. Sie wies auf die Bücher. »Leider wird es, wenn ich mir so ansehe, wie langsam ich vorankomme, noch einige Tage dauern, bis ich die Einträge für alle siebenundfünfzig Pferde gefunden habe.«

Sein Lächeln wurde breiter. Diese Neuigkeiten stimmten ihn alles andere als traurig. Er schlüpfte aus seinem Mantel und legte ihn über die Stuhllehne. Dann knöpfte er seine Weste auf und ging auf Pru zu. »Gibt es etwas, das du lieber tun würdest?«

Sie lachte leise und legte ihren Stift zur Seite. »Also, zufällig ...«

Er griff nach ihrer Hand, und Pru erlaubte es ihm, sie auf die Beine zu ziehen. »Ich glaube fast, dass es da etwas gibt.«

Er zog sie in seine Arme und hauchte ihr einen zarten Kuss auf die Lippen. »Tatsächlich dachte ich, dass das hier«, mit einem Nicken wies er auf den Stapel von Kontobüchern auf dem Tisch, »eine ganz neue Art wäre, eine Dame zu verführen.«

Ihr Lachen klang tief und sinnlich. »Damit liegst du nicht falsch.« Sie wand sich leicht, hob die Arme und schlang sie um seinen Hals. Sie blickte ihm tief in die Augen und fuhr sich mit der Zungenspitze über die Unterlippe. »Aber bei einer Verführung ist der Weg das Ziel, oder? Und du weißt, wie ungeduldig ich bin, das Ziel zu erreichen.«

»Also.« Mit den Lippen fuhr sie über sein Kinn. Dann stellte sie sich auf die Zehenspitzen, um einen Kuss auf seinen Mundwinkel zu hauchen. »Ich schlage vor, wir lassen das erst einmal hinter uns, und du zeigst mir dein wahres Gesicht.«

Sie küsste ihn mit einer glühenden Hitze, der er kaum widerstehen konnte. Und er wollte sich gar nicht länger zurückhalten. Deaglan ließ die Zügel los, nahm ihr Gesicht in beide Hände und gab ihr, was sie wollte.

Hitze und Verlangen, die so intensiv waren, dass sie jede Zurückhaltung in Flammen aufgehen ließen. Und Leidenschaft, die so stark war, so urwüchsig und tiefgreifend, dass sie direkt aus ihren Seelen kam.

Das Bett wartete. Und im nächsten Moment wanden sie sich darauf, verlockend, erregend, ehrfürchtig, atemberaubend. Bis sie die Kontrolle verloren.

Bis eine Macht, die größer als sie beide war, die Führung übernahm und sie weiter antrieb.

Hinein in die Ekstase.

Ihre Sinne wurden erschüttert, zerbarsten. Am Ende fühlten sie sich ausgehöhlt, leer, um im nächsten Augenblick wieder erneuert zu werden und zu spüren, wie die Emotionen durch sie hindurchströmten und sie befriedigten.

Bis sie schließlich gemeinsam ins Meer der Glückseligkeit trieben.

Kapitel 11

Pru erwachte mitten in der Nacht. Neben ihr lag Deaglan. Sie rührte sich nicht, hatte die Augen halb geschlossen und wartete darauf, wieder einzuschlafen.

Ihr war warm, und sie war entspannt. Er lag auf dem Bauch und hatte einen Arm über sie gelegt. Sein muskulöser, schlanker Körper verströmte so viel Wärme, dass es schwierig war, sich vorzustellen, ihr könnte jemals wieder kalt sein. Nicht wenn er bei ihr war.

Sie fragte sich flüchtig, wie spät es wohl sein mochte. Das wohlige Gefühl der Befriedigung strömte noch immer durch ihren Körper, weshalb sie davon ausging, dass das Morgengrauen noch in weiter Ferne lag.

Aus den Augenwinkeln bemerkte sie leichtes Flackern und wandte den Blick in die entsprechende Richtung.

Zuerst verstand sie nicht, was sie dort sah: einen seltsam gleichmäßig zuckenden Lichtschein an der Wand gegenüber der Fenster.

Entsetzt sprang sie auf und eilte zu den Fenstern.

»Was ist los?«, brummte Deaglan.

Fassungslos starrte sie auf die Flammen, die an einem Ende des Stalls emporschlugen. »Feuer! Der Stall brennt!«

»Was?« Deaglan sprang aus dem Bett und stand in der nächsten Sekunde neben ihr. Dann fluchte er und griff nach seinen Kleidern. Während Pru zum Schrank hastete, ein Kleid herausriss und es anzog, rannte er mit offenem Hemd und in Schuhen bereits zur Tür.

Pru holte ihn im Inneren des Stalls ein. Im hintersten Teil. Genau wie sie war er zuerst zu den fünf wertvollsten Pferden gerannt und hatte die anderen Tiere den Knechten und dem Stallmeister überlassen, die aus der Burg und den Nebengebäuden gestürzt waren und angefangen hatten, die Pferde in Sicherheit zu bringen.

Dort, wo der erste und der zweite Gang sich trafen, musste sich irgendwo die Brandstelle befinden. Aus den Boxen drang eine Kakofonie von Wiehern und Stampfen, vom Getrappel der Hufe, das erklang, als die Pferde aus dem Stall gebracht wurden, und vom fernen, bedrohlichen Fauchen der Flammen, das ab und an von einem Knistern und Knacken unterbrochen wurde. Sie sah, wie die Stallburschen und Knechte die verängstigten Pferde nach draußen brachten, doch was genau in dem brennenden Korridor lag, wusste sie nicht. Zumindest war sie sich sicher, dass sich dort keine Pferdeboxen mehr befanden.

Der Rauch war in der ersten Stallgasse am dichtesten gewesen, und die Knechte hatten es schwer gehabt, ihren panischen Schützlingen die Halfter anzulegen, um sie wegbringen zu können. Deaglan hatte den ersten drei wertvollen Pferden sogleich die Halfter angelegt, den beiden Stuten und einem der Hengste.

Pru schnappte sich schnell das Halfter des Byerley-

Turk-Hengsts, machte den Riegel der Box auf und ging hinein, redete dabei leise und beruhigend auf das Tier ein. Es dauerte ein paar Minuten, bis sie das riesige Pferd so weit beruhigt hatte, dass es sich nach draußen führen ließ. Gleichzeitig brachte Deaglan den letzten Hengst in Sicherheit. Er warf Pru einen kurzen Blick zu. »Ich habe den Männern gesagt, dass sie sich beginnend mit der ersten Stallgasse durch die Gänge arbeiten sollen. Kannst du zwei der Pferde hinausbringen?«

Sie nickte. »Überlass mir die Stuten. Ich schlage vor, wir bringen die Tiere als Gruppe hinaus – die Stuten gehen mit mir voraus, du folgst uns mit den Hengsten.«

Deaglan nickte knapp und beschrieb ihr, welchen Weg sie in dem verschachtelten Gebäude am besten nahm. »Es gibt ein Tor zwischen den Gebäuden, das jetzt offen stehen sollte. Es führt auf eine Koppel, auf der die Tiere sicher sein sollten.«

Pru nickte und brachte die Stuten durch den dichter gewordenen Rauch hinaus auf die Koppel, wo man am Ende der grasbedeckten Anhöhe bereits für Halteseile gesorgt hatte. Als sie die Stuten zu den Seilen leitete, bemerkte sie einen älteren Stallknecht, der eine Waffe im Arm hielt und Wache stand. Am anderen Ende der Koppel war ebenfalls eine bewaffnete Wache postiert. Kaum hatte sie die Stuten angebunden, kam Deaglan mit den Hengsten, die schwieriger zu beruhigen gewesen waren, am Ende aber den Stuten folgten. Pru half ihm jetzt, die ängstlichen Tiere festzubinden. Dann hielt sie inne, um sich ebenso wie er ein Tuch vor Mund und Nase zu binden.

»Bereit?«

Sie nickte und bemühte sich, mit ihm Schritt zu halten, als er halb gehend, halb rennend in den Stall zurückkehrte.

Sie stürzten sich in das Durcheinander. Sobald der Rauch immer dichter wurde, wurden die Pferde, die hier noch standen, immer nervöser und waren schwerer zu kontrollieren. Chaos drohte auszubrechen. Pru verlor Deaglan aus den Augen, als sie eines der Pferde beruhigte, mit dem sie erst kürzlich gearbeitet hatte. Viele der Tiere gehorchten ihr zum Glück. Sie arbeitete Hand in Hand mit den Stallburschen und Stallmeistern und brachte mit ihnen die ängstlichen Pferde hinaus zu den Halteseilen.

Auf beiden Koppeln standen mittlerweile bewaffnete Wachen, und Sandeimer waren an der Grenze zu den Stallungen abgestellt worden. Sie arbeitete sich die vierte, dann die dritte und schließlich die zweite Stallgasse hinauf. Als sie dort ankam, waren die meisten Pferde hinausgebracht worden. Nur ein paar sehr eigenwillige, temperamentvolle Hengste standen noch in ihren Boxen. Sie half dabei, ihnen Halfter anzulegen, ehe sie sie den Stallknechten übergab.

Sie blickte die verlassene Gasse hinauf, wo der dichte Rauch ihr die Sicht raubte. »Wo genau brennt es?«, fragte sie einen der älteren Stallknechte.

»Genau weiß ich das nicht, Ma'am, es muss irgendwo in der Nähe des Büros sein.« Mit einem Kopfnicken wies er auf den Eingang zum Flur. »Dort war vorhin noch eine Flammenwand, die wir, glaube ich, fast gelöscht haben.«

Sie nickte ihm dankbar zu und ging langsam zu der

Stelle, wo der erste und der zweite Gang zusammentrafen. Eine Brise war aufgekommen und trieb den Rauch zurück.

Deaglan tauchte aus dem Qualm auf, der noch in der ersten Stallgasse hing. Er sah, wie Pru auf ihn zukam, und blieb an der Stelle stehen, an der die Gänge aufeinandertrafen.

Pru spürte eine große Müdigkeit, als sie zu ihm ging. Nachdem die Panik vorüber war und die Gefahr gebannt schien, ließ der Druck langsam nach.

Deaglan bemerkte, wie sie sich fühlte. Eine Weile hatte er sie gar nicht mehr gesehen. Schließlich hatte er sie im hinteren Teil des Stalls mithelfen lassen, während er zu seinen Leuten in den ersten Gang gerannt war, um sich dort mit ihnen um die schweren Kutschpferde und die Reitpferde zu kümmern. Thor hatte gescheut und niemanden außer Deaglan in seine Nähe gelassen.

Sie blieb neben ihm stehen und blickte zum Rauch, der noch immer am Ende des Korridors zu sehen war. »Hast du Pferde verloren?«

»Nein. Wir konnten alle in Sicherheit bringen.«

»Unversehrt?«

Er nickte. »Dafür danke ich dem Himmel.«

Ein kleines Lächeln huschte über ihre Lippen, bevor sie wieder ernst wurde. »Weißt du schon, wie schlimm es ist?«

»Ich werde es erst sehen, wenn alle Brände gelöscht sind.« Felix hatte eine Zeitlang an seiner Seite mitgeholfen, ehe Deaglan ihn losgeschickt hatte, um sich um die

Hunde zu kümmern, die gejault und gekläfft hatten wie die Wahnsinnigen.

»Offensichtlich brach das Feuer am Ende des Korridors aus. Glücklicherweise wurde es von den Boxen weggetrieben. Übel getroffen wurde das Büro. Von dem ist bestimmt nicht mehr viel übrig.«

Sie sah ihn an. »Was für ein Glück, dass die Kontobücher sich oben in meinem Schlafzimmer befinden.«

Er spürte, wie sich sein Magen beinahe schmerzhaft zusammenzog. Wenn sie die Kontobücher verloren hätten, die Einzelheiten der Käufe, dann wäre der Bestand seines Vaters so gut wie wertlos gewesen.

Eine große, kräftige Gestalt tauchte aus dem Rauch auf. Mit der Hand wedelte der Stallmeister Rory Mack sich den Qualm aus dem Gesicht, nachdem er ein paar Schritte in den Gang hineintaumelte und dort stehen blieb. Er beugte sich vor, stützte sich mit den Händen auf den Knien ab und rang keuchend nach Luft. Irgendwann richtete Rory sich wieder auf, nickte Deaglan zu und krächzte: »Das Feuer ist gelöscht.«

»Irgendeine Ahnung, was den Brand ausgelöst haben könnte?«

Rory holte tief Luft und sah zurück in den Korridor. »Ich kann mir nur vorstellen, dass eine brennende Laterne, die in der Nähe des Büros auf dem Boden abgestellt worden ist, die Ursache war. Sie muss ganz schwach gebrannt haben, sonst hätten die Wachen den Schein bemerkt. Keine Ahnung, warum die Lampe überhaupt dort gestanden hat, keiner der Stalljungen weiß etwas darüber.«

»Haben unsere Lampen nicht Schutzvorrichtungen?«, wandte Deaglan ein.

Rory nickte. »Aye. Es scheint, als hätte jemand die Lampe umgestoßen. Das Öl muss über den brennenden Docht gelaufen sein und sich entzündet haben. Außerdem lagerten in einer Nische des Korridors Heuballen. Wir vermuten, dass zuerst das Heu Feuer gefangen hat, dann die Holzrahmen und schließlich die Dachsparren. Wir hatten verdammtes Glück.«

Deaglan runzelte die Stirn. »Ich kann vielleicht noch verstehen, dass eine Lampe auf dem Boden stand, aber warum sollte sie umkippen? Die Lampen sind extra so gebaut, dass sie das nicht tun.«

Rory schnaubte leise. »Das habe ich auch gesagt, und einer der älteren Männer meinte, er hätte so etwas schon mal miterlebt. Kämpfende Ratten. Sie sind groß genug, um eine Lampe zum Kippen zu bringen.«

Deaglan verdrehte die Augen. »Vielleicht decken wir jetzt den Brunnen sozusagen erst zu, nachdem das Kind hineingefallen ist. Jedenfalls brauchen wir mehr Katzen. Wir scheinen nicht mehr so viele zu haben wie früher.«

»Aye«, bestätigte Rory. »Wir haben in der letzten Zeit einige alte Tiere verloren. Und neue haben wir nicht geholt, weil sie gern die Hunde nerven …«

»Die Hunde werden lernen müssen, mit den Katzen zurechtzukommen«, entgegnete Deaglan streng. »Seien Sie so nett und kümmern sich darum.«

Deaglan blickte in den Korridor. Der Rauch hatte sich so weit verzogen, dass er die schwelenden Bretter am

Ende des Flurs erkennen konnte. Und er konnte ein Stück vom Himmel sehen, weil das Dach eingestürzt war. »Lassen Sie uns den Schaden begutachten.« Er wandte sich an Pru, die ihnen folgte. »Du musst nicht mitkommen.«

Sie zuckte die Achseln und ging einfach weiter, bis sie zu einem Bereich kamen, wo die Wände schwarz vom Feuer waren.

Rory blieb stehen und wies nach vorne zum Ende des Gangs, der in Schutt und Asche lag. »Sehen Sie? Da ist die Lampe.«

Mondlicht fiel durch das Loch im Dach. Mit den letzten Rauchschwaden zusammen sorgte der silbrige Schein für gespenstisches Licht. Deaglan sah verbogenes Metall in der Asche liegen und erblickte verkohlte Trümmer, die heruntergefallen waren.

»Und wir glauben, dass die dunkle Linie dort die Spur des brennenden Öls ist, das aus der Lampe gelaufen ist und sich bis zur Nische ausgebreitet hat. Sobald die Flammen das Heu erreichten … Na ja, danach ging alles sehr schnell.« Rory sah Deaglan an. »Ein Glück, dass Sie sofort Alarm geschlagen haben.«

Pru stellte sich hinter Deaglan und legte die Hand von hinten auf seine Jacke. Nur Stunden zuvor war sie noch im Büro gewesen, und nun war es eine Ruine. Die Dachbalken waren verbrannt und hinabgestürzt, das Dach war zerstört. Sie blickte hinauf und sah die funkelnden Sterne, eingerahmt von den schwarzen Fingern der verbrannten Dachsparren.

»Glücklicherweise«, begann Rory, »war der Lagerraum hier nicht einmal halb voll.« Er zeigte nach links. »Wir haben einige Futtermittel an die Flammen verloren, das ist nicht wirklich der Rede wert. Die Sättel und Halfter sind unversehrt. Genau wie unser Vorrat an Hufeisen.«

Deaglan nickte. »Wir sind mit einem blauen Auge davongekommen.« Er sah Pru an, die erleichtert an die geretteten Kontobücher dachte. Sie wollte gar nicht darüber nachdenken, was der Verlust der Bücher bedeutet hätte. »Alles wegen ein paar Ratten«, murmelte sie.

Deaglan streckte den Arm aus, ergriff ihre Hand und drückte sie tröstend.

Eilige Schritte näherten sich ihnen. Jay kam angelaufen, der genauso rußverschmiert war wie sie. »Ich war auf den Koppeln, dort ist jetzt alles ruhig.« Er sah an ihnen vorbei in das zerstörte Büro. »Grundgütiger! Ist etwa alles verloren?«

»Alles, was sich im Büro befand.« Deaglan wandte sich Rory zu. »Die Balken müssen runter, damit sie den Rest des Dachs nicht belasten. Sobald alles abgekühlt ist, räumen wir auf, was wir können, und dann hätte ich gern, dass Sie Ihren Bruder holen, damit er einmal einen Blick auf die Sache wirft.« Rorys Bruder war ein Zimmermann und lebte in Drumcliff. »Wir müssen entscheiden, was wir wieder aufbauen und ersetzen wollen. Ich denke, wir werden bei der Gelegenheit ein paar Dinge verändern.«

»Aye.« Rory nickte. »Ich werde ihn herbestellen, sobald wir aufgeräumt haben.«

Deaglan nahm Pru um die Schultern, weil sie fror, und ging mit ihr zusammen durch den Korridor zurück.

Jay lief auf der anderen Seite neben ihnen her. »Wir müssen noch besprechen, was wir mit den Pferden machen.«

»Ich gehe jetzt zu den Koppeln raus.« Deaglan warf einen Blick zurück, sah Rory an und bedeutete dem Stallmeister, ihnen zu folgen.

Pru hakte sich bei Deaglan unter, und die vier machten sich auf den Weg nach draußen.

Als sie das Ende der ersten Stallgasse erreichten, blieb Deaglan stehen, gab den beiden Männern ein kurzes Zeichen, schon mal weiterzugehen, und wandte sich Pru zu. Er hob ihre Hand und hauchte einen Kuss auf ihre Fingerknöchel. »Danke, wenn du nicht gewesen wärst und so schnell gehandelt hättest, wäre alles noch viel schlimmer gekommen.«

Er lächelte sie liebevoll an. »Trotzdem. Du solltest hineingehen.«

Sie verschlang ihre Finger mit den seinen. »Ich bin zu unruhig, um zu schlafen, und ich könnte ein bisschen frische Luft vertragen, um meine Lunge durchzupusten.«

Und so ging sie mit ihm hinaus zu den Koppeln, wo er sich bei seinen Leuten für ihre Hilfe bedankte und sich bei ihnen erkundigte, wie es den Pferden ging, die nach wie vor nervös waren und von Pru beruhigt wurden.

Deaglan bemerkte, mit wie viel Respekt die Männer sie ansahen. Zuvor hatte erst eine Handvoll der Leute sie bei der Arbeit mit den Pferden beobachtet, nach dem heutigen Abend hingegen wusste sie jeder auf eine neue Art zu schätzen, die ihr Respekt und Ehrfurcht eintrug. Man räumte ihr sogar ein besonderes Händchen ein, die Fähigkeit, mit den Tieren zu kommunizieren und selbst das ängstlichste Tier zu beruhigen. Fast alle betrachteten das mit einem Mal als gottgegebenes Talent, das das Bild der feinen Dame gehörig auf den Kopf gestellt hatte.

Sie gingen auf die zweite Koppel und beschlossen, die Pferde am besten erst einmal dort zu lassen, wo sie waren. Die Nacht war mild, und die unruhigen Pferde gleich wieder zurück in die verräucherten Boxen zu bringen wäre keine gute Idee.

»Ich werde zusätzliche Wachen aufstellen.« Rory blickte auf die dunklen Felder rund um die Koppeln. »Für den Fall, dass es kein Unfall war und irgendein Mistkerl den Einfall hatte, ein kleines Feuer könnte dafür sorgen, dass wir die Pferde schnell aus dem Stall schaffen, wo wir nicht sofort bemerken, wenn das eine oder andere Tier fehlt.«

Deaglan stimmte zwangsweise zu. Pferde zu stehlen war beinahe so etwas wie eine gute alte Tradition – einer der Gründe für den verborgenen Bereich innerhalb des Stalls. »Wir müssen sie möglicherweise bis übermorgen hier stehen lassen, denn auf jeden Fall gehören die Ställe ausgemistet und mit frischem Heu versorgt.«

Rory nickte und versprach, einen Dienstplan aufzustellen, damit genügend Helfer zur Verfügung standen, die selbst morgen Nacht noch Wache schieben konnten. Er stapfte los, um kurz mit seinen Leuten zu reden.

Pru gesellte sich zu Deaglan und Jay, und die drei gingen gemeinsam noch einmal prüfend um den Stall herum und über den Nebenhof. »Wir haben genügend Wachen für heute Nacht aufgestellt«, versicherten sie Pru. »Und genügend Männer, die morgen früh übernehmen werden.«

Die drei waren die Letzten, die sich dem Eingang näherten. Sie waren noch ein Stück von der Seitentür entfernt, als Jay, der mit seiner Mutter im Torhaus lebte, sich unvermittelt verabschiedete. »Ich lasse euch dann mal allein«, sagte er und fügte voller Respekt hinzu: »Ich hoffe, Miss Cynster, dass es Ihnen gelungen ist, vor dem Brand noch die wichtigsten Informationen aus den Kontobüchern zu holen.« Er verzog den Mund und sah zu Deaglan. »Ich habe ja immer gesagt, dass die Bücher besser im Büro der Burg aufgehoben wären statt im Stall. Natürlich wollte dein Vater nicht auf mich hören.«

Deaglan gab ihm recht. »Wie wir alle wissen, war er in seinen Gewohnheiten sehr festgefahren. Zum Glück für uns hat Miss Cynster die Kontobücher der letzten fünfzehn Jahre in die Burg gebracht.«

Jay nickte, wünschte ihnen eine gute Nacht und ging zum Torhaus, Deaglan mit Pru zum Seiteneingang. In der Burg war der Teufel los. Maude, Esmerelda, Cicely, Bligh, Mrs. Bligh und Prus Zofen rannten aufgeregt herum und waren alle begierig zu hören, was passiert war.

Deaglan unterdrückte ein Seufzen. Es wäre wohl am besten, ihnen kurz alles zu erzählen, um danach möglichst schnell schlafen gehen zu können, in Prus Bett verstand sich. Also informierte er seine Zuhörer darüber, dass das Büro im Stall in Schutt und Asche lag, dass sie nichts Wertvolles vermissten, dass die Pferde in Sicherheit seien und er als Ursache des Brands einen bedauerlichen Unfall vermuten würde. Nachdem alle beruhigt waren, kehrten sie in ihre Zimmer zurück.

Deaglan und Pru waren die Letzten, die die Treppe hinaufstiegen. Auf der Galerie war niemand, der hätte beobachten können, wie Deaglan Pru in ihr Zimmer begleitete.

Diesmal blieb er wie angewurzelt auf der Schwelle stehen. »Was ist?«, fragte Pru.

Er kräuselte die Nase. »Ich rieche jämmerlich nach Rauch.«

Sie lachte leise, ergriff seine Hand und zog ihn mit sich. »Dann passen wir ja perfekt zusammen.«

Deaglan gab seinen Widerstand auf und ließ sich von ihr zum Bett ziehen. Er spürte, wie sie die Finger mit seinen verschlang. Und wahrere Worte waren nie gesprochen worden: Sie passten wirklich perfekt zusammen.

Mehr noch: Sie waren ein exzellentes Team.

Kapitel 12

Am folgenden Vormittag machte Deaglan mit Pru einen kurzen Rundgang durch den Stall. Der Geruch nach Rauch hing noch in der Luft, dafür bestätigte sich bei Tageslicht, dass der Großteil des Komplexes unversehrt war. Die Stallknechte waren mit Besen und Wischern dabei, die Überbleibsel des Feuers und die letzten Spuren der Evakuierung zu entfernen. Nachdem der Earl ihnen kurz zugesehen hatte, besprach er mit Rory, dass die Pferde mindestens bis zum Abend an der frischen Luft bleiben sollten und sich frei auf den Koppeln bewegen durften. Einige der älteren Knechte sollten auf sie aufpassen und die jüngeren Leute die Boxen vorbereiten, während die Handwerker des Guts damit begannen, den vom Feuer schwer zerstörten Teil des Dachs und des Büros einigermaßen abzusichern.

Deaglan und Pru ließen Rory zurück zu den Boxen stapfen, wo er die Arbeiten überwachte, und gingen zurück zur Burg. In der Eingangshalle kamen sie an Jay und Bligh vorbei, die sich darüber unterhielten, wie viele Fässer Bier sie bestellen müssten, um den Keller unter dem Stall wieder aufzufüllen. Sie ließen sie stehen und gingen an ihnen vorbei in die Bibliothek, wo sich zu dieser Tageszeit vermutlich niemand aufhielt.

Ihre Aufgabe war es, die Kontobücher anzusehen, die sie um ein Haar verloren hätten. »Nachdem ich erkannt habe, wie wichtig sie für die Zukunft des Anwesens sind, habe ich beschlossen, sie besser irgendwo unter Verschluss zu halten. Brauchst du sie noch länger?«

Sie sah ihn mit großen Augen an. »Ich habe gerade erst angefangen. Ich muss mir die Eintragungen auf jeder Seite ansehen und mir die Zahlen und Daten zu den Käufen von Pferden heraussuchen. Dein Vater hat sie nicht besonders gekennzeichnet. Sie sind genauso aufgelistet wie zum Beispiel der Kauf eines Heuballens.«

Deaglan fluchte vernehmlich und fuhr sich mit gespreizten Fingern durchs Haar. »Selbst wenn er nicht vorhatte, die Pferde wirtschaftlich zu nutzen, hätte Vater zumindest ordentlich notieren können, wann und von wem er jedes Pferd erstanden hat.« Er machte eine kurze Pause. »Reichen dir die Einträge, um die Blutlinien verifizieren zu können?«

»Bisher sieht es so aus. Ich brauche lediglich den Namen des Verkäufers, das Kaufdatum, den Namen des Pferds und eine allgemeine Beschreibung des Tiers. Sobald ich das für die siebenundfünfzig Tiere herausgeschrieben habe, nehme ich mir das Ahnenverzeichnis der englischen Vollblüter vor«, erklärte sie mit einem Blick zu den Bücherregalen an den Wänden, »von dem sicherlich irgendwo eine Ausgabe zu finden ist.«

»Auf den Regalen dort hinten stehen jede Menge Ausgaben.« Mit einem Kopfnicken wies Deaglan auf die Regale rechts vom Kamin.

»Gut. Obwohl es einige Zeit in Anspruch nehmen wird, hoffe ich, jedem eurer Pferde einen Eintrag im Ahnenverzeichnis zuordnen zu können. Das wird ihre Abstammung bestätigen. Und diese Information benötigen wir außerdem, um den Zuchtwert zu bestimmen.« Sie blickte zurück, sah ihm in die Augen und lächelte leicht. »Zumindest hat dein Vater alle nötigen Details jedes Kaufs notiert. Wie die Dinge sich darstellen, hat er uns genug Informationen gegeben, um damit weitermachen zu können.«

Er seufzte. »Das nur, weil du bereit bist, Stunden damit zuzubringen, die Informationen aus den Kontobüchern des Stalls zu ziehen und damit ein Buch zu erstellen, das mein Vater eigentlich von Anfang an hätte führen müssen.«

»Oh, das Buch, das ich zusammenstellen werde, wird besser sein als das – es wird die verbesserte Version eines durchschnittlichen Buchs über die Käufe eines Gestüts, weil ich Dillon Caxton bitten werde, die Einträge zu überprüfen und zu bestätigen. So wird die Herkunft deiner Pferde und die der zukünftigen Nachkommen zweifelsfrei aufgezeichnet.«

Er musterte sie. »Ich weiß nicht, ob ich ganz begreife, was das bedeutet, doch ich danke dir von Herzen.«

»Ich muss zugeben, dass ich solche Arbeiten sehr gern erledige – Pferde abgleichen, ihre Beschreibungen, ihre Zucht, ihre Blutlinien.«

Ihre Lebensfreude war ansteckend. »Wann denkst du, so weit zu sein, dass wir mit unserer Verhandlungen weiterkommen?«

Nachdenklich presste sie die Lippen aufeinander. »Ich würde gern vorab die Informationen über alle siebenundfünfzig Pferde aufschreiben, und zwar aus den Büchern des Stalls. Und ich würde gern damit beginnen, ihre Blutlinien zu klassifizieren, zumindest die der wertvollsten zwanzig Pferde. Dann hätten wir eine solide Basis, um den Zuchtwert als Ganzes einzuschätzen.« Sie sah ihm in die Augen, und dieses Mal war ihr Lächeln herausfordernd. »Das wird bestimmen, wie hoch ich mit den Zuchtgebühren gehen werde und wie weit mit dem Austausch von Zuchttieren und der Verteilung der Nachkommen.« Sie machte eine kleine Pause. »Um deine Frage zu beantworten: Zwei Tage sollten eigentlich reichen. Mit etwas Glück bin ich heute Abend oder spätestens morgen früh mit den Kontobüchern des Stalls fertig.«

Er nickte zustimmend und erwiderte ihr Lächeln. »In dem Fall …« Er packte sie, zog sie an sich und küsste sie.

Sie schmiegte sich in seine Arme und hob sich auf die Zehenspitzen, um seinen Kuss zu erwidern. Mit derselben Direktheit und mit derselben Leidenschaft, die sie von ihm erlebte.

Wie immer umhüllte sie Magie, umgab und umfing sie. Es war ganz anders als alles, was er zuvor erlebt hatte, dieser Moment der Verbundenheit, der so stark war, dass die Welt stillzustehen schien für sie.

Nur zögernd zog er sich von ihr zurück. Als er die

Augen aufschlug, versank er im strahlenden Blau. Und er fragte sich, ob sie wusste, wie ungewöhnlich und wie wertvoll die nicht greifbare und zugleich so starke Verbindung zwischen ihnen war.

Der Gedanke, dass sie vielleicht nicht sah, was ihm immer bewusster wurde, verunsicherte ihn. Er versteckte seine aufgewühlten Gefühle hinter einem Lächeln. »Vielleicht überlässt du es lieber mir, mich um das Gut zu kümmern, wenn du dich wieder den Büchern widmest.«

Ihre Augen funkelten belustigt, und sie verzog die Lippen zu einem Lächeln. »Ich schätze, du hast recht. Ich muss mich konzentrieren, um die Sache abschließen zu können. Warte zum Mittagessen nicht auf mich, ich werde mir etwas zu essen in mein Zimmer bringen lassen.« Ihre Miene wurde ernst. »Und da ich, was die Bücher betrifft, mit dir einer Meinung bin, werde ich sofort wieder mit der Arbeit beginnen. Falls ich dabei einmal das Zimmer verlassen muss, werde ich einen meiner Begleiter bitten, die Bücher zu bewachen. Es hat keinen Sinn, das kleinste Risiko einzugehen, solange wir nicht alle Informationen zusammenhaben, die wir benötigen. Danach«, sagte sie mit einem Schulterzucken, »sind die Bücher nicht mehr als alte Kontobücher.«

Er nickte und drückte ihre Hand, ehe er sie losließ. Dann griff er an ihr vorbei nach dem Knauf und öffnete die Tür. »Danke. Bis heute Abend also.«

»Gut. Bis dann.« Mit einem letzten Lächeln ging sie hinaus und lief Richtung Eingangshalle.

Deaglan hörte weiter hinten im Flur Schritte, die plötzlich verhallten. Er beugte sich vor und sah in die entsprechende Richtung. Jay war einen Meter vor der Tür zum Büro stehen geblieben und sah seinen Chef fragend an. »Brauchst du mich heute Vormittag noch?«

»Nein. Wie gehen die Reparaturarbeiten an der Brücke voran?«

»Joe meint, sie seien fast fertig. Er möchte, dass du vorbeikommst und dir alles ansiehst.«

»In Ordnung, wenn die Arbeiten abgeschlossen sind.« Deaglan nickte Jay noch einmal zu, machte die Tür zur Bibliothek wieder zu und ging zurück zum Schreibtisch. Dort ließ er sich in den Schreibtischsessel fallen und starrte, ohne wirklich etwas zu erkennen, auf den Tisch, auf dem Briefe, Notizen und Berichte lagen. Sie würden warten müssen.

In den frühen Morgenstunden schreckte Pru, die neben Deaglan in ihrem Bett geschlafen hatte, plötzlich auf.

In ihrem Kopf überschlugen sich die Gedanken, und ihr Körper war angespannt. Ohne sich zu rühren, lag sie im Bett und horchte.

Was hatte sie geweckt?

Warum reagierten ihre Sinne so, als würde Gefahr drohen?

Mit einem Mal hörte sie ein leises Knarren, gefolgt von gedämpften Schritten.

Abrupt setzte sie sich auf und hielt sich die Bettdecke vor die nackten Brüste. Der Raum lag im Dunkeln. Kein Mondschein drang durch die dichten Wolken am Himmel.

Eine undeutliche Gestalt stand zwischen der halb geöffneten Tür und dem Fenster im Raum.

»Wer zum Teufel sind Sie?« Die herausfordernden Worte waren ihr spontan über die Lippen gekommen. Der Eindringling erschrak und blickte in ihre Richtung, als Deaglan sich aufrichtete, um nachzuschauen, was los war.

Der Unbekannte wich zurück und stürzte hinaus.

Deaglan fluchte, schlug die Decke zurück, fluchte erneut, als er seine Beine und Füße befreien musste, sprang dann aus dem Bett und jagte dem Einbrecher hinterher.

Seine Augen hatten sich an das Dunkel gewöhnt. Obwohl kein Licht brannte, fand er sich in der Burg, die er seit seiner Geburt kannte, sehr gut zurecht. Im Korridor war niemand zu entdecken, doch der Störenfried konnte unmöglich die Galerie erreicht haben und die Treppe hinuntergerannt sein, um einfach zu verschwinden.

Deaglan fand ihn nirgendwo, nicht hinter der Tapetentür, nicht auf der Personaltreppe. Wieder fluchte er, riss die Tür auf und trat auf den Absatz der Holztreppe, der Einbrecher war tatsächlich weg. Verdrossen stapfte er in Prus Zimmer.

Sie saß noch immer im Bett und sah ihn mit weit aufgerissenen Augen an. »Er war hinter den Kontobüchern her.«

Deaglan schimpfte. »Er ist über die Personaltreppe verschwunden. Ich habe erst bemerkt, welchen Weg er genommen hat, als es zu spät und er schon weg war.«

Nach einer Sekunde griff er nach unten und breitete

die Bettdecke über sich. »Er hat nicht damit gerechnet, dass ich hier sein würde.«

»Nein.« Sie legte sich hin. Mit der Hand griff sie nach seiner und verschlang ihre Finger miteinander. »Ich frage mich, was passiert wäre, wenn du nicht hier gewesen wärst«, sagte sie mit leiser Stimme.

Das fragte er sich ebenfalls und schob den Gedanken dann entschlossen beiseite. Wichtig war es, den Kerl zu schnappen, der sie nicht nur in Panik versetzt hatte, sondern der wahrscheinlich zudem brandgefährlich war.

»Hast du genug erkannt, um dir sicher zu sein, dass es ein Mann war? Oder hätte es ebenso eine Frau sein können?«

Als sie nicht antwortete, sah Deaglan in ihr Gesicht. Sie hatte die Augen geschlossen. Ihre Stirn war leicht gerunzelt, als sie sich zurückerinnerte. »Nein. So wie er sich bewegt hat, war es definitiv ein Mann. Eine Frau läuft anders.«

»Ganz meine Meinung. Ich dachte auch, dass es ein Mann war.« Er hielt kurz inne. »Eindeutig ist er hierhergekommen, um die Kontobücher zu stehlen.«

Sie zögerte. »Ich frage mich langsam, ob das Feuer gar kein Unfall war und ob es in Wahrheit um die Bücher ging. Jemand wollte möglicherweise versuchen, sie zu verbrennen. Warum?«

Die Unsicherheit in ihrer Stimme spiegelte seine eigene wider. Mit einem Mal rieselte ihm ein eisiger Schauer über den Rücken, denn ihm war ein Gedanke gekommen. Konnte das sein?

»Wenn jemand das Geschäft zwischen Glengarah und den Cynster-Ställen verhindern wollte, dann wäre die Zerstörung der Kontobücher – und damit auch die Zerstörung des Abstammungsnachweises der Pferde – zu diesem Zeitpunkt der sicherste Weg, um das zu erreichen.«

Er spürte, dass sie den Kopf drehte, um ihn anzustarren. »Das würde ja nicht allein das Geschäft mit den Cynsters durchkreuzen, sondern jede Chance auf ein Geschäft mit irgendeinem Stall zunichtemachen. Den Abstammungsnachweis der Pferde zu vernichten würde die Tiere so gut wie wertlos machen … Nun ja, sie wären noch immer wundervolle Tiere, doch ihr Wert wäre extrem reduziert, und dem Gut würde das schaden.«

»Im Grunde kenne ich niemanden, der davon profitieren würde, dem Gut zu schaden.« Er sah ihr in die Augen. »Allerdings hast du erwähnt, dass es einige Ställe gibt, die Konkurrenten der Cynsters sind. Könnte einer davon so fanatisch sein, dass es ihm egal ist, wenn die Glengarah-Pferde am Ende praktisch wertlos sind? Hauptsache, er schafft es, die Cynsters davon abzuhalten, die Glengarah-Pferde zu nutzen, um andere Ställe auszustechen?«

Sie sah ihm einige Sekunden lang in die Augen, kräuselte die Nase und wandte den Blick ab. »Leider ist das nicht ganz ausgeschlossen«, murmelte sie.

Sie schmiegte sich an ihn, und er hauchte einen Kuss auf ihre Locken. »Unser Eindringling kannte die Tapetentür zur Bedienstetentreppe. Ich kann mir eigentlich nicht vorstellen, dass jemand außerhalb dieses Haushalts davon weiß. Von daher sollten wir jede Möglichkeit in

Betracht ziehen, egal, wie weit hergeholt sie zu sein scheint. Bitte erst am Morgen.« Er kuschelte sich mit ihr zusammen ins Bett und spürte, wie sie sich entspannte. »Jetzt sollten wir noch ein bisschen schlafen«, flüsterte er, und erstaunlicherweise gelang ihnen das.

Nach dem Frühstück erzählte Deaglan mit Prus Zustimmung seinem Bruder von dem versuchten Diebstahl der Kontobücher, und gemeinsam gingen sie zu den Stallungen, wo Jay bereits wartete. Während Deaglan mit dem Gutsverwalter losging, um mit Rory und dessen Bruder Callum wegen der Reparaturarbeiten zu sprechen, schlenderte Pru die Stallgassen hinab und vergewisserte sich, dass die Pferde sich von der Aufregung durch das Feuer erholt hatten. Zufrieden ging sie den Korridor entlang, wo Deaglan mit Jay, Rory und einem Mann zusammenstand, bei dem es sich offensichtlich um den Bruder handelte. Als sie sich näherte, drehte Deaglan sich zu ihr um. »Kennst du noch einen anderen Stall, wo das Büro direkt im Stallgebäude untergebracht ist?«

Sie blieb neben ihm stehen, dachte nach und schüttelte den Kopf. »Nein. Keinen. Sie haben vielleicht einen Raum, um Waren und Vorräte anzunehmen, kein Büro als solches.«

Er nickte und sah Jay und Rory an. »Wir brauchen keinen Büroraum. Wie Callum sagte, sollten wir das Dach reparieren und die Außenwände, wie sie sind, als Stützen nutzen. Den Raum können wir dann anderweitig verwenden.«

Nachdem sie das beschlossen hatten, überließ Deaglan es Jay, Rory und Callum, die Arbeiten zu organisieren. Pru ging neben ihm die erste Gasse bis zum Tor entlang.

Als sie in die Frühlingssonne hinaustraten, seufzte Deaglan und blickte zur Burg auf der anderen Seite des Hofs. »Auf eine seltsame Art und Weise fühlt sich die Abschaffung des Büros im Stall so an, als würde mir die letzte Last aus den Zeiten meines Vaters von den Schultern genommen«, sagte er.

Pru sah ihn an. Seine Miene war nicht durchschaubar, aber in seinem Tonfall schwang etwas mit, das erleichternd für ihn war. »Ich verstehe, dass dein Vater ein Hindernis auf deinem Weg war, die Bedingungen auf dem Gut zu verbessern. Zugleich höre ich, wenn du von ihm sprichst, so etwas wie Bedauern. Du bereust, dass du dich mit ihm zerstritten hast.«

Irgendwann blieb er stehen und warf seinen Blick auf die Hügel, ehe er den Kopf wandte und sie ansah. »Ich bereue es. Wir waren uns in vielerlei Hinsicht sehr ähnlich, in der Liebe zu den Pferden unter anderem. Dennoch hatte er eine Schwäche, die ich nicht hatte. Er brauchte Führung, eine Richtung, ein Ziel, auf das er hinarbeiten konnte. Solange meine Mutter lebte, war das kein Problem, er hatte sie als Leitstern, als Vorbild. Nach ihrem Tod entwickelte er eine Besessenheit für Pferde auf der einen Seite und eine Gleichgültigkeit allem anderen gegenüber auf der anderen.«

»Also wart ihr nicht immer zerstritten?«

»Nein. Überhaupt nicht.« Er blickte erneut zu den

Hügeln. »Wir haben uns lange sehr nahegestanden. Selbst nach dem Tod meiner Mutter noch. Erst ein paar Jahre bevor ich ging, wurde seine Vernachlässigung des Guts krankhaft. Und das konnte ich nicht länger ignorieren.« Deaglan versuchte sich zu erinnern. »Er war nicht so tief mit dem Anwesen verwurzelt wie ich«, fuhr er irgendwann fort. »Oder wie Felix. Im Grunde fühlte er sich hier nie so richtig heimisch. Alles, was er für das Gut empfand, war oberflächlich, während unsere Verbindung zum Land und zu den Menschen viel tiefer ging.«

»Hattest du immer größere Kontroversen mit ihm?«

Er sah ihr mit einem leicht schiefen, selbstironischen Lächeln in die Augen. »Dass ich bei ihm in Ungnade gefallen bin, war ein langer Prozess, der uns beide quälte. Du hast recht, ich habe sein Handeln nicht gutgeheißen und bereue noch heute, dass wir uns vor seinem Tod nicht vertragen konnten. Ich hätte mich einfach anders verhalten müssen. Hingegen habe ich nie bereut, dass ich alles getan habe, was in meiner Macht stand, um den Menschen auf Glengarah das Leben zu erleichtern.«

Pru gestattete sich ein kleines Lächeln. »Es klingt, als wärst du ziemlich stur und hartnäckig, was dein Ziel betrifft.«

Er zog eine Braue hoch. »Ich nenne es lieber engagiert und entschlossen.«

Sie lachte. Beide drehten sich um, als Lady Connaught erstaunlich schnell auf sie zugelaufen kam.

»Da bist du ja!« Die alte Dame blieb stehen und sah Deaglan an. »Ich hoffe, der Brand hat deine Hoffnungen und Aussichten, was die Pferde betrifft, nicht völlig zunichtegemacht.«

»Nein, Tante. Pru und ich arbeiten gerade daran, die nötigen Informationen zusammenzutragen, um über eine Vereinbarung verhandeln zu können.«

Lady Connaught richtete den Blick auf Pru und nickte hoheitsvoll. »Sehr gut!«

Nachdem Esmerelda sie noch einmal eindringlich angesehen hatte, wandte sie sich wieder Deaglan zu. »Sag mir, mein lieber Junge, wie sehen deine Pläne für das Gut aus, abgesehen von den Pferden. Ich kenne dich, du hast bestimmt einige Eisen im Feuer liegen. Also, wie sehen die Pläne aus?«

Zu Prus Belustigung stellte sich heraus, dass Lady Esmerelda sehr versiert darin war, Deaglan Informationen zu entlocken, die ein Mann eigentlich nicht so gern teilte. Und weil sie klug und scharfsinnig war, entging ihr nichts.

Außerdem erfuhr man von ihr so manches. Etwa dass zu Glengarah Fangrecht im Glencar Lough und im Drumcliff River zählten. Oder dass der Fisch, der aus dem Fluss und dem See gezogen wurde, zum einen auf den Tischen der Familien landete, die auf dem Anwesen lebten, und zum anderen in Drumcliff und Sligo verkauft wurde und somit eine weitere Einnahmequelle für das Gut darstellte. Genau wie die Jagdrechte auf dem Land oberhalb des Steilhangs, von dem der Kings Mountain ein Teil war.

Darüber hinaus hatte die kluge Dame recht gehabt, dass der Earl of Glengarah Pläne für alles hatte.

Natürlich wünschte sich Deaglan bei der Befragung durch seine Tante, woanders zu sein. Als Rory kam, weil er mit ihm sprechen wollte, ließ er sie stehen und verabschiedete sich. »Ich muss mich kurz um den Stallmeister kümmern, Tante.«

Lady Connaught stieß ein abfälliges Geräusch aus, das nicht gerade sehr vornehm klang, winkte Deaglan und Pru erwartungsvoll zu und drehte sich um, um zur Burg zu gehen. »Wir reden später weiter«, rief sie drohend.

»Nicht, wenn ich es verhindern kann«, murmelte Deaglan. Er bemerkte, dass Prus Mundwinkel verdächtig zuckten, als sie sich mit ihm zusammen dem Stallmeister zuwandte.

Rorys Frage war schnell beantwortet. Deaglan warf über die Schulter hinweg einen kurzen Blick in die Richtung, in die seine Tante verschwunden war, und deutete dann zu den Zwingern für die Hunde. »Ich sollte mich kurz mit dem Betreuer unterhalten, ihn und die Hunde habe ich in der letzten Zeit echt vernachlässigt. Komm mit, dann kannst du dir die Welpen anschauen.«

Der Hundespezialist kam ihnen am Eingang des Gebäudes, in dem sich die Zwinger befanden, entgegen und führte sie zu den großen Boxen, in denen die Welpen untergebracht waren. Derzeit waren dort zwei Würfe Golden Beagles und ein Wurf kleiner rot-weißer Irish Setter untergebracht.

Pru war fasziniert von den kleinen Fellknäueln, die über ihre eigenen viel zu großen Pfoten stolperten, um möglichst schnell zu ihr zu tapsen. Sie leckten an ihren

Fingern und schnüffelten unter ihren Rocksäumen, bis sie lachen musste und in die Hocke ging.

Er hätte ihr natürlich sagen können, dass die ausgelassenen Welpen das als Einladung verstehen würden, um mit ihr zu spielen, aber er hielt den Mund. Stattdessen beobachtete er zusammen mit dem Pfleger Sheppard, wie die Kleinen sich von allen Seiten auf sie stürzten. Unterdessen hörte es sich an, als ob es für die jungen Irish Setter ein Kaufangebot eines Gutsherrn außerhalb von Drumcliff gebe. »Shields, der die Zucht von Lord Whistler betreut, hat mir davon erzählt. Der Dummkopf aus Drumcliff hat gleich drei Tiere aus demselben Wurf gekauft und jetzt seine liebe Not damit. Shields hat mich fast angefleht, den Mann davon zu überzeugen, den besten Hund wieder abzugeben. Der Kerl weiß natürlich nicht, welcher der beste ist. Shields hätte das Tier gern zurück, bloß haben sie keinen Platz mehr, und der Dummkopf ist offensichtlich ein Mensch, der niemals zugeben würde, mit dem Kauf der drei Welpen einen Fehler gemacht zu haben, jedenfalls nicht Shields gegenüber.«

Pru hatte sich in der Zwischenzeit einem Wurf nach dem anderen gewidmet. Die Welpen waren nach dem Spielen mit ihr glücklich und erschöpft und die Muttertiere dankbar. Nachdem der letzte Welpe müde wurde, erhob sie sich und sah zu Deaglan. Als sie bemerkte, dass er sie beobachtete, zog sie eine Augenbraue hoch. »Bist du fertig?«

Er nickte. »Bereit zu gehen.«

Sie sah zu den beiden goldenen Fellknäueln hinunter,

die sich zu ihren Füßen zusammengerollt hatten. »Ich glaube, sie schlafen.« Als sie einen Schritt zurück machte, hoben beide Welpen den Kopf und blickten sie an.

Sheppard lachte leise. »Ich glaube, die beiden haben Sie adoptiert.«

Genauso etwas hatte Deaglan sich erhofft. Er lehnte sich an die Boxenwand. »Du kannst sie mitnehmen, ein Geschenk von Glengarah für dich.«

Er konnte ihr ansehen, dass sie in Versuchung geriet. »Vielleicht«, sagte sie zurückhaltend. Dann bückte sie sich und streichelte noch einmal über die Köpfe der Kleinen, ehe sie aus der Box schlüpfte – alles, ohne die Augen von den Welpen zu wenden, die schlaftrunken hinter ihr hertapsten. »Sie haben eine einzigartige Färbung«, sagte sie.

»Aye«, bekräftigte Sheppard stolz. »Es gibt noch andere goldgelbe Rassen, die Kerry Beagles sehen so aus.«

Deaglan beobachtete zusammen mit Sheppard, welchen Kampf Pru ausfechten musste, um sich von den Welpen abzuwenden. »Wir sollten uns lieber wieder um unsere Aufgaben kümmern«, erklärte der Earl, als sie zum Ausgang gingen.

Gemeinsam schlenderten sie in den Sonnenschein hinaus und machten sich auf den Weg zum Seiteneingang der Burg. Dort kam Felix zielstrebig auf sie zu und war ziemlich aufgeregt.

Er blickte sich kurz um und rückte nicht so ganz mit der Sprache raus. »Du kannst vor Pru sprechen. Was ist noch?«

Felix hob die Hand und massierte sich die Nasenwurzel. »Auch wenn es ein bisschen weit hergeholt ist, habe ich mich gefragt, ob der Brand im Büro, wo die Bücher eigentlich hätten sein sollen, und der Versuch, sie letzte Nacht zu stehlen, vielleicht etwas mit dem Interesse der Cynsters an den Pferden zu tun haben könnten.«

»Wir haben uns das ebenfalls gefragt«, räumte Deaglan ein, und Erleichterung spiegelte sich auf Felix' Gesicht.

»Haben Sie denn eine Idee, wie andere erfahren haben könnten, dass Sie hierhergekommen sind, um wegen eines möglichen Geschäfts unsere Pferde zu begutachten?«

»Das ist eine gute Frage.« Pru dachte nach und schüttelte schließlich den Kopf. »Ich wüsste nicht, wie jemand außer der Familie und dem Personal davon wissen könnte. Ich bin mir sicher, dass niemand von ihnen mit irgendjemandem darüber gesprochen hat. Und Geschäftsreisen wie meine werden ohnehin geheim gehalten.«

Felix runzelte die Stirn. »Zumindest muss irgendjemand erfahren haben, dass Sie hier sind.«

»Du bist nach Sligo geritten«, überlegte Deaglan. »Vor zehn Tagen ungefähr. Du bist ziemlich unverwechselbar, erst recht auf dem Rücken von Macbride. Gehe ich recht in der Annahme, dass dich viele Leute, die etwas mit der Zucht von Vollblütern zu tun haben, erkennen würden?«

»Mit Sicherheit. Ich war auf Rennstrecken unterwegs und habe Züchter getroffen, seit ich laufen kann.«

»Im Umkreis von Sligo leben einige Pferdetrainer, die mit Vollblütern arbeiten und gelegentlich in die Stadt kommen. Es ist gut möglich, dass jemand dich mit Felix zusammen gesehen hat, euch erkannte und offensichtliche Schlüsse zog.«

»Die Neuigkeiten haben sich längst herumgesprochen. Es hätte sogar jemand aus England herüberkommen können.«

Pru seufzte. »All das ist durchaus möglich, Pferdetrainer sind unverbesserliche Klatschtanten.« Sie hielt inne. »Nehmen wir an, dass es jemand von einem konkurrierenden Stall war, den man geschickt hat, um ein Geschäft zwischen den Cynsters und dem Earl of Glengarah zu verhindern, dann wusste derjenige vermutlich, dass sich im Büro des Stalls wichtige Bücher befanden, die für einen Kauf und Verkauf unerlässlich waren. Dass sie zwischenzeitlich woandershin gebracht wurden, war Zufall.«

Felix verzog das Gesicht. »Nicht ganz vielleicht. Die meisten unserer Stallburschen besuchen regelmäßig den Pub in Rathcormack. Jeder, der wissen möchte, was hier auf dem Gut vor sich geht, muss sich dort nur in die Kaminecke setzen und die Ohren spitzen. Wir haben niemanden gebeten, nicht über die Kontobücher zu sprechen, und einige der Arbeiter haben am Donnerstag bestimmt mitbekommen, wie wir Bücher in die Burg getragen haben. Nebenbei schwätzen noch ein paar der Dienstmädchen mit den Stallburschen oder mit den älteren Frauen, die im Haushalt oder der Küche arbeiten.«

»Und wie konnte der Eindringling wissen, dass die Bücher sich in Prus Zimmer befinden?«, gab Deaglan zu bedenken. »Und woher wusste er, wo Prus Zimmer ist?«

»Nun ja, das könnte er über die Dienstmädchen herausgefunden haben«, warf Pru ein. »Und wir wissen ja nicht, wie lange er in der Burg war. Er hat vielleicht zuerst unten gesucht, dort nichts gefunden und sich gedacht, dass mein Zimmer wohl der wahrscheinlichste Ort wäre. Riskant, immerhin habe ich ihn erst gehört, als er mitten im Zimmer war, weil eine Bodendiele geknarrt hat.« Sie machte eine kurze Pause. »Und er hat mit einem einzigen Buch gerechnet, nicht mit einem ganzen Stapel von Kontobüchern. Darum hat er sich, als ich ihn angesprochen habe, nicht auf den Tisch gestürzt und ein Buch geschnappt und ist weggerannt. Es waren einfach zu viele Bücher.«

Deaglan nickte. »Außerdem bemerkte er, dass du nicht allein warst, und ist mit leeren Händen geflohen.«

»Das erklärt noch immer nicht, wie er über die Bedienstetentreppe Bescheid wissen konnte.«

Felix zuckte die Achseln. »Pures Glück. Oder vielleicht hat er sich mit einem der Dienstmädchen unterhalten.«

»Das ist möglich, wenngleich wenig wahrscheinlich«, sagte Deaglan. »Ich habe Bligh heute Morgen gebeten zu überprüfen, ob es Einbruchsspuren gibt. Was er mir gesagt hat, ist Folgendes. Einer Wäscherin ist aufgefallen, dass das Fenster weit offen stand. Es muss von außen aufgestoßen worden sein, denn auf ihrem Tisch lag Dreck. Sieht so aus, als hätte sich unser Verbrecher von dort Zugang in die Burg verschafft. Bligh wird von nun an jeden Abend die Tür zum Waschraum verriegeln. Wer immer von dort in die Burg eingedrungen ist, wird diesen Weg nicht wieder benutzen können.«

»Es ist nicht nötig, jemandem von dem Eindringling zu erzählen«, ermahnte der Earl seinen Bruder. »Das Feuer ist Entschuldigung genug. Und die Kontobücher habe ich in den Tresor in der Bibliothek gesperrt. Nur wir beide haben also Zugriff darauf.«

Felix nickte. »Meiner Meinung nach ist das alles, was wir im Augenblick tun können.«

»Nicht ganz.« Pru sah Deaglan an. »Wir sollten uns mit unseren Vorbereitungen und den eigentlichen Verhandlungen nicht mehr allzu viel Zeit lassen und lieber so schnell wie möglich damit beginnen.«

»Du meinst, sobald das Geschäft unter Dach und Fach ist, gibt es keinen Grund mehr, es vermasseln zu wollen.«

»Ganz genau«, entgegnete Pru. »Ich bezweifle, dass der Täter vorhat, den Pferden etwas anzutun. Immerhin wurde das Feuer so gelegt, dass allein das Büro abgebrannt ist und nicht der Rest des Stalls.«

»Trotzdem«, sagte Deaglan, »werde ich Wachen aufstellen, bis wir sicher sein können, dass derjenige, der hinter diesen Anschlägen steckt, aufgegeben hat und weg ist.« Er machte eine Handbewegung, und sie gingen zum Seiteneingang.

Der Burgherr war absolut nicht begeistert von der Idee, jetzt so überstürzt einen Vertrag auszuhandeln. Er wollte lieber noch so viel Zeit wie eben möglich mit Pru haben, um sie umzustimmen, ehe er das Wort Hochzeit in den Mund nehmen musste.

Als sie die Burg betraten und durch den Flur in die Eingangshalle liefen, ergriff Pru das Wort. »Es ist erst zehn

Uhr. Deshalb schlage ich vor, dass wir in die Bibliothek gehen und uns die Kontobücher vornehmen. Ich suche die Käufe heraus, und ihr beide könnt die durchschnittlichen Kosten für den Unterhalt der Pferde berechnen.«

Die beiden Brüder warfen sich unglückliche Blicke zu. Zahlen zusammenzurechnen, um die jährlichen Durchschnittskosten für den Unterhalt ihrer Pferde zu ermitteln, fiel nicht gerade in ihren Kompetenzbereich. Sie mussten es irgendwie schaffen, ohne sich lächerlich zu machen.

Als sie die Eingangshalle durchquerten und in den Korridor bogen, der zur Bibliothek führte, sah Deaglan Esmerelda an der Brüstung der Galerie stehen. Die alte Dame beobachtete sie, ganz besonders ihn, und es wirkte fast ein wenig bedrohlich.

Ihre Botschaft war eindeutig: Er musste Pru möglichst schnell davon überzeugen, ihn zu heiraten, sonst würde Esmerelda die Sache selbst in die Hand nehmen mit potenziell verheerenden Folgen.

Deaglan und Felix hatten den Tisch in der Bibliothek an eines der langen Fenster geschoben und die vielen Bücher, die sie aus dem Tresor geholt hatten, vor sich aufgestapelt.

Die Brüder zogen sich in die Sessel vor dem Kamin zurück und suchten die Zahlen zusammen, die sie für die Berechnung der durchschnittlichen Unterhaltskosten benötigten.

Pru hatte es satt, die Einträge durchzugehen, die der verstorbene Earl in seiner verschnörkelten Handschrift getätigt hatte, und musste sich gut konzentrieren, um keinen Vermerk über den Kauf eines Pferds zu übersehen, der teilweise zwischen den Notizen über Pferdegeschirr, Kutschen, Futtermitteln aller Art, Hufeisen und dergleichen stand. Nachdem sie mit dem ersten Eintrag begann, der fünfzehn Jahre alt war, arbeitete sie sich Stück für Stück und Jahr für Jahr durch die Bücher.

Ab und an überprüfte sie anhand ihrer eigenen Notizen die Liste der Käufe, die sie gerade erstellte, glich alles noch einmal ab und fuhr dann mit ihrer Arbeit fort, um alle Kaufdetails für die siebenundfünfzig Pferde zu finden. Schließlich musste sie nur noch Informationen für drei Pferde finden.

Dann nur noch für zwei.

Und nur noch für eins.

»Halleluja!« Schnell schrieb sie die wesentlichen Informationen raus, dann lehnte sie sich zurück und betrachtete triumphierend ihre Notizen und die Liste. »Mein siebenundfünfzigteiliges Puzzle ist fertig.«

»Herzlichen Glückwunsch.« Von seinem Sessel aus lächelte Deaglan ihr zu.

Sie nahm das Buch, in dem sie die Käufe aufgelistet hatte, und hielt es in die Höhe. »Sie, Mylord, sind nun Besitzer eines ordnungsgemäßen Kaufnachweisbuchs.«

»Gott sei Dank!« Felix sah seinen Bruder an. »Müssen wir die Kontobücher für den Stall jetzt weiterhin im Tresor lagern?«

»Bis wir das Geschäft abgeschlossen haben, sollten wir kein Risiko eingehen.« Er blickte Pru mit einer hochgezogenen Augenbraue an. »Bist du fertig mit den Büchern?«

Sie nickte und schob das letzte Kontobuch von sich weg. »Ich hoffe es ... Zumindest hoffe ich, dass ich mir die Bücher nie wieder ansehen muss.«

»Vielleicht sollten wir sie noch nicht wegschließen, bis du dir ganz sicher bist, dass du keine Informationen mehr benötigst.«

Pru zwang sich ein unechtes Grinsen ab, nickte und erhob sich. »Wir haben noch eine Stunde bis zum Mittagessen. Ich werde die Käufe mit den Einträgen im Ahnennachweis abgleichen.«

Deaglan lächelte und deutete auf die Regale hinter ihm rechts vom Kamin, die Pru sogleich inspizierte. Und es dauerte nicht lange, die relevanten Ausgaben des Ahnennachweises herauszusuchen. Sie zog drei dicke Wälzer aus dem Regal, die Ausgaben der Jahre 1836, 1840 und 1844. Mit den Büchern im Arm ging sie zurück zum Tisch. »Ich nehme an, dass ihr ein Abonnement bei Weatherbys unterhaltet? Ihr habt alle Ausgaben bis ins Jahr 1828 zurück«, scherzte sie.

Deaglan nickte abwesend. Er und Felix hatten sich wieder ihren Zahlen gewidmet. Pru wusste nicht, woran die beiden so sorgsam arbeiteten oder ob es Probleme gab. Ihre gedämpften Stimmen waren nur ein leises Raunen im Hintergrund, wohingegen Pru im berühmten Ahnennachweis nach Einträgen für jedes der Pferde suchte, die sie im neuen Kaufnachweis des Glengarah-Stalls aufgelistet hatte.

Zwanzig Minuten später klopfte es an der Tür. Es war Cicely. Als sie die drei erblickte, trat sie lächelnd ein. »Da seid ihr ja. Ich habe mich schon gefragt, wo ihr alle steckt.« Sie machte die Tür zu und kam näher. Deaglan und Felix erhoben sich.

Felix deutete auf die Bücher, die er und Deaglan um sich herum verteilt hatten. »Wir versuchen, Ordnung zu schaffen und klar Schiff zu machen, damit wir mit den Verhandlungen beginnen können.«

»Oh.« Cicely löste den Blick von Felix, sah zu Pru und dann zu Deaglan. »Kann ich irgendwie helfen?«

»Ich habe bereits zehn der Pferde gefunden, also komme ich schnell voran. Und ich wüsste nicht, wie mir jemand dabei helfen sollte – es ist eine Aufgabe, die man am besten allein erledigt.«

Sie sah zu Deaglan. »Wie läuft es bei dir und Felix? Ihr müsstet eure Zahlen inzwischen zusammengesucht haben.«

Die Blicke, die sie daraufhin erhielt, wirkten eher verlegen. »Na ja«, begann Deaglan, »eigentlich sind wir uns nicht sicher, ob wir alles richtig zusammengestellt haben. Rechnungen sind nicht gerade unsere Stärke ...«

Cicely begann zu strahlen. »Ich bin gut im Rechnen und mit Zahlen – man hat mir immerhin beigebracht, einen Haushalt zu leiten.« Sie ging zu den Männern. »Vielleicht kann ich euch helfen?«

Deaglan hielt ihr zögerlich die Liste entgegen, an der er gearbeitet hatte. »Bitte schön.«

Cicely nahm die Aufstellung, betrachtete sie und setzte sich in den Sessel neben Felix. Belustigt beobachtete Pru aus den Augenwinkeln, wie Cicely die Brüder mit einem

Blick auf die Liste fragte, was sie sich bei dieser Berechnung gedacht hätten, und dann das Heft an sich riss.

Zuversichtlich, dass Deaglan ihr bald die richtige Zahl, die sie für die Berechnung der Zuchtgebühr benötigte, präsentieren konnte, widmete Pru sich wieder den Pferdekäufen. Je weiter sie sich durcharbeitete, desto höher schlug ihr Herz. Jeder Eintrag, den sie im Ahnennachweis entdeckte, bestätigte ihre Einschätzung der Blutlinie und den Wert des Tiers – die Pferde aus Glengarah waren zweifellos unsagbar wertvoll. Die anderen Züchter würden vor Neid erblassen, wenn sie davon erfuhren.

Zudem würde ihre Missgunst geweckt, wenn sie erfuhren, dass es den Cynsters gelungen war, eine exklusive Zuchtvereinbarung mit der hochwertigsten reinrassigen Zucht auf den Britischen Inseln zu vereinbaren, vielleicht sogar auf der ganzen Welt. Aufregung durchströmte sie.

Als es an der Tür klopfte, kam Jay mit einem höflichen Nicken herein. Es überraschte ihn offensichtlich, sie alle hier zu sehen. Sobald er die Kontobücher sah, die Deaglan und Pru um sich herum verteilt hatten, bot er seine Hilfe an. »Nein danke, Cicely entpuppt sich gerade als Mathematikgenie. Zudem haben wir die Zahlen zusammen und sind fast fertig.« Er sah Jay an. »Wolltest du mit mir sprechen?«

»Ich wollte dir bloß sagen, dass die Arbeiten an der Brücke abgeschlossen sind, und dich fragen, ob du heute Nachmittag mitkommen möchtest, um dir die Arbeit von Joe und seinen Leuten anzusehen.«

»Eher nicht. Ich bin mir sicher, dass Joe und seine Leute

gute Arbeit geleistet haben. Ich werde mir die Sache in den kommenden Tagen ansehen. In der Zwischenzeit könntest du dir schon mal die Furt anschauen. Wenn das Wasser des Bachs mit so viel Wucht geströmt ist, dass es sogar die Brücke beschädigte, dann hat die Furt vermutlich ebenfalls etwas abbekommen und dürfte nicht mehr im besten Zustand sein.«

Der Verwalter nickte. »Ich werde heute Nachmittag hinreiten und nachschauen. Falls die Furt ausgewaschen ist, brauchen wir vermutlich Steine, um den Übergang neu zu befestigen.«

Mit diesen Worten verabschiedete sich Jay und überließ die anderen ihren Rechenkünsten, die ihnen vor allem Cicely beibrachte.

Kapitel 13

Sie machten eine Pause, um zu Mittag zu essen. Doch bevor sie die Bibliothek verließen, schlossen sie die Bücher vorsichtshalber in den Tresor ein.

Dank Cicely war Deaglan zuversichtlich, dass er die korrekte Zahl für die durchschnittlichen Unterhaltskosten pro Pferd und Jahr inzwischen hatte, sodass sie mit den Verhandlungen beginnen könnten.

Als sie sich um den Mittagstisch versammelten, richtete er den Blick auf Pru. »Wie lange wirst du noch brauchen, um die Pferde im Ahnennachweis zu prüfen?«

Deaglan war aufgefallen, dass sie unentwegt lächelte. Und ihre fröhliche Miene änderte sich nicht, als sie ihm korrekt antwortete. »Ich habe mehr als die Hälfte geschafft, also sollte ich nicht mehr als eine Stunde benötigen, zumal es bisher überhaupt keine fraglichen Fälle gab. Unabhängig von ihrem Äußeren hat dein Vater keine Pferde gekauft, deren Herkunft nicht ganz genau nachzuvollziehen war.«

Nachdem das Mittagessen beendet war, wandte Deaglan sich an Pru: »Bist du weit genug gekommen, um eine Pause zu machen?«

Ihre Miene hellte sich auf. »Allerdings gibt es noch zwei Hengste, die ich reiten möchte.«

Er nickte. »Wir könnten eine Runde mit ihnen galoppieren, du könntest auf dem Hinweg den einen und auf dem Rückweg den anderen reiten.«

»Das wäre großartig, denn ich muss sie im Galopp erleben.«

Deaglan sah seinen Bruder an. »Hast du Lust, uns zu begleiten?«

Felix schüttelte den Kopf. »Wir haben eine weitere rotweiße Irish-Setter-Hündin, die bald Welpen bekommen wird. Ich habe Sheppard gesagt, dass ich ein Auge auf sie haben werde, wenn er einige der Beagles testet und seine Burschen heute Nachmittag unterwegs sind.«

»Deaglan, mein lieber Junge«, dröhnte Esmereldas Stimme vom anderen Ende der Tafel zu ihm herauf. »Ich habe heute Morgen einen Brief von Lady Harrington erhalten, von deiner Patin, wenn du dich erinnerst. Sie wollte wissen, wann du mal wieder in Dublin bist.«

»In nächster Zeit nicht, Tante«, entgegnete Deaglan reserviert, was Esmerelda als eine Einladung betrachtete, ausschweifend von den gesellschaftlichen Vorzügen der Saison in Dublin zu erzählen. Am Ende des Essens musste selbst Lady Connaught sich eingestehen, dass sie verloren hatte mit ihrem Bestreben, ihren Neffen nach Dublin zu schleppen.

Sie seufzte lautstark. »Also schön. Ich denke, ich werde Millie Harrington schreiben, dass du einstweilen hier nicht wegkannst.«

»Danke, und bitte sende ihr meine besten Wünsche. Ich werde sie wissen lassen, wann ich wieder nach Dublin komme.«

Esmerelda gab sich zufrieden, und Deaglan wünschte sich nichts mehr, als zu fliehen, solange er noch konnte. Mit einer hochgezogenen Augenbraue sah er Pru an. Als sie ihre Serviette auf den Tisch legte, erhob er sich und zog ihren Stuhl zurück. In der Eingangshalle blieb Pru stehen. »Ich muss mich noch umziehen und mein Reitkleid anziehen«, erklärte sie Deaglan, der auf sie zu warten versprach. Sie warf ihm ein Lächeln zu, drehte sich um und eilte die Stufen hinauf. Er sah ihr hinterher und amüsierte sich über ihren Feuereifer.

Als Pru kurz darauf in ihrem schmal geschnittenen Reitkleid aus blauem Samt, mit der Schleppe über dem Arm und dem kessen Hut mit Federn auf den Locken die Treppe hinunterkam, hatten Deaglan und Felix beschlossen, die Bestellung für die Meute von fünf Kerry-Beagle-Welpen erst einmal zu verschieben, bis sie einen weiteren gesunden Wurf hatten.

Gemeinsam gingen die drei zur Seitentür und auf den Nebenhof hinaus. Sie liefen über das Kopfsteinpflaster und näherten sich der Stelle, an der Felix, der zu den Hundezwingern wollte, sich von ihnen verabschieden würde, als sie plötzlich schnelle Schritte hinter sich hörten und stehen blieben.

Sie drehten sich um und erblickten Cicely, die mit einem großen Schultertuch kämpfte. Sie lächelte ihnen zu und blieb dann, den Blick auf Felix gerichtet, stehen.

»Tante Maude hat vorgeschlagen, dass du mir mal die Hunde zeigen könntest, während du aufpasst, dass im Zwinger alles in Ordnung ist. Ich hatte bisher noch gar keine Gelegenheit, sie mir anzusehen.«

»Äh.« Felix sah Cicely an und räusperte sich. »Ich muss ganz in der Nähe der Hündin bleiben, die wir beobachten müssen«, warf er ein.

Deaglan griff ein, um die Situation zu klären. »Du musst nicht in ihrer Box bleiben. Sie wird vermutlich die meiste Zeit über schlafen. Insofern kannst du Cicely ruhig die Beagles und die Setter zeigen.«

Felix' Zögern dauerte noch einen Moment an, ehe es sich in Luft auflöste. »Ja. Also gut«, meinte er und lief neben Cicely her zu den Zwingern. Als sie davongingen, hörte Pru Felix fragen: »Was meinst du … Erschreckst du dich, wenn die Beagles an dir hochspringen?«

Pru lächelte und zog die Augenbrauen hoch, doch Deaglan zuckte die Achseln. »Wer weiß?« Er wandte sich den Stallungen zu. »Sieht so aus, als könnten wir endlich gehen. Sollen wir?«

Sie lachte und folgte ihm. »Lass uns gehen.«

Fünf Minuten später führten sie die beiden Hengste, die sie reiten wollte, aus dem Stall. Es handelte sich um zwei schwarze Pferde, die sich äußerlich zu ähneln schienen, indes unterschiedlich vom Temperament waren. Ein Hengst hieß Kahmani und war der Nachkomme berühmter Araber, wohingegen Hector aus einer weniger bekannten Araberlinie stammte. Sie machten es sich im Sattel bequem, und nachdem sie einen zufriedenen Blick gewechselt hatten, trieben sie ihre Hengste an, die vom Hof vor den Stallungen auf den Nebenhof trotteten.

Jay lief gerade über das Kopfsteinpflaster auf den Stall zu. Er grüßte sie. »Ich mache mich jetzt auf den Weg zur Furt. Kommt ihr zufällig bei Mrs. Comey vorbei?«

»Wir haben uns noch nicht überlegt, wohin der Ausritt gehen soll, wir könnten in die Richtung reiten«, sagte Deaglan. »Warum?«

»Ich wollte Mrs. Comey Bescheid geben, dass Jem Thatcher am Donnerstag zu ihr kommen wird, um ihr Dach zu reparieren, vorher hat er keine Zeit.«

»Ich werde bei ihr anhalten und es ihr sagen.« Deaglan nickte Jay noch einmal zu und drehte Hector um.

Der Earl blickte zurück, als sie durch den Torbogen in der alten Burgmauer trotteten, und vergewisserte sich, dass Pru ihm folgte, bevor er den Hengst zu einem leichten Galopp anhielt.

Pru schloss zu ihm auf und kam an seine Seite. Sie konzentrierte sich ganz auf ihren Hengst und das Spiel der Muskeln. Sein Gang war fehlerlos, kraftvoll, locker. Sie ließ den Blick über das Pferd schweifen, beobachtete die Bewegungen, die Muskeln und Sehnen unter dem glänzenden Fell. »Gibt es einen Abschnitt auf unserer Strecke, wo wir in den Galopp wechseln können über wenigstens einhundert Meter?«

»Wir können den Weg an den Auen entlang nehmen«, erklärte er. »Parallel zum Fluss. Das ist eine sichere Strecke, fast einen Kilometer lang. Dort können wir ungestört zu Mrs. Comeys Hof galoppieren, er liegt im Schatten des Steilhangs. Danach können wir die Pferde tauschen und denselben Weg zurück zur Burg nehmen.«

Pru nickte. »Das klingt sehr gut.«

Sie ritten weiter bis zu der Stelle, wo sie den Galopp beginnen wollten. Auf seinen Befehl hin galoppierte Hector an. Kahmani folgte ihm.

Das dumpfe Dröhnen der Pferdehufe war weithin zu hören. Pru zog kurz die Zügel straffer, damit Hector eine halbe Pferdelänge vor ihnen galoppierte und sie seine Bewegungen besser beurteilen konnte.

»Lass ihn laufen!«, rief sie.

Deaglan lockerte die Zügel und ließ die riesigen Tiere galoppieren. Sie flogen über den flachen Grund, galoppierten Seite an Seite, als sich das Ende der geraden Strecke vor ihnen abzeichnete. In stummem Einvernehmen zogen sie die Zügel behutsam an, fielen in den Galopp, dann in den Trab und schließlich in den Schritt, bevor sie die nächste Kurve umrundeten.

Pru sah Deaglan an und zeigte ein breites, zufriedenes Lächeln. »Das war fabelhaft!«

Er grinste. »Da gerät das Blut in Wallung, oder?«

»Momente wie diese sind der Lohn dafür, sich die Mühe zu machen, Pferde wie diese zu halten«, sagte sie, beugte sich nach vorn und klopfte Kahmani auf den Hals. »Du, mein Junge, bist ein Wunder.« Das Pferd warf leicht verächtlich den Kopf in den Nacken, und sie lachte. »Und ja, du weißt das sehr genau.«

Deaglan deutete auf einen schmalen Pfad, der sich eine

Anhöhe hinaufschlängelte und dort auf einen breiteren Weg stieß. »Zu Mrs. Comeys Hof geht es da entlang. Wir müssen hintereinanderreiten.«

Pru nickte, hielt Kahmani zurück und folgte Hector, als sie langsam die Anhöhe hinauftrotteten. Sie kamen in die kühleren Schatten, die von einer Bergkette geworfen wurden, die die hintere Grenze des Anwesens bildete.

Unterwegs erblickten sie kleine Felder, die zumeist als Weidefläche für Schafe und Rinder genutzt wurden. Der Bauernhof zwischen den Koppeln wirkte ordentlich und gepflegt.

Der schmale Weg wurde noch enger und führte sie immer höher. Unter ihnen erstreckte sich das Flusstal. Pru hielt mit Kahmani an und drehte sich leicht im Sattel, um nach Westen, Süden und Osten zu schauen. Deaglan blieb ebenfalls stehen und wartete. Nachdem Pru die Aussicht genossen und in sich aufgenommen hatte – das Glitzern des Sonnenlichts auf dem blauen Wasser, die Grüntöne der Felder, das Dunkelgrün von Berg und Wald –, schaute sie Deaglan an. »Das Meer im Westen, die Berge im Süden, die so weit entfernt sind, dass sie nicht die Sicht versperren, der See im Osten und der Fluss, der von Ost nach West über euer Land fließt ... Viele würden sagen, dass das hier ein Stück vom Paradies ist.«

Er löste den Blick von ihr und sah über seine Ländereien, ehe er nickte. »Das könnte es sein. Und das sollte es irgendwann sein.« Er machte eine kleine Pause. »Das ist nämlich mein Traum.« Pru spürte tief in ihrem Innern, wie ernst es ihm war und wie aufrichtig.

Dann schnalzte Deaglan mit der Zunge, trieb das Pferd mit dem Zügel an, und Hector lief weiter. Sie folgte ihm mit Kahmani.

Endlich sahen sie ein Stück vor sich den kleinen Hof, und der Weg wurde breiter. »Wer ist Mrs. Comey? Lebt sie allein hier oben?«, fragte Pru. »Das letzte Haus haben wir vor mehr als zehn Minuten am Wegesrand gesehen.«

»Sie ist mein altes Kindermädchen, meins und das von Felix. Sie hat Comey geheiratet, nachdem wir aus dem Gröbsten raus waren, und zog zu ihm hierher. Als er vor ungefähr sechs Jahren starb, boten wir ihr ein Zimmer in der Burg an, aber sie beschloss, lieber hierzubleiben. Ich glaube, sie hat sich an den Frieden und die Ruhe gewöhnt … Davon hat sie in den Jahren als unser Kindermädchen wahrlich nicht so viel bekommen.«

Pru lachte leise. »Das kann ich mir vorstellen.« Sie sah, wie die Tür des Häuschens aufging. Eine hochgewachsene, kräftige Frau in einem schlichten Kleid trat heraus. Das graue Haar unter eine weiße Haube gesteckt, stand sie auf der obersten Stufe und sah ihnen entgegen. »Sie ist bestimmt manchmal einsam«, murmelte Pru. »Es ist niemand in der Nähe, mit dem sie mal einen Plausch halten könnte.«

»Oh, sie ist ab und an einsam, keine Frage.« Deaglan warf ihr einen belustigten Blick zu. »Und darum kommt am Donnerstag Jem Thatcher. Mrs. Comey findet ständig irgendwelche Dinge, die repariert werden müssen. Sie hat es am liebsten, wenn ich und Felix uns darum kümmern. Oder wenigstens Hilfe schicken, wenn wir es nicht selbst richten können. Dass ich komme, um ihr die Nachricht zu übermitteln, wird sie freuen.«

Das schien tatsächlich der Fall zu sein, wenn das breite Lächeln der Frau, als sie mit den Pferden vor ihr stehen blieben, ein Hinweis war. Deaglan schwang sich von seinem Hengst und half Pru von ihrem, die er beide an den Balken am Rande des kleinen Hofs band. Mit einem freundlichen Lächeln auf den Lippen machte Deaglan sich mit Pru auf den Weg zur Tür. »Guten Tag, Meg. Wie geht es Ihnen?«

»Es ist ein schöner Tag, und es geht mir so weit ganz gut, Mylord.« Mrs. Comey machte einen kleinen Knicks. »Und was führt Sie hierher?«

Mrs. Comey lehnte sich zur Seite, und ihr aufgeweckter Blick fiel auf Pru, die Deaglan über den Hof folgte. »Erlaube mir, dir Meg Comey vorzustellen, mein ehemaliges Kindermädchen.« An Mrs. Comey gewandt, sagte er: »Und das hier ist Miss Cynster. Sie ist gekommen, um unsere Pferde zu begutachten.«

»Ist sie das?« Mrs. Comey sah ihn mit großen Augen an. Sie machte noch einen Knicks. »Willkommen, Miss.« In den Augen des ehemaligen Kindermädchens stand ein wissender Ausdruck. »Ich hoffe, Sie genießen Ihren Aufenthalt hier?«

Pru nickte. »Das tue ich, danke.« Sie bezweifelte, dass Deaglan und Felix Mrs. Comey oft zum Narren hatten halten können. In ihren Augen funkelte eine Klugheit, die ihr sonst so unscheinbares und braves Äußeres Lügen strafte.

»Jay hat mit Jem Thatcher über Ihr Dach gesprochen«, sagte Deaglan. »Da Miss Cynster und ich einen Ausritt in diese Gegend machen wollten, hat Jay mich gebeten, Ihnen mitzuteilen, dass Jem am Donnerstag vorbeikommen wird, um sich die Sache einmal anzusehen.«

Mrs. Comey nickte. »Gut. Ich möchte nicht, dass es hier reinregnet, was es bestimmt tun wird.«

»Jem wird es hoffentlich richten.«

»Aye, das wird er. Und danke Ihnen beiden, dass Sie vorbeigekommen sind, um mir Bescheid zu sagen.« Mrs. Comey schien erfreut zu sein. »Sie müssen mir erlauben, mich mit einem Schluck meines Ciders erkenntlich zu zeigen. Außerdem habe ich gerade einen Mohnkuchen aus dem Ofen geholt.«

»Mohnkuchen?« Deaglan hielt inne. Er war offensichtlich versucht, das Angebot anzunehmen.

»Aye, Ihr Lieblingskuchen.« Mrs. Comey deutete mit einer Handbewegung auf die Bank vor dem Häuschen. »Setzen Sie sich in die Sonne, und ich hole schnell Becher und Kuchen.«

Als Deaglan sich neben sie setzte, stieß sie ihn mit der Schulter an. »Ich nehme an, du magst Mohnkuchen?«

»Tu ich. Wie sie sagte, ist es mein Lieblingskuchen, und ihr Mohnkuchen ist ein Kunstwerk.«

Als der Kuchen zusammen mit zwei Bechern erfrischendem Cider gebracht wurde, musste Pru zugeben, dass er mit seiner Einschätzung absolut richtiglag: Der Kuchen war perfekt, nicht zu fest, nicht zu locker und vom Geschmack her einfach köstlich. Als er Mrs. Comey das sagte, begann die alte Frau zu strahlen. »Es wird Sie freuen zu hören, Mylord, dass der verdammte Baummarder nicht zurückgekommen ist.«

»Ein Baummarder?«, fragte Pru. »Was ist das?«

»Ein Waldtier, das bevorzugt in Bäume klettert oder in Dächer«, sagte Mrs. Comey. »Das letzte Exemplar war gerne in meinem Schuppen und hat beschlossen, in der Ecke sein Nest zu bauen. Ich musste mir die Nase zuhalten, wenn ich in den Schuppen musste, denn der Gestank war gewaltig.«

»Ich habe ihn vor Wochen vertrieben«, erklärte Deaglan Pru. »Die Viecher sind sehr gerissen, und ich würde mich nicht wundern, wenn das Tier bald wieder zurückkommt und es sich in der Scheune gemütlich macht. Es ist, als wollte es mich ärgern.«

Pru lachte, und Mrs. Comey nickte. »Aye, so sind die Biester.«

Nach zwei Stück Kuchen reichte Deaglan seiner ehemaligen Nanny mit einem Dankeschön den Teller zurück. »Wir müssen weiter«, sagte er.

Pru leckte sich ein paar Krümel von den Fingerspitzen, nickte und sah Deaglan zu, als er die Sättel von einem Pferd zum anderen wechselte. »Warum macht er das?«, erkundigte sich Mrs. Comey verwundert.

»Ich teste die Pferde«, erklärte Pru, »damit ich ein Gefühl für beide entwickle. Wenn ich sie reite, sie beobachte und zusehe, wie Deaglan sie reitet.«

Mrs. Comey richtete ihren fragenden Blick auf Pru. »Testen? Wie man es bei den Hunden macht?«

»Nicht ganz, in etwa so, aus demselben Grund jedenfalls. Ich möchte eine Vorstellung von der Qualität eines Pferds, was bei Vollblutpferden den Ausschlag gibt.«

»Also sehen Sie sich alle Pferde aus Glengarah im Hinblick auf ihre Rennqualitäten an?«

»Ja, das muss man, wenn man Vollblüter mit erstklassiger Abstammung züchtet.«

»Aha.« Mrs. Comey nickte. »Ich habe gehört, dass das immer der größte Wunsch unseres verstorbenen Earl war«, sagte sie und wies mit einem Kopfnicken auf Deaglan. »Jetzt ist es sein Wunsch.«

Als Deaglan damit fertig war, die Pferde zu satteln, erhob Pru sich und bedankte sich für den schönen Nachmittag. »Das war wirklich der leckerste Mohnkuchen, den ich jemals probieren durfte.«

Mrs. Comey errötete und machte einen Knicks. »Danke, Miss. Es war mir ein Vergnügen, Sie kennenzulernen.«

Mit einem letzten Lächeln für Mrs. Comey ging Pru Deaglan entgegen, als er mit den Pferden kam. Er packte sie an der Taille und hob sie auf Hectors Rücken. Einen Moment lang blickte er ihr tief in die Augen und erkannte, welche Wirkung seine Berührung noch immer auf sie hatte. Entschlossen schwang er sich auf Kahmanis Rücken und nickte Pru zu. »Möchtest du vorausreiten?«

»Ja, gern.« Mit einem letzten Winken in Mrs. Comeys Richtung drehte sie Hector um und trieb ihn an.

Der Weg den Abhang hinunter war genauso beschwerlich wie der Aufstieg, zumal keiner von ihnen riskieren wollte, dass sich eines der Pferde verletzte.

Pru bewunderte den Ausblick ins Tal, als sie nach unten trotteten, an den Höfen und den Feldern vorbeikamen, bis sie den breiteren Weg erreichten, der parallel zum Fluss verlief.

Entspannt lächelten sie einander an, als sie im leichten Galopp weiterritten. Sie freuten sich darauf, um die nächste Kurve zu kommen und wieder über das freie Feld jagen zu können, als plötzlich ein Schuss die Ruhe und Stille im Tal zerriss. Zwischen den Vorderhufen der beiden Pferde spritzte Erde empor.

Deaglan und Pru reagierten sofort. Instinktiv hielten sie die Zügel der Pferde fest, die in Panik fliehen wollten. Und als Pru ihn mit aufgerissenen Augen ansah, spiegelte sich in ihrem Blau sein eigenes Entsetzen. »Lauft!«, schrie er.

Sie zögerte nicht, sondern trieb Hector an und preschte mit ihm in Windeseile auf die gerade Strecke hinaus, die vor ihnen lag. Der Earl folgte mit Kahmani. Sie ritten wie der Wind zur Burg zurück, um so schnell wie möglich aus der Reichweite des Schützen zu gelangen.

Das Tempo hielt, bis sie auf den Bogengang in der Burgmauer zupreschten. Erst auf dem Hof zogen sie die Zügel an. Sie atmeten aus, waren unversehrt und in Sicherheit, wenngleich ihre Herzen unerträglich pochten. Als er sie vom Pferd zog, spürte er, wie sie zitterte.

Pru holte tief Luft und bemühte sich, klare Worte herauszubringen. Sie blickte in die Richtung, aus der sie gekommen waren. »Was war das?«

Er presste die Kiefer aufeinander. »Ein Gewehrschuss, ganz eindeutig.«

»Wer war das?« Sie sah ihm ins Gesicht. »Wir waren auf freiem Feld, man konnte uns leicht erkennen.«

»Ich weiß. Der Schuss war gezielt. Irgendjemand muss gewusst haben, dass wir da oben gewesen sind.«

Ungläubig starrte sie ihn an. »Du denkst, dass sie uns absichtlich …«

»Ich weiß nicht, was sie damit bezwecken wollten, ja, wer immer geschossen hat, hat es absichtlich getan.« Endlich sah er wieder zu ihr. »Sie hatten uns genau im Blick.«

»Uns oder die Pferde.«

Der Earl gab ein unklares Gebrumme von sich und schwieg, als zwei Stallknechte erschienen, um die Pferde zu übernehmen. Sie sollten die Tiere in die Boxen führen, sie abreiben und mit Futter und Wasser versorgen und sich selbst gemeinsam zur Burg begeben.

Sie hatten gerade den Hof vor den Stallungen verlassen, als sie das Rattern von Kutschenrädern hörten und Esmerelda im Zweispänner durch den Bogengang in der Burgmauer fahren sahen.

Lady Connaught ließ neben ihnen anhalten. Deaglans und Prus Blick fiel sofort auf das Gewehr, das neben ihr an den Kutschbock gelehnt war. Beide erstarrten zur Salzsäule. Alarmiert durch das Geräusch der Räder auf dem Kopfsteinpflaster, kamen zwei Stallburschen angerannt, von denen einer Esmerelda beim Aussteigen half. Gleichzeitig griff Deaglan mit kalter Miene in den Zweispänner und hob das Gewehr heraus, roch daran und stellte fest, dass erst vor Kurzem damit geschossen worden war.

Sein Verdacht fiel auf Esmerelda. »Hast du aufs Gerate-
wohl auf etwas geschossen, Tante?«

Esmerelda wehrte sich herablassend. »Lass dir gesagt
sein, dass ich noch immer ein hervorragendes Auge habe.
Ich habe ein paar Hasen für den Kochtopf erwischt, was
anderes nicht, du notorischer Pessimist.« Sie wies einen
der Stallknechte an, die Hasen in die Küche zu bringen,
und wandte sich erneut an Deaglan. »Du kannst das Gewehr für mich zurück in die Waffenkammer bringen, ich
gehe in mein Zimmer.«

Die versteinerten Mienen von Deaglan und Pru hielten
sie zurück. Sie blieb stehen und sah die beiden einen Moment lang an, runzelte die Stirn. »Ihr wirkt beide etwas
aufgewühlt. Ich versichere euch, dass ich sonst nichts getroffen habe, vielleicht einen Felsbrocken oder zwei. So
alt bin ich nun auch wieder nicht.« Damit drehte sie sich
beleidigt um und stapfte zur Seitentür.

Als die Tür hinter ihr ins Schloss fiel, murmelte Pru:
»Das würde sie doch nicht tun, oder?«

»Auf uns schießen, um uns Angst einzujagen, damit
wir einander erschrocken in die Arme fallen?« Deaglans
Worte hingen in der Luft, er wirkte unentschlossen. »Lass
uns nachschauen, ob noch ein Gewehr fehlt.«

Schnell gingen sie zur Seitentür, drehten sich immer
wieder gehetzt um. Keiner von ihnen würde den Moment
auf dem freien Feld und den Schrecken so bald vergessen.
In der Burg gingen sie ohne Aufenthalt in die Waffenkammer, die sich unterhalb der Treppe befand. Deaglan legte
das Gewehr auf den Tisch, das gereinigt werden musste,

und schloss sich Pru an, die sich in der Kammer umsah und die Waffenständer an den Wänden betrachtete.

Irgendwann blieb sie stehen, legte die Hand an die einzige freie Halterung und sah ihn an. »Anscheinend fehlte bloß das eine Gewehr.«

Lange war er wie erstarrt, dann fand er die Sprache wieder. »Esmerelda ist eine Meisterschützin. Wenn sie auf einen von uns oder auf eines der Pferde gezielt hätte, dann würde sie keinen verfehlt haben.«

Pru seufzte und verschränkte die Arme unter der Brust. »Also wäre es durchaus denkbar, dass sie dahintersteckt und absichtlich danebengeschossen hat. Weil sie sich gern einmischt.« Sie legte den Kopf schräg, und ihr Blick ging in die Ferne, als sie nachdachte. »Ganz unabhängig davon, ob sie nun von der Affäre zwischen uns weiß oder nicht ... Es war vielleicht ihr Versuch, uns in die richtige Richtung zu schubsen.«

»Selbst wenn ich es nicht gern zugebe, kann ich es nicht ausschließen. Ihr Leitspruch ist, dass das Leben zu kurz ist ...« Und dass sie auf diese Weise Druck auf ein zögerndes Liebespaar ausüben wollte, hielt er ebenfalls nicht für unwahrscheinlich. Nachdem Pru eine Weile schweigend nachgedacht hatte, sah sie ihm in die Augen. »Glaubst du, dass sie es war?«

Er verzog das Gesicht. »Ich weiß es wirklich nicht. Ich kann es nicht einmal vermuten.«

Als die Damen sich an diesem Abend nach dem Essen erhoben, um sich in den Salon zurückzuziehen, wandte sich

Pru Deaglan zu. »Ich muss mir dir reden«, flüsterte sie. »Am besten sofort.«

Deaglan schaute sich um, was die anderen Damen machten. »Zögere ein bisschen, lass dich zurückfallen und schleich dich davon. Geh in die Bibliothek, wir treffen uns dort.«

Pru nickte und eilte den anderen hinterher, hielt dann jedoch Cicely am Arm zurück.

»Bitte, sagen Sie Maude und Esmerelda, dass ich mich nicht wohlfühle. Nichts Ernstes. Ich möchte mich einfach zeitig hinlegen. Wir sehen uns dann morgen früh.«

Cicely nickte. »Ich werde Sie entschuldigen. Schlafen Sie gut.«

Pru lächelte schwach, ging zur Treppe, stieg müde die ersten Stufen hinauf, blieb dann auf dem ersten Treppenabsatz stehen und drehte sich um. Cicely war weg und die Tür zum Salon geschlossen. Leise hastete sie die Treppe hinunter und durch den Flur zur Bibliothek. Sobald sie dort war, lief sie unruhig vor dem Kamin auf und ab.

Ein paar Minuten später ging die Tür auf, und Deaglan kam herein. Er drehte gleich den Schlüssel im Schloss um. »Ich nehme an, dass wir ungestört sein wollen? Also, worüber möchtest du reden?« Er bedeutete ihr, sich in einen der Sessel zu setzen, und ging an ihr vorbei zur Anrichte, wo die Karaffe mit dem Whiskey stand.

Zu unruhig, um sich in den Sessel sinken zu lassen, nahm sie auf der Armlehne Platz. »Ich habe über den Schuss nachgedacht.«

Sie beobachtete, wie Deaglan abwesend Whiskey in

zwei Gläser schenkte und ihr eins anbot. »Danke. Heute trinke ich gerne einen Schluck.«

»Und?«, drängte er sie und stellte die Karaffe wieder ab.

Sie seufzte. »Ich glaube, wir sollten die Möglichkeit in Betracht ziehen, dass der Schuss nicht von deiner Tante abgefeuert wurde, sondern von jemand anders. Inzwischen erscheint mir nämlich der Gedanke, deine Tante könnte die Schützin gewesen sein, ziemlich weit hergeholt.«

Stirnrunzelnd kam er zu ihr, reichte ihr eines der Gläser und nahm mit dem anderen Glas in der Hand in seinem Lieblingssessel Platz. »Wer? Und warum?«

»Was die Identität betrifft, kann ich nichts weiter dazu sagen; was das Motiv hingegen angeht, so könnte jemand, der eine Zuchtvereinbarung zwischen Glengarah und den Cynster-Ställen verhindern will, es für eine gute Idee halten, mich zu verängstigen und möglicherweise in die Flucht zu schlagen.«

Sein Blick verfinsterte sich. Sie beobachtete, wie er das Glas erhob. Die Zeit schien sich mit einem Mal langsamer zu drehen. Sie spürte, wie ihre Augen sich weiteten, als ihr bewusst wurde, was sie da sah …

Sie stürzte sich auf Deaglan und holte mit der Hand aus. »Nein! Trink das nicht!« Und dann war sie bei ihm, stellte ihr Glas auf den Beistelltisch und riss ihm sein Glas aus der Hand.

Er blickte sie verdutzt an. »Was ist los?«

Sie richtete sich auf, hielt das Glas ins Licht der Lampe

und in das des Kaminfeuers. Sie wies auf den Boden des Glases. »Siehst du das da?«

Er setzte sich auf und richtete den Blick auf das Innere des Glases. Als Pru den Whiskey im Glas kreisen ließ, hörte sie, wie Deaglan scharf einatmete.

Langsam erhob er sich, nahm das Glas, drehte es und betrachtete die farblosen Kristalle, die nur durch die Bewegung im Licht zu erkennen waren und sich langsam im Whiskey auflösten.

Deaglan fluchte unterdrückt, stürzte durch die Terrassentür hinaus in den Garten und schüttete den vergifteten Whiskey in die Büsche.

Einen Moment lang stand er da und starrte in die Nacht hinaus. Mit einem harten Zug um den Mund drehte er sich um und kehrte in die Bibliothek zurück. Er trat an die Anrichte und griff nach dem Wasserkrug, der auf dem Tablett stand. »Hast du eine Ahnung, was das gewesen sein könnte?«, stieß er mit einem rauen Knurren hervor.

Er streckte den Arm aus. »Gib mir das Glas.«

»Nein, damit ist alles in Ordnung.« Als wollte sie es ihm beweisen, hob sie das Glas und hatte, ehe er sie davon abhalten konnte, einen Schluck genommen. »Mit meinem Getränk ist alles gut«, fuhr sie fort. »Selbst der Whiskey in der Karaffe ist in Ordnung. Und ich habe mir auch die anderen Gläser genau angesehen. Die aus Kristall…« Sie musste kurz innehalten und durchatmen. »Das Gift war in deinem Glas. Ausschließlich in deinem Glas. In dem, das du immer wählst. Ich habe es in der kurzen Zeit, die ich hier auf Glengarah bin, unzählige Male beobachtet: Du nimmst jedes Mal das erste Glas von links.«

Er hielt ihren Blick eine ganze Weile gefangen, ehe er sich umdrehte, hinauslief und das Wasser aus dem vergifteten Glas in den Garten schüttete. In seinem Kopf überschlugen sich die Gedanken, er konnte kaum klar denken und verriegelte die Glastür hinter sich. Dann ging er zur Anrichte, stellte das vergiftete Glas zur Seite, nahm sich ein anderes und schenkte sich einen Whiskey ein, an dem nichts Verdächtiges war.

Er betrachtete den Whiskey im Licht, ohne etwas Verdächtiges zu erkennen. Er trank etwas und spürte, wie der Whiskey seine Kehle hinabbrann. Die Wärme ließ den Eisklumpen, der sich in seiner Brust gebildet hatte, dahinschmelzen. Flüchtig schloss er die Augen. Was wäre, wenn er die Gläser vertauscht und ihr das Glas mit dem Gift gegeben hätte?

Nein, er hatte das Glas genommen, das er immer wählte, und glücklicherweise war sie da gewesen, hatte das Gift bemerkt und ihn gerettet.

Langsam drehte er sich um und ging zu ihr. Sie stand noch immer neben seinem Lieblingssessel. Er stellte sein Glas auf das Beistelltischchen und streckte die Arme nach ihr aus und zog sie an sich, woraufhin sie sich auf seinen Schoß kuschelte. Nachdem sie beide noch einen Schluck Whiskey genommen hatten, sagte er: »Wenn irgendjemand mich wirklich würde umbringen wollen, dann war das ein dilettantischer Versuch. Normalerweise hätte ich beim Einschenken in das Glas geschaut und die Kristalle mit Sicherheit entdeckt. Doch wir haben uns unterhalten, und ich habe dir zugehört, ohne den Gläsern Beachtung zu schenken. Niemand hätte das vorhersagen können.« Er machte eine Pause und legte die Wange an ihren Lockenkopf. »Wir wissen nicht einmal, ob es sich bei den Kristallen tatsächlich um Gift oder spaßeshalber um Salz gehandelt hat. Vielleicht sollte mir alles einfach Angst einjagen.«

»Und mir auch.« Sie hob den Kopf und sah ihm in die Augen. »Es könnte ein weiterer Versuch gewesen sein, unserem Geschäft zu schaden. Ganz unabhängig davon, ob es nun Salz oder Gift war – der Täter hat damit bewiesen, dass er selbst in der Burg Zugriff auf dich hat und dich umbringen könnte. Zumindest tat er so, um dich und mich in Panik zu versetzen.«

Pru betrachtete sein Gesicht – die scharf geschnittenen Züge, denen man nicht ansehen konnte, was in ihm vor sich ging. Sie nahm noch einen Schluck von dem Whiskey und spürte, wie Deaglan mit der Hand sacht über ihre Seite strich und ihr ein beruhigendes, warmes Gefühl vermittelte. »Man sagt mir immer, dass ich zu impulsiv bin und dass ich voreilige Schlüsse ziehe. Ich frage mich, ob das in diesem Fall genauso ist.«

»Wieso?«

Sie sah ihn an. »Was wäre, wenn die Vorfälle des heutigen Tages tatsächlich Anschläge auf dein Leben waren? Was wäre, wenn sie überhaupt nichts mit dem Brand im Stall und dem versuchten Diebstahl der Kontobücher zu tun haben?«

Er reagierte verwirrt. »Warum sollte es jemand auf mich abgesehen haben? Wer sollte dahinterstecken?«

Prus Blick verfinsterte sich, als sie die verschiedenen Möglichkeiten durchging. »Felix kann es nicht sein, er ist doch der nächste Erbe, oder?«

Deaglan nickte. »Das schon, aber wie du sagst, kann er es nicht sein. Er steckt nicht dahinter. Das ist einfach nicht möglich. Felix und ich stehen uns sehr nahe – so nahe, dass er mich niemals hintergehen würde. Da bin ich mir ganz sicher.«

»Das kann sogar ich sehen«, gab Pru zu. »Also scheidet Felix aus. Eines musst du allerdings zugeben: Falls du unter ungeklärten Umständen ums Leben kommen würdest, wäre für jeden Außenstehenden Felix der Hauptverdächtige, oder?« Sie setzte sich auf, als ihr ein weiterer Gedanke kam. »Und wenn Cicely nicht im letzten Moment beschlossen hätte, Felix zu den Hunden zu begleiten, dann wäre er den Großteil des Nachmittags allein gewesen und hätte für den Schuss kein Alibi gehabt.«

Sie erwärmte sich immer mehr für das Thema und deutete zur Anrichte. »Und wer hätte besser als Felix gewusst, in welches Glas er das Gift tun musste? Wenn ich dich nicht um ein Gespräch unter vier Augen gebeten hätte, würdest du das Glas wahrscheinlich in Felix' Anwesenheit benutzt haben.« Ein eisiger Schauer rieselte ihr über den Rücken. »Du wärst möglicherweise in Felix' Armen gestorben, und er hätte als Hauptverdächtiger dagestanden.«

Deaglan zog sie an sich. »Du machst mir Angst.«

»Ich versuche dich zu überzeugen«, beharrte sie.

Er runzelte die Stirn. »Felix hat nichts damit zu tun.«

»Nein, doch wenn du stirbst und Felix für deinen Tod verantwortlich gemacht wird, kann er dich nicht beerben … Also? Wer ist in der Erbfolge der Nächste hinter Felix?«

»Wenn Felix und ich sterben würden, fiele das Anwesen an unseren Cousin Freddy Fitzgerald. Du hast vielleicht von ihm gehört.«

»Freddy Fitzgerald? Der Freddy Fitzgerald, der in leuchtend bunten Röcken durch die Ballsäle streift und an jedem milden Nachmittag in der Saison wie ein Pfau durch den Hyde Park stolziert?« Sie sah ihn verblüfft an. »Der Freddy Fitzgerald ist euer Cousin?«

Er musste grinsen. »Zum Leidwesen aller Beteiligten stimmt das. Und da du offensichtlich bereits von ihm gehört hast, wird es dich nicht überraschen zu hören, dass es Freddys größte Angst ist, so viel Verantwortung übernehmen zu müssen. Sein schlimmster Albtraum wäre es, Glengarah zu erben. Ich habe ihm einmal vorgeschlagen, ihn für ein Anwesen einzusetzen, da bekam er eine Panikattacke, und ich musste ihm versprechen, es nicht zu tun. Und darüber hinaus verabscheut er das Wetter in Irland. Freddy ist zufrieden und glücklich mit seinem sorglosen Leben in London, sozusagen als wohlhabender Privatier, der sich nicht in seiner kalten Burg aufhält. Für ihn würde mein Tod eher einen Verlust bedeuten und keinen Gewinn. Dafür eine echte Katastrophe.«

»Nun, wir mussten auch über diese Möglichkeit reden«, beteuerte sie und schmiegte sich wieder an ihn.

»Danke, dass du darüber nachgedacht hast.« Er machte eine kurze Pause. »Ich glaube im Übrigen nicht, dass jemand ernsthaft versucht, mich umzubringen. Also denke ich, dass das, was du vorhin gesagt hast, etwas für sich haben könnte: dass all die Vorfälle provoziert wurden, um uns Angst einzujagen und so eine Zuchtvereinbarung zwischen Glengarah und den Cynster-Ställen zu vereiteln.«

Pru hatte keine Lust mehr an solchen Gesprächen. Ihr Gehirn war zu müde, um länger solche Gedanken zu verfolgen. Nach dem Schrecken der vergangenen Stunden war sie vollkommen erschöpft und ausgelaugt.

Sie setzte sich auf und stellte ihr leeres Glas auf das Beistelltischchen. Dann wandte sie sich ihm zu, nahm sein Gesicht in beide Hände und zog ihn an sich, küsste ihn bedächtig, nahm sich Zeit, es zu genießen, um ihr Bedürfnis nach Sicherheit mit jeder Geste sichtbar und spürbar zu machen. Und natürlich wollte sie ihn und sich selbst von den Schrecken des Tages auf die leidenschaftlichste, sinnlichste, innigste Art befreien, die es gab.

Innerhalb kurzer Zeit wünschten sie sich verzweifelt, ihren Hunger nach dem Beweis, noch immer lebendig und zusammen zu sein, stillen zu können. Sie wollten spüren, dass sie das Wunder gemeinsam erleben konnten.

Sie raffte ihre Röcke, und er öffnete mit zitternden Fingern seine Hose. Ihm stockte der Atem, als sie nach ihm suchte und ihn festhielt. Er packte sie an den Hüften, und sie führte seine Erektion durch den Schlitz in ihrer Unterhose, ehe sie sich langsam auf ihn sinken ließ. Tief, ganz tief nahm sie ihn in sich auf.

Eine Sekunde lang hielten sie inne, dann gewährten sie der Leidenschaft freien Lauf.

Sie hielt sein Gesicht in beiden Händen, hob die Hüften an, ließ sich wieder auf ihn sinken. Er vergrub seine Finger in ihr, um sie anzutreiben, um schneller zu machen.

Schneller. Schneller.

Mit Bedacht und mit Hingabe für die Bedürfnisse des anderen ließen sie das Verlangen aufflammen und sich von dem Feuer verzehren. Sie wurden von der Leidenschaft angesteckt und stürmten durch die Flammen hinauf auf den Gipfel der Lust, wo sie wie Feuerwerkskörper explodierten.

Pru sank in seine Arme. Er hielt sie fest umschlungen, hörte ihr Atmen, das schnell und flach ging und selbst in der Stille der Bibliothek zu hören war.

»Nichts hat sich verändert. Nichts an dem hier«, flüsterte er ihr ins Ohr.

Pru hob eine Hand und streichelte ihm über die Wange. »Du hast recht«, murmelte sie und wusste, dass es eine Lüge war. Später in dieser Nacht, als der Mond hinter den Schleierwolken am Himmel entlangwanderte, lag Pru neben dem schlafenden Deaglan und lauschte seinem gleichmäßigen Atmen. Er schlief den Schlaf der zutiefst Befriedigten, den auch sie sich wünschte.

Bloß konnte sie nicht aufhören nachzudenken. Über ihn. Über die Erleuchtung, die ihr während ihres stürmischen Liebesakts in der Bibliothek gekommen war. Es war eine Enthüllung, die für sie geradezu weltbewegend gewesen war.

Sie hatte keine Ahnung gehabt, dass die vergangenen Vorfälle, all die kleinen Dinge, die sie über ihn erfahren hatte, langsam die Entscheidung unterhöhlen würden, die in den vergangenen zehn Jahren ihre Lebenseinstellung geprägt hatte. Nun war sie gelandet und hatte ihr Gleichgewicht wiedergefunden.

Abgesehen davon, dass die Landschaft des Verlangens und der Begierde, die sie in sich selbst entdeckt hatte, ganz anders war als die Kräfte, die sie bei ihrer Ankunft auf Glengarah angetrieben hatten.

Wenn sie über ihre Zeit hier nachdachte, musste sie zugeben, dass sie, wie ihre Mutter und ihre Brüder sie so oft gewarnt hatten, zuerst hätte schauen müssen, bevor sie sprang. Sie war einfach immer zu impulsiv gewesen, hatte sich unpassende Beschränkungen auferlegt und damit verhindert, dass sie sich frei entwickeln konnte.

Wobei sie selbst jetzt trotz ihres Wissens nicht mit Sicherheit zu sagen vermochte, ob eine Hochzeit mit dem Earl of Glengarah, der sicherlich nicht ganz einfach war, ihr passen würde. Jedenfalls musste sie die Möglichkeit erkunden. Worüber sie sich wunderte, war die Beobachtung, dass seine Pferde in ihren Überlegungen überhaupt keine Rolle spielten.

Pru starrte in den dunklen Betthimmel hinauf, und die Gefühle, die die Ereignisse des Tages in ihr geweckt hatten, erwachten wieder. Ihr kam es beinahe so vor, als wollten sie sie daran erinnern, dass sie noch da waren und nicht einfach so verschwinden würden. Sie verspürte einen unbändigen Zorn auf denjenigen, der Deaglan im

Visier gehabt hatte und der ihn ihr hatte wegnehmen wollen. Sie versuchte, ihrer weniger rationalen Seite zu erklären, dass er ihr noch nicht gehörte, selbst wenn ihr Herz anscheinend bereits seine eigene Entscheidung getroffen hatte.

Sie dachte über sein Verhalten nach. Seit sie einander kennengelernt hatten, war er stets fürsorglich gewesen und seinem Beschützerinstinkt gefolgt. Sie kannte diesen Charakterzug, hatte die stille Fürsorge bei genügend Cynster-Hochzeiten beobachten können, und weil sie wusste, was dahintersteckte, verspürte sie Hoffnung auch für sich.

Also was wünschte sie?

Sie gab ihre Abwehr auf und erlaubte es sich, dem Weg im Geiste einfach mal zu folgen.

Möchte ich unser Arrangement noch einmal umformulieren, um uns die Chance zu geben, die Möglichkeit der Ehe zu erkunden?

Die Antwort erklang laut und klar.

Sie ließ den Blick über Deaglan gleiten – über das zerzauste schwarze Haar, über die Schultern, die unter der Decke hervorschauten – und akzeptierte, dass das, was sie nun wusste, die Wahrheit war: Er war der Mann, der eine unter vielen, den sie nicht verlassen und den sie nicht mehr verlieren wollte.

Kapitel 14

Am nächsten Morgen erhoben sich Pru, Deaglan, Felix und Cicely gerade vom Frühstückstisch, als Bligh leise hereinkam. »Mylord, ein Stallknecht hat soeben die Nachricht überbracht, dass ein Herr auf einem schwarzen Pferd, das außergewöhnlich schön ist, die Zufahrt heraufkommt«, verkündete der Butler.

»Danke, Bligh.« Pru beschlich mit einem Mal eine Vorahnung. »Ich vermute, es ist jemand aus meiner Familie.« Grundgütiger, wen hatten sie da geschickt, schoss es ihr durch den Kopf.

Sie eilte aus dem Zimmer, hinaus auf die Terrasse und bemerkte, dass die anderen ihr folgten. Deaglan stellte sich neben sie und legte ihr ermutigend die Hand auf den Rücken.

Der Reiter musste noch um die letzte Kurve biegen. Zunächst kam Jay, der auf einem Pferd saß, das nichts mit dem schwarzen Hengst zu tun hatte. Jay grüßte die kleine Gruppe, die sich auf der Veranda versammelt hatte, und erklärte, dass er zu seinen monatlichen Terminen in Sligo reite. Deaglan nickte, und Pru konzentrierte sich weiter auf die Zufahrt.

Einige Sekunden später kam der Reiter im leichten Galopp um die Kurve, und Prus Blick blieb an ihm hängen. Es war Toby!

Er fragte Jay etwas, und der Verwalter drehte sich um und deutete auf die Gruppe auf der Veranda. Toby blickte zu ihnen herüber, nickte Jay noch einmal zu und ritt weiter.

Pru beobachtete seine Ankunft mit einer gewissen Verärgerung. »Das ist Toby, mein jüngerer Bruder«, erklärte sie Deaglan und den anderen in einem Tonfall, der nichts Gutes verhieß. Aus leicht zusammengekniffenen Augen sah sie Toby an, der Midnight am Fuß der Treppe zum Stehen brachte. Selbst aus der Ferne konnte sie die unverhohlene Neugier auf seinem Gesicht erkennen, als er den Blick über die Burg und die drei Menschen gleiten ließ, die hinter ihr standen.

Sie schritt die Stufen hinunter, als er anmutig vom Pferd stieg, und an seinen sicheren, fließenden Bewegungen war leicht zu erkennen, dass er ein erfahrener Reiter war.

»Was willst du hier?« Die Hände in die Hüften gestemmt, funkelte sie ihn an. »Ich brauche kein Kindermädchen.«

Wie immer brachte Toby nichts aus der Ruhe. Midnights Zügel in der Hand betrachtete er sie mit einem lässigen Blick und einem belustigten Lächeln. »Dir einen guten Morgen, Schwesterchen.«

Bevor sie zurückweichen konnte, beugte er sich vor und gab ihr einen Kuss auf die Wange. »Das sieht dir eigentlich gar nicht ähnlich«, flüsterte er.

Als er sich wieder aufrichtete und sie fragend anblickte, wurde ihr bewusst, dass er recht hatte. Für gewöhnlich wäre sie niemals auf die Idee gekommen, ihre Geschwister vor anderen Menschen, die nicht zu ihrer Familie gehörten, zu rügen – egal, was passiert sein mochte.

Bedeutete das, dass sie Deaglan, Felix und Cicely inzwischen als ihre Familie betrachtete?

Sie glaubte es fast. Und aus welchem Grund immer Toby hergekommen war, sie musste das Beste aus der Situation machen. Aber bevor sie überhaupt wusste, was sie ihn als Nächstes fragen sollte, hob Toby den Blick. Mit einem freundlichen, selbstsicheren Lächeln nickte er Deaglan zu und streckte die Hand aus. »Glengarah, nehme ich an? Toby Cynster.«

»Willkommen auf Glengarah Castle, Mr. Cynster.«

Grinsen war ansteckend. »Toby, bitte.«

Deaglan ließ die Hand wieder los. Seine Miene entspannte sich. »Dann Deaglan, bitte.«

Toby wandte sich Pru zu. »Wir haben deinen Brief erhalten, aus dem hervorging, dass dieses Geschäft für die Cynster-Ställe sehr wichtig sein könnte. Niemand will deine Fähigkeiten bei Verhandlungen und dem Abschluss einer guten Vereinbarung für uns infrage stellen, doch alle waren sich einig«, er sah Deaglan an, »dass es nicht schaden könnte, wenn du etwas Unterstützung erhältst. Cynster-Unterstützung. Vor allem wenn so viel auf dem Spiel steht, wie dein Schreiben vermuten lässt.«

Pru seufzte. Sie konnte dem nicht widersprechen. Und nachdem der erste temperamentvolle Impuls allmählich nachließ, begann sie, die Vorteile von Tobys Erscheinen auf Glengarah Castle zu erkennen.

»Natürlich haben deine Neuigkeiten Papas Neugier geweckt, und er hat sich ein bisschen umgehört. Und je mehr er erfahren hat... Nun ja«, sagte er, schob die Hände in die Hosentaschen und sah Pru mit einem breiten Lächeln an. »Es kam allein ich infrage, denn immerhin arbeite ich im Zuchtprogramm eng mit dir oder Papa selbst zusammen. Mama, Nicholas, ich und selbst Meg dachten, dass du lieber mich hier sehen würdest.«

Pru wirkte bei der Vorstellung, dass ihr Vater überraschend hier hätte auftauchen können, ehrlich entsetzt. Toby bemerkte es, und sein Lächeln wurde ein wenig hinterhältiger.

Nachdem ihr Ärger verraucht war, nickte sie dem Bruder dankbar zu. »Danke, dass du gekommen bist. Viel besser als Papa.«

Toby lachte leise. Dennoch blieb sein Blick, wie ihr auffiel, wachsam und fast misstrauisch, als er Deaglan ansah, der ihn abschätzend musterte.

Sie blickte von einem zum anderen. Es verstrichen einige Sekunden, in denen die Männer sich ein Bild von ihrem Gegenüber machten.

Sie stieß Toby den Zeigefinger gegen die Brust. »Bilde dir ja nichts ein.«

»Ich?« Toby sah sie mit großen Augen an. »Was sollte ich mir denn einbilden?«

Pru verdrehte die Augen und schlug ihm mit der flachen Hand auf den Arm. »Hör auf damit.«

Ein entspanntes Grinsen huschte über Tobys Gesicht, und Pru resignierte. Zu ihrem Verdruss ließ er sich von niemandem beeinflussen. Außerdem sah er, was er sehen wollte und was ihm wichtig war.

Ein Diener hatte bereits die Tasche und die Satteltaschen an sich genommen und ins Haus gebracht. Wenig später tauchte ein Stallknecht auf, um Midnight zu übernehmen. Als das Pferd weggeführt wurde, forderte Deaglan Toby auf, mit ihm auf die Veranda zu gehen und die anderen kennenzulernen. »Kommen Sie!«

Eingerahmt von Deaglan auf der einen Seite und Toby auf der anderen, warteten sie auf der Veranda, bis Bligh erschien, um Toby sein Zimmer zu zeigen.

»Wir sind in der Bibliothek, wenn Sie fertig sind«, sagte Deaglan und wies mit einem Kopfnicken in Richtung des Korridors.

Toby verabschiedete sich und wollte sich zum Gehen wenden. Wie Pru nicht anders erwartet hatte, warf er ihr noch einen fragenden Blick zu. »Geh und mach dich frisch, dann bringen wir dich zu den Pferden, die die Pferde deiner Träume in den Schatten stellen werden.«

Der Bruder lachte und empfahl sich. »Ich bin in ein paar Minuten da.«

Pru sah ihm hinterher, schüttelte den Kopf und atmete tief durch. Mit Deaglan zusammen begab sie sich in die Bibliothek.

Toby Cynster hielt Wort. Zehn Minuten später öffnete er die Tür zur Bibliothek und trat ein. Seine Miene verriet, dass er es kaum erwarten konnte, die Pferde Glengarahs mit eigenen Augen zu sehen.

Pru erhob sich, und Deaglan stand ebenfalls auf. Ohne Umschweife gingen sie gemeinsam zu den Stallungen. Als sie den Nebenhof überquerten, sah Toby sich um und nahm alles in sich auf. Sein Blick blieb an den Zwingern hängen, aus denen ab und an ein Bellen erklang.

»Hunde?«, fragte Toby.

Deaglan nickte. Sein Blick fiel auf die zwei Hunde, die auf sie zustürmten. Molly und Sam. In letzter Zeit hatte er sich kaum um die beiden kümmern können, weil er zu sehr mit den Pferden beschäftigt gewesen war.

»Sie lernen gleich zwei kennen.«

Toby drehte sich gerade rechtzeitig um, bevor Sam und Molly sie erreichten. Die Hunde tollten schwanzwedelnd um sie herum, begrüßten Deaglan und wollten an den Besuchern schnüffeln. Vor allem interessierten sie sich für Toby, der lachte und sich hinkniete, sie hinter den Ohren kraulte und ihre Gesichter betrachtete.

Gute fünfzehn Minuten verstrichen, in denen Deaglan Tobys zahllose Fragen beantwortete. Es war eine Art Einverständnis, die beiden waren einer Meinung, dass Deaglan, der seit Jahren Hunde züchtete, genauso mit einer Pferdezucht zurechtkommen würde.

Irgendwann befahl Deaglan Sam und Molly, zu den Zwingern zurückzukehren, wo sich die beiden ziemlich frei bewegen durften.

Toby schaute den Hunden hinterher. »Sehr schöne Tiere. Sie würden sich in England ebenfalls gut machen.«

Deaglan deutete zu den Stallungen, und die drei gingen weiter.

Als sie in die erste Stallgasse traten, wandte Pru sich an ihren Bruder und rief ihn zur Ordnung. »Du kannst nicht stehen bleiben und dir jedes Pferd genau ansehen«, mahnte sie. »Wirf einfach einen kurzen Blick auf jedes einzelne Tier und vergiss nicht: Die Qualität der Pferde nimmt zu, je weiter wir in den Stall hineingehen.«

»Verstanden«, nickte Toby. »Zweiundfünfzig Pferde sind es, nicht wahr?«

»Exakt«, sagte Deaglan, »sind es siebenundfünfzig.« Für ihn waren Tobys Reaktionen auf die Pferde so, als würden ihm gleich die Augen aus dem Kopf fallen.

Als sie den versteckten fünften Gang betraten und die letzten fünf Pferde betrachteten, waren ihm die Superlative ausgegangen. »Prachtvoll trifft es nicht im Entferntesten, oder?«

Tobys Blick klebte an den drei Hengsten in den letzten drei Boxen, und er schüttelte ungläubig den Kopf. »Auch wenn du mich mit dem Schreiben vorgewarnt hast, habe ich nicht mit dem hier gerechnet. Nicht einmal das, was zwischen den Zeilen stand, hätte mich darauf vorbereiten können.«

Deaglan wollte die Sache endgültig klarmachen und sah Pru an. »Warum zeigen wir deinem Bruder nicht einen der Hengste in Bewegung? Wähle den, der dich am meisten beeindruckt und für die Cynster-Ställe von Interesse sein könnte.«

Wie er erwartet hatte, nickte Pru und drehte sich zu

den Pferden um, wohingegen Toby wie ein Kind an Weihnachten aussah.

»Ich wähle diesen Hengst«, sagte Pru und deutete auf Rosingay, einen starken Vertreter der arabischen Blutlinie. »Für Toby sollten wir ihn auf dem Zirkel reiten und ihn nicht nur an der Longe führen.«

Deaglan nickte und führte den Hengst, nachdem er ihm das Zaumzeug angelegt hatte, aus der Box. In der zweiten Stallgasse gegenüber der Scheune, in der sich der Übungszirkel befand, wurde Rosingay einem Stallknecht zum Satteln übergeben. Deaglan ging indes zu Pru und Toby, die stehen geblieben waren, um sich einige der Pferde in den Boxen noch einmal näher anzusehen.

Fünf Minuten später kehrte der Stallknecht mit Rosingay zurück, der Deaglans Sattel auf dem Rücken hatte. Der Earl ergriff die Zügel und führte das Tier auf den Voltigierzirkel. Pru und ein aufgeregter Toby folgten ihnen.

Deaglan wollte gerade aufsteigen, als Pru eine Hand auf seinen Arm legte. »Nein, lass mich reiten. Ich kenne die Abfolge der Gangarten besser.«

»Du willst mit deiner Eroberung angeben«, spottete er, »gib's zu.« Toby, der die Hände in die Hosentaschen geschoben hatte und ein paar Meter entfernt stand, nickte. »Sie will mit ihrem Fund angeben …«

Deaglan machte einen Schritt zur Seite und hielt das Halfter fest in der Hand. »Das ist mein Sattel. Willst du vielleicht deinen auflegen lassen?«

Sie winkte ab, raffte die Röcke, schob den Stiefel in

den Steigbügel und schwang sich in den Sattel, der nicht ihrer war.

Obwohl ihre Stiefel etwas hin und her rutschten, forderte Pru Deaglan auf: »Lass ihn los.«

Er kam ihrer Bitte nach. Mit Toby zusammen ging er an das Gatter und sah zu, wie Rosingay langsam mit Pru auf dem Rücken durch den Zirkel schritt. Dann trieb sie ihn an, und er fiel in einen leichten Galopp.

Toby stand neben Deaglan und hatte die Augen zusammengekniffen. Es wirkte beinahe so, als würde er auf etwas warten ...

»Verdammt«, murmelte Toby. »Er ist erstklassig.«

Pru ritt an ihnen vorbei und trieb den Hengst noch etwas mehr an.

Plötzlich wieherte Rosingay markerschütternd. Das kraftvolle Pferd scheute und stieg hoch, wodurch die erschrockene Pru in hohem Bogen von seinem Rücken flog.

Entsetzt eilte Deaglan zu ihr.

Toby rannte ebenfalls los, um erst einmal die Zügel des Pferds zu ergreifen, das stampfte und mit dem Kopf schüttelte, als würde es verrückt spielen.

Deaglan fiel neben Pru auf die Knie. Ihm war das Blut in den Adern gefroren.

Er starrte in Prus Gesicht. Sie hatte die Augen geschlossen und rührte sich nicht.

Angst ergriff ihn. Er schloss behutsam die Hände um ihre Schultern. Das Zittern in seiner Stimme war kaum zu überhören, als er flehentlich rief: »Pru, Liebling! Bitte, mach die Augen auf.«

Es waren die richtigen Worte. Pru blinzelte und starrte in Deaglans Gesicht – erkannte sein Entsetzen, seine Qual, seine überwältigende Angst. Dann stellte sich grenzenlose Erleichterung ein.

Sie hob die Hand, und er umklammerte und drückte sie. »Ich bin höchstens etwas außer Atem«, stieß sie hervor, setzte sich mit seiner Hilfe hin und lehnte sich an ihn.

Stirnrunzelnd betrachtete sie den Hengst, der in der Mitte des Zirkels stand. Toby hatte das Tier beruhigt, und die beiden blickten verständnislos zu ihr.

Ihr Blick war verwirrt. »Was ist passiert?« Sie sah Deaglan an. »Warum hat er so schrill gewiehert?« Deaglan war ratlos. »Er hat ohne Probleme vom Schritt in einen leichten Galopp gewechselt. Dann hat Pru ihm das Zeichen für den starken Galopp gegeben, und der Hengst hat einen Schritt gemacht und plötzlich laut gewiehert.«

»Als hätte er Schmerzen.« Pru zog die Stirn kraus, als sie an die Szene zurückdachte. »Ich verstehe das nicht. Da war nichts … Ich habe kein Zucken und keine Veränderung in seiner Gangart gespürt. Er hat ohne Vorwarnung so reagiert.«

Toby starrte sie an. »Ich habe gesehen, dass es in dem Moment passiert ist, als du in den Sattel zurückgefallen bist.«

Er wandte sich dem Pferd zu. Beruhigend redete er auf das Tier ein, das inzwischen wieder ganz ruhig war. Eilig löste er den Sattelgurt und hob vorsichtig den Sattel vom Rücken des Hengsts, drehte ihn um und untersuchte die Unterseite. Seine Miene verhärtete sich, und er trug den

Sattel zu Deaglan und Pru. Toby blieb vor ihnen stehen und wies auf eine Stelle, denn dort blitzte die Spitze einer langen silbernen Nadel hervor, die am hinteren Ende des Sattels im Polster steckte. »Seht ihr? Die Nadel wurde absichtlich an einer Stelle in das Polster gesetzt, die bei schnellerem Tempo nach unten gedrückt wird. Als Pru das Pferd gerade zum starken Galopp antrieb, sank sie tiefer und trieb so die Nadel in den Rücken des Pferds – ein Stückchen neben der Wirbelsäule. Der intensive Schmerz muss den Hengst völlig aus der Fassung gebracht haben.«

Deaglan strich mit der Fingerspitze über die Nadel. Er zeigte den anderen seinen Finger. »Das ist Blut.«

Toby nickte. »Ein teuflischer Akt.« Er sah zu Rosingay. »Glücklicherweise scheint der Hengst sonst unversehrt zu sein. Normalerweise würde ich fragen, wer auf diese Weise versuchen wollte, meiner Schwester Schaden zuzufügen, nur war es ja nicht ihr Sattel. Es war Ihr Sattel, Mylord. Man hat damit gerechnet, dass Sie im Sattel sitzen. Ihr Gewicht hätte die Nadel noch viel tiefer in den Rücken des Hengsts gerammt.« Toby hielt noch immer den Sattel in den Händen. »Wahrscheinlich wären Sie direkt abgeworfen worden, wenn Sie sich in den Sattel gesetzt hätten, bevor Sie die Zügel richtig in die Hand genommen und es sich bequem gemacht hätten. Sie wären vielleicht noch auf dem Hof vor den Stallungen vom Pferd gefallen, und zwar auf das Kopfsteinpflaster. Dann wären sie noch viel härter gestürzt als meine Schwester.«

Mit ruhigem, direktem Blick sah Toby Deaglan an.

»Also, wer versucht hier gerade, Sie umzubringen?«, wandte Toby sich an den Earl. »Das ist nicht der erste Versuch, oder?«

Deaglan sah zu dem Mann, der eines Tages hoffentlich sein Schwager würde. »Nein.«

Der Jüngere musterte ihn einen Moment lang, dann straffte er die Schultern. »Ich denke, ihr solltet mir alles erzählen.«

Deaglan nickte knapp. »Nachdem Pru von Dr. Reilly untersucht worden ist«, schränkte Deaglan ein.

Er wandte sich ihr zu und bemerkte, dass sie die Stirn gerunzelt hatte. »Mir blieb kurz die Luft weg«, protestierte Pru. »In ein paar Minuten geht es wieder.«

»Jedenfalls musst du dich untersuchen lassen«, beschied Deaglan sie. »Wer weiß, was sonst noch durchgerüttelt wurde …«

»Alles an mir ist genau dort, wo es sein sollte, und in bester Ordnung«, beharrte sie. Ihr Geliebter hörte ihr offenbar gar nicht mehr zu. Er kam auf die Beine, wischte sich die Hände ab und zog sie liebevoll auf die Füße.

Toby öffnete das Gatter, machte es auf und trat zur Seite, als Deaglan sie aus dem Zirkel trug. »Nehmen Sie den mit.« Mit einem Kopfnicken wies Deaglan auf den Sattel, den Toby noch immer unter dem Arm trug, und schickte zwei ältere Stallknechte los, die Rosingay holen sollten. Dann ging er weiter mit ihr auf dem Arm. Nicht einmal in der Eingangshalle stellte er sie auf ihre eigenen Beine.

Sie versuchte noch einmal, allen zu versichern, dass es ihr gut gehe, aber sie hätte genauso gegen eine Wand sprechen können. Bligh wurde angewiesen, einen schnellen Reiter zum Arzt zu schicken, der angeblich nicht weit entfernt wohnte.

Pru bedachte Deaglan mit einem verärgerten Blick. »Ich brauche wirklich keinen Arzt.«

Ein Muskel in seinem Kiefer zuckte. »Bitte, lass mir meinen Willen. Zu meiner Beruhigung, deines Bruders und aller anderen hier: Reilly soll dich untersuchen, damit er bestätigen kann, dass alles in Ordnung ist.«

Aus den Augenwinkeln bemerkte sie ebenso Tobys neugierige Miene wie Deaglans übertriebene Fürsorge, die sie albern fand, doch sie konnte sich Deaglans Wunsch nach einem Arzt nicht widersetzen.

Schließlich seufzte sie und gab auf. »Also gut. Mach, was du willst, und lass nach deinem Dr. Reilly schicken.«

Deaglan nahm zwei Stufen auf einmal die Treppe hinauf. Toby folgte ihnen in einigem Abstand.

»Schickst du jedes Mal nach Reilly, wenn ich vom Pferd falle?«

»Das ist nicht der Punkt. Dass es so gemein war, so hinterhältig, das kann ich nicht ertragen und nicht so einfach hinnehmen.«

Sie hatten ihr Zimmer erreicht. Schritte kündigten Maude und Cicely an, die sich sofort auf Pru stürzten, Deaglan und Toby aus dem Zimmer schickten und sich um sie kümmerten. Sobald die Männer gegangen waren, zogen sie ihr das Tageskleid aus und steckten sie ins Bett.

Pru blieb nichts übrig, als ihren Widerstand aufzugeben und sich der Fürsorge aller zu fügen. Sie ließ sich sogar widerspruchslos von dem Arzt untersuchen, der kurz darauf erschien. Auch wenn sie wusste, dass es nicht nötig war, was der Arzt ebenfalls feststellte.

Deaglan, der zusammen mit Toby aus dem Raum geschickt worden war und nun nichts anderes mehr tun konnte, als sich die geschlossene Tür anzusehen, fing den Blick seines zukünftigen Schwagers auf. »Ich brauche einen Drink«, beschwerte er sich.

Toby nickte. »Ich könnte ebenfalls einen vertragen.« In der Bibliothek angekommen, trat Deaglan zur Anrichte und zur Karaffe und den Gläsern, die dort auf einem Tablett standen. Toby, der ihm gefolgt war, schloss die Tür. Er blieb stehen und sah sich um. Dann trat er lachend näher. »Genau wie zu Hause.«

Deaglan hatte zwei Gläser aus der zweiten Reihe vom Tablett genommen und betrachtete sie eingehend. »Das hat Pru auch gesagt.« Er schenkte Whiskey ein, nahm eines der Gläser, betrachtete es noch einmal prüfend und reichte es Toby.

Mit einem überraschten Blick nahm Toby es entgegen. »Ist das eine seltsame irische Gepflogenheit?« Mit einem Kopfnicken wies er auf Deaglans Glas, das ebenfalls einer letzten Überprüfung unterzogen wurde.

»Nein. Das mache ich, weil Pru gestern Abend Gift in meinem Glas entdeckt hat – zumindest gehen wir davon aus, dass es Gift war. Sie hat mich im letzten Moment davon abgehalten, einen Schluck von dem vergifteten Whiskey zu nehmen.«

Toby riss die Augen auf. »Um Himmels willen.«

»Genau.« Deaglan bedeutete ihm, sich in einen der Sessel zu setzen. Sobald sie es sich bequem gemacht hatten und Toby vorsichtig aus seinem Glas getrunken hatte, nahm Deaglan noch einmal einen großen Schluck. »Ich denke, ich sollte Sie über die jüngsten Ereignisse ins Bild setzen.«

Toby gab ihm ein Zeichen fortzufahren. »Bitte, tun Sie das.«

Deaglan hielt kurz inne, um sich zu überlegen, womit er beginnen sollte. Schließlich fing er mit dem Brand in den Stallungen an, gefolgt von dem versuchten Diebstahl der Kontobücher, dem Schuss auf ihn und Pru während des Ausritts und dem Gift im Glas.

Als er geendet hatte, war Tobys für gewöhnlich so lockere Miene hart geworden. »Und nun haben wir eine Nadel im Polster Ihres Sattels.«

Deaglan betrachtete den jüngeren Mann. Er schätzte Toby auf Mitte zwanzig, wirkte jedoch insgesamt reifer als zum Beispiel Felix und verströmte eine starke innere Stärke. Aufgrund dieser ruhigen, gelassenen und klugen Art hatte Deaglan das Gefühl, Toby alles erzählen zu können. Für ihn war es eine Erleichterung, mit einem anderen Mann über all die verstörenden Ereignisse zu sprechen. Mit einem Mann, dem er vertrauen konnte. Zum Glück vermied Toby es, über das Verhältnis seiner Schwester zum Earl of Glengarah zu sprechen. Er akzeptierte es einfach.

Auf dem Gang waren Schritte zu hören. Kurz darauf

klopfte es an der Tür, und Dr. Reilly trat ein. Er hatte Pru soeben untersucht und nahm dankbar den von Deaglan angebotenen Whiskey an.

»Wie geht es ihr?«

»Ich freue mich, Ihnen mitteilen zu können, dass Miss Cynster keine ernsten Verletzungen davongetragen hat.«

»Keine Gehirnerschütterung?«, vergewisserte Deaglan sich.

Reilly nahm einen Schluck von dem Whiskey und schüttelte den Kopf. »Nein. Nichts dergleichen. Ein paar Blutergüsse, sonst nichts. Zweifellos ist sie ordentlich durchgeschüttelt worden, zum Glück ohne sich schwer zu verletzen.«

Toby stimmte ein Lachen an. »Als Kinder von Demon Cynster haben wir praktisch als Erstes gelernt, wie man richtig fällt – und da es uns oft genug passierte, ist uns das richtige Fallen inzwischen in Fleisch und Blut übergegangen.«

»Das hat mir Ihre Schwester bereits gesagt, sehr ausführlich sogar.«

Toby grinste. »Das kann ich mir vorstellen.«

Reilly nahm einen Schluck und wurde wieder ernst. »Leider scheint Miss Cynster abgesehen vom richtigen Fallen nicht geneigt, meinen Ratschlag anzunehmen und in den nächsten Tagen im Bett zu bleiben. Das einzige Zugeständnis, zu dem ich sie überreden konnte, war das Versprechen, sich auszuruhen, wenn sie sich erschöpft fühlt.«

Toby nickte. »Offen gesagt bin ich erstaunt, dass sie es

Ihnen überhaupt erlaubt hat, sie zu untersuchen. Für meine Schwester ist das ein außergewöhnliches Entgegenkommen.«

Reilly trank seinen Whiskey aus und stellte seufzend das Glas ab. »Wie auch immer, ich habe getan, was ich konnte, und darauf bestanden, dass sie wenigstens für den Rest des Tages in ihrem Zimmer bleibt. Zum Abendessen darf sie heruntergehen, wenn sie nicht mehr wackelig auf den Beinen ist und keine Kopfschmerzen hat. Lady Connaught und Mrs. O'Connor wollten mich unterstützen, also bin ich zuversichtlich, dass unsere sture Patientin meine Anweisungen zumindest so weit befolgt.«

»Danke, Dr. Reilly. Wir werden uns bemühen, sie dazu zu bringen, den ärztlichen Ratschlag zu befolgen.«

Nachdem sie den Arzt hinaus zu seiner Kutsche begleitet hatten, gingen die beiden zurück in die Eingangshalle.

Am Fuß der Treppe richtete Toby den Blick auf Deaglan. »Ich sehe es so: Wenn wir wollen, dass Pru es zumindest für den Rest des Tages ruhig angehen lässt, müssen wir für Ablenkung sorgen.«

Deaglan nickte und ging Toby voran hinauf zu Prus Zimmer.

Kapitel 15

Nachdem Deaglan und Toby Cynster die beiden Damen Maude und Esmerelda davon überzeugt hatten, ihrer dickköpfigen Patientin zu verbieten, sich nur einen Zentimeter aus ihrem Sessel zu bewegen, schloss Deaglan die Tür hinter den Möchtegernkindermädchen. Dann holte er für sich und Toby zwei Stühle, und noch einmal sprachen sie über die jüngsten Vorfälle, angefangen vom Brand in den Stallungen bis hin zu der Nadel im Sattel. Dieses Mal versuchten Pru und Deaglan ernstlich, sich Gedanken darüber zu machen, wer hinter den Angriffen stecken mochte.

Toby schürzte die Lippen. »Zwar kann ich den Gedankengang nachvollziehen, dass jemand dahinterstecken könnte, der das Geschäft zwischen euch verhindern möchte, aber wie derjenige die Vorfälle eingefädelt haben soll, bleibt mir ein Rätsel.« Er sah Deaglan an. »Zum Beispiel die letzte Attacke mit dem Sattel. Ich nehme an, die Sattelkammer ist für gewöhnlich nicht abgeschlossen?« Als Deaglan den Kopf schüttelte, fuhr er fort. »Also hätte jeder, der sich mit den Sätteln und den Pferden auskennt, hinter dem Angriff stecken können.«

Deaglan verzog das Gesicht. »Nach dem Feuer habe ich einige Nächte lang Wachen um den Stall herum postiert, doch das habe ich wieder eingestellt. Es erschien mir nicht mehr nötig und auch wenig sinnvoll, da die Leute ja tagsüber genug zu tun haben.«

»Wenn sich also jemand nachts im Schutze der Dunkelheit eingeschlichen hätte«, wandte Pru sich an Deaglan, »dann hätte jeder in die Sattelkammer schlüpfen und die Nadel unter dem Sattel anbringen können.«

»Nicht jeder.« Toby sah Deaglan an. »Wie hätte derjenige wissen können, welcher Sattel Ihnen gehört?«

Deaglan dachte einen Moment lang schweigend nach. »Das Motiv, das Geschäft zwischen Glengarah und den Cynster-Ställen zu vereiteln, könnte durchaus von jenseits der Grenzen kommen, und ein Agent steckt dahinter. Oder es ist jemand, der auf dem Anwesen lebt und sich gegen eine gute Bezahlung hat überreden lassen, dem Verbrecher zu helfen. Es kann zudem jemand sein, den der Täter irgendwie in der Hand hat.«

Toby nickte bedächtig. »Jemand von hier, der die Taten ausführt, das passt. Tatsächlich passt das sogar besser als alles andere. Und wenn ich mich recht entsinne, hat sogar der zeitliche Ablauf, die Zeit zwischen Prus Ausritt nach Sligo und dem Feuer im Stall, durchaus Hand und Fuß.«

Deaglan lehnte sich zurück und spann eine neue Theorie. »Nachdem sie wussten, dass Pru hier ist, hatten sie Zeit, um jemanden zu finden, den sie zwingen konnten, die Drecksarbeit zu erledigen.«

Pru richtete den Blick auf Toby, der innerhalb der

Familie als jemand galt, an den man sich jederzeit wenden konnte. »Also, was sollen wir tun? Sollen wir die Wachen wieder aufstellen – dieses Mal vielleicht um die Burg herum?«

Toby schüttelte den Kopf. »Ein Ort dieser Größe ist von patrouillierenden Wachen kaum zu schützen, und einem Eindringling dürfte es nicht schwerfallen, ihnen aus dem Weg zu gehen.«

»Was dann?«, wollte sie wissen.

Toby hielt ihren Blick gefangen, ehe er den Earl ansah. »Meiner Meinung nach können wir im Augenblick nur dafür sorgen, Sie selbst, so gut es geht, zu beschützen. Das wird nicht leicht, denn es ist – wenn man an das Gift im Whiskeyglas denkt – durchaus möglich, dass der fragliche Komplize jemand aus der Reihe der Bediensteten ist.«

Deaglan schüttelte den Kopf. »Ich kenne praktisch jeden von Geburt an. Den Gedanken, dass vom Personal jemand dazu in der Lage ist, mag ich mir kaum vorstellen.«

»Egal«, warf Pru ein. »Irgendjemand stellt eine echte Gefahr für dich dar, und ich weiß nicht, wie wir dich vor einem weiteren Anschlag bewahren sollen – vor allem wenn es sich um einen Schuss auf dich handelt.«

»Wir können es demjenigen zumindest so schwer wie möglich machen«, sagte Toby. »So lange, bis das Geschäft unter Dach und Fach ist. Das scheint nämlich der Knackpunkt zu sein: die Zuchtvereinbarung zwischen den Cynsters und den Glengarahs.«

»Das stimmt.« Pru nickte. »Das ist ein wichtiger Punkt. Sobald das Geschäft abgeschlossen ist, gibt es kein Motiv mehr für weitere Anschläge. Wir haben über die Ereignisse gesprochen, als würde unser Verdächtiger versuchen, dich zu töten. Natürlich hätte jeder Vorfall ein Versuch gewesen sein können, dich zu verschrecken.«

»Oder mich zu verletzen, um die Verhandlungen hinauszuzögern. Oder in mir das Gefühl zu erwecken, dass ein Geschäft mit den Cynsters das Risiko nicht wert ist.« Deaglan schwieg und sah Toby an. »Ich habe noch immer Schwierigkeiten damit zu akzeptieren, dass es da draußen Zuchtbetriebe geben soll, die vielleicht Wind von dem bevorstehenden Geschäft zwischen uns bekommen haben und deshalb ein so hinterlistiges Verhalten an den Tag legen.«

Toby erwiderte seinen Blick einen Moment lang, ehe er sich an Pru wandte. »Wie viel hast du ihm erzählt?«

»Wie ich kürzlich erklärt habe, ist das kein gewöhnliches Geschäft. Eine exklusive Zuchtvereinbarung zwischen den Cynster-Ställen und Glengarah hätte das Potenzial, den Rennstall der Cynsters an die absolute Spitze zu befördern. Was ich nicht erwähnt habe, ist die mögliche Aussicht auf sehr, sehr hohe Gewinne, auch für Glengarah.« Sie hielt kurz inne und sah Deaglan an. »Dein Vater hat eine bemerkenswerte und unglaublich wertvolle Grundlage geschaffen und sich dennoch geweigert, Kapital daraus zu schlagen. Du hast vor, diese Quelle zum Sprudeln zu bringen. Was du erkennen und akzeptieren musst, ist die Tatsache, dass die Qualität der Pferde, mit denen du arbeitest, die Glengarahs in dieselbe Liga wie die Cynsters katapultiert. Aufgrund der Besessenheit deines Vaters stehst du jetzt mit uns auf einer Ebene – mit den erstklassigen Zuchtbetrieben. Wir alle müssen unsere Blutlinien auffrischen, und dazu hältst du den Schlüssel in der Hand. Und die möglichen Gewinne für euch sowie die entsprechenden Verluste für andere sind enorm.«

Es herrschte Schweigen, als Deaglan die Bedeutung der Worte in sich aufnahm.

»Es gibt da draußen tatsächlich Konkurrenten, die ein Motiv für all das hätten, was bisher hier geschehen ist. Und in Fällen wie diesem, wenn so viel auf dem Spiel steht, könnte ich mir durchaus vorstellen, dass jemand sogar so weit gehen würde, einen Konkurrenten zu ermorden«, sagte Toby.

Er saß in einer dunklen Ecke des Schankraums. Obwohl ein Krug mit Bier vor ihm stand, wagte er es nicht, einen Schluck zu nehmen und dafür den Mann, der ihm gegenübersaß, für einen Moment aus den Augen zu lassen.

Es war niemand in der Nähe, der ihr Gespräch belauschen konnte. Die anderen Gäste erkannten einen Bösewicht, wenn sie ihn sahen, und blickten Finn und seine beiden Schurken, die auf zwei Stühlen zwischen Finn und dem Rest des Wirtshauses saßen, nicht einmal an.

»Mir ist klar«, sagte Finn, »dass es gerade etwas schwierig für Sie ist. Sie konnten nicht vorhersehen, dass es nötig würde, so drastische Schritte zu unternehmen.« Mit einem viel zu verständnisvollen, gefährlichen Lächeln fuhr er fort: »In Ihrem Fall sind die Würfel nun einmal so gefallen.« Er zog eine Augenbraue hoch. »Oder sollte ich besser sagen: In die Richtung sind die Klepper nun einmal gelaufen?«

Wieder lächelte er. Ein beunruhigender Anblick. Selbst in dem schummrigen Licht des Schankraums konnte er erkennen, dass das Lächeln Finns Augen nicht erreichte. Überhaupt hatte er nie erlebt, dass in den eisigen Tiefen so etwas wie Wärme gestanden hätte.

»Wir haben es ja zwischendurch besprochen«, sagte Finn, und seine Stimme war voller Skepsis. »Wenn die Cynsters ein Geschäft mit Ihrem Arbeitgeber abschließen, kann ich mir kaum vorstellen, dass der Earl die Kontrolle über den Stall nicht wieder genauso übernehmen wird wie in der Zeit, bevor er Glengarah verließ.«

Woher um alles in der Welt Dougal Finn sein umfangreiches Wissen hatte, konnte er sich nicht erklären, nur hatte der Mistkerl seine Finger immer und überall im Spiel.

»Sie hatten Glück, dass der Lord dem Stall vorher noch nicht so viel Aufmerksamkeit geschenkt hat«, fuhr Finn fort. »Er ist nicht wie sein Vater, der am Ende völlig abgehoben und weltfremd war. Deaglan Fitzgerald ist ein Grundbesitzer ganz anderer Art.« Finn machte eine Pause. »Eine Tatsache, die Sie irgendwie ändern müssen. Und zwar ein für alle Mal.«

»Das habe ich ja versucht und es so gemacht, wie Sie es mir vorgeschlagen haben. Ich wollte die Beweise vernichten. Leider hat das nicht funktioniert, und jetzt habe ich keinen Zugriff mehr darauf. Deshalb habe ich probiert, sie in Angst und Schrecken zu versetzen, ihn und sie. Bisher hat sie noch nicht die Flucht ergriffen, sondern ist immer noch da.«

Finns flüchtiges Lächeln wirkte scharf wie ein Messer. »Und wenn ich es richtig verstanden habe, ist noch ihr Bruder aufgetaucht, um sie zu unterstützen. Klingt, als würden sie sich bereit machen, das Geschäft unter Dach und Fach zu bringen.«

»So weit sind sie nicht. Bislang haben sie nicht mit den Verhandlungen begonnen. Was ich getan habe, hat alles ein bisschen verzögert.«

Finn gab einen dramatischen Seufzer von sich. »Die Sache zu verzögern mag hilfreich sein, ist jedoch keine langfristige Lösung. Wie ich erklärt habe, müssen Sie sicherstellen, dass Sie mit Ihrem kleinen Arrangement weiterkommen, bis Sie Ihre Schulden beglichen haben. Wie wollen Sie mir das Geld sonst zurückzahlen, wenn diese Geldquelle versiegt?« Finn schüttelte gespielt traurig den Kopf. »Nein. Das Unvermeidliche ein paar Wochen aufzuschieben ist inakzeptabel. Ich freue mich zwar zu hören, dass Sie versuchen, sich der Bedrohung zu entledigen, aber mein Ratschlag lautet wie folgt: Strengen Sie sich mehr an.«

Über den Tisch hinweg bohrte sich Finns Blick in ihn. »Lange Rede, kurzer Sinn: Entweder beseitigen Sie die Bedrohung, die der Lord darstellt, mein Freund, oder Sie müssen andere Schritte unternehmen, um den Schaden für mich zu begrenzen.«

Ein unheilvolles Schweigen entstand, umhüllte ihn, erstickte ihn beinahe, raubte ihm die Luft zum Atmen.

Den Blick auf ihn gerichtet, beugte Finn sich zu ihm vor. »Haben Sie verstanden?«

Sein Gegenüber zwang sich zu nicken. »Ich habe es heute wieder versucht mit einer Art Falle. Vielleicht ist er hineingetappt, wenn ich zurückkehre. Zumindest dürfte er verletzt und für eine gewisse Zeit aus dem Verkehr gezogen sein. Das Geschäft mit den Cynsters wird vermutlich erst einmal nicht weiter vorangehen.«

»Vermutlich.« Finn schüttelte beinahe bedauernd den Kopf. »Vermutlich, mein Freund, reicht nicht aus.«

Er schluckte schwer. »Ich weiß. Geben Sie mir noch Zeit, um etwas Endgültigeres zu arrangieren.«

Finns Miene hellte sich deutlich auf. »Jetzt verstehen wir uns.«

Zum Mittagessen – einem leichten, kalten Mahl, das in Prus Zimmer serviert wurde – stießen Felix und Cicely zu ihr, Deaglan und Toby.

Zuvor hatte Cicely Felix von der Nadel im Sattel und von Prus Sturz erzählt. Als leidenschaftlichem Pferdenarren hatte ihn nicht allein die Gefahr entsetzt, der Pru ausgesetzt gewesen war, sondern genauso der potenzielle Schaden, den das wertvolle Pferd hätte nehmen können. Pflichtschuldig war er in den Stall gegangen, hatte nach dem Hengst gesehen und konnte zur großen Erleichterung aller berichten, dass Rosingay den Schrecken des Vormittags gut überstanden hatte.

Toby wandte sich an Deaglan. »Da Pru ja im Moment an den Sessel gebunden ist, könnten wir vielleicht schon einmal mit den Vorverhandlungen beginnen?«

Obzwar der Earl wirkte, als wollte er sofort auf den Vorschlag anspringen, hielt Pru ihn für ein Ablenkungsmanöver und setzte ein schwaches Lächeln auf. »Tatsächlich muss ich zugeben, dass ich mich dem gerade nicht gewachsen fühle.«

Pru sah Toby in die Augen. Allein er konnte sich denken, dass sie schwindelte. Trotzdem machte sie einen Vorschlag. »Vielleicht solltest du, Toby, dich etwas genauer im Stall umschauen. Ich würde mir gern deine Meinung anhören, vor allem zu den Pferden im vierten und fünften Gang. Oh, und zu Deaglans Pferd Thor. Er steht in der ersten Stallgasse auf der linken Seite.«

Toby war sofort Feuer und Flamme, genauso wie sie es erwartet hatte. Er erhob sich und wollte gehen, als Pru sich an Felix wandte. »Sie sollten Toby vielleicht lieber begleiten und etwas unter Kontrolle halten, damit er nicht ausrastet.«

Als sie sich gemeinsam auf den Weg gemacht hatten, nahm Pru sich Cicely vor. Die junge Frau fragte sich offensichtlich, wie sie es schaffen sollte, an diesem kleinen Ausflug teilnehmen zu können. »Und nachdem Cicely sich die Mühe gemacht hat, die Kosten für den Stall so schön auszurechnen, möchte sie euch ja vielleicht begleiten?«

Toby sah zu Pru, lächelte und reichte Cicely den Arm. »Ich sehe keinen Grund, warum wir uns den Stall nicht zu dritt anschauen sollten. Die Älteren können derweil gern ein Mittagsschläfchen machen.«

Pru zog wie eine Grande Dame die Augenbrauen hoch, Felix und Cicely lachten, Toby grinste, und Deaglan bedeutete den dreien mit einem hochmütigen Ausdruck zu gehen.

Pru lachte leise in sich hinein, als das Trio sich auf den Weg machte, dann waren sie allein. Deaglan setzte sich in den Sessel neben Pru. »Cicely ist an Felix interessiert«, sagte er.

»Das stimmt. Und Felix ist an Cicely interessiert, selbst wenn er noch in der Phase steckt, sich das selbst eingestehen zu müssen.«

»Und Toby?«

»Stammt aus einer langen Reihe von Kupplern. Ich gehe davon aus, dass er alles in seiner Macht Stehende tun wird, um Felix dazu zu bringen, nicht bloß seinen eigenen Wunsch zu erkennen, sondern auch danach zu handeln.«

Belustigt schüttelte Deaglan den Kopf.

Es klopfte an der Tür.

»Ja?«, rief Pru.

Toby steckte den Kopf ins Zimmer. »Ich habe gerade mit Bligh gesprochen. Da wir keine Ahnung haben, was genau hier vor sich geht, hielten er und ich es für angebracht, einen Diener im Flur zu postieren.« Mit einem Kopfnicken wies Toby in Richtung der Treppe. »Er steht ein paar Türen weiter und hat Befehl, niemanden zu dieser Tür vorzulassen, solange Sie oder Pru es nicht erlaubt haben.«

Toby grüßte, zog sich zurück und schloss die Tür wieder.

Pru starrte zur Tür. »Ich vermute, dass nicht einmal deine Tante uns unerwartet stören wird.«

Sie lachte, wurde dann jedoch wieder ernst. »Tatsächlich hat sein Vorschlag, ein kleines Mittagsschläfchen zu halten, einen gewissen Reiz.«

Deaglan musterte sie skeptisch. Trotz des Schreckens am Morgen wirkte sie weder müde noch schwach und erst recht nicht zerbrechlich.

Als wollte sie den Beweis dafür erbringen, schlug sie die Decke zurück, die Cicely ihr über die Knie gelegt hatte, und stand auf.

Eilig erhob Deaglan sich und war bereit, sie aufzufangen, falls sie ins Taumeln geraten sollte.

Sie drehte sich zu ihm um, fiel ihm in die Arme und küsste ihn sehr entschieden, nahm sein Gesicht in beide Hände und zog ihn an sich.

Ohne zu zögern, folgte er ihrem Ruf und erwiderte ihren Kuss mit der gleichen Begeisterung. Sie ließen die Zügel schießen und stürzten sich Hals über Kopf in die Flammen der Leidenschaft.

Sie schmiegte sich an ihn, verschmolz mit ihm. »Ich glaube, wir müssen damit rechnen, dass meine Beine nachgeben«, warnte sie leise. »Ich schlage vor, wir ziehen uns ins Bett zurück?«

»Dein Wunsch ist mir Befehl«, murmelte er.

Er spürte, wie sie die Lippen zu einem Lächeln verzog. Dann bückte er sich, hob sie hoch und trug sie zum Bett.

Er ließ sie auf die Decke hinab und legte sich zu ihr. Auf den Ellbogen gestützt, musterte er ihr Gesicht. »Ruhst du dich wirklich genug aus?«

Sie zog ihn an sich und strich mit den Lippen über den Rand seines Ohrläppchens. »So schwer war ich ja nun auch wieder nicht verletzt ...«

Als sie ihn erneut küsste, voller Verlangen und Leidenschaft, bot er sich ihr an. Er war mehr als bereit, huldigte ihr mit Hingabe, erkundete ihre Kurven, die er Stück für Stück entblößte. Es gab keinen Grund, irgendetwas zu überstürzen. Sie konnten sich Zeit lassen, alles genießen, bewundern und auf dem Weg zur Erfüllung jeden Zentimeter in Besitz nehmen.

Als sie schließlich nackt auf der Satindecke lag, war er noch immer vollständig angezogen. Sie runzelte die Stirn und wollte nach ihm greifen, doch er zog sich zurück, sodass sie ihn nicht erreichen konnte. Er hob ihren nackten Fuß an, fuhr mit den Fingerspitzen über die Unterseite, nahm dann, ohne sie aus dem Blick zu lassen, ihr Bein und strich mit den Lippen darüber.

Sie erschauerte, und ihre Atmung ging noch schneller. Ihre Augen blieben auf ihn gerichtet, während er sie weiter bedächtig erkundete. Er streichelte mit den Fingerspitzen über die Rundungen ihrer Unterschenkel, ihres Knies und ihres Schenkels, ehe er die gleiche Spur mit den Lippen nachzeichnete. Sie war ruhelos, brauchte ihn, war angespannt und ungeduldig. Endlich spreizte er ihre Schenkel und widmete sich ihrem geheimsten Punkt, der ihn so verführerisch lockte, feucht, heiß, einladend.

Er leckte und saugte. Ihr Atem ging immer schneller. »Da vor der Tür ein Diener steht, müssen wir leise sein«, flüsterte er. »Wir wollen schließlich nicht, dass er angestürmt kommt, um nachzuschauen, warum du geschrien hast, oder?«

»Ich bin überrascht, dass du deinen Dienern nicht eingebläut hast, bestimmte Dinge vielleicht besser zu überhören«, brachte Pru atemlos hervor.

Er hielt kurz inne. »Vorher bestand nicht die Notwendigkeit dazu. Ich hatte noch nie eine Dame hier.«

Diese Enthüllung erfüllte sie mit einem Gefühl selbstzufriedener Freude. Als er sie mit der Zunge erforschte, verkniff sie sich ein Stöhnen. »Ich kann auch leise sein«, zwang sie sich zu keuchen.

Er überprüfte ihre Entschlossenheit bis an die äußerste Grenze. Als er ihr einen Höhepunkt schenkte und sie in unzählige Funken zerbarst, musste sie die Hand an den Mund pressen, um ihren lauten Aufschrei zu dämpfen.

Deaglan beobachtete, wie Lust und Leidenschaft sie ergriffen und befriedigten. An diesem Anblick würde er sich niemals sattsehen, nicht einmal in hundert Jahren.

Als sie schließlich erschöpft auf die Decke sank, lächelte er sehr zufrieden mit sich selbst und legte sich neben sie.

Er hob eine Hand und spielte träge mit ihren goldenen Locken. Sanft und beruhigend streichelte er über die schlanken Kurven ihres Körpers, auf denen Schweißperlen glitzerten. Er liebte es, das tun zu können, und er spürte ihren Blick auf seinem Gesicht, in dem noch immer der Hunger und das Verlangen brannten.

Irgendwann richtete sie ihre Aufmerksamkeit auf ihn und machte langsam die Knöpfe seiner Weste und seines Hemds auf. »Ich bin dran.«

Er betrachtete sie und staunte über die lustvolle Vorfreude, die ihr ins Gesicht geschrieben stand. »Das musst du nicht.«

Sie hob den Blick, und dieses Mal erwiderte er ihn. Kurz nahm sie alles in sich auf, was er sie dort sehen ließ. Ein bedächtiges, sinnliches Lächeln umspielte ihre Mundwinkel. »Wenn du glaubst, dass ich mir die Chance entgehen lasse, dich am helllichten Tag zu nehmen, dann liegst du richtig falsch.«

Er lachte. Im nächsten Moment hatte sie sein Hemd aufgeknöpft und legte die Hände auf seine Brust – und der Hunger und das Verlangen, das er bisher zurückgedrängt hatte, brachen sich mit aller Macht Bahn.

Er zügelte seine Instinkte, um ihr die Möglichkeit zu lassen, nach ihren Regeln zu spielen, als sie ihn auszog und ihn dann mit ihren Lippen erkundete, wie er es zuvor mit ihr gemacht hatte.

Langsam atmete sie aus, ließ sich auf ihn sinken und nahm ihn in sich auf, umschloss ihn mit ihrer feuchten Hitze, spannte ihre inneren Muskeln an, hielt ihn so fest und raubte ihm beinahe den Verstand.

»Du bist wirklich unersättlich«, sagte er staunend.

»Und du etwa nicht?« Sie hob verlangend die Hüften an, als er die Augen schloss und sich von ihr reiten ließ mit hemmungsloser Leidenschaft und überschäumender Begierde. Für den Moment war es eine Hingabe, die seine

Seele umfing. Er würde sich immer nach ihr verzehren, sich nach ihr sehnen. Von ihr würde er niemals genug bekommen.

Mit ihr würde er die Erfüllung finden und dennoch immer süchtig bleiben.

Diese Erkenntnis brannte hell in seinem Verstand, als zuerst sie und dann er die Erfüllung fand.

Spät in der Nacht lag Deaglan im Dunkel des Zimmers neben der Frau im Bett, die die Schlüssel für seine Zukunft in der Hand hielt.

Sie lagen Seite an Seite auf dem Rücken und starrten in den Betthimmel hinauf. Er wusste, dass sie noch nicht eingeschlafen war, sondern wie er entspannt dalag und den sinnlichen Nebel genoss, der sich nach einem solchen Akt über sie legte.

Er hatte die Worte seines Onkels Patrick nicht vergessen. *Man sagt, dass die Cynsters nur aus Liebe heiraten.*

Damals hatte er diese Erkenntnis als irrelevant zur Seite geschoben, weil er angenommen hatte, dass eine Hochzeit zwischen ihnen wohl keine Rolle spielen würde. Nach den Ereignissen des Tages aber, nach der Angst, die er empfunden hatte, als er sie hatte stürzen und reglos auf dem Boden liegen sehen, hatte ihn die Kraft des Gefühls beinahe in die Knie gezwungen.

Wenn es die Liebe war, die es brauchte, um sie zu seiner Frau zu machen, dann wollte er ihr diese Liebe schenken.

Er verspürte den Drang, etwas zu sagen und über eine

mögliche Hochzeit zu sprechen, fand jedoch nicht die richtigen Worte, um das Thema anzuschneiden. Und er wollte sie auf keinen Fall verschrecken, sie auf keinen Fall verjagen. Vor allem nicht, nachdem Toby hier erschienen war, dem sie die Verhandlungen übertragen könnte, falls es ihr Wunsch sein sollte, Glengarah zu verlassen. Er musste einen Weg finden, um sie in ein Gespräch über Hochzeit und Ehe zu verwickeln.

Er brauchte noch einige Momente. »Du scheinst deine Zeit hier bei uns genossen zu haben«, begann er schließlich mit leiser, gelassener Stimme. »Hast du irgendwann daran gedacht, nachdem wir das Geschäft abgeschlossen haben, noch länger in Irland zu bleiben?«

Pru wurde ganz still, als ihr der Gedanke durch den Kopf ging, nach Glengarah zurückzukehren. Tief in ihrem Herzen gestand sie sich ein, was sie seit Tagen wusste: dass sie sich hier weitaus mehr zu Hause fühlte als in den Hügeln von Newmarket. Dieses wilde Land hatte etwas, das sie ansprach, das sie tief berührte.

Und außerdem gab es ihn. Und seine Pferde, seine Burg, seine Leute …

Ich will bleiben.

Die kleine Stimme in ihrem Inneren war nicht zu überhören. Pru war sich nie sicher gewesen, für wen diese Stimme sprach, vermutete indes, dass es ihr wahres Ich war, das sie hinter einem Panzer verbarg.

Hier bei ihm zu bleiben war nicht gerade Teil der Vereinbarung gewesen, auf der sie selbst bestanden hatte. Und realistisch betrachtet, konnte sie nur bleiben, wenn sie heirateten, wovon er gar nicht direkt gesprochen hatte.

Wollte er überhaupt wissen, ob sie sich vorstellen konnte, noch mehr Zeit auf Glengarah zu verbringen und ihm bei der Organisation des Zuchtprogramms zu helfen?

Sie räusperte sich. »Ich vermute, du meinst damit, dass ich bleiben soll, um dir bei der Umsetzung des Zuchtprogramms zu helfen, oder? Ich würde sagen, dass das durchaus denkbar wäre.« Sie zwang sich, gelassen die Achseln zu zucken. »Wir müssen mal schauen, wie die Dinge sich entwickeln.«

Deaglans Mut sank. Ihr Tonfall war nicht ablehnend gewesen, hingegen desinteressiert. Was ihn wirklich traf, war die Tatsache, dass sie seine Frage direkt auf das Geschäftliche bezogen hatte und nicht auf die persönliche Ebene. War sie denn nicht persönlich genug?

Er liebte sie, daran hatte er keinen Zweifel mehr. Liebte sie ihn auch? Könnte sie, ungeachtet seiner Stellung, darüber nachdenken, ihn zu heiraten?

Deaglan rief sich jede Sekunde in Erinnerung, die sie gemeinsam verbracht hatten, ohne eine Antwort auf diese Frage zu finden. Er konnte es wirklich nicht sagen, hatte keine Ahnung, ob sie ihn nun mochte oder nicht. Ober ob das Geschäft zwischen Glengarah und den Cynsters für sie die Hauptsache war und wichtiger als jede Spur von Zuneigung.

Er lag neben ihr und zermarterte sich das Gehirn, kämpfte mit Emotionen, mit denen er keine Erfahrung hatte – er, der als einer der größten Liebhaber in der Gesellschaft bekannt war. Was für ein Witz!

Nichts aus seiner Vergangenheit war ihm im Hier und Jetzt eine Hilfe.

Sein Leben war ein anderes geworden, und er hatte sich ebenfalls verändert.

Langsam beruhigte sich der Sturm in seinem Kopf wieder. Und eine Entscheidung stand unerschütterlich fest. Er würde nicht aufgeben.

Das lag einfach nicht in seiner Natur. Deaglan gab nicht auf, wenn es um etwas ging, das ihm etwas bedeutete. Er hatte an seinem Traum mit den Pferden festgehalten und stand nun kurz davor, diesen Traum Wirklichkeit werden zu lassen.

Und er würde daran festhalten, sie zu seiner Frau zu machen. Würde damit allerdings warten, bis die Verhandlungen abgeschlossen waren und das Geschäft unterzeichnet war. Erst dann würde er sie um ihre Hand bitten. Sie sollte nicht riskieren, dass ein Eheversprechen als Trick ausgelegt würde. Zugegebenermaßen würde es nicht leicht werden, beide Bereiche voneinander zu trennen. Sie waren, wer sie waren, und es war der Wunsch nach einer Vereinbarung gewesen, der sie zusammengebracht hatte. Sobald dies geregelt war, würde man über Persönliches sprechen. An diesem Abend hatten sie schließlich beschlossen, am nächsten Tag mit den offiziellen Gesprächen zu beginnen. Ein Ende des Prozesses war also in Sicht.

Nachdem sie die Papiere unterzeichnet hätten, schwor er, auf die Knie zu fallen und sie zu bitten, seine Frau zu werden. Er würde sein Herz und seine Zukunft in ihre Hände legen, selbst wenn ein Teil von ihm rebellierte, weil er sich damit verletzbar machte.

Wenn das der Preis wäre, den er bezahlen müsste, um Prudence Cynster zu seiner Frau zu machen, dann war er damit einverstanden.

Kapitel 16

Nach dem Frühstück am nächsten Morgen betrat Pru zusammen mit Deaglan, Felix und Toby die Bibliothek, um mit den offiziellen Verhandlungen zu beginnen.

Sie war nicht bloß unsicher, was Deaglan über zukünftige geschäftliche Treffen denken würde, sondern war sich auch nicht mehr sicher, ob es eine gute Idee gewesen war, Toby in die Ställe zu schicken, um sich dort näher umzusehen. Immerhin waren es außergewöhnlich erstklassige Pferde, an die sie sich zwischenzeitlich gewöhnt hatte, während Toby gerade mal vierundzwanzig Stunden gehabt hatte, um die Wirkung der Tiere auf sich zu verarbeiten.

Sie nahmen ihre angestammten Plätze ein, und sobald sie es sich bequem gemacht hatten, nickte Deaglan ihr aufmunternd zu. »Ladys first.«

Sie zog die Augenbrauen hoch. Das hier war offensichtlich nicht Deaglans erste geschäftliche Verhandlung, dachte sie amüsiert.

»Die wichtigsten Punkte, die wir, die Cynster-Ställe, in eine Zuchtvereinbarung mit Glengarah aufnehmen wollen, ist zuallererst einmal Exklusivität, das heißt ein exklusiver Zugriff auf den gesamten Zuchtbestand von Glengarah. Zweitens möchten wir eine Liste ausgewählter Stuten Glengarahs erstellen, die zum Cynster-Stall in Newmarket geschickt werden, um dort von den Cynster-Hengsten gedeckt zu werden.« Sie hob noch einen Finger. »Und schließlich möchten wir, dass die Zuchtgebühren für jedes ausgetauschte Pferd individuell abgestimmt werden.«

Das waren insgesamt vier Punkte. Sie blickte hoch und bemerkte, dass Deaglan ernst geworden war. Als sie ihn fragend ansah und auf seine Reaktion wartete, rührte er sich. »Zum ersten Punkt: Wir möchten, dass die Dauer der Exklusivität begrenzt wird, zum Beispiel auf fünf Jahre. Und selbstverständlich sind davon alle Deckakte zwischen den Stuten und Hengsten Glengarahs ausgenommen. Außerdem fordern wir ein schriftliches Arrangement für die Verteilung der Nachkommen, die aus allen Deckakten innerhalb des Zuchtprogramms hervorgehen.« Er hielt inne und sah Pru an. »Und wie immer die Vereinbarung am Ende aussieht, so erwarten wir, dass wir von den Cynsters fortlaufend Ratschläge für unser eigenes Zuchtprogramm erhalten, das im Vertrag zwischen den Cynster-Ställen und den Glengarah-Ställen geregelt wird – ein Zuchtprogramm, das sich allein um die Vollblüter der Glengarahs dreht.«

Pru sah Toby an. Sie hatten die Glengarah-Pferde gesehen. Sie wussten, dass das von Deaglan vorgeschlagene Zuchtprogramm wahrscheinlich für die spektakulärsten Zuchterfolge sorgen würde. Allerdings war das sehr langfristig gedacht, da noch keines der Pferde Rennnachwuchs hervorgebracht hatte. Dagegen würde die gemeinsame Zucht der Glengarahs und Cynsters, bei der bewährte Rennpferde eingesetzt würden, sehr schnell zu wertvollen Nachkommen führen.

Sie hatte von Anfang an gewusst, dass es ein Streitpunkt und ein Stolperstein für die Zustimmung ihres Vaters und von Nicholas würde, wenn Glengarah neben der Vereinbarung mit den Cynsters noch züchten würde. Ebenfalls würde Toby dieser Punkt sauer aufstoßen, doch angesichts seiner Miene war es anscheinend eine Pille, die er zu schlucken bereit war. Der Gedanke, einen so starken Konkurrenten zu haben, behagte ihm vermutlich nicht, aber er hatte die Vollblutpferde gesehen und war deshalb zu diesem Kompromiss bereit.

Sie sah Deaglan an. »Angesichts dieser Punkte und Ziele glaube ich, dass wir zu einer Einigung gelangen werden.« Sie warf einen Blick auf ihre Notizen, die sie eigentlich nicht lesen musste, denn all ihre Erfahrung und all ihr Wissen waren in ihrem Kopf.

»Erstens: Was die Exklusivität betrifft, würdet ihr darüber nachdenken …«

Damit traten sie in die Verhandlungen ein. Zwischen ihr und Deaglan ging es hin und her, bis sie sich schließlich geeinigt hatten. Es würde zunächst eine zehnjährige Exklusivität geben, und falls beide Seiten am Ende dieser Frist zufrieden waren, könnte die Vereinbarung um weitere drei Jahre verlängert werden. Bei notwendigen Veränderungen könnten Neuverhandlungen stattfinden, bevor ein anderer Stall einen Zugriff auf die Pferde in Glengarah bekam. Das war Prus Meinung nach die beste Übereinkunft, zu der beide Seiten kommen konnten.

»Also gut.« Deaglan beugte sich vor und stützte die Unterarme ab. »Ich akzeptiere euren zweiten und dritten Punkt, die Erstellung einer Liste, um Pferde zwischen Glengarah und Newmarket auszutauschen. Diese Listen müssen jährlich erstellt und abgeschlossen werden, sagen wir am ersten November? So haben wir genug Zeit, um einen sicheren Transport zwischen den beiden Ställen zu organisieren und durchzuführen.«

Pru nickte. »Wir müssen uns die Fohlen, die über das Jahr geboren wurden, ansehen und die Qualität der Hengst- und Stutfohlen aus dem Vorjahr mit einbeziehen, ehe wir die Listen für jede Zuchtsaison erstellen.« Sie machte eine Pause. »Das führt uns zur Aufteilung des Nachwuchses.«

Deaglan musste sich sehr konzentrieren, als sie nun in die Diskussion über die Aufteilung der Nachkommen aus den Deckakten Cynster-Glengarah und Glengarah-Cynster einstiegen. Auf diesem Gebiet war Pru die absolute Expertin, und sie hatte nicht vor, den Namen, die Erfahrung und das Wissen der Cynsters unter Wert zu verkaufen. Sie verhandelte hart, was nicht leicht für ihn war.

Obwohl er ihr die fünf Pferde, die er als Druckmittel für die Verhandlungen in der Hinterhand behalten wollte, bereits gezeigt hatte, besaß er noch einen Trumpf im Ärmel, mit dem er ihre harte Haltung abmildern wollte. Er wollte sie dazu verleiten, ihm und Glengarah mehr zuzugestehen.

Er wartete, bis sie bei ihren Verhandlungen einen Stillstand erreicht hatten und sie von seinen Wunschvorstellungen noch sehr weit entfernt war. Nachdem er eine volle Minute lang schweigend in seinem Sessel gesessen hatte, fing er ihren Blick auf. »Was wäre, wenn Glengarah anbieten würde, eine begrenzte Anzahl von Deckakten einzuschließen, zum Beispiel drei pro Jahr?«

Eines musste er ihr lassen: Zwar blinzelte sie und starrte ihn an, reagierte ansonsten indes nicht. Toby dagegen verfügte nicht über ihre Selbstbeherrschung und war offensichtlich mehr als bereit, sofort auf dieses Angebot anzuspringen.

Sie sah zurück zu Deaglan. »Fünf pro Jahr, würde ich sagen. Und wir müssen uns über die Hengste und die Stuten einigen, die zusammengebracht werden.«

»Vier. Das ist die Obergrenze. Und alle Deckakte finden hier statt.«

Sie zögerte einen Moment lang. Schließlich nickte sie. »Abgemacht.«

Innerlich jubelte er. Fortlaufend theoretische Ratschläge zu erhalten war eine Sache. Das hingegen in die Tat umgesetzt zu sehen wäre noch wertvoller. Von den Cynsters zu lernen und Zugriff auf ihr Wissen zu bekommen würde sicherstellen, dass er keine Zeit mit Kreuzungen vergeudete, die keine erstklassigen Fohlen hervorbringen würden.

»Also kommen wir zur Aufteilung der Nachkommen zurück ...«

Pru erwiderte seinen Blick, und obwohl er im Blau

ihrer Augen ablesen konnte, dass sie seinen Trick durchschaut hatte, eine so begehrte Prämie in die Vertragsverhandlungen einbrachte, war sie nun bereit, ein Stück von ihrer harten Linie bei der Aufteilung der Fohlen abzuweichen, um sich das Geschäft zu sichern.

Schließlich stand die Vereinbarung: Zwanzig Prozent der Cynster-Glengarah-Nachkommen, dreißig Prozent der Glengarah-Cynster-Nachkommen und fünfzig Prozent der Glengarah-Glengarah-Nachkommen gingen an Glengarah. Über die letzte Zahl war hart verhandelt worden, doch die fünfzig Prozent der reinrassigen Glengarah-Nachkommen, die über die Irische See nach Newmarket verschifft würden, waren sein Zugeständnis gewesen, und er hatte nicht vor, schwach zu werden und den Cynsters noch mehr zuzugestehen.

Nachdem sie über die Aufteilung gesprochen und die Vereinbarung akzeptiert hatten, dauerte es nicht lange, sich auf eine Vorgehensweise über die Entscheidung zu einigen, welche Fohlen an wen gehen sollten.

Pru dachte noch einmal über die Vereinbarung nach, die in ihrem Kopf Stück für Stück Gestalt annahm. Schließlich nickte sie. »Also gut. Nachdem wir uns auf diese Punkte geeinigt haben, bleiben lediglich die Zuchtgebühren übrig, auf die wir uns verständigen müssen.« Sie betrachtete Deaglan und war sich bewusst, dass sie mit dem Cynster-Angebot einen Punkt treffen musste, der alle Einzelheiten umfasste, auf die sie sich bisher geeinigt hatten. Es musste ein so attraktives Angebot sein, dass Deaglan nicht einmal in Erwägung ziehen würde, mit einem anderen Stall zu verhandeln oder sich gar ein zweites Angebot von einem der Konkurrenten der Cynsters einzuholen.

Sie bezweifelte, dass Toby inzwischen bemerkt hatte, dass die Fitzgeralds eine Aversion gegen komplizierte Rechnungen hatten. Also konnte sie bloß hoffen, dass Toby sich seine Verwunderung über das Angebot, das sie nun machen wollte, nicht anmerken ließ. Und sie hoffte, er würde den Mund halten.

Sie richtete den Blick wieder auf Deaglan, der jetzt, wie nicht anders zu erwarten war, die Stirn runzelte. »In diesem Fall möchte ich gern eine Pauschalgebühr anbieten, speziell für jedes Pferd. Diese Gebühr soll für die ersten fünf Jahre der Vereinbarung gelten. Danach wird die Gebühr für jedes Pferd noch einmal angepasst und für die folgenden drei Jahre festgelegt. Und schließlich wird sie noch einmal für die letzten beiden Jahre unserer Vereinbarung verhandelt.«

Nun kam der Teil, bei dem sie hoffte, dass Toby sich nichts anmerken ließ. »Ich möchte vorschlagen, dass wir die Gebühr für jedes Pferd als Vielfaches der durchschnittlichen jährlichen Haltungskosten festlegen. Anhand meiner Beurteilung und des Ahnennachweises wird die Qualität jedes Pferds in diesen Multiplikator einberechnet. Der Multiplikator für jedes Pferd wird nach fünf und nach acht Jahren angepasst, wie wir soeben besprochen haben. Selbstverständlich gelten diese Gebühren nur für Deckakte, die Fohlen hervorbringen, die an die Cynsters gehen. Für die Deckakte, die Fohlen für Glengarah hervorbringen, sind keine Gebühren fällig.« Sie bemühte sich, ruhig zu bleiben. Es sollte so klingen, als wäre es ein ganz gewöhnliches Angebot. »Für die Gebühren, die ich für angemessen erachte, würde ein Multiplikator zwischen eins Komma fünf und vier gelten.«

Eines musste sie Toby lassen: Er hielt den Mund, auch wenn sie seinen erschrockenen Blick auf sich spüren konnte.

Deaglan bemerkte das nicht. Seine Miene wirkte undurchsichtig. Irgendwann holte er Luft und sagte, ohne den Blick von ihr zu wenden: »Du willst diese Vereinbarung wirklich sehr, oder?«

Sie neigte den Kopf. »Ich will, dass es ein Exklusivvertrag wird. Ohne die Exklusivität gibt es keinen Vertrag – zumindest keinen, bei dem wir alle so viel gewinnen können. Ich habe mich daher dazu entschlossen, unser Angebot so attraktiv zu gestalten, dass du keine Bedenken hast, es anzunehmen.«

Deaglans Verständnis von Zahlen reichte aus, um zu begreifen, *wie* gut ihr Angebot war – und das noch zusätzlich zu all den anderen Vorteilen, die die vorherige Diskussion erbracht hatte. Er wusste, was er an ihrer Stelle angeboten und was er gegeben hätte, um sich einen solchen Vertrag zu sichern. »Wenn der Multiplikator zwischen eins Komma fünf und fünf liegt, bin ich einverstanden.«

Toby meldete sich. »Ein Multiplikator von vier ist bereits ein sehr großzügiges Angebot«, sagte er und sah zu Pru.

»Ja. Bloß gibt es diese Gelegenheit, einen Vertrag wie diesen hier zu verhandeln, gerade einmal.« Er machte eine kleine Pause. »Also, wie gerne möchtest du mit den Glengarah-Pferden züchten?«

Sie starrte ihn eine ganze Weile an, ehe sie bedächtig nickte. »Gut. Der obere Multiplikator liegt bei fünf. Es scheint, Mylord, als wären wir zu einer Einigung gelangt.«

Deaglan konnte nicht mehr still sitzen, setzte sich in seinem Sessel auf und musste sich zurückhalten, um nicht laut zu jubeln.

Pru bemühte sich ebenfalls, sich ihre Zufriedenheit nicht anmerken zu lassen, und verkniff sich ein kleines Lächeln. Egal, wie man es maß: Von diesem Vertrag profitierten alle. Sie holte tief Luft und atmete langsam aus. Eine große Last fiel von ihren Schultern. »Sehr schön. Nun müssen wir uns noch auf die durchschnittlichen jährlichen Unterhaltskosten pro Pferd einigen. Diese Zahl bildet die Grundlage für die Berechnung der Gebühren.« Sie sah Deaglan an. »Welche Zahl habt ihr beide und Cicely herausgefunden?«

»Einhundertsieben Pfund«, sagte Deaglan ruhig.

»Was?« Pru fiel fast aus ihrem Sessel.

Toby war sprachlos. Mit offenem Mund starrte er Deaglan an. Dann schüttelte er den Kopf und blickte zu Pru. »Das kann nicht richtig sein.«

»Ist es möglich, dass die Kosten hier und in England sich *so* unterscheiden?«

»Ich weiß es nicht, Kentland hat nie eine Bemerkung

dazu gemacht, obwohl er unsere Zahlen für die Kosten kennt.«

Verwirrt sah Deaglan zwischen Bruder und Schwester hin und her. »Wie hoch ist die Zahl in den Cynster-Ställen denn?« Er blickte Toby an. »Wissen Sie das?«

»Natürlich.« Statt die Zahl zu nennen, schaute Toby wieder zu Pru.

Deaglan tat es ihm gleich und bemerkte, dass sie auf den Boden starrte. Dann hob sie den Blick und sah Toby und Deaglan an. »Wir befinden uns jetzt auf einem hochsensiblen Gebiet. Diese Informationen werden unter Züchtern eigentlich nicht ausgetauscht. Im Interesse unserer zukünftigen Zusammenarbeit werden wir dir diese Information jedoch geben. Da wir leider vermuten, dass sich hier im Haushalt ein Spion der Konkurrenz befindet, möchte ich dich bitten, einen Diener zu holen, dem du vertraust, und ihn dann so im Korridor zu postieren, dass er uns nicht hören und nicht an unserer Tür lauschen kann.«

Er erhob sich, zog am Klingelzug und ging zur Tür. »Daran hätten wir schon vorher denken können.«

»Das stimmt«, entgegnete Pru. »Doch besser spät als nie.«

Als Deaglan zurückkehrte und einen Diener als Wache im Flur aufgestellt hatte, ließ Deaglan sich wieder in seinen Sessel sinken und nickte Pru zu. »Alle Geheimnisse sind jetzt sicher.«

Sie neigte den Kopf und zögerte einen Moment lang – lange genug, um zu unterstreichen, dass sie diese Information nicht so ohne Weiteres mit jemandem teilte. »Innerhalb unseres Zuchtprogramms belaufen sich unsere durchschnittlichen jährlichen Unterhaltskosten pro Pferd derzeit auf achtundfünfzig Pfund.« Deaglan blinzelte verwirrt.

»Und«, fügte Toby hinzu, »da Papa und Mama so sind, wie sie sind, sind unsere Kosten sogar eher höher angesetzt.«

Felix starrte Toby an. »Das ist nur ungefähr halb so hoch wie unsere Kosten. Und wir sind alles andere als verschwenderisch.«

Deaglan zog die Stirn in Falten. »Wir müssen uns verrechnet haben.«

»Oder es gibt einen großen Unterschied zwischen der Führung eines Stalls wie eurem und einem Zuchtbetrieb?«

Deaglan schüttelte den Kopf. »Ich habe keine Ahnung. Das hier ist der einzige Stall, den ich je geführt habe.«

»Lasst uns Cicely holen und sie bitten, ihre Notizen mitzubringen. Wir müssen herausfinden, was hier los ist, und das nicht nur, um das Geschäft abschließen zu können.«

Deaglan stimmte Pru zu. Er ging zur Tür und schickte den Diener los, um Cicely zu holen.

Als Deaglan an seinen Platz zurückkehrte, ergriff Toby das Wort. »Während wir auf Cicely warten, könnten Sie uns vielleicht erklären, wie Sie auf die Zahl gekommen sind. Stammt sie aus Rechnungen oder aus Zahlungen oder …«

»Wir haben mit den Kontobüchern des Guts gearbeitet«, erwiderte Deaglan. »Weil Ihre Schwester die Bücher des Stalls brauchte, um dort Informationen über die Pferdekäufe zusammenzusuchen.«

»Ich musste ein Buch anlegen, in dem die Käufe vermerkt werden«, erklärte Pru. »Der verstorbene Earl hat sich leider nicht die Mühe gemacht, ein solches Verzeichnis zu erstellen.«

»Aha«, sagte Toby und sah Deaglan an. »Also haben Sie mit den Büchern des Guts gearbeitet und nicht mit denen des Stalls.«

Deaglan nickte. »Vielleicht gibt es Unterschiede zwischen den Büchern. Das sollte zwar eigentlich nicht der Fall sein ...«

Es klopfte an der Tür, und Cicely trat ein, schloss die Tür hinter sich und kam mit einem Stapel Papiere in der Hand zu ihnen.

Felix bedeutete Cicely, auf dem Sofa gegenüber von Pru Platz zu nehmen und mit der Durchsicht der Listen zu beginnen. »Wir müssen Ihre Kalkulation überprüfen«, sagte Pru. »Wie sind Sie auf die jährlichen Unterhaltskosten pro Pferd gekommen?«

»Wir haben mit den Zahlen für den Stall gearbeitet, die in den Kontobüchern des Anwesens verzeichnet sind. Es gibt drei Unterkategorien, für die jeden Monat Kosten eingetragen werden. Eine Unterkategorie umfasst das Futter und andere Verbrauchsgüter. Eine weitere Kategorie bezieht sich auf Löhne. Und die dritte Kategorie beinhaltet Reparaturen am Gebäude, neues Zaumzeug, neue Sättel und dergleichen. Wir haben die Zahlen der Unterkategorien für jeden Monat notiert, dann alle Monate addiert und das Ergebnis schließlich durch zwölf geteilt, um einen Durchschnittswert pro Monat zu erhalten. Diesen haben wir durch die vierundsechzig Pferde dividiert, die siebenundfünfzig Pferde aus der Sammlung sowie sieben Kutschpferde, um den Durchschnittswert pro Pferd und pro Monat herauszufinden. Den Wert haben wir mit zwölf multipliziert, um die Durchschnittskosten pro Pferd und pro Jahr zu haben.«

Pru nickte. »Das müsste eigentlich richtig sein.«

»Von wie vielen Monaten insgesamt haben Sie für Ihre Berechnung die Werte herangezogen?«, wollte Toby wissen.

»Wir haben mit den Büchern der Jahre 1849 und 1850 gearbeitet und die Zahlen für die ersten beiden Monate des laufenden Jahrs hinzugenommen – insgesamt waren es also sechsundzwanzig Monate.« Cicely machte eine Pause. »Dieser Zeitraum umfasst die letzten acht Lebensmonate des verstorbenen Earl, in denen Deaglan noch in London war.«

Cicely sah von Pru zu Toby, beide runzelten die Stirn. »Ich habe die Zahlen dreimal überprüft. Alles passt.«

Pru nickte langsam. Sie sah auf die Papiere, die auf Cicelys Schoß lagen. »Haben Sie die monatlichen Zahlen für die drei Unterkategorien? Die Zahlen, die Sie zusammengesucht haben, um die Summe herauszufinden, die der Stall jeden Monat kostet?« Als Cicely nickte und durch die Papiere blätterte, sagte Pru: »Nennen Sie uns die Zahlen für die drei Unterkategorien für einen Monat – egal, für welchen.«

Cicely zog ein Blatt Papier hervor und betrachtete es. »Für den Februar des letzten Jahrs beliefen sich die Kosten für den Stall auf … Moment: Für die Löhne waren es achtunddreißig Pfund, für die Gebäude und andere Materialien ebenfalls achtunddreißig, und für die Futtermittel waren es vierhundertvierundneunzig Pfund. Das macht für den Monat insgesamt fünfhundertsiebzig Pfund für vierundsechzig Pferde.«

Pru sah Toby an und blickte dann zu Deaglan. »Es sind die Ausgaben für das Futter, die außergewöhnlich hoch sind. Die anderen Ausgaben decken sich in etwa mit denen, die wir so haben – und unser Stall hat ungefähr die gleiche Größe. Aber unsere monatlichen Futterkosten belaufen sich auf zweihundert Pfund und nicht auf fast fünfhundert.«

Alle blickten einander an. Sie waren verwirrt.

»Es könnte aufschlussreich sein, die Kontobücher genauer zu untersuchen – nicht bloß für die letzten zwei Jahre, sondern bereits für frühere Jahre. Ich weiß, dass es hier seit 1845 eine Hungersnot gab, doch ich hätte nicht gedacht, dass die sich auf das Pferdefutter auswirken würde, zumindest nicht in diesen Ausmaßen und so lang anhaltend.«

»Dem war auch nicht so«, entgegnete Deaglan verstimmt. »Ich hätte nicht damit gerechnet, dass unsere Kosten so viel höher als eure sind, nicht einmal in den Hungerjahren. Ein bisschen höher vielleicht, weil wir unser Getreide zu hundert Prozent kaufen, das ist aber nicht mehr als doppelt so hoch wie eure Ausgaben.« Er stand auf. »Die Kontobücher, die wir benutzt haben, liegen im Büro des Anwesens. Ich werde sie schnell holen.«

»Diese Kontobücher zeigen allerdings lediglich die Zahlen für jede Unterkategorie«, sagte Cicely und hob die Hand, um ihn zurückzuhalten. Sie blickte Pru an. »Wenn ich Ihrem Gedankengang richtig folge, möchten Sie prüfen, ob es einen ungewöhnlich hohen Kostenfaktor gibt, wie zum Beispiel für Heu oder dergleichen.«

Pru nickte. »Ja. Genau das.«

»In dem Fall«, Cicely sah Deaglan an, »sollten wir die Kontobücher des Stalls überprüfen.«

Deaglan blickte zu Pru und zog eine Augenbraue hoch.

Sie deutete die Frage in seinem Blick richtig und schüttelte den Kopf. »Als ich die Bücher überprüfte, habe ich nur nach den Einträgen für die Pferde geschaut. Ich habe nicht im Geringsten auf die tagtäglichen Ausgaben geachtet. Das müssten wir jetzt nachholen.«

»Die Bücher des Stalls befinden sich hier im Tresor?«, fragte Deaglan seinen Bruder.

Felix nickte und erhob sich. »Ich werde sie holen«, sagte er und ging ans andere Ende des Raums.

Als Deaglan sich wieder setzte, fragte Toby: »Während die beiden die Bücher holen, könnten Sie Pru und mir vielleicht eine Frage beantworten. Es geht um den zeitlichen Verlauf, was den Stall betrifft... Wann hat Ihr Vater zum Beispiel mit dem Kauf der Pferde begonnen?«

»Er hat sich seit jeher für Pferde begeistert und hat im Jahr 1835 angefangen, welche zu kaufen«, erzählte Deaglan, »also vor ungefähr fünfzehn Jahren.«

»Er hat es als persönliche Herausforderung betrachtet, die stärksten Vertreter der Urrassen zu erstehen. Dabei ging es ihm allein um das befriedigende Gefühl, sie zu besitzen. Zuerst kaufte und verkaufte er Tiere, vor zehn Jahren dann hörte er damit auf, die Pferde weiterzuverkaufen, und vergrößerte die Sammlung einfach. Bis er vor zwei Jahren kurz vor seinem Tod die letzte Stute kaufte und beschloss, dass die Sammlung damit komplett sei.«

»Papa«, sagte Felix, der die Unterhaltung verfolgt hatte, »hat ganz Irland, Schottland und England bereist, um bestimmte Pferde zu erstehen.«

»Wie Sie gesehen haben«, fügte Deaglan hinzu, »war er sehr wählerisch, was die Pferde betrifft.«

Pru nickte. »Gut. Das zeigt uns, wie lange der Stall ausschließlich als Ort für eine Sammlung geführt wurde. Ich würde erwarten, dass die Kosten pro Pferd in den vergangenen zehn Jahren annähernd stabil geblieben sind.«

Felix hatte die Kontobücher auf dem niedrigen Tisch vor dem Sofa aufeinandergestapelt. »Wir haben die Kontobücher des Stalls aus den letzten acht Jahren mitgebracht.«

»Das sollte reichen«, sagte Pru und sah zu Deaglan, Felix und Cicely. »Jeder nimmt sich ein Kontobuch für ein Jahr vor und sieht es ganz genau durch. Wir suchen nach den Ausgaben für Futtermittel – sagen wir mal für die Monate März, Juni und Oktober. Anschließend überprüfen wir, ob die Kosten sich tatsächlich auf monatliche Ausgaben von fast fünfhundert Pfund addieren.«

Deaglan erhob sich und setzte sich zu den anderen beiden auf das breite Sofa. Sie blätterten die Bücher durch.

Er selbst sah sich das Buch für das Jahr 1847 an, während Felix sich das Buch für das Jahr 1846 vornahm. Cicely widmete sich dem Jahr 1845.

Die drei saßen nebeneinander auf dem Sofa und blätterten ... Pru wechselte einen Blick mit Toby, und sie zügelten gemeinsam ihre Ungeduld.

Zu Prus Erleichterung saß Cicely zwischen den beiden Brüdern. Die Männer zeigten ihr die Einträge, die sie gefunden hatten, und sie half ihnen, die Zahlen zu addieren. Pru hatte sehr viel mehr Vertrauen in Cicelys mathematische Fähigkeiten als in die von Deaglan oder Felix.

Mit Cicelys Unterstützung schaffte es Deaglan als Erster, sein Kontobuch zu prüfen. Er klappte es zu, legte es auf den Stapel zurück. Mit einem Blick zu Pru kehrte er auf seinen Platz zurück. »In den drei Monaten waren die Kosten in etwa gleich hoch: weit über vierhundert, fast fünfhundert Pfund. Im Jahr 1846 sahen sie ähnlich aus – die Ausgaben beliefen sich für alle drei Monate gleichbleibend auf fast fünfhundert Pfund.«

Cicely widmete sich einem Buch aus dem Jahr 1845. Sie runzelte die Stirn. »Das ist seltsam. Die Einträge sind in einer Handschrift verfasst, die ich nicht kenne.«

Felix beugte sich zu ihr rüber und warf einen Blick in das Buch. »Das ist die Handschrift von Jays Vater. Er war vor ihm der Gutsverwalter.«

»Er ist Mitte 1845 gestorben«, erklärte Deaglan, »und Jay hat das Amt von seinem Vater übernommen.«

»Aha. Ich verstehe.« Cicely blätterte durch die Seiten. »Im Juni verändert sich die Handschrift. Ab dem Zeitpunkt hat anscheinend Jay übernommen, denn das ist die Handschrift, die auch in den neueren Büchern zu sehen ist.« Cicely war mit einem Mal verwirrt, als sie die Einträge für die drei festgelegten Monate prüfte. Irgendwann hob sie den Kopf. »Die Futterkosten für den März, Juni und Oktober 1845 belaufen sich auf ungefähr einhundertachtzig Pfund pro Monat.« Cicely blickte Toby an. »Die Summe gleicht den Zahlen der Cynster-Ställe.«

In Deaglans Kopf überschlugen sich die Gedanken. Er rutschte auf seinem Sitz hin und her, ehe er innehielt. »Wann sind die Kosten so explodiert? Und warum?«

Felix starrte Deaglan an und ergriff das Kontobuch, das er gerade erst zur Seite gelegt hatte. »Ich schaue mir mal den Januar 1846 an.«

Er schlug das Buch auf und blätterte zur entsprechenden Seite. Cicely lehnte sich zu ihm rüber, und gemeinsam sahen sie sich die Zahlen an und addierten sie.

»Die Futterkosten für den Januar 1846 waren niedrig. In dem Monat waren es ungefähr einhundertneunzig Pfund.«

»Sieh dir den Februar an«, sagte Deaglan.

Einige Minuten später ergriff Cicely erneut das Wort. »Die Kosten im Februar waren noch immer niedrig: einhundertsechsundsiebzig Pfund in dem Monat.«

»Also ist der März 1846, den Felix bereits geprüft hat, der Monat, in dem die Kosten in die Höhe schnellten«, schloss Deaglan.

»Lass mich noch einmal nachschauen«, sagte Cicely, nahm das Buch auf den Schoß und rechnete alles noch einmal durch. Schließlich nickte sie. »Ja. Die Kosten für Futtermittel gehen im März 1846 deutlich hoch, vom Monatsanfang an. Sie springen von einhundertsechsundsiebzig Pfund im Februar auf über vierhundertzwanzig Pfund im März.«

Deaglan sah zu, wie Cicely weiter durch das Kontobuch blätterte, sich die Zahlen ansah und innehielt, um sie zusammenzurechnen. Sie blickte hoch. »Die Futterkosten für den April betragen vierhundertachtzig Pfund.«

»Den Juni und Oktober haben wir schon geprüft«, sagte Felix. »Es sieht so aus, als wären die Kosten Anfang März 1846 explodiert und seitdem auf einem hohen Level geblieben.«

Mit ernster Miene erwiderte Pru Cicelys Blick. »Gehen Sie noch mal zum Februar 1846 zurück und vergleichen Sie die unterschiedlichen Futterkosten mit denen im April zwei Monate später.«

Cicely nickte und tat, worum Pru sie gebeten hatte. Nach einigen Minuten blickte sie wieder hoch. »Alles scheint teurer geworden zu sein.« Sie sah Pru an. »Jede Rechnung ist mehr als doppelt so hoch wie im Monat zuvor.«

Tobys Blick wanderte von Felix zu Deaglan. »Ist im Februar 1846 etwas vorgefallen, das die plötzliche Steigerung der Futterkosten erklären würde? Und die Tatsache, dass die Kosten hoch blieben?«

Deaglan hatte das dumpfe Gefühl, dass er kurz davorstand, etwas herauszufinden, das ihm überhaupt nicht gefallen würde, und schüttelte langsam den Kopf. »Die

Hungersnot begann im Jahr 1845. Im Februar 1846 erreichte sie einen Höhepunkt. Die Zeiten waren hart, das stimmt. Doch in dieser Gegend hatten wir eigentlich genug, selbst für die Pferde. Das Futter für die Tiere wurde meistens zugekauft, also bestand dafür keine Gefahr. Es ging hauptsächlich um die Nahrungsmittel für die Menschen, die knapp wurden. Es waren die Menschen, die Hunger litten.«

»Auch nur, weil du die Leute vor deinem Abschied vom Gut dazu gedrängt hast, kleine Grundstücke zu bewirtschaften und Tiere für den Eigenbedarf zu halten«, murmelte Felix. »Trotzdem hast du recht: Die Menschen hier blieben vor dem Schlimmsten verschont und sind zurechtgekommen.«

Felix' Miene hellte sich auf, und er sah Deaglan an. »Im Februar 1846 gab es tatsächlich einen Vorfall hier auf Glengarah – einen bedeutenden Vorfall.«

»Du meinst meinen Streit mit Papa ...«

»Wegen des Stalls«, sagte Felix.

»Das stimmt.« An Toby gewandt, erklärte Deaglan: »Ich habe Glengarah damals verlassen und bin erst vor achtzehn Monaten zurückgekehrt, nach dem Tod meines Vaters.«

Pru wandte sich Deaglan zu. »Dürfen wir dich etwas fragen? Was genau waren die Streitpunkte zwischen dir und deinem Vater? Angesichts des Zeitpunkts könnte es wichtig sein.«

»Ich verstehe nicht, wieso es von Bedeutung sein sollte«, wiegelte Deaglan ab, »aber es ist kein Geheimnis. Ich wollte meinen Vater davon überzeugen, dass die Pferde für ein Zuchtprogramm genutzt werden könnten. Das Gut brauchte dringend die Einnahmen. Er wollte nichts davon hören. Der Stall war sein Werk, und das sollte genauso bleiben. Ich stürmte nach dem Streit aus dem Zimmer, und er brüllte mir hinterher, dass ich mich nie mehr auf Glengarah blicken lassen durfte. Also erfüllte ich ihm diesen Wunsch und kehrte nicht mehr zurück. Bis er tot war.«

»Dann wusstest du zu dem Zeitpunkt über die Kosten für den Stall Bescheid?«, fragte Pru. »Als die Futterkosten noch niedriger waren?«

Deaglan schüttelte den Kopf. »Mein Vater ließ sich, was den Stall betraf, überhaupt nicht in die Karten blicken. Er ermutigte mich nicht einmal, meine Nase in die Kontobücher des Guts zu stecken. Mir wurde die Grundstruktur mit den Abläufen und so weiter vermittelt, über die Einzelheiten dagegen war ich nicht im Bilde. Also wusste ich nie, welche Kosten der Stall tatsächlich verursachte. Da die Ausgaben für den Stall aus dem Guthaben des Anwesens beglichen wurden, war der Stall bestimmt eine Kostenfalle, die nichts einbrachte.«

»Wer hat sich denn damals um den Stall gekümmert?«, fragte Toby erstaunt.

»Theoretisch mein Vater. Bloß fand er die Buchhaltung noch langweiliger als Felix und ich. Und die Bestellung von Futtermitteln und dergleichen überließ ich dem Stallmeister Rory Mack. Er hat sich fast zehn Jahre lang um den Stall gekümmert, und ich habe nie in die Kontobücher geblickt«, gab Deaglan zu und wies mit einem Kopfnicken auf Pru. »Erst als Pru die Bücher brauchte.«

Toby runzelte die Stirn. »Was passierte, nachdem Sie weggingen? Wer hatte damals ein Auge auf den Stall?«

Felix hob die Hand. »Ich. Aber ich wurde noch weniger in die Einzelheiten eingeweiht als Deaglan. Und wie Sie alle gesehen haben, bin ich, was Zahlen betrifft, ein hoffnungsloser Fall. Genauso wie Papa. Er spazierte eigentlich nur durch die Stallgassen, betrachtete die Pferde und wählte eines aus, das er reiten wollte. Nachdem Deaglan nicht mehr da war, kümmerte ich mich um die Pferde und achtete darauf, dass sie bewegt und gut versorgt wurden. Und wie es schon vorher der Fall gewesen war, überließ ich die Bestellungen Rory. Und wie Deaglan warf ich nie einen Blick in die Kontobücher, bis vor ein paar Tagen.«

Deaglan sah Toby an. »Mein Vater starb vor achtzehn Monaten, und ich kehrte hierher zurück. Das Anwesen hatte unter der Vernachlässigung durch meinen Vater gelitten, und ich versuchte erst mal, alle Probleme zu lösen und Ordnung zu schaffen. Es war immer meine Absicht gewesen, den Stall kommerziell zu nutzen, so wie ich es schon mit der Hundezucht gemacht hatte.« Seine Miene wurde ernster. »Ich war fest entschlossen, nicht so ein Gutsbesitzer zu werden, wie Papa einer gewesen war. Ein Gutsbesitzer, der seine Verantwortung ignoriert, um seine ganze Aufmerksamkeit seinen Pferden zu widmen.«

Toby sah zu Felix und dann wieder zu Deaglan. »Also hat bis vor wenigen Tagen keiner von Ihnen einen Blick auf die Kosten für die Stallungen geworfen?«

Deaglan verzog das Gesicht. »Nicht so genau. Als ich zurückkehrte und endlich Einblick in die Kontobücher des Guts nehmen und sie prüfen konnte, fiel mir zwar auf, dass die Ausgaben für den Stall sehr viel höher waren, als ich gedacht hätte. Bloß angesichts der vielen Pferde, die wir haben ...« Er zuckte die Achseln. »Ich nahm an, dass es daran liegen würde.« Er sah Pru an. »Wir haben nie zuvor die Unterhaltskosten pro Pferd errechnet. Ich hielt die Zahl, auf die wir gekommen sind, für hoch, ohne mir viel dabei zu denken.«

Pru musterte ihn. »Mir kommt es so vor, als hätte jemand, der hier auf Glengarah lebt, die Gelegenheit, die sich durch deinen Weggang bot, beim Schopfe ergriffen ... Du warst nicht mehr hier, warst nicht mehr tagtäglich mit dem Stall beschäftigt, und so wusste derjenige, dass er damit durchkommen würde, die Kosten für die Futtermittel einfach höher anzusetzen, als sie tatsächlich waren.«

Sie sah, wie Deaglan und Felix einen langen Blick wechselten.

Es war Toby, der die offensichtliche Schlussfolgerung in Worte fasste. »Seit dem März 1846 hat jemand hier die Futterkosten für den Stall genutzt, um das Gut ausbluten zu lassen.« Toby setzte sich in seinem Sessel auf und erwiderte Deaglans Blick. »Es muss entweder Ihr Stallmeister oder Ihr Gutsverwalter sein. Oder beide zusammen.«

Dass weder Deaglan noch Felix sich vorstellen konnten, einer der beiden würde so etwas tun, war nicht zu übersehen.

»Rory und Jay«, sagte Deaglan schließlich, »sind hier

auf dem Gut geboren worden. Sie sind zusammen mit Felix und mir aufgewachsen und haben ihr Leben lang für unsere Familie gearbeitet. Ihre Familien stehen seit mindestens zwei Generationen in unseren Diensten.«

Felix schüttelte den Kopf. »Nein. Es muss jemand anders sein.« Er sah Pru an. »Sie haben Jay und Rory kennengelernt. Es geht den beiden gut hier – welchen Grund sollten sie haben, das Gut zu bestehlen?«

»Sie könnten einen Grund haben, von dem Sie nichts wissen«, wandte Toby ein. »Schulden oder dergleichen. Sie können sich nicht sicher sein, dass es da nichts gibt und dass die beiden nichts verheimlichen.«

Pru sah Deaglan und Felix an. »Wie laufen die Bestellungen für Futtermittel gewöhnlich ab?«

»Soweit ich weiß«, sagte Deaglan nach einer Weile, »entscheidet Rory, was benötigt wird, und wendet sich damit an Jay, der dann alles bei den Lieferanten bestellt.«

»Wer sieht sich die Rechnungen an?«, fragte Toby.

Deaglan sah zu Felix hinüber. »Ich glaube nicht, dass Rory die Rechnungen prüft.« Er sah wieder zu Toby. »Jay gibt die Bestellungen auf, und die Rechnungen gehen wahrscheinlich an das Büro. Jay zahlt die Rechnungen.« Mit einem Kopfnicken wies er auf die Kontobücher des Stalls. »Und danach trägt er, wie wir gesehen haben, alle Vorgänge in die Bücher ein und macht später einen monatlichen Eintrag in die Kontobücher des Guts.« Er runzelte die Stirn. »Allerdings bestellt Jay das, was Rory ihm sagt, und wenn die Bestellungen geliefert werden, entsprechen sie ja offensichtlich dem, was Rory erwartet.«

Deaglan schaute zu Pru hinüber. »Ich kann mir nicht vorstellen, dass es den Knechten oder Stallburschen nicht auffallen würde, wenn die Bestellungen und Lieferungen doppelt so groß wären wie das, was eigentlich benötigt wird. Wenn es so einen Schwindel geben würde, müssten alle mitspielen und unter einer Decke stecken, oder?«

Pru verzog das Gesicht. »Das ist wirklich schwer vorstellbar.«

Die fünf schwiegen, dachten über die Fakten nach und versuchten, alle Teile, die ihnen inzwischen bekannt waren, zu einem Bild zusammenzufügen.

Plötzlich klopfte es an der Tür. Alle wandten den Blick dorthin und sahen, wie Jay hereinkam.

Offenbar war er erstaunt, sie alle hier zusammensitzen zu sehen. Pru bemerkte, dass sein Blick auf die Kontobücher des Stalls fiel, die auf dem Tisch gestapelt waren. Dann sah Jay Deaglan an. »Wenn ich kurz unter vier Augen mit dir sprechen könnte ...«

Deaglan machte eine gelassene Handbewegung. »Was immer du zu sagen hast, du kannst vor allen hier sprechen.«

Jay zögerte ganz offensichtlich, kam schließlich näher. Er blieb vor dem niedrigen Tisch stehen. Mit schlecht verhohlener Sorge sagte er: »Während ich gestern in Sligo war und mich wie üblich dort mit unseren Lieferanten getroffen habe, ist mir das Gerücht zu Ohren gekommen, dass Rory Mack in der Blackbird Tavern gesehen wurde. Ausgerechnet dort. Und er hat anscheinend mit einigen bekannten Schurken zusammen getrunken.«

Deaglan warf Toby und Pru einen befremdlichen Blick zu. »Die Blackbird Tavern ist eine heruntergekommene Kaschemme am Stadtrand.«

Jay nickte. »Das sieht unserem Rory gar nicht ähnlich. Also wollte ich vorhin zu ihm, um ihn zu fragen, was es damit auf sich hat, ob er in Schwierigkeiten steckt oder ...« Jay machte eine vage Geste. Die Sorgenfalte auf seiner Stirn wurde tiefer. »Er hätte eigentlich gerade mit seinen morgendlichen Aufgaben fertig werden sollen, doch ich konnte ihn weder in der Sattelkammer noch sonst wo im Stall finden. Ich habe die anderen gefragt, niemand hat ihn seit heute Morgen gesehen, als ich die Aufgaben für den Tag verteilt habe.«

Deaglan, Felix, Cicely, Toby und Pru wechselten bedeutungsvolle Blicke. Jay entging das nicht, und Pru wandte ihre Aufmerksamkeit wieder dem Gutsverwalter zu. Auch Deaglan sah Jay an.

»Zuerst dachte ich, dass er bestimmt irgendwo in der Nähe sei, dann bemerkte ich die Spuren auf dem Boden vor der Sattelkammer, Spuren einer Auseinandersetzung. Eines Kampfs. Als ich mir die Sache näher ansah, fand ich Schleifspuren, die in Richtung des Seitenausgangs führten.« Jay hielt kurz inne. »Und außerdem entdeckte ich Blut auf dem Boden ...«

Deaglan sprang auf. »Denkst du, dass Rory von diesen Schurken entführt wurde?«

Jay sah Deaglan an. »Das fürchte ich fast. Es kann nicht lange her sein, das Blut war noch frisch. Ich dachte, du würdest vielleicht eine Suche starten wollen?«

Deaglan nickte knapp und sah die anderen an, die sich ebenfalls erhoben hatten. »Egal, in welche Schwierigkeiten Rory sich manövriert hat, er ist einer von uns. Wir werden ihn da rausholen.« Er warf einen Blick auf die Kontobücher. »Über alles andere können wir später sprechen.«

Niemand widersprach ihm. Deaglan, der inzwischen genauso besorgt war wie Jay, folgte dem Gutsverwalter aus dem Zimmer.

Kapitel 17

Pru wollte nichts verpassen, und so schickte sie Cicely los, um dem restlichen Haushalt Bescheid zu geben. Sie ging derweil mit Deaglan, Felix und Toby hinaus zu den Stallungen.

Sobald sie im Stall ankamen, folgte sie Jay zusammen mit Deaglan, Toby und Felix bis zur Sattelkammer, wo sie die Spuren der Auseinandersetzung untersuchten, die Jay entdeckt hatte.

Wie angedeutet wirkte es so, als hätte ein Kampf statt-gefunden, der blutig geendet hatte. Blutspritzer auf den staubigen Bodendielen zeugten davon. Zwei annähernd parallele Schleifspuren führten zum Seitentor, das auf eine derzeit leere Koppel hinausging.

Mit ernsten Mienen kehrten sie in die erste Stallgasse zurück. Deaglan schickte Jay und einige Stallburschen los, um sämtliche Leute, die sie finden konnten, zusam-menzurufen. Felix ging zu den Hundezwingern, um dort alle verfügbaren Männer zu alarmieren.

Da sie allein waren und warten mussten, sprach Toby die unglückliche Geschichte an. »Es scheint, als würde Ihr Stallmeister, dieser Rory, hinter den gestiegenen Futtermittelkosten stecken. Könnten seine brutalen Freunde die Angriffe auf Sie verübt haben?«

Deaglan runzelte die Stirn. »Ich kann mir nicht vorstellen, warum sie hinter mir her sein sollten.«

»Weil Sie eine ernsthafte Bedrohung für ihren Plan darstellten«, beharrte Toby. »Außerdem war es bekannt, dass es schon immer Ihre Absicht war, mit der Zucht zu beginnen. Rory wusste ganz sicher davon. Was bedeutet, dass Sie irgendwann gewiss die Ausgaben des Stalls überprüft hätten, und genau so ist der Plan aufgeflogen. Dass Sie sich die Abläufe und Vorgänge im Stall genauer ansehen, wollten die Hintermänner auf jeden Fall verhindern. Im Grunde genommen hätten die Gewinne des gesamten Guts auf die Weise praktisch für immer und ewig in die Taschen der Verbrecher fließen können.«

Deaglan verzog das Gesicht. »Wenn Sie es so ausdrücken … Ja, ich halte es für möglich, dass diejenigen, die Rory geschnappt haben, auch hinter den anderen Vorfällen stecken.«

Einige Männer erschienen. Felix kam zurück und brachte die Mitarbeiter aus den Hundezwingern mit.

Während sich die Leute nach und nach versammelten, wurde Pru klar, dass sie in ihrem Kleid auf keinen Fall an einer Suche teilnehmen konnte. Sie zupfte an Deaglans Ärmel. »Ich werde mich schnell umziehen. Wage es ja nicht, ohne mich loszugehen.«

Er lächelte und ließ sie in die Burg gehen. Sie hastete hoch in ihr Zimmer, zog ihr Tageskleid aus und schnappte sich ihr Reitkleid. Sie quälte sich gerade in den voluminösen Rock, als es leise an der Tür klopfte und Toby den Kopf ins Zimmer steckte.

Sie wusste, was er wissen wollte, und nickte. »Ich sehe es dir an. Es scheint sicher zu sein, dass Rory in die Sache verwickelt ist, wobei wir nicht vergessen sollten, dass Jay durchaus Rorys Komplize sein könnte.«

»Mir ist aufgefallen«, sagte Toby, »dass wir nichts als Jays Wort haben, dass Rory mit irgendwelchen finsteren Typen im Wirtshaus gesehen wurde. Und der Tatort im Stall könnte genauso gut inszeniert gewesen sein und Rory irgendwo dort draußen mit einem Gewehr im Anschlag lauern und darauf warten, einen weiteren Schuss auf Deaglan abzugeben.«

Die Worte und das Bild, das Toby malte, ließen Pru das Blut in den Adern gefrieren. Schaudernd griff sie nach ihrer Jacke. »Ich werde Deaglan folgen und du vielleicht Jay.«

Toby nickte. »Ich hole meine Pistole, wir sehen uns auf dem Hof vor den Stallungen.«

Pru knöpfte ihre Jacke zu und musste sich hinsetzen, um in ihre Reitstiefel zu schlüpfen. Als sie endlich passendes Schuhwerk anhatte, nahm sie Handschuhe und Gerte und eilte die Treppe hinunter. Den Hut ließ sie liegen.

In der Eingangshalle kam sie an Cicely vorbei, die stehen blieb. »Ich wünschte, ich könnte Sie begleiten«, rief die junge Frau.

»Es ist gut, dass Sie hierbleiben, wir brauchen jemanden, der ein Auge auf alles hat …« Pru hielt inne und drehte sich zu Cicely um. »Die Kontobücher des Stalls, wir haben sie auf dem Tisch liegen lassen. Könnten Sie sie in den Tresor zurücklegen?«

Cicely nickte und bog sofort in Richtung Bibliothek ab. »Und ich werde versuchen, Esmerelda davon abzuhalten hinauszustapfen, um Ihnen zu helfen.«

Pru lief weiter und erreichte den Hof vor den Stallungen, als die Männer schon auf ihren Pferden saßen und in alle Himmelsrichtungen davonritten. Deaglan stand mit Thor neben dem Stalltor und gab gerade ein paar älteren Männern Anweisungen, die Nebengebäude der Burg zu durchsuchen.

Jay war ebenfalls da und saß auf einem kräftigen braunen Pferd, Toby dagegen kam auf Hector aus dem Stall geritten und hielt Kahmani am Zügel, der für Pru gesattelt worden war.

Deaglan erschien an ihrer Seite und hob sie in den Sattel. »Ich habe die Männer jeweils zu zweit losgeschickt, um nach Rory zu suchen. Wenn man bedenkt, wann er zuletzt gesehen wurde, kann derjenige, der ihn entführt hat, nicht weit gekommen sein. Vor allem wenn sie einen bewusstlosen Mann schleppen müssen, der nicht gerade ein Leichtgewicht ist.«

Deaglan sah Toby an. »Im Grunde musste ich Männer in alle Richtungen schicken. Es gibt unzählige Orte, wohin die Schurken Rory gebracht haben können. Es ist möglich, dass die Entführer das Anwesen gar nicht verlassen haben. Wenn doch, sind sie noch nicht weit entfernt.«

Toby nickte. »Also besteht die Chance, dass die Männer sie einholen werden. Und dann?«

»Ich habe die Anweisung gegeben, dass einer der beiden Männer hierher zurückkehrt und Bericht erstattet und der andere den Schurken in sicherem Abstand folgt.« Deaglan sah Pru an. »Ich habe für dich und Toby die Straße nach Sligo vorgesehen. Wenn ihr schnell reitet, solltet ihr die Kerle einholen, bevor sie die Randgebiete der Stadt erreichen. Auf den Feldern zu beiden Seiten der Straße sind meine Leute längst unterwegs und suchen die Gegend ab.«

Pru nickte und zog die Zügel an. »Was ist mit dir?«

»Notgedrungen habe ich den Kürzeren gezogen. Felix und einer der Stallknechte sind losgeritten, um die Wege in die Hügel nördlich von hier abzusuchen. Ich werde in den Nordwesten reiten und mir unterwegs die Felder und Höfe genauer anschauen. In die Richtung folgt nicht mehr viel, dann kommen die Berge. Sobald ich das Ende des höchsten Felds sehen kann, kehre ich sofort um. Dann werde ich hier auf der Burg sein, wenn einer der anderen Rory findet und zurückkehrt, um Bericht zu erstatten.«

Deaglan ging um Thor herum und stieg auf. Jay drehte gerade mit seinem Pferd um. »Ich reite direkt nach Westen. Es ist ein langer Weg bis zur Grenze des Anwesens. Unterwegs gibt es wenige Höfe. Falls ich irgendetwas entdecke, werde ich jemanden von einem der Höfe hierherschicken.«

Sobald sie den Hof verlassen hatten, machte Deaglan mit Thor kehrt und ritt einen breiten, ansteigenden Weg hinauf, während Jay einen schmalen Pfad zwischen Feldern entlanggaloppierte. Pru und Toby ritten um die Burg herum und preschten die Zufahrt hinab zur Straße nach Sligo. Nach einer Weile wurden sie langsamer.

Toby stand in seinen Steigbügeln. »Da!« Er zeigte nach rechts. »Da sind die beiden. Kurz vor dem verkrüppelten Baum.«

Schnell holten sie die beiden Männer ein, die Deaglan geschickt hatte, um auf dieser Strecke nach Rory zu suchen. Sie sollten zur Burg zurück und an anderer Stelle Ausschau halten.

Pru bezweifelte, dass die Verbrecher über die offene Straße nach Sligo geritten wären. Wenn sie überhaupt die Straße genommen hätten, dann in die entgegengesetzte Richtung, in weniger besiedelte Gebiete. Unabhängig von diesen Überlegungen war es nicht Rorys Sicherheit, die für sie an erster Stelle stand. Sobald sie außer Sichtweite der Stallknechte waren, lenkte Pru Kahmani nach Norden auf einen Weg, der sie hoffentlich zu Jay führen würde.

Als sie sich dem Pfad näherten, den er angeblich einschlagen wollte, wies Pru mit einem Kopfnicken nach Westen. »Da wird er irgendwo sein.«

Ihr Bruder schaute sie streng an und schüttelte den Kopf. »Nein. Und keine Widerrede, ich werde dich nicht allein lassen.«

»Toby! Wir müssen wissen, ob Jay Teil des Plans ist.«

»Denk mal darüber nach. Wenn dir etwas zustoßen sollte, zieht Deaglan mir das Fell über die Ohren. Und Papa würde mich in der Luft zerreißen. Also, halt den Mund und reite weiter.«

Sie biss die Zähne zusammen, fügte sich und trieb Kahmani an.

Deaglan ritt zurück auf den Hof vor den Stallungen. Er hatte nichts Ungewöhnliches oder Verdächtiges gesehen. Zwar hatte er mit zwei Bauern gesprochen, von denen keiner an diesem Morgen irgendjemanden oder irgendetwas auf den Feldern bemerkt hatte.

Nachdem er in dieser Gegend nichts Verdächtiges bemerkt hatte, galoppierte Deaglan nach Hause, um dort zu sein, falls jemand anders mehr Glück hätte. Er stieg vor dem Eingang zum Stall ab und führte Thor hinein.

Im Stall war es seltsam still, denn Deaglan hatte am Morgen so gut wie alle Männer losgeschickt, um die Nebengebäude und das Grundstück um die Burg herum abzusuchen, bislang jedoch war noch niemand zurück. Er machte Thors Box auf, sattelte den Hengst ab und rieb ihn trocken. Anschließend lauschte er angestrengt in die Stille hinein und hoffte, das Getrappel von Pferden zu hören, deren Reiter mit Neuigkeiten kamen.

Er kannte Rory mittlerweile sein ganzes Leben lang, und er hätte jeden Eid geschworen, dass Rory eine ehrliche Haut war. Ihm hatte er den Stall anvertraut, als er Glengarah vor fünf Jahren verlassen musste, und das Wohlergehen der Pferde in seine Hände gelegt.

Rory war einfach immer da gewesen. Deaglan hatte sich das Hirn zermartert, aber nichts hatte darauf hingedeutet, dass der Mann, den er sein Leben lang kannte und dem er vertraute, plötzlich ein ganz anderer war.

Keine Veränderung, keine seltsame Bemerkung, der er zu wenig Beachtung geschenkt hätte.

Noch hoffte er, dass das alles ein schrecklicher Irrtum war. Oder dass es, falls Rory etwas mit dem teuflischen Plan zu tun hatte, eine Erklärung gab, sodass er und Rory die Sache zwischen sich wieder ins Lot bringen könnten. Der Stallmeister war seit so langer Zeit ein Freund, und die Vorstellung, dass er ihn hintergehen könnte, war unerträglich und versetzte ihm einen schmerzhaften Stich.

Als Deaglan Thors Boxentür verriegelte, hörte er das Getrappel von Hufen, das einen Reiter verriet, der sich zielstrebig näherte.

Es war Jay, der gerade durch den Bogengang ritt. Deaglan blieb stehen und sah, wie er langsamer wurde und das Pferd zum Stehen brachte.

»Und?«

Jay schüttelte den Kopf und stieg vom Pferd. »In der Richtung war nichts zu finden.« Er band die Zügel an einen der Anbindebalken und sah Deaglan an. »Mir ist zwischendurch noch etwas eingefallen.«

»Und was?«, fragte Deaglan mit hochgezogenen Augenbrauen.

»Ein Ort, an dem die Verbrecher Rory versteckt haben könnten, nachdem sie ihn aus dem Weg geräumt haben«, fuhr Jay fort. »Er ist so groß und so schwer, dass sie ihn bestimmt nicht weit geschleppt haben.«

»Das stimmt, nur wo …« Deaglan dachte krampfhaft nach, dann fiel es ihm wie Schuppen von den Augen. »Der alte Keller.« Er machte auf dem Absatz kehrt und rannte in den Stall, Jay eilte hinterher. »Ganz genau. Die Schleifspuren führten in Richtung Tor. Was, wenn den Kerlen klar geworden ist, dass sie es niemals schaffen, Rory weit genug wegzuschleifen, und ihn daraufhin zum Keller geschleppt haben?«

»Woher hätten sie wissen sollen, wo sich der Keller befindet?«

Jay holte ihn ein und zuckte mit den Schultern. »Wenn sie das Gut zum Beispiel eine Weile mit einem Fernglas ausgespäht haben? Anders kann ich es mir nicht erklären. Es sei denn, sie haben mal mitbekommen, wie einer der Knechte die Kellertür geöffnet hat und die Treppe hinabgestiegen ist. Wir lagern dort unten noch immer Lampen und solche Dinge.«

Deaglan beschleunigte seine Schritte. Sie erreichten die Sattelkammer, wo Rory dem Blutfleck nach vermutlich niedergeschlagen wurde. Auf der anderen Seite des Korridors gab es einen Lagerraum, der von hinten an den Voltigierzirkel grenzte. Die Falltür, die zur Kellertreppe führte, befand sich auf den letzten Metern des Holzfußbodens im Korridor, an den sich ein Steinfußboden anschloss. Deaglan blieb stehen und nahm die Falltür genauer in Augenschein. Die Holzoberfläche wirkte verdächtig sauber, kein Staub und kein Sand lagen darauf. Auch die alten Holzdielen über die sie gerade gelaufen waren, sahen so aus, als wäre hier vor Kurzem gefegt worden. Er bückte sich, packte den Ring der Falltür und zog die Tür hoch.

Sobald sie ein Stück offen war, half Jay ihm dabei, sie

ganz zu öffnen. Sie standen da und blickten in die Dunkelheit hinab, in die eine Holztreppe führte.

»Ich hole Lampen.« Jay drehte sich um und rannte den Korridor hinab. Deaglan wunderte sich. Lampen und Streichhölzer lagen auf einem Regal, an dem sie gerade vorbeigekommen waren. Er kniete sich neben die Öffnung im Boden und horchte. Als er nichts hören konnte, steckte er seinen Kopf hinein und rief: »Rory?«

Seine Stimme hallte im Keller wider, wurde von den Steinwänden und der Decke zurückgeworfen und verklang schließlich. Deaglan strengte die Ohren an, ohne etwas zu hören.

Als Jay mit brennenden Lampen in den Händen zurückkam, fiel der Lichtschein auf die Treppe, und Deaglan konnte einen weiteren glänzenden Tropfen Blut und rötlich braune Schmierspuren auf einer der Stufen entdecken.

Wie würde er Rory finden? Lebendig? Oder tot? Stumm griff er nach der Lampe, die Jay ihm reichte. »Du hattest recht. Er ist da unten.«

Der Verwalter erwiderte nichts, sondern sah zu, wie Deaglan sich umdrehte und mit der Lampe in der Hand eilig die Stufen hinabstieg.

Sobald er unten angekommen war, leuchtete Deaglan mit der Lampe und sah sich um. Es überraschte ihn nicht, dass Rory nicht zu sehen war. Der Keller war riesengroß. Vom Fuß der Treppe aus verliefen zwei lange Korridore in die Dunkelheit hinein – einer führte nach links, der andere nach rechts. In jedem der Gänge gab es zu beiden Seiten Räume.

Jay trat zu ihm und hielt seine Lampe in die Höhe. »Wenn sie ihn hierhergebracht haben, dann hätten sie ihn nicht direkt neben der Treppe liegen lassen.«

Deaglan brummte zustimmend. »Du gehst nach links, ich gehe nach rechts. Ruf mich, falls du ihn finden solltest.«

Jay nickte, und sie trennten sich.

Deaglan ging tief in den rechten Flügel des Kellers hinein. Mit der Lampe leuchtete er den Gang entlang, um den zahlreichen Hindernissen auszuweichen, die auf dem Boden lagen. Immer wenn er an einem Zugang zu einem Kellerraum vorbeikam, blieb er stehen und suchte sorgfältig den Boden des Raums ab. Allerdings fand er weder Rory noch irgendwelche Spuren. Hier war seit Monaten, wenn nicht seit Jahren niemand mehr gewesen.

Er hatte gerade bemerkt, dass im Korridor selbst auf dem Boden keine Spuren zu erkennen waren und hier seit Jahren niemand mehr entlanggelaufen war, als er plötzlich Jays Stimme hörte. »Ich habe ihn gefunden«, rief er. »Sie haben ihn zusammengeschlagen, zum Glück lebt er.«

»Gott sei Dank.« Deaglan drehte sich um und lief zur Treppe zurück.

Von der Öffnung am Absatz der Kellertreppe aus hörten Pru und Toby, wie Deaglan zurückkehrte. Sie wechselten mit großen Augen einen Blick.

Sie waren gerade rechtzeitig an der Kellerluke angekommen, um mitzubekommen, wie Deaglan Jay in die eine Richtung geschickt hatte und er selbst in die andere gegangen war. Toby hatte den Kopf kurz in die Öffnung gesteckt, sich dann wieder zurückgezogen und ihr leise zugeflüstert, dass der Keller ein lang gestreckter Raum sei und die Treppe genau in der Mitte eines Gangs enden würde, der sich zu beiden Seiten erstrecke. Von dem Korridor gingen die Kellerräume ab.

Pru hatte sich zu ihm hinübergebeugt und ihm ins Ohr geflüstert: »Also stellt Jay keine Gefahr für Deaglan dar, solange er nicht umdreht und ihm folgt, was wir von hier aus gut erkennen können.«

Toby hatte genickt, sich umgeblickt und war dann kurz verschwunden, um mit zwei Lampen zurückzukehren, die er angezündet hatte, ohne sie abzuschirmen. Sie hatten an der Öffnung gekniet und abgewartet, was passieren würde. Es gab keinen eindeutigen Grund anzunehmen, dass Jay mit Rory unter einer Decke steckte und an dem Plan mitwirkte.

Der Gedanke, dass Deaglan hier den Köder spielte, missfiel ihr zwar gewaltig, aber so hatten sich die Dinge nun einmal entwickelt. Sie musste darauf vertrauen, dass sie und Toby Deaglan rechtzeitig erreichen würden, falls er durch Jay wirklich in Gefahr war.

Im Moment ging Deaglan geradewegs zu Jay.

Die Geschwister starrten in den Keller hinunter und sahen, wie Deaglan mit seiner Lampe in der Hand am Fuß der Treppe vorbei in die Richtung lief, in die Jay gegangen war.

Pru blickte Toby an, sprang auf, raffte ihre Röcke und nahm die Lampe in die andere Hand und hielt sich am

Treppengeländer fest, als sie so schnell wie möglich die Stufen nach unten schlich.

Als sie im Keller ankam, spähte sie nach rechts und erblickte Deaglans Rücken im fernen Licht einer Lampe. Er ging forsch voran. Das Geräusch seiner Schritte, das von den Steinwänden widerhallte, war die perfekte Tarnung für sie und Toby. Mit der abgeschirmten Lampe in der Hand starrte sie Deaglan hinterher. Sie wusste, dass Toby, der gerade vorsichtig die Treppe hinunterstieg, ihr folgen würde.

Sie hastete, so schnell sie sich traute, den Gang entlang und konnte bloß hoffen, dass sie nicht stolpern oder irgendetwas umstoßen würde. Bogengänge zu ihrer Rechten und Linken führten in die diversen Kellerräume hinein, die im Dunkeln lagen. Der Gang führte weiter geradeaus. Deaglan ging entschlossen auf das Laternenlicht in der Ferne zu, das nach und nach heller leuchtete.

Unvermittelt legte sich eine Hand auf ihre Schulter, und sie blieb wie angewurzelt stehen. Sie musste sich auf die Lippen beißen, um nicht laut aufzuschreien. Toby schlich an ihr vorbei, bewegte sich schnell und leise, um sich vor sie zu schieben.

Dann blieb er stehen und trat zur Seite, damit sie an ihm vorbeiblicken konnte in die Kammer, die sich am Ende des Gangs befand.

Ein massiver Bogengang markierte den Eingang zu dem Raum. Deaglan war hindurchgegangen, Toby und Pru waren vor dem Eingang in dunkle Nischen geschlüpft und spähten von ihrem Versteck aus in die Kammer hinein. Deaglan, der langsamer geworden war, blieb einige Schritte hinter dem Bogengang stehen und war nicht weit von ihnen entfernt.

Entsetzt starrte er auf Rory, der in sich zusammengesunken mit dem Rücken an der hinteren Wand auf dem Boden saß und offensichtlich bewusstlos war. Platzwunden und dunkle blaue Flecke waren im Gesicht des Mannes zu erkennen, und an einer Seite waren seine Haare blutgetränkt. Blut rann ihm über die Wange.

Jay hockte zu Rorys Füßen auf dem Boden. Er hatte die Lampe auf den Mann gerichtet. Der Widerschein des Lichts an der Wand war der Schein, den sie aus der Ferne wahrgenommen hatten.

Deaglan kam näher. »Lebt er?«

»Gerade noch«, erwiderte Jay, drehte sich unvermittelt um, riss die Lampe hoch und richtete den Strahl direkt in Deaglans Augen.

Jay straffte die Schultern, hob eine Pistole und zielte damit auf Deaglan, der instinktiv den Kopf weggedreht und die Hand gehoben hatte, um seine Augen zu schützen. Prus Herz blieb stehen. Sie konnte sich nicht rühren, konnte nicht einmal schreien.

Ein lautes Klappern, ein ohrenbetäubender Missklang von klirrendem Metall erschütterte sie.

Sie wurde gleichfalls von dem hellen Licht geblendet. Erst als der Lichtstrahl sich wegbewegte und sie endlich wieder etwas erkennen konnte, sah sie, wie Jay finster auf etwas blickte, das sich links von ihr befand.

Im nächsten Moment bückte er sich und legte die Pistole zur Seite. »Du kannst es mir nicht leicht machen, oder?«, fragte er, als das Klappern nicht aufhörte.

Jay zog eine zweite Pistole hervor. »Auch gut. Ich habe mich darauf vorbereitet.«

Pru bewegte sich unauffällig in den Bogengang, um in die Richtung zu blicken, in die Jay sah. Der Schein seiner Lampe erhellte die Szenerie. Und sie sah, dass Deaglan sehr lebendig war.

In letzter Sekunde hatte er sich zur Seite geworfen. Jays Kugel hatte ihn an der rechten Schulter erwischt, ihn zum Glück bloß gestreift. Der Krach war durch einen Stapel von alten Metalleimern ausgelöst worden, in die er hineingestolpert war.

Langsam kam Jay näher.

Pru wollte in den Raum hineingehen, doch Toby hielt sie zurück und schob sie unsanft hinter sich, als er die Kammer betrat. Dabei achtete er darauf, dass Jays Schritte die seinen übertönten.

Der Verwalter blieb stehen, und Pru erstarrte. Genau wie Toby. Entsetzen ergriff sie. Sie beobachtete, wie Jay ganz ruhig seine Laterne abstellte, die Waffe hob und sie in aller Seelenruhe überprüfte. Angst schloss sich wie eine eisige Faust um Prus Herz. Die Pistole war einer dieser modernen Revolver. Sie wusste nicht, wie viele Schüsse Jay damit abgeben konnte.

Was sollte sie machen? Noch nie in ihrem ganzen Leben hatte sie sich so hilflos gefühlt.

»Du hattest schließlich ein gutes Leben in London.« Jay sah wieder Deaglan an, der noch immer versuchte, wieder auf die Beine zu kommen. »Warum konntest du nicht einfach dableiben?«

»Was für ein Mistkerl bist du eigentlich?« Deaglan spuckte die Worte aus. »Rory war genauso dein Freund wie meiner. Wie konntest du ihn umbringen?«

»Oh, er ist nicht tot«, erwiderte Jay, und ein hinterhältiges Lächeln schwang in seiner Stimme mit. »Hast du es noch nicht kapiert? Rory ist vorgesehen, für den Mord an dir zu hängen.«

Damit hob Jay den Arm und zielte erneut auf Deaglan.

»O nein, das werden Sie nicht tun!«, kam Prus Stimme.

Jay riss den Lauf der Waffe hoch und wirbelte zu ihr herum. Sie duckte sich hinter die Seite des Bogengangs, als ein dröhnender Widerhall die Kammer erfüllte. Nur wenige Zentimeter von ihrem Gesicht entfernt zerbarst ein Ziegelstein in der Mauer.

Sie hörte ein lautes Brüllen. Gerade rechtzeitig schob sie sich wieder ein Stückchen vor, um zu sehen, wie Deaglan sich aufrappelte und sich von hinten auf Jay warf.

Die beiden Männer stürzten gemeinsam zu Boden und rollten hin und her, wobei Deaglan von seiner verletzten Schulter behindert wurde. Pru fiel die Lampe ein. Sie klappte die Abschirmung auf und stellte die Laterne in den Bogengang. Dann eilte sie näher zu den kämpfenden Männern und suchte fieberhaft den Boden ab. Jay hatte den Revolver nicht mehr in der Hand, nur konnte sie die Waffe einfach nicht entdecken.

Toby stellte die Laterne ab und ging um die kämpfenden Männer auf dem Boden herum. Er hatte seine Pistole in der Hand, doch da Deaglan und Jay sich wild herumwälzten, war es nicht möglich, einen gezielten Schuss abzugeben.

Das Gesicht zornig verzogen, holte der entfesselte ehemalige Gutsverwalter mit der Faust aus und wollte Deaglan schlagen, wobei es dem in letzter Sekunde gelang, den Kopf wegzudrehen, sodass die Faust ihn nur streifte.

Pru fluchte unterdrückt. Sie hatte genug und sah sich um in der Hoffnung, irgendetwas Nützliches zu finden. Ihr Blick fiel auf einen alten Besenstiel, der neben dem Bogengang an der Wand lehnte. Sie rannte los und schnappte ihn sich. Beide Hände um das Ende des Stiels geschlungen, hob sie ihn hoch. Ohne auf Toby zu achten, der dem kämpfenden Paar auf dem Boden noch immer mit seiner Waffe folgte und Pru gleichzeitig anschrie, sich zurückzuhalten, ging sie um die Männer herum, bis sie an ihren Füßen stand.

Sie wartete ab, bis die beiden auf der Seite lagen und sich brutal den Hals zuzudrücken versuchten. Pru riss den Besenstiel in die Höhe, holte tief Luft und schrie: »Stopp!«

Als die beiden Männer den Befehl hörten, hielten sie für eine Sekunde inne.

Diese winzige Zeitspanne reichte Pru aus. Sie schlug mit dem Besenstiel so heftig auf Jays Kopf, dass das Holz krachend zersplitterte.

Jays Kopf war hart. Toby fluchte, legte die Waffe nieder, stürzte sich auf Jay und packte ihn am Kragen, riss ihn hoch und weg von Deaglan.

Der Earl kam auf die Beine und sah seinen Cousin mit

einem wilden Blick an. »Darf ich?«, knurrte er. Dann holte er aus und schlug Jay die Faust mit solcher Wucht ins Gesicht, dass sein Kiefer brach.

Der Burgherr verspürte tiefe Befriedigung trotz der Schmerzen in den Fingerknöcheln und des Pochens in der Schulter. Er taumelte zurück und beobachtete, wie Jay in Tobys Griff bewusstlos zusammensackte.

Zufrieden blickte Prus Bruder in Jays bewusstloses Gesicht und nickte. »Gut gemacht«, sagte er und ließ den Mann kurzerhand zu Boden fallen, hob noch Jays zweite Pistole auf, damit der Gutsverwalter, der er nicht länger sein würde, keinen Unsinn damit machte.

Pru packte Deaglans Gesicht mit beiden Händen und küsste ihn, als könnte sie ihn so festhalten. Als die Woge dieses befreienden Gefühls schließlich brach, kehrte die Erinnerung zurück, und heftige, instinktive Angst erfüllte ihn. Er hielt sie ein Stück von sich entfernt und sah ihr eindringlich in die Augen. »Tu so etwas Dummes nie mehr wieder! Lenk nie wieder die Aufmerksamkeit eines Mörders mit einer geladenen Waffe auf dich!«

»Das hätte ich ja gar nicht tun müssen, wenn du darauf geachtet hättest, nicht mit diesem Mörder allein zu sein«, schoss sie voller Inbrunst und Leidenschaft zurück. »Dem Mörder mit der geladenen Waffe in der Hand.«

»Ich wusste ja nicht, dass er eine Pistole hat.«

»Das tut absolut nichts zur Sache.« Sie warf die Hände in die Luft. »Er war einer von unseren zwei Verdächtigen, und du bist einfach so mit ihm allein in diesen dunklen Keller gestiegen.«

Sie sah ihn vorwurfsvoll an. »Du hast versucht, mich sozusagen aus der Schusslinie und in Sicherheit zu bringen, indem du mich mit Toby auf die Straße nach Sligo geschickt hast. Dabei hatte unser Verbrecher immer allein dich im Visier. Dich, nicht mich!«

Er starrte sie an, bemerkte die Tränen, die ihr in die Augen stiegen und die sie energisch wegblinzeln wollte. Sie schluckte und sagte in einem weicheren Ton, der fast wie ein Schluchzen klang: »Du wärst beinahe gestorben. Was hätte ich tun sollen, wenn das tatsächlich passiert wäre?« Ihr Blick wanderte zu seiner Schulter. »Und er hat auf dich geschossen.«

Er nahm ihre Hand, bevor sie die Wunde berühren konnte. »Es ist eine simple Fleischwunde.«

»Sie blutet noch immer!«

»Nicht besonders stark.«

Toby hatte die Auseinandersetzung anfänglich mit einem zynisch belustigten Blick verfolgt, hatte sich dann abgewandt und die beiden in Ruhe gelassen. Nachdem er seine Waffe aufgehoben und überprüft hatte, ob Jay noch bewusstlos war, ging er zu Rory, der nach wie vor reglos an der Wand lehnte. Toby war beruhigt, als er am Hals Rorys kräftigen, gleichmäßigen Herzschlag fühlte.

In dem Augenblick rührte sich der Stallmeister schwach. »Was zum Teufel ist das für ein entsetzlicher Lärm?«, stöhnte er mit geschlossenen Augen.

Toby konnte sich ein Grinsen nicht verkneifen. »Zwei Turteltäubchen, die sich streiten. Ist gleich vorbei, wenn die Wirklichkeit wieder in ihr Bewusstsein dringt.«

Wie aufs Wort schnappte Pru sich Deaglans Jackenaufschläge und sah ihm ins Gesicht. »Ich will mich nicht mit dir streiten. Ich will nichts anderes, als dass du gesund und munter bist.«

Deaglan legte seine Hände auf die ihren und hielt sie an seine Brust gedrückt. »Ich will mich genauso wenig mit dir streiten. Ich brauche dich viel zu sehr.«

Sie sah ihm in die Augen, zog dann eine Hand unter seiner hervor, hob sie an seine Wange und blickte ihm tief in die Augen. »Und ich brauche dich, lebendig. Ich bin dem Himmel unendlich dankbar, dass dir nichts passiert ist.«

Sie stellte sich auf die Zehenspitzen, und er neigte den Kopf. Der Kuss war der zärtlichste und liebevollste, den er je erlebt hatte. Alle Panik, alle Angst löste sich in Rauch auf. »Danke, dass du mich gerettet hast.«

Sie schniefte leise. »Du hättest dich vielleicht selbst retten können, aber das konnte ich nicht riskieren.«

Er hob den Kopf und sah ihr lächelnd in die blauen Augen. »Ich werde das nie verstehen, dennoch akzeptiere ich, dass du die Dinge so siehst. Dass du mich so siehst. Und darüber möchte ich mich nicht mit dir streiten.«

»Gut. Du wirst sowieso den Kürzeren ziehen.« Mit Deaglan zusammen wandte sie sich Rory zu, der noch immer auf dem Boden saß, Toby neben sich. Zwangsläufig stellten sie sich die Frage, war Rory unschuldig oder war er Teil des Betrugs gewesen und am Ende von Jay hintergangen worden?

»Rory?« Als der Stallmeister ihn mit trüben Augen ansah, fragte Deaglan: »Was ist passiert?«

Der Verletzte zog die Stirn in Falten. »Ich weiß es nicht so genau. Das Letzte, woran ich mich erinnere, ist, dass ich aus der Sattelkammer kam und in den Lagerraum gehen wollte …« Er hob die Hand an seinen Kopf und tastete vorsichtig nach seiner Wunde.

»Lassen Sie das.« Toby streckte den Arm aus und schob die schmutzigen Finger weg. »Wir müssen die Wunde säubern und versorgen.«

Rory schaute verbittert. »Jemand hat mir einen über den Schädel gezogen. Ziemlich heftig. Danach weiß ich kaum noch etwas. Ich bin erst wieder zu mir gekommen, als ich hier unten lag. Dann hörte ich einen Schuss und …« Rory sah an Deaglan und Pru vorbei zu Jay, der noch immer bewusstlos auf dem Boden lag. »Ich habe Jay sagen hören, dass ich für den Mord an Ihnen hängen würde. Da schlug ich meine Augen auf und sah, wie er die Waffe auf Sie richtete … Danach muss ich irgendwie wieder das Bewusstsein verloren haben.«

Deaglan nickte. »Sie haben keine Ahnung, wer Sie niedergeschlagen hat?«

»Nein.« Rory schüttelte den Kopf. »Ich kann nicht so gut hören, wie Sie ja wissen. Ich habe einfach nicht mitbekommen, dass sich jemand von hinten an mich herangeschlichen hat.«

Seit einigen Minuten waren von oben Geräusche zu hören. Jetzt rief jemand: »Die Falltür zum alten Keller steht offen!« Sie vernahmen, wie über ihren Köpfen schnelle Schritte erklangen. »Deaglan?«, rief Felix herunter. »Bist du da unten?«

»Ja«, erwiderte Deaglan. »Warte dort, wir kommen gleich hoch.«

Toby sah Deaglan und Pru an. »Ihr beide geht hoch und schickt ein paar Männer herunter. Ich behalte derweil unseren Patienten und unseren Möchtegernmörder im Blick.« Abfällig sah er zu Jay. »Er wird noch eine Weile schlafen, sodass wir ihn die Treppe hinaufschleppen müssen.«

Rory, der zugehört hatte, schüttelte den Kopf. »Er wollte Sie töten. Das hätte ich niemals gedacht – ich hätte es nicht geglaubt, wenn ich es nicht mit eigenen Augen gesehen und mit eigenen Ohren gehört hätte.«

Deaglan empfand genauso. Die Erleichterung, dass alle Menschen, die ihm etwas bedeuteten, noch am Leben waren, hatte die Gemeinheit, die Jays Betrug ihm versetzt hatte, ein wenig abgemildert. Es würde noch eine Zeit dauern, bis die Wunde, die ihm dieser Verrat beigebracht hatte, verheilt war und bis er die Gefühle verarbeitet hatte.

Deaglan nickte Toby zu. Und ohne seinen ehemaligen Gutsverwalter und entfernten Cousin Jay noch eines Blicks zu würdigen, geleitete er Pru zurück zur Kellertreppe.

Kapitel 18

Als er aus dem Keller kam, gab Deaglan die Anweisung, Jay herauszuholen, zu fesseln und in der Sattelkammer einzuschließen, deren Tür über ein solides Schloss verfügte. Er sorgte auch dafür, dass Rory in die Burg gebracht wurde, damit die Bediensteten sich dort um seine Verletzungen kümmern konnten. Danach übertrug er Felix die Aufsicht über alles und ließ sich von Pru auf ihr Drängen hin in die Burg bringen.

Zehn Minuten später saß er mit freiem Oberkörper am Fußende seines Betts, bemühte sich, nicht scharf die Luft einzuziehen, und ließ widerstandslos Prus liebevolle Fürsorge über sich ergehen.

Sie machte ein großes Aufheben um ihn, wenngleich sie es auf ihre ganz eigene, resolute und sture Art machte. Und im Lichte dessen, was er noch immer in ihrem Gesicht erkennen konnte, hielt er lieber den Mund und erduldete mit äußerlicher Ruhe alles, was sie mit ihm machte. Auf ihrem Weg durch die Eingangshalle waren sie noch schnell in den Salon abgebogen. Mit Pru an seiner Seite hatte er den Kopf ins Zimmer gesteckt, um Maude, Esmerelda, Cicely und Patrick ganz kurz davon zu berichten, wie die Dinge sich zugespitzt hatten. Er hatte ihnen erzählt, dass sie Rory glücklicherweise lebend gefunden hatten, wenngleich übel zugerichtet. Außerdem hatten sie herausgefunden, dass Jay hinter all den Vorfällen der vergangenen Tage steckte. Wie vorherzusehen, waren alle vier schockiert gewesen. Von der Tür aus, wo er seine verwundete Schulter gut vor ihnen verbergen konnte, hatte er ihnen gesagt, dass er sich kurz umziehen müsse und dann wieder herunterkomme, um ihre Neugier zu stillen.

Oben angekommen, verband Pru seine Schulter und seinen Oberarm, um die Verletzung zu schützen, die Jays Kugel hinterlassen hatte. Sie nestelte am Verband herum, band ihn schließlich fest und klopfte leicht auf den Knoten. »So. Das wird fürs Erste reichen.«

Er nahm sie an der Taille und zog sie zwischen seine gespreizten Knie. »Danke«, sagte er, als sie sich irgendwann wieder voneinander lösten.

Die Hände leicht auf seine Schultern gelegt, sah sie ihn forschend an. Im Sommerblau ihrer Augen standen so viele Gefühle, Wünsche und Sehnsüchte, und es gab so vieles, was er sagen wollte, so vieles, was sie hören musste, doch er spürte, wie seine Mundwinkel zuckten. »Leider ist es noch nicht ganz vorbei«, sagte er, ohne sie aus den Augen zu lassen.

Seufzend erwiderte sie seinen Blick und nickte zustimmend. »Wir müssen nach unten gehen und herausfinden, was genau passiert ist.« Unterdessen sammelte sie die Tücher und die Schüssel mit Wasser ein, die sie benötigt hatte, um seine Wunde zu säubern, und stellte alles auf die Kommode.

Er erhob sich und ging zu seinem Kleiderschrank. »Das ist, fürchte ich, ein Teil der Verantwortung, die ein Earl trägt – er muss einfach immer da sein.«

Er holte sich eine frische Hose, ein Hemd und eine Jacke, zog alles an und kämmte sich die Haare.

Unten trafen sie den Rest der Gesellschaft in der Bibliothek. Die anderen aßen gerade Sandwiches, tranken Ale, Cider und Tee, und Pru und Deaglan wurde bewusst, dass sie das Mittagessen versäumt hatten.

Nachdem sie sich etwas zu essen und zu trinken genommen hatten, machten sie es sich auf ihren Stammplätzen gemütlich, den Teller auf den Knien, das Glas neben sich. Felix und Toby gingen noch einmal die Ereignisse der letzten Tage durch, nachdem definitiv bekannt war, dass Jay als treibende Kraft hinter allem steckte.

Maude legte den Finger auf ein noch immer fehlendes Teil des Puzzles. »Ich kann mir nicht vorstellen, warum Jay so gehandelt hat. Er hatte hier Sicherheit und ein Zuhause, und meines Wissens nach haben weder er noch seine Mutter je angedeutet, dass er unzufrieden mit seinem Leben sei.«

Toby musterte die fragenden Mienen einen Moment lang. »Da gibt es offensichtlich noch etwas, das Sie nicht wissen. Etwas, das nicht einmal seine Mutter weiß.«

Deaglan stellte seinen leeren Teller zur Seite und nahm sein Glas mit Ale. Er trank einen Schluck und sah zuerst Toby und dann Pru an. »Wir müssen mit Rory sprechen.«

»Wir können uns noch immer nicht sicher sein, ob Rory nicht mit Jay gemeinsame Sache gemacht hat und dass der letzte Vorfall ein Streit zwischen zwei Dieben war.«

Maude verdrehte gequält die Augen. »Wir haben ja wohl kaum zwei Verrätern in unserer Mitte Unterschlupf gewährt, oder?« Sie sah ihren Neffen an. »Ich kenne Rory Mack genauso lange wie dich.«

Deaglan war unschlüssig. »Wir müssen der Sache auf den Grund gehen, und zwar jetzt und hier. Ich kenne Rory immerhin seit ewigen Zeiten. Es war schon schmerzhaft genug zu begreifen, dass Jay dazu bereit war, mich zu töten, wenn Rory sich dann noch gegen Pru gewandt hatte ...«

Deaglan trank sein Glas aus, stellte es ab und erhob sich. Als Erster fing Toby an zu reden. »Ich schlage vor, dass ich Rory über die Lieferungen für den Stall befrage. Er weiß, dass wir über eine Zuchtvereinbarung verhandeln, also wird er keinen Verdacht schöpfen. Sie drei kennen ihn besser als ich. Deshalb wäre es gut, wenn Sie dabei wären und ihn beobachten würden, um entscheiden zu können, ob er wahrheitsgetreu antwortet oder nicht.«

Sie fanden Rory im Zimmer der Haushälterin. Er saß in einem mit Chintz bezogenen Sessel und trank Tee, während Mrs. Bligh ihn nicht aus den Augen ließ.

Als Rory sie erblickte und aufstehen wollte, legte Mrs. Bligh ihm energisch die Hand auf die Schulter und drückte ihn zurück in den Sessel. »Jetzt ist nicht die Zeit für solche Höflichkeiten. Ich habe es Ihnen gesagt: Sie bleiben hier sitzen, bis ich es Ihnen erlaube aufzustehen.«

Rory warf Deaglan, der grinsen musste, einen flehentlichen Blick zu. »Das ist sicher in Ordnung, Rory, das hier ist Mrs. Blighs Zuständigkeitsbereich.«

Die Haushälterin, die Rory ebenfalls von Geburt an kannte, hatte einen dicken Verband um seinen Kopf gewickelt, an dem er herumtastete. Sie gab ihm einen Klaps auf die Finger. »Lassen Sie das. Nicht anfassen. Wenn Sie sich schon einen über den Schädel geben lassen müssen, müssen Sie mit den Konsequenzen leben.«

Rory blickte die anderen hilflos an. Die Haushälterin lief hin und her und holte Stühle. »Also gut.« Mrs. Bligh warf Rory einen strengen Blick zu. »Sie können sich jetzt mit dem Lord unterhalten, bis das Gespräch beendet ist. Und dann will ich sehen, dass die heiße Milch mit Kräutern ausgetrunken ist, haben Sie mich verstanden?«

Rory nickte. »Ja, Mrs. Bligh.«

Mit einem Laut, der verdächtig nach einem herablassenden Schnauben klang, drehte Mrs. Bligh sich um, ging zur Tür und zog sie hinter sich ins Schloss.

Pru lächelte Rory an. »Wie geht es Ihnen?«

Der Stallmeister starrte in den Becher, den er in der Hand hielt. »Besser. Wobei ich mir nicht sicher bin, was dieses Gesöff angeht.«

»Sie werden wohl nicht darum herumkommen, fürchte ich«, sagte Felix. »Nicht einmal Deaglan würde es wagen, sich Mrs. Bligh zu widersetzen.«

Rory seufzte und nahm angeekelt einen Schluck, bevor

er sich an Deaglan wandte. »Also war es Jay, der im Stall das Feuer gelegt hat?«

»Davon gehen wir aus. Wie Sie wissen, befinden wir uns gerade in Gesprächen mit Miss Cynster und ihrem Bruder, um eine Zuchtvereinbarung für unsere Pferde zu erarbeiten.«

Rorys Miene ging auf wie die Sonne. »Aye, das wäre großartig. Wir können es alle kaum erwarten, das Ergebnis der Verhandlungen zu erfahren.«

In seinem Gesicht stand nichts außer aufrichtiger Begeisterung und Vorfreude, was Pru als Beweis nahm, dass er nichts mit den Angriffen zu tun hatte. »Als Teil unserer Gespräche«, fuhr Deaglan fort, »haben wir uns die Kosten für den Stall angeschaut. Und Mr. Cynster hat noch ein paar Fragen, bei deren Beantwortung Sie uns vielleicht behilflich sein könnten.«

Toby lächelte auf die für ihn so typische locker-lässige Art. »Es geht im Großen und Ganzen um die monatlichen Futterkosten für den gesamten Stall. Können Sie mir sagen, wie viele Scheffel Hafer Sie bestellen, um einen Monat lang damit auszukommen?«

Rory nannte prompt eine Zahl und antwortete genauso schnell, als Toby sich nach Gerste, Heu und Luzernen erkundigte. Nachdem Rory die letzte Zahl genannt hatte, sah Toby zu Deaglan hin. »Das sind tatsächlich die Mengen, die man für einen Stall mit über sechzig Pferden erwarten würde. Was uns alle erstaunt, ist die Tatsache, dass bei den Lieferanten tatsächlich mehr als die doppelte Menge bestellt wurde.«

Als Rory verwirrt und sichtlich überrascht blinzelte, nahm Toby das Kontobuch in die Hand, das er von Felix aus dem Tresor hatte holen lassen. Mit unverkennbarer Neugier, die ihm deutlich anzusehen war, beobachtete Rory, wie Toby das Kontobuch aufschlug, es durchblätterte und dem Stallmeister eine entsprechende Stelle zeigte.

»Sehen Sie?« Toby wies auf einen Eintrag. »Im März des vergangenen Jahres war die Menge des bestellten Hafers fast doppelt so hoch wie die Zahl, die Sie uns genannt haben.«

Rory zog die Stirn in Falten. Er stellte seinen Becher zur Seite und griff nach dem Buch, starrte auf die aufgeschlagene Seite, blätterte dann zurück und vor. »Nein, das stimmt nicht.« Er sah Deaglan an. »Ich müsste es schließlich wissen, wenn uns Monat für Monat so viele Vorräte in den Stall geliefert würden. Ich schwöre Stein und Bein, dass es nicht stimmt.« Er richtete den Blick wieder in das Kontobuch. »Um so viele Vorräte zu verbrauchen, müssten wir ungefähr dreimal so viele Pferde haben, wie im Stall stehen. Und da wir nicht so viele Pferde haben … Was sollten wir mit alldem zusätzlichen Futter machen?«

Rory hob den Kopf und blickte in die Runde. In seiner Miene spiegelten sich Verwirrung und Überraschung und darüber hinaus die felsenfeste Überzeugung, dass das, was er sagte, richtig war.

»Um es noch einmal klarzustellen«, sagte Deaglan. »Sie selbst sprechen nicht mit den Lieferanten?«

Rory schüttelte den Kopf. »Ich weiß nicht einmal genau, wer sie sind, obwohl ich natürlich eine Vermutung habe. Im Grunde habe ich das alles immer Mr. O'Shaughnessy überlassen. Und nach seinem Tod dann Jay.«

»Und Sie haben die Rechnungen nie zu Gesicht bekommen?«, wollte Pru wissen.

»Nein, Miss. Sie gehen alle direkt an das Büro, zu Jay …« Rory stutzte kurz. »War das alles Jays Plan?«

Deaglan nickte ihm beinahe unmerklich zu. Er war zufrieden, dass Rory offensichtlich nichts über einen Plan wusste, den Jay sich ausgedacht hatte. Er blickte den Stallmeister an und nickte bedächtig. »Das glauben wir zumindest. Wie das alles zusammenhängt, wissen wir leider noch nicht mit Sicherheit.«

Der Stallmeister wirkte nachdenklich. Er schlug das Kontobuch zu und reichte es Toby. Dann schüttelte er wieder den Kopf. »Es ist schwer zu begreifen.«

»Machen Sie sich darüber keine Gedanken, ich werde Ihnen alles erzählen, wenn wir Sicherheit erlangt haben und wissen, was genau passiert ist.« Deaglan erhob sich, und die anderen taten es ihm gleich. Er sah Rory an. »Jay hat Sie ganz ordentlich erwischt. Bitte, lassen Sie es in den kommenden Tagen ruhig angehen, und ruhen Sie sich aus.«

»Mir geht's gut«, sagte er und hielt zum Zeichen einen Becher mit Tee in die Höhe.

Pru sah ihn an und lächelte. Rory war kein Mensch, der seine Aufgabe, sich um die Pferde zu kümmern, so einfach abgab. Er erinnerte sie an den Stallmeister der

Cynster-Ställe, was sie auf eine ganz andere Idee brachte. »Rory, wenn Sie in den Stall zurückkehren, könnten Sie sich dann einmal bei den Leuten umhören, ob jemand gesehen hat, wie Jay einfach so ausgeritten ist – zum Beispiel zu einer ungewöhnlichen Zeit oder in eine Richtung, die ihnen seltsam vorkam?«

»Aye, Miss, ich werde die Leute fragen. Ich kann Ihnen jetzt schon mal sagen, dass er oft Richtung Westen ritt. Keiner von uns wusste, wohin er wollte, und er hat nie darüber gesprochen. Er kann nicht mehr als ein paar Kilometer entfernt gewesen sein, denn er war immer ungefähr eine Stunde später wieder zurück.«

Pru lächelte. »Danke, genau so etwas wollte ich hören.« Die anderen drei blickten sie fragend an, ohne dass sie etwas erklärte. Sie erinnerte Rory noch daran, Mrs. Blighs Kräutermischung auszutrinken, und verließ mit den anderen das Zimmer.

Trotz der Blicke von Deaglan, Toby und Felix schwieg sie, bis sie die Bibliothek erreicht hatten. Maude und Esmerelda waren inzwischen gegangen, bloß Cicely und Patrick warteten darauf, Neuigkeiten zu erfahren.

Toby sah Pru an. »Schieß los, was hast du dir überlegt?«

Sie sah erst ihren Bruder an, dann Deaglan. »Wir kennen die Menge an Vorräten, die geordert wurde. Sofern nicht alle Futtermittellieferanten, vermutlich durch die Bank bekannte Lieferanten aus Sligo, Jays Komplizen sind und mit ihm unter einer Decke stecken, können wir wohl davon ausgehen, dass die Mengen, die bestellt wurden, auch geliefert wurden.«

»Hätte Rory es nicht mitbekommen, wenn diese großen Mengen hierhergeliefert worden wären?«, wunderte Felix sich.

Pru nickte. »Rory und jeder andere Mitarbeiter aus den Stallungen ebenfalls. Das ist eher wenig wahrscheinlich.«

»Also«, sagte Toby, »was ist dann passiert? Wir sprechen hier schließlich nicht von ein paar Beuteln mit Futtermitteln, sondern von Ballen und Dutzenden von Säcken.«

»Ich nehme an«, erklärte Pru, »dass jede Lieferung aufgeteilt wurde. Dass Jay den Großteil jeder Lieferung an den Ort hat bringen lassen, an den er immer geritten ist, westlich von den Stallungen. An einen Ort, den ein Lieferant aus Sligo als Erstes erreicht hat. Wenn dort der Großteil der Lieferung abgeladen wurde, hat er den Rest – also die Menge, die von Rory angefordert wurde – vom Lieferanten zum Stall bringen lassen.«

Sie blickte in die nachdenklichen Gesichter von Deaglan, Toby und Felix.

»Dort in der Gegend gibt es kein Gebäude, das für einen solchen Zweck geeignet wäre. An der Straße gibt es zwei Höfe, die bewohnt und viel zu klein sind, um dort solche Mengen von Futtermitteln zu lagern. Das würde nicht einmal für einen Tag oder so funktionieren.«

»Jay war vorsichtig«, sagte Pru. »Er hat sich alles ganz genau überlegt und ausgearbeitet. Also hat er sich selbst für dieses Problem mit Sicherheit eine Lösung überlegt.« Sie sah Deaglan an. »Ich wette, dass es westlich vom Stall irgendein Gebäude gibt, das er zu seinem Warenlager umfunktioniert hat.«

Deaglan grollte leise. Er lehnte sich zurück und blickte an ihr vorbei zu den Fenstern. »Es ist zu spät, um heute noch auszureiten.« Er blickte zu Pru. »Du hast bestimmt recht, da muss es etwas geben. Gleich morgen früh reiten wir los und suchen nach dem Gebäude.« Er schaute die anderen an. »Für den Augenblick könnten wir erst einmal versuchen, Jay zu fragen, was er mit alldem Futter und dem Geld angestellt hat, um das er das Gut betrogen hat.«

Deaglan ging mit Pru, Felix, Toby und einer überraschend entschlossenen Cicely zusammen in die Sattelkammer.

Die Hände hinter dem Rücken gefesselt, war Jay an einen Stuhl gebunden worden, der mehr oder weniger mitten in der geräumigen Kammer stand.

Sein Gesicht zeigte deutliche Spuren der Auseinandersetzung im Keller. Durch Deaglans letzten Schlag war eine Seite von Jays Kinn geschwollen und seine Lippe aufgeplatzt, und ein anderer Schlag musste Jays linkes Auge getroffen haben.

Deaglan hielt den Blick auf den Mann gerichtet, den er für absolut vertrauenswürdig gehalten und als einen Freund betrachtet hatte. Er war davon überzeugt gewesen, dass Jay genau wie er das Wohlergehen des Gestüts im Sinn gehabt hatte. Glengarah: das Anwesen, das Land, die Menschen dort waren genauso Jays Zuhause und Erbe gewesen wie Deaglans.

Offenbar hatte das nicht ausgereicht, um Jays Loyalität zu gewinnen. Es schien, als hätte der Gutsverwalter allein seine eigenen Interessen verfolgt. Deaglan blickte sich um und ging los, um sich einen Stuhl aus der Reihe zu nehmen, die an der Wand standen. Es sah aus wie eine Gerichtsverhandlung, in der Jay die Hauptrolle hatte. »Dieser Plan«, begann Deaglan, »den du dir überlegt hast… Warum hast du überhaupt damit angefangen?« Das war von allen Fragen, die er hatte, diejenige, die ihm am meisten Kopfzerbrechen bereitete.

Jay musterte ihn unter seinen niedergeschlagenen Lidern hervor. »Das liegt daran, dass dein Vater das Gut vernachlässigt hat. Er hat sich nie die Kontobücher angesehen – er füllte einfach die Wechsel aus.« Jay hielt kurz inne. »Er hat praktisch darum gebeten, ausgenutzt zu werden«, fuhr er mit schroffer Stimme und einem zynischen Grinsen fort. »Und als meine Zeit kam und ich die Stelle von Papa übernahm, tat ich ihm diesen Gefallen.«

Deaglan musterte Jay. »Dein Vater und mein Vater waren ihr Leben lang befreundet. Selbst wenn mein Vater und ich oft nicht einer Meinung waren, gab er dir eine gut bezahlte Stelle, ein eigenes Zuhause und eine angesehene Position. Warum hast du das alles aufs Spiel gesetzt?«

Jay warf den Kopf in den Nacken und lachte hohl. Dann schüttelte er den Kopf und sah Deaglan an. »Du hast tatsächlich keine Ahnung, oder? Keine Ahnung, wie es war, mit ansehen zu müssen, dass du und Felix als Adlige aufgewachsen seid und dass euch jeder Wunsch erfüllt wurde, während ich tagtäglich schuften musste, um meinen Lebensunterhalt zu verdienen. Ihr habt mich gut behandelt, das stimmt, und das gebe ich auch zu –

gleichgestellt war ich euch nie. Ich musste mich immer mit dem zufriedengeben, was dein Vater und später dann du mir abgegeben habt. Die Krümel von eurem Tisch sozusagen. Vom Titel und vom Anwesen wäre für euch sowieso nichts übrig geblieben.«

Jay funkelte Deaglan und Felix hasserfüllt an. »Also, warum nicht? Das habe ich mich gefragt. Warum sollte ich mir nicht ein hübsches, kleines Einkommen vom Gut sichern? Eine Apanage, die du früher ebenfalls bekommen hast und die jetzt noch an Felix, Patrick und Maude geht? Ich gehöre schließlich zur Familie, zur entfernten vielleicht, aber immerhin bin ich verwandt mit euch. Und weil euer Vater nicht mit Geld umgehen konnte, habe ich mich einfach bedient. Es war ja alles hier. Ich musste es mir bloß nehmen. Tausende von Pfund pro Jahr. Dein Vater hat den Verlust nie bemerkt. Selbst als du zurückgekehrt bist, ist es dir nicht aufgefallen.« Ein hinterhältiges Lächeln erschien auf Jays Lippen. »Tatsächlich hast du wirklich hart gearbeitet, um das Anwesen profitabler zu machen und um auszugleichen, was ich heimlich abgezweigt habe. Ich habe alles getan, um dich abzulenken, sodass du deine Aufmerksamkeit auf alles andere außer auf den Stall gerichtet hast.« Jay verstummte, als wüsste er nicht weiter.

»Was hast du mit den zusätzlichen Futtermitteln gemacht?«, wollte Deaglan wissen. In diesem Augenblick hätte er schwören können, Angst in Jays Augen aufblitzen zu sehen. Es dauerte einige Minuten, bis der überführte Verbrecher antwortete. »Das musst du nicht wissen.«

Als Deaglan fragend die Augenbrauen hochzog, richtete Pru ihre Aufmerksamkeit auf Jay. »Wir wissen, dass Sie die zusätzlichen Futtermittel an einen Ort westlich der Stallungen haben schaffen lassen. Sie können einfach sagen, wohin genau, denn wir werden sowieso suchen und diesen Ort finden.«

Einige Sekunden lang schien Jay mit dem Gedanken zu spielen, den Standort seines geheimen Lagers zu verraten, dann schüttelte er den Kopf und schwieg.

Pru verengte die Augen, machte sie ganz schmal. »Ich vermute, Sie haben die Vorräte, die Sie sich unrechtmäßig angeeignet haben, verkauft. An wen bitte?«

Und das war, wie alle bemerkten, der Punkt, der Jay die meisten Sorgen und die größte Angst bereitete. Er presste die Lippen aufeinander, als wären sie zusammengenäht. Toby und sie versuchten es mit zwei weiteren bohrenden Fragen, vergeblich. Jay hielt die Augen gesenkt und sagte kein Wort mehr.

Schließlich erhoben sie sich, stellten ihre Stühle zurück an die Wand und ließen Jay mit hängendem Kopf dort sitzen. Von seinem anfänglichen prahlerischen Verhalten war nichts mehr übrig. Als sie zurück zur Burg gingen, ergriff Deaglan Prus Hand und drückte sie sacht. »Danke, dass du es versucht hast.«

Toby, der an ihrer anderer Seite ging und die Hände tief in die Hosentaschen geschoben hatte, stöhnte leise und fasste in Worte, was sie alle dachten. »Er hat sich mit jemandem eingelassen, der ihm so viel Angst macht, dass er uns seinen Namen nicht nennen wird.«

Zusammen mit Pru und Maude verbrachte Deaglan die frühen Abendstunden im Torhaus der Burg, um Moira O'Shaughnessy, der Mutter von Jay, beizubringen, dass ihr Sohn ein Betrüger war. Sie war zwar tief bestürzt, nahm die Neuigkeit jedoch überraschend schnell auf. Maude und Pru wechselten daraufhin einen Blick und versuchten, Jays Mutter möglichst behutsam und mitfühlend mehr zu entlocken. Die Befragung sollte den Frauen überlassen werden.

Auf die Frage von Maude, ob sie einen Verdacht gehabt hätte, tupfte Mrs. O'Shaughnessy sich die Augen trocken. »Ach, eine ganze Weile habe ich vermutet, dass mit ihm irgendetwas nicht stimmt. Früher war er ein guter, zuverlässiger Junge, begierig darauf zu lernen, wie man ein Gut verwaltet. Sein Vater und ich haben uns keine Gedanken oder Sorgen gemacht, dass er nicht daran interessiert sein könnte, irgendwann den Posten zu übernehmen. Als sein Vater dann starb und Jay die Verwaltung übernahm, dauerte es nicht lange, bis er sich veränderte.«

»Wie genau hat er sich verändert?«, wollte Pru wissen.

»Nun, zunächst einmal ritt er an seinen freien Tagen in aller Herrgottsfrühe los und kam erst mitten in der Nacht zurück. Er roch nach Whiskey, und ich musste ihm immer die Treppe hinaufhelfen. Und wenn er dann so betrunken war, prahlte er immer, dass die anderen ihn nun als großen Mann betrachten würden.« Sie runzelte die Stirn. »Ich wusste nie, was genau er damit meinte.«

Ausführlich erfuhren sie noch, wie Jay begonnen hatte, seiner älteren Schwester aus dem Weg zu gehen, die verheiratet war und im nahe gelegenen Ort Rathcormack lebte. Er hatte die Einladungen der glücklichen kleinen Familie immer öfter abgelehnt und war stattdessen mit irgendwelchen unbekannten Freunden ausgegangen, was unweigerlich damit geendet hatte, dass er vollkommen besoffen heimkehrte.

»Wenn er betrunken war, sagte er auch manchmal, dass seine Taschen leer seien und er kein Geld hätte, was aber keine Rolle spielen würde.« Mrs. O'Shaughnessy wischte sich die Tränen fort. »Das habe ich nie verstanden. Entweder sind die Taschen leer, und man hat kein Geld oder eben nicht. Wie kann es keine Rolle spielen?«

Sie versuchten nicht, eine Erklärung abzugeben. Maude nahm Moira unter ihre Fittiche und schlug vor, die traurige und verstörte Frau erst einmal auf die Burg zu bringen, wo sie vorerst bleiben sollte.

Während er und Pru in dem kleinen, penibel sauberen Wohnzimmer des Torhauses saßen und darauf warteten, dass Maude und Moira von oben mit dem gepackten Koffer für Moira nach unten kamen, murmelte Deaglan: »Wer immer derjenige sein mag, mit dem Jay sich eingelassen hat, er könnte vorbeikommen und nach ihm suchen.«

Schließlich kehrten sie trotz dieser Gefahr in die Burg zurück und setzten sich dort in den Salon, um allen anderen wie Esmerelda und Patrick Bericht zu erstatten.

Natürlich wurde vor allem über die Ereignisse im alten Keller berichtet, die besonders von Toby als schockierend und gefährlich beschrieben wurden.

Im Verlauf des Abendessens diskutierten sie über die Möglichkeiten, was genau sie entdecken würden, wenn sie am nächsten Morgen Richtung Westen ritten, und darüber, wie Jay die angehäuften Vorräte weiterverkauft hatte.

»Es muss eine Art monatliches Arrangement gegeben haben«, überlegte Toby. »Auf keinen Fall hat Jay dort draußen einen Platz gefunden, an dem er unbemerkt mehr als eine Monatsration Futtermittel lagern konnte.«

Die Unterhaltung in der Bibliothek flachte ab, denn es wurde immer deutlicher, dass sie zuerst weitere Fakten sammeln mussten, um sich sicher zu sein, welches der möglichen Szenarien nun das richtige war.

Zum Teil erschöpft durch die Aufregung des Tages und zugleich voller gespannter Erwartung, was der morgige Tag bringen würde, zog sich die kleine Gesellschaft recht früh zurück, um ins Bett zu gehen.

Deaglan machte sich nicht die Mühe, so zu tun, als würde er in sein Zimmer gehen. Er ließ sich mit Pru zurückfallen, bis sie die Letzten auf der Treppe waren. Dann vertrödelten sie noch etwas Zeit auf der Galerie, bis wirklich alle anderen ihre Zimmertüren hinter sich geschlossen hatten. Hand in Hand schlenderten sie schließlich durch den Gästeflügel zu ihrem Zimmer am Ende des Gangs. Die Welt blieb draußen, als sie es betraten, und der Earl spürte, wie die Sorgen des Tages von seinen Schultern abfielen.

Nicht lange, und im nächsten Moment drängten sich persönlichere Sorgen in den Vordergrund.

Nach den Ereignissen des Tages wusste er ohne jeden Zweifel, dass er sie liebte. Und angesichts ihres Handelns ging er davon aus, dass sie ihn genauso liebte.

Sie hatten das Wort Hochzeit vielleicht noch nicht ausgesprochen, hatten vielleicht noch nicht über ihre Aversion gegen die Ehe gesprochen, doch die Liebe, dieses starke, mächtige Gefühl, musste ausreichen, um ihren Widerstand zu überwinden.

Deaglan spürte es instinktiv, dass es an der Zeit war, sein Schicksal herauszufordern, die Würfel zu werfen und zu sehen, wie sie fielen.

Und wenn sie ihn ablehnte? Wenn sie ihre Liebe bestritt?

Sein Leben würde nicht mehr als ein Schatten dessen sein, was es mit ihr zusammen sein könnte. Aber wenn er sie nicht einfach und ganz direkt fragte, dann würde er niemals erfahren, ob er eine Chance auf dieses Glück hatte – oder ob er es gehabt hätte.

In seinem Zweifel versuchte er, sich auf sie zu konzentrieren, und als sie ihn im sanften Lichtkegel der Lampe ansah, stand in ihren Augen eine Frage, die er mühelos lesen konnte.

Er nahm sich einen letzten Moment, um sie zu mustern. Und in dem Augenblick erkannte er ihre kraftvolle weibliche Entschlossenheit, ihr Leben so zu leben, wie sie es wollte.

Und vor allem wollte er, dass sie ihn wollte und sich für ihn entschied – für ihn und für Glengarah.

Er sah ihr tief in die Augen. Alles, was er in diesem

Moment tun wollte, war, alle Schutzschilde fallen zu lassen und aus tiefster Seele zu ihr zu sprechen.

»Als ich dich zum ersten Mal sah, dachte ich, dass P. H. Cynster ein unerhörtes Risiko eingehen würde, eine so wundervolle junge Frau in mein Haus zu bringen – denn ich nahm an, dass du seine Ehefrau oder seine Schwester wärst.« Er ergriff ihre Hände noch etwas fester. »Dann fand ich heraus, wer du bist, dass du Pferde genauso liebst wie ich, dass du genauso gut reitest wie ich, dass du instinktiv alles verstehst, was mir wichtig ist. Und dass ich dir ganz und gar und ohne jeden Zweifel vertrauen kann und dass du und ich zusammen ganz mühelos ein wundervolles Team sein können, das sich jeder Herausforderung stellt und gewinnt. Das alles widersprach völlig meinem Bild von Damen deiner Herkunft.«

Verloren in ihren Augen spürte er, dass er für sich und seine Sache einstand und dass er es gut machen musste. »Ich kann mich sehr wohl an deine Bedingungen für unsere Affäre erinnern: Du hast mir unmissverständlich klargemacht, dass die Liaison, sobald das Geschäft abgeschlossen ist, zu Ende geht und dass du Glengarah dann verlassen würdest. Ich weiß nicht, warum du auf dieser Regel bestanden hast und was dich dazu veranlasst hat oder warum du überhaupt noch unverheiratet bist. Ich vermute, dass dein Wunsch nach einem selbstbestimmten Leben und der Leitung des Zuchtbetriebs einen nicht unerheblichen Anteil an dieser Entscheidung hat.«

Ihr Blick sagte ihm, dass er mit der Vermutung richtiglag. Jedenfalls machte sie keine Anstalten, zurückzuweichen oder ihre Hände aus seinem Griff zu lösen. Geduldig wartete sie mit offenem Blick ab, gab ihm die Chance, die Worte auszusprechen, die sie hören wollte. »Ich hoffe und bete, dass die Liebe – unsere Liebe, die zwischen uns gewachsen ist und die ich in allem, was wir tun, sehen und spüren kann – stark und kraftvoll genug ist, um dich dazu zu bringen, deine Entscheidung noch einmal zu überdenken.« Er hob eine ihrer Hände an seine Lippen und hauchte einen Kuss auf ihre Fingerspitzen. »Um dich dazu zu überreden, noch einmal neu zu verhandeln und zu bleiben.«

Bevor sie etwas erwidern konnte, sprach er weiter. »Es ist offensichtlich, dass ich eine Ehefrau brauche. Bislang habe ich noch nicht angefangen zu suchen. Ich habe mir nicht einmal überlegt, welche Art von Frau sie sein könnte. Jetzt sehe ich dich an und erkenne in dir alles, was ich mir von einer Ehefrau wünschen und erträumen kann. Mehr noch: Ich sehe eine Frau, die meine Träume inspirieren und mit mir zusammen meine Zukunft gestalten wird. Ich sehe die Frau, die ich mehr als alle anderen will und die ich als meine Countess betrachte. Also, überleg es dir noch einmal, Pru, mein Liebling, und bleib hier. Bleib für immer hier. Und wenn du willst, dann heirate mich und werde meine Countess.«

Pru löste eine Hand aus der seinen, hob sie und legte ihre Fingerspitzen auf seine Lippen. »Stopp, ich habe dir ebenfalls etwas zu sagen. Als ich dich zum ersten Mal sah, wusste ich bereits um deinen Ruf und erkannte sofort, dass dieser Ruf wohlverdient war.« Sie kniff ganz leicht die Augen zusammen, weil sie meinte, ein Fünkchen Selbstgefälligkeit in seinen Augen aufblitzen zu sehen. »Und ja, ich spürte die Anziehung und wusste, dass es dir nicht anders ging. Der Gedanke, die Freuden auf einem Gebiet zu erleben, das sich mir bisher nicht erschlossen hatte, war so verlockend, dass ich nicht widerstehen konnte. Dann lernte ich dich kennen, dich und deine Pferde, und verstand, dass du viel mehr bist als dein Ruf.« Sie machte eine kurze Pause. »Wir sind, wer wir sind, und das wird nirgends deutlicher als in der Art, wie wir mit denjenigen umgehen, die von uns abhängig sind. In unseren Kreisen macht das einen Mann oder eine Frau aus. Ich hatte nichts an der Herausforderung auszusetzen, der du dein Leben gewidmet hast, sondern stellte fest, dass ich mir wünschte, dasselbe zu tun und mich der Herausforderung an deiner Seite zu stellen.«

Ein erleichterter Ausdruck trat auf sein Gesicht, und sein Griff um ihre Hände verstärkte sich. Sie konnte sich ein Lächeln nicht verkneifen. »Du hast dich gefragt, warum ich nicht geheiratet habe. Die Antwort ist ganz einfach: Ich habe auf dich gewartet. Auf einen Mann, der mich so sieht, wie ich bin, statt mich in das konventionelle Korsett der Gesellschaft zu stecken, in dem ich mich niemals wohlfühlen würde.«

Er verzog die Lippen zu einem Lächeln, als er das hörte, reagierte auf ihren warnenden Blick und ließ sie weitersprechen.

»Ich stamme aus einer Familie, die die Ehe ehrt und zudem ausschließlich aus Liebe heiratet. Da ich dieses

Gefühl bislang nie empfunden habe, sah ich keinen Grund, dieses Ziel zu verfolgen. Ich habe damit gerechnet, niemals zu heiraten und niemals der Liebe zu begegnen. Dann traf ich dich, lernte dich kennen, und im Laufe der vergangenen Tage, als mir bewusst wurde, dass jemand versuchte, dich zu töten, versetzte allein der Gedanke mir einen Stich mitten ins Herz. Ich wusste in dem Moment, dass die Liebe mich gefangen hatte, dass ich nicht immun dagegen war.« Sie drehte ihre Hände in den seinen. »Ich wusste, dass du meine einzige Liebe warst und das immer bleiben würdest. Und dann schoss Jay auf dich, richtete eine Waffe auf deinen Kopf und wollte deinem Leben ein Ende setzen.« Sie hielt inne, als sie noch einmal an diesen furchtbaren Moment zurückdachte. »Nach dem Moment der Erleichterung, die ich empfand, als du überlebtest, kann ich nicht mehr so tun, als würde ich dich nicht lieben.«

Sie hielt seinen Blick gefangen und sprach die Worte aus, die aussagten, was sie tief in ihrem Herzen empfand. »Du, Deaglan Fitzgerald, bist der Mann, den ich nie mehr verlassen möchte.«

»Dann tu es nicht.« Deaglan hob ihre Hände, um sie mit seinen zu umschließen. »Geh nicht weg, nicht jetzt und nie mehr. Er hob eine ihrer Hände und hauchte einen innigen Kuss auf ihre Finger. »Nimm mich, werde meine Countess und bleib hier, bei mir, für immer.«

»Ja, das will ich«, sagte sie und meinte es aus tiefster Seele. »Das will ich. Ich werde meine Hand bereitwillig in deine legen, voller Vertrauen und Sicherheit.«

Herausfordernd zog er eine schwarze Augenbraue hoch. »Ich nehme Bereitwilligkeit, Vertrauen und Sicherheit und lege noch Freude und Glück drauf.«

Lächelnd sah er ihr in die Augen. »Wir werden uns auch mal streiten, so viel steht fest.«

»Ach, lass uns ehrlich sein: Wir werden kämpfen, ringen, drängen. Vor allem wenn es um die Pferde geht.«

»Das alles und noch mehr.« Deaglan konnte sich ein Lächeln nicht verkneifen. »Wir sind uns in so vielen Dingen so ähnlich, halten besonders gern die Zügel in der Hand«, fügte sie mit einem liebevollen Grinsen hinzu.

»Zumindest wird unser gemeinsames Leben niemals langweilig.«

»Das stimmt. Es wird vermutlich nicht immer eitel Sonnenschein sein, aber dagegen gibt es immer …«

»… die Pferde«, lachte sie. Beim Klang ihres Lachens machte sein Herz einen Hüpfer, und er schwor sich, daran zu arbeiten, es jeden Tag hören zu können.

Er wartete ab, bis sie sich beruhigt hatte. »Uns wurde eine Chance gewährt, die nicht jeder bekommt – die Chance, die Liebe zu umarmen und unser größtes Glück zu finden. Es liegt an uns, diese Chance zu ergreifen. Miss Prudence Cynster, würdest du mir die Ehre erweisen, meine Frau zu werden?«

Ihr Lächeln wurde umwerfend strahlend. Sie löste ihre Hand aus seinem Griff und reichte sie ihm. »Ich glaube, Mylord, wir sind uns einig.«

Er musste lachen, ergriff ihre Hand und zog Pru in seine Arme.

Ihre Körper berührten sich und verschmolzen zu einer Einheit. Ihr Kuss war pure Lebensfreude, überschäumendes Glück, das sie erfüllte und durch ihre Adern strömte. Die Leidenschaft lockte sie.

Mit flinken Fingern wurden Knöpfe geöffnet, Kleider fielen raschelnd zu Boden, Hände strichen über nackte Haut und hinterließen dort eine Spur von Feuer.

Warum es einen Unterschied machte, offen zu reden, sich einander die Liebe zu gestehen und das Eheversprechen zu geben, wusste er nicht. Es kam ihm vor, als hätten sie ihre Seelen für eine andere Dimension geöffnet, in der jede Berührung ein Versprechen in einem Universum war, das durch die Liebe erst offenbar wurde.

Liebkosungen wurden bedächtig ausgekostet, zärtliche Küsse verbanden sie miteinander. Die Haut begann zu kribbeln, die Lust schwoll an, wuchs, blühte auf.

Das Verlangen wurde entfacht, flackerte auf, und ein Strudel der Begierde bildete sich, wurde größer und stärker, bis er sie mit sich riss.

Atemlos und nicht mehr in der Lage, einen klaren Gedanken fassen zu können, erklommen sie den Gipfel der Lust. Sie vergaßen die Welt um sich herum, und es gab nur noch sie beide, die Körper vereint, die Herzen, der Verstand und die Seelen eins. Sie klammerten sich aneinander, als ein herrliches Gefühl sie erfasste, sie durchströmte und sie zum Explodieren brachte. Danach waren sie nicht mehr diejenigen, die sie zuvor gewesen waren. Vielmehr waren sie die Menschen, die sie wirklich waren. Die Menschen, die sie sein sollten.

Glücklicher, als er je gewesen war, wollte er langsam einschlafen. »Nur um eines klarzustellen«, flüsterte sie noch an seiner Brust. »Ich erwarte, mit deinen Pferden zu arbeiten und dein Zuchtprogramm zu leiten.«

Er stieß ein Lachen aus. »Nur um eines klarzustellen: Ich habe mit nichts anderem gerechnet.«

Er spürte, wie sie zu lächeln begann, dann hauchte sie einen Kuss auf seine Brust und entspannte sich spürbar.

Er lächelte, zog sie dichter an sich, und zusammen schliefen sie ein.

Kapitel 19

Am nächsten Morgen erschienen Deaglan und Pru später als sonst am Frühstückstisch. Und als wären sie magisch angezogen worden, erschienen nicht nur Toby, Felix und Cicely, sondern auch Maude, Esmerelda und Patrick.

Nachdem Deaglan fragend zu Pru geblickt und sie ihm lächelnd zugenickt hatte, ergriff Deaglan die unerwartete Gelegenheit und verkündete ihre Verlobung. Sofort wurden sie mit Glückwünschen überhäuft. Esmerelda strahlte, Toby schlug Deaglan auf den Rücken und küsste seine Schwester auf die Wange, und selbst Bligh, der noch mehr Kaffee brachte, blieb stehen, um mit fast väterlicher Freude die besten Wünsche des Personals zu übermitteln.

Toby kehrte an seinen Platz zurück und schlug seinem künftigen Schwager auf die Schulter. »Du hast keine Ahnung, worauf du dich da einlässt.«

Deaglan zog eine Braue hoch. »Wieso?«

»Du hast dich nicht viel unter den sogenannten feinen Leuten in London bewegt, oder?«

»Wenn du damit meinst, dass ich die Ballsäle und Salons Londons gemieden habe, hast du absolut recht.«

»Das meinte ich«, erwiderte Toby trocken. »Du kennst

die Familie noch nicht. Die weibliche Hälfte wird dich abschätzend mustern und die männliche Hälfte dich misstrauisch beäugen. So geht das zu beim Adel.«

Als Deaglan sich verwirrt umsah, fuchtelte Lady Connaught, die ihm gegenübersaß, mit der Gabel herum. »Geläuterte Lebemänner nennt man das, weil dadurch die Damen gewisse Einblicke bekommen.«

Während Deaglan das Entsetzen ins Gesicht geschrieben stand, musste Pru lachen.

Ein Diener erschien in der Tür und gab Bligh ein knappes Zeichen. Als der Butler das Zimmer verließ, beugte Patrick sich vor und begrüßte Pru in der Familie. »Schön, frisches Blut zu haben, oder? Und das Blut der Cynsters ist würdiger als das der meisten anderen.«

Die anderen brachen in Gelächter aus, das mit einem Schlag abbrach, als Bligh wieder ins Zimmer kam, den Blick auf Maude und Esmerelda gerichtet. »Was ist los, Bligh?«, wollte Deaglan wissen.

Esmerelda runzelte die Stirn und forderte ihn energisch auf zu reden. »Spucken Sie es aus, Mann. Hier sind keine Damen, die bei jeder Kleinigkeit in Ohnmacht fallen.«

Der Butler sah Deaglan an. »Mir wurde gerade zugetragen, Mylord, dass die Stallburschen, die Mr. O'Shaughnessy das Frühstück bringen wollten, ihn an einem Balken baumelnd vorgefunden haben. Tot. Mausetot.« Eine Sekunde lang herrschte Schweigen. Dann klapperte das Besteck, als alle Messer und Gabel auf ihre Teller fallen ließen und aufsprangen.

Deaglan und Pru führten die Prozession aus dem Salon,

den Korridor entlang bis zum Seitenausgang, über den Hof und zu den Stallungen an. Ihnen folgten Toby, Felix und Cicely.

Die Stallknechte standen vor der Tür zur Sattelkammer und gingen zur Seite, als sich die Bewohner der Burg näherten. Mit großen Augen nahmen sie den Anblick, der sich ihnen bot, in sich auf.

Jays Leiche war vom Balken geschnitten worden und lag auf dem Holzfußboden. Jemand hatte einen Mantel über sein Gesicht gebreitet. Deaglan ging langsam um den Toten herum, um ihn sich näher anzuschauen. Toby und Felix gesellten sich zu ihm. Cicely war neben Pru stehen geblieben, ihr Gesicht war kalkweiß.

Sie selbst war überrascht, hatte Jay nicht für einen Menschen gehalten, der sich das Leben nahm – egal, wie die Dinge standen. Als sie am Tag zuvor mit ihm gesprochen hatte, war er ihr stur und sogar frech vorgekommen. Von Reue keine Spur. Erst als sie die Sprache auf seine Komplizen gebracht hatte, wirkte er ängstlich. Vermutlich fürchtete er sich vor anderen Ganoven.

Felix, Deaglan und Toby knieten neben der Leiche und redeten leise miteinander. Dann erhob Deaglan sich und wandte sich Rory zu, der an der Wand gestanden und gewartet hatte. »Wie war es gestern Abend? Wie wurde er hier zurückgelassen?«

Der Stallmeister blickte zu zwei älteren Stallknechten, die neben ihm gewartet hatten. Einer der Männer sah zu dem Earl hinüber. »Ich und Sid haben ihn um zehn Uhr noch mal zur Toilette begleitet und ihn anschließend

436

wieder gefesselt.« Mit einem Kopfnicken wies er auf den Stuhl, der umgekippt auf dem Boden lag. »An den Stuhl. Wie vorher.«

Toby richtete sich vom Boden auf. »Also, die Hände hinter dem Rücken zusammengebunden und an den Stuhl gefesselt?«

Horry und Sid nickten. »Aye, es es war wahrscheinlich nicht sonderlich bequem, doch die sicherste Lösung.«

»Wir wollten keine unnötigen Risiken eingehen«, versicherte Horry. »Nicht nachdem Rory uns erzählt hat, wie Jay den Stall benutzt hat, um Geld vom Gut zu stehlen.«

»Und Sie haben die Tür hinter sich abgeschlossen?«, fragte Deaglan.

Beide Männer nickten. »Und wir sind uns ganz sicher«, erklärte Horry, »denn der junge Malcolm hier«, er deutete auf einen Diener, der neben ihm stand und aussah, als würde er jeden Moment in Ohnmacht fallen, »wollte das Tablett mit dem Frühstück bringen und musste uns bitten, ihm die Tür aufzuschließen.«

»Wo war der Schlüssel?«, wollte Toby wissen.

»Den hatte ich bei mir«, entgegnete Horry. »Wir hängen ihn für gewöhnlich an einen Haken neben dem Eingang zum Stall, was uns heute zu unsicher war. Sid und ich wussten außerdem, dass wir zuerst in der zweiten Stallgasse arbeiten würden, also steckte ich den Schlüssel in meine Hosentasche.«

Deaglan nickte. »Gut gemacht.« Stirnrunzelnd blickte er auf den Leichnam hinunter. Dann betrachtete er das Seil, das am Mittelbalken des Dachs festgezurrt worden war und dessen durchtrenntes Ende fast eineinhalb Meter oberhalb von Deaglans Kopf in der Luft baumelte.

Er sah erst Rory, dann Horry an. »Wer hat ihn abgeschnitten?«

Horry nickte. »Das waren wir, Mylord. Wir konnten ihn ja nicht so hängen lassen.«

Toby starrte auf das Seilende in der Luft, stellte sich auf die Zehenspitzen und reckte sich, ohne das Ende erreichen zu können.

»Worauf standen Sie?«, wollte er von Horry und Sid wissen.

»Wir wollten den Stuhl nicht bewegen, also haben wir uns eine Leiter geholt.« Sid wies auf eine lange Leiter, die in der Ecke an der Wand lehnte. »Horry packte seine Beine und hielt ihn fest, ich stieg auf die Leiter und kappte das Seil.«

Toby und Deaglan betrachteten die Leiter und hockten sich am Kopf des Toten hin, um dessen Hals noch immer ein Stück Seil hing. Der Earl drehte sich um und sah Sid an. »Wie viele Stufen mussten Sie auf der Leiter hinaufsteigen, um das Seil durchtrennen zu können?«

»Ich musste auf die dritte Sprosse steigen, Mylord. Und selbst da musste ich mich recken, um das Seil zu erreichen.«

Toby sah Horry an. »Sie haben den Körper festgehalten – also haben Sie ihn aufgefangen, als er fiel.«

»Aye, Sir, das habe ich.«

»Wo befanden sich Mr. O'Shaughnessys Füße?«

»Das kann ich nicht genau sagen, Sir … Ich weiß noch,

dass seine Knie knapp über meinen Schultern waren. Es war etwas schwierig, ihn ruhig zu halten und dann nach unten rutschen zu lassen – ich konnte ihn über meiner Schulter auffangen.«

Toby trat vor, um sich auf der anderen Seite neben Jays Kopf zu knien. Deaglan hob die Jacke an, die man über sein Gesicht gelegt hatte, und Toby griff mit beiden Händen darunter, suchte eindeutig etwas.

Pru wurde klar, was hier nicht stimmte. Sie starrte zum baumelnden Seil hinauf, dann auf den Stuhl und auf Jays reglosen Körper auf dem Boden. Entsetzen ergriff sie.

»Der Körper ist kalt«, sagte Toby. »Folglich ist er seit Stunden tot, und an seinem Hinterkopf kann ich eine dicke Beule ertasten. Geschwollen. Das kann nicht lange nach dem Tod passiert sein.«

Deaglan erhob sich, ging zu dem umgekippten Stuhl und stellte ihn wieder auf.

Mit einem Mal sahen fast alle, was hier nicht zusammenpasste. Deaglan stellte den Stuhl unter das baumelnde Seil und schaute zu dem abgeschnittenen Ende hinauf. »Ganz offensichtlich hat er sich nicht selbst aufgeknüpft. Das Seil war nicht lang genug, um auf dem Stuhl zu stehen, dann zu springen und ihn umzutreten.«

»Dem stimme ich zu«, erklärte Toby. »Das hier ist kein Selbstmord, es ist Mord.«

Alle Anwesenden in der Sattelkammer schnappten entsetzt nach Luft. Sid und Horry waren blass geworden. »Wir haben damit nichts zu tun, Mylord«, versicherte Horry. »Ich hatte den Schlüssel, und ich schwöre, dass er die ganze Nacht bei mir war. Mein Zimmer ist in der Burg – niemand hätte sich reinschleichen und ihn holen können, ich hatte ihn heute Morgen noch.«

Toby warf einen Blick auf das Schloss. »Ich würde keinen Schlüssel brauchen, um die Tür zu öffnen.« Er bückte sich und untersuchte das Schloss und vor allem die Außenseite genauer. »Aha, da sind winzige verräterische Kratzer.« Er sah Deaglan an. »Jemand, der sich auskannte, hat das Schloss geknackt.«

Rory scharrte mit den Füßen. »Das erklärt auch das Seil.« Mit einem Kopfnicken wies er hinauf. »Ich habe mich schon gefragt, wie es dorthin gekommen ist. Es ist immerhin dicker als das Seil, womit wir ihn gefesselt haben, und wir lagern Taue dieser Stärke im Lagerraum auf der anderen Seite des Korridors.«

Deaglan schüttelte den Kopf. »Ich glaube, wir können Folgendes daraus schließen: Diejenigen, auf die Jay sich eingelassen hatte und vor denen er so viel Angst hatte, haben entschieden, dass es für sie selbst am sichersten wäre, Jay zum Schweigen zu bringen und so die Möglichkeit auszuräumen, dass er gegen sie aussagt.«

Deaglan schickte einen Stallburschen, um die Polizei und den örtlichen Magistrat zu holen. Beide erschienen ungefähr zur gleichen Zeit. Die Brüder brachten die Männer in die Sattelkammer und erklärten, was geschehen war.

Lord Jeffers, der Magistrat, rieb sich das Kinn und stimmte Deaglans Ansicht und Interpretation des Sachverhalts zu. »Ich werde in der Angelegenheit in einer

Woche eine Untersuchung durchführen, wobei durchaus die Chance besteht, dass wir niemals Beweise dafür finden, wer der Mörder war.«

»Oder«, fügte Deaglan hinzu, »wer den Mord in Auftrag gegeben hat.«

Lord Jeffers erteilte die Erlaubnis, Mrs. O'Shaughnessy den Leichnam zu übergeben, nachdem Deaglan bereits Reverend Phillips hatte kommen lassen, um Ruhe unter den verstörten Leuten zu schaffen. Er war froh, alles in die Hände seiner Tante Maude und des Pfarrers legen zu können, und zog sich selbst lieber in die Bibliothek zurück.

Pru blickte hoch, als er hereinkam. Ihr stand noch der Schrecken ins Gesicht geschrieben, dass es in der Burg einen neuen Verrat und einen Mord gegeben hatte. »Alles erledigt?«, fragte sie.

Toby warf einen Blick auf die Uhr. »Es sind noch ein paar Stunden bis zum Mittagessen. Zeit genug, um in Richtung Westen zu reiten und mal zu schauen, über was wir da stolpern, oder? Was meint ihr?«

Deaglan stimmte zu; genau wie Pru, Felix und Cicely. Sie gingen in den Stall hinaus, wo ein gewaltiges Chaos herrschte, um die Pferde zu satteln und vorzubereiten, und Deaglan auf ein wenig Ruhe hoffte.

Sie stiegen auf und ritten los, folgten dem Weg, den Rory ihnen beschrieben hatte und den Jay am Tag zuvor geritten war. Die frische Luft des bevorstehenden Frühlings ließ sie das, was sie soeben erlebt hatten, fast vergessen.

Deaglan ritt mit Pru an seiner Seite voraus. Sie sahen zwei Höfe, die beide ein Stück von der Straße entfernt lagen. Beide waren klein, und die Gebäude standen dicht beieinander, sodass dort keine Unmengen an Futtermitteln erfolgreich zur Seite geschafft werden konnten, wie Deaglan kurz gedacht hatte.

Stattdessen ritten sie über Felder, die hauptsächlich als Weiden dienten, und erreichten schließlich die westliche Grenze des Anwesens.

»Und jetzt?« Felix ritt mit seinem munteren Pferd um die anderen herum.

Deaglan war völlig unsicher. »Ich weiß es nicht... Rory und einige andere meinten, das hier sei der Weg, den Jay genommen habe. Und angeblich hat niemand ihn je in eine andere Richtung reiten sehen.«

»Kannst du dich noch daran erinnern«, fragte Pru, »ob du Jay, als wir auf der Suche nach Rory waren und du die Leute eingeteilt hast, in diese Richtung geschickt hast oder ob er sich freiwillig angeboten hat, nach Westen zu reiten?«

Deaglan strengte sich an, sich daran zu erinnern. Thor wurde ungeduldig. Dann fiel es Deaglan ein. »Jay sagte, er werde hier suchen, bevor ich irgendwelche Anweisungen gegeben hatte.«

»Also gut.« Toby erhob sich in den Steigbügeln und spähte geradeaus. »Hinter der nächsten Anhöhe ist ein Dach, das ich erkennen kann.«

»Das ist eine von Mr. Wilkes' Scheunen«, sagte Felix. »Er ist unser Nachbar, eine Art Einsiedler.«

»Dort arbeitet jemand auf dem Feld.« Pru wies nach vorn. »Mal sehen, was er uns sagen kann.«

Als sie zu dem Bauern kamen, der hinter seinem Pflug herlief, rief Deaglan ihn zu sich heran.

»Aye, Mylord?«

»Beasley, nicht wahr?« Deaglan lächelte. »Können Sie mir sagen, wofür die Scheune dort drüben genutzt wird?«

Der Bauer blinzelte bedächtig. »Das weiß ich nicht genau, Mylord. Das müssten Sie Ihren Mr. O'Shaughnessy fragen.«

»Mr. O'Shaughnessy? Warum?«

»Na ja, die Scheune ist schließlich seit vier oder fünf Jahren für Glengarah angemietet worden. Die einzige Person, die ich dort je gesehen habe, war Mr. O'Shaughnessy, also vermute ich, dass er Näheres weiß.«

»Danke.« Deaglan zwang sich, nicht verärgert zu klingen. Wenn sie noch eine Bestätigung für Jays jahrelange Treulosigkeit gebraucht hatten, dann hatten sie sie gerade bekommen. »Da das Gut die Scheune derzeit nutzt, werde ich mal einen Blick hineinwerfen.«

Beasley nickte. »Aye, Mylord. Wenn Sie gar nichts davon wussten, ist das vielleicht keine schlechte Idee.«

Vor der Scheune stiegen sie von den Pferden und banden die Tiere an den Büschen fest, die neben dem kleinen Hof wuchsen.

Felix erreichte das Tor als Erster. »Es ist verschlossen«, sagte er und hielt ein großes Vorhängeschloss hoch, das an einem massiven Riegel angebracht war. Dann betrachtete er die stabilen Türen. »Selbst wenn das Gut die

Scheune angemietet hat, vermute ich, dass der alte Wilkes es nicht unbedingt gut findet, wenn wir hier einbrechen.«

»Kein Grund für solche drastischen Maßnahmen.« Toby schob Felix zur Seite, kniete sich hin und bearbeitete das Vorhängeschloss mit zwei langen, schmalen Instrumenten, die wie Nadeln aussahen.

»Was ist das?« Felix beugte sich vor, um ihm über die Schulter zu schauen.

»Das sind die modernsten Dietriche«, erklärte Toby, den Blick auf das Schloss gerichtet.

Deaglan sah Pru an und zog ungläubig eine Augenbraue hoch. Sie zuckte leicht die Achseln. »Von den Cynsters erwartet man eine ganze Reihe Fähigkeiten, vor allem von den männlichen Mitgliedern der Familie.«

Während Deaglan noch den Kopf schüttelte, gab Toby einen triumphierenden Laut von sich, und das Schloss sprang auf. Prus genialer Bruder erhob sich, nahm das Vorhängeschloss ab und löste den Riegel. Er zog eine der schweren Türen auf, Felix die andere.

Die anderen folgten ihnen und blickten sich voller Erstaunen in der ganz und gar nicht leeren Scheune um.

Pru ging in eine Ecke, kniete sich hin und hob etwas auf. »Hafer.«

Felix war in die andere Richtung gegangen und bückte sich. »Hier ist Gerste.«

»Und hier Heu«, rief Toby.

Cicely kam zu Deaglan, um ihm zu zeigen, was sie aufgesammelt hatte. »Ist das hier das Gras, das die Leute den Pferden zu fressen geben?«

Er sah es sich genauer an und nickte. »Luzernen, die wir, wie Rory bestätigt hatte, selten hinzukaufen müssen, wenn überhaupt.«

Pru kehrte zurück und trat zu den anderen, die sich um Deaglan versammelt hatten. »Ich denke, wir können davon ausgehen, dass alles, was Rory bestellt hat, in doppelter Menge geordert wurde. Und abhängig davon, was die Kunden haben wollten, hat Jay dann noch zusätzliche Futtermittel bestellt, von denen er wusste, dass er sie weiterverkaufen konnte.«

»Also hat Jay die Futtermittelbestellungen von dem Monat an, als ich Glengarah verließ, mindestens verdoppelt und das zusätzliche Futter hier gelagert«, sagte er und sah sich um. Dann hat er sich irgendwann mit den Kunden hier getroffen, damit sie die Ware abholen konnten. In der Zwischenzeit erzählte Jay jedem, der ihn danach fragte, dass die Scheune lediglich als vorübergehendes Futterlager für Glengarah dienen würde, mehr nicht.«

»Also bezahlte er das zusätzliche Futter mit den Mitteln des Guts und steckte sich die Gewinne ein, wenn er alles weiterverkaufte«, fügte Felix hinzu.

»Die überhöhten Gewinne«, stellte Toby klar. »Anhand der Zahlen konnten wir sehen, dass er sich fast dreihundert Pfund pro Monat vom Gut erschwindelt hat.« Er machte eine kleine Pause und rechnete im Kopf weiter. »So kann er leicht bis zu fünftausend Pfund pro Jahr eingenommen haben. Das ist ein nicht unbeträchtliches Vermögen.«

»Aha.« Toby machte eine Pause. »Und weil Glengarah

ein großer, langjähriger Kunde war und ist, konntet ihr euch durch Jay die Belieferung zu einem günstigen Preis sichern. Vielleicht hat er sogar in anderen Gegenden noch Geschäfte gemacht.«

»Es klingt, als wäre er zu einer Art Mittelsmann geworden, der seine Lieferanten ausgequetscht hat und denjenigen, die bei ihm gekauft haben, viel zu viel berechnete«, warf Pru ein.

»So war das offenbar«, bestätigte Deaglan mit harter Stimme. »Glengarah hat die Zeche bezahlt, dabei hätte man auf dem Anwesen das Geld, das er abgezweigt hat, dringend für die Menschen gebraucht, die hier leben.«

Felix nickte. »Ja, das hätte es.« Mit verständnisloser Miene blickte er die anderen an. »Ich weiß, dass alles stimmt, was wir über Jay erfahren haben. Aber ich kann nicht begreifen und verstehen, warum er das getan hat. Er war schließlich genauso fest verwurzelt auf Glengarah, wie Deaglan und ich es sind.«

»Einige Pflanzen trocknen die Erde aus, andere nähren sie und geben ihr Kraft«, sagte Toby nach einer Weile.

Pru nickte zustimmend. »Taten wie die von Jay treffen den Kern dessen, wer und was wir sind und was wir hoffen zu sein. Es ist erschreckend und entmutigend herauszufinden, dass es unter uns Menschen gibt, die zum eigenen Vorteil die Mühsal anderer ausnutzen.«

Deaglan nickte. »Das stimmt, und das macht das alles so schwer zu verstehen. Jay hat es an nichts gemangelt. Als Gutsverwalter wurde er gut bezahlt, konnte im Torhaus wohnen, sich im Küchengarten bedienen und so weiter. Dennoch war es am Ende Gier, pure Gier, die ihn angetrieben hat.«

»Jetzt ist er tot.« Deaglan sah sich um. »Und hier ist nichts mehr. Wir haben keine Spur zu demjenigen, den er beliefert hat und der möglicherweise den Mord an ihm in Auftrag gab. Für uns ist das Kapitel damit abgeschlossen.« Er sah Pru an. »Es ist Zeit, das Buch zuzuschlagen, zur Seite zu legen und nach vorn zu blicken.«

Als die anderen ihnen zum Tor folgten, traten Deaglan und Pru in den Sonnenschein hinaus.

Beim Mittagessen brachte Patrick auf den Punkt, was alle empfanden. »Es ist, als hätten wir einen Todesfall in der Familie, aber derjenige, der gestorben ist, hat sich als Verräter entpuppt. Nun wissen wir nicht, was wir denken sollen. Eigentlich sollten wir trauern, was wir nicht tun. Wir fühlen uns nämlich hintergangen und sind wütend. Es ist verwirrend.«

Damit lag er nicht falsch. Diese schwierige Lage in Worte zu fassen machte es für alle ein bisschen leichter, das Ganze hinter sich zu lassen, nach vorn zu blicken und weiterzumachen.

Nach dem Essen setzte man sich in die Bibliothek und konzentrierte sich darauf, die letzten Einzelheiten der Zuchtvereinbarung auszuarbeiten. Nachdem sie das erledigt hatten, setzte sich Pru an Deaglans Schreibtisch und notierte die einzelnen Punkte des Vertrags, auf die sie sich geeinigt hatten.

Deaglan las sich Prus Aufzeichnungen am Ende noch

einmal durch und bestätigte, dass alles, was sie besprochen hatten, vermerkt war. Sie nahm das Papier anschließend wieder an sich und machte sich daran, eine Kopie anzufertigen.

»Wofür ist das?«, fragte Deaglan.

»Sie fertigt zwei Abschriften davon an, damit wir insgesamt drei haben. Ihr beide unterschreibt alle drei Kopien für Glengarah und wir beide für die Cynster-Ställe. Ihr behaltet ein Papier, wir das andere, und das dritte wird zu unseren Anwälten Montague and Son geschickt. Sie werden einen förmlichen Vertrag aufsetzen in zweifacher Ausführung, der euch zugeschickt wird und den ihr prüft und der von eurem Notar durchgesehen und unterschrieben wird. Papa wird beide Kopien gegenzeichnen, womit das Geschäft dann abgeschlossen ist.«

»Müssen wir so lange warten, um mit der Arbeit beginnen zu können?«, wollte Deaglan wissen, den der Abschluss eines komplizierten Vertrags irritierte.

»Nein«, erwiderte sie, ohne von ihren Notizen aufzublicken. »Wir können schon jetzt damit anfangen, die ersten Schritte für die Umsetzung des Zuchtprogramms in die Wege zu leiten.«

Deaglan sah zuerst Felix und dann Toby an. Ihm wurde bewusst, dass er kurz davorstand, endlich das zu erreichen, was er sich immer gewünscht und worauf er so lange gewartet hatte. Das Gefühl verdrängte den bitteren Nachgeschmack des Morgens. »Ich glaube, wir sollten das feiern«, sagte er an Toby gewandt, erhob sich, ging zum Klingelzug und läutete.

»Die anderen sollten ebenfalls dabei sein«, sagte Felix und stand auf. »Ich werde sie holen.«

Wenig später ging die Tür erneut auf, und der Butler erschien mit Champagner und Gläsern, ließ den Korken knallen und schenkte ein.

In diesem Moment kamen die drei Damen herein, gefolgt von Felix, der Patricks Rollstuhl schob. »Also gut.« Toby erhob sein Glas. »Auf das Bündnis zwischen den Cynsters und Glengarah.« Sein Blick fiel auf Deaglan und Pru, und sein Lächeln wurde breiter. »Ein Bündnis, das auf viel mehr basieren wird als nur auf Pferden.«

Alle lachten und tranken auf Deaglan und Pru und auf die Pferde.

Dann nahmen die älteren Damen Platz und erkundigten sich, wie das neue Zuchtabkommen ablaufen werde. Würde Pru nach Newmarket zurückkehren müssen, oder könnte alles Notwendige von hier aus erledigt werden? Eine Frage, die weitere Fragen aufwarf. Obwohl sie vor ihrer Hochzeit noch nach Hause und vielleicht noch nach London reisen müsste, schien Pru kein Problem damit zu haben, nicht mehr allzu oft in England zu sein.

Esmerelda schwärmte hingegen voller Begeisterung von der gesellschaftlichen Szene in Dublin, und Deaglan fragte sich, wie lange es noch dauern werde, bis seine Tante erkannte, dass Pru lieber nach Newmarket reisen würde, als sich in irgendwelche gesellschaftlichen Anlässe zu stürzen.

In diesem Augenblick betrat Bligh die Bibliothek: »Da ist ein … Gentleman an der Tür, Mylord. Er wünscht, mit Ihnen zu sprechen.«

Diese verzögerte Bezeichnung des Mannes ließ bei dem Earl sämtliche Alarmglocken schrillen. »Hat er seinen Namen genannt?«

»Ein Mr. Cormack O'Grady, Mylord.«

»Aha. Ich verstehe.« Er schaute die anderen an, ohne ein Erkennungszeichen zu erhalten. Alle musterten ihn fragend. »Ich habe den Mann nie persönlich kennengelernt, allerdings seinen Namen bereits gehört. Er ist ein ziemlich … zwielichtiger Kerl, der am Rande der adligen Kreise innerhalb des Verbands von der Zucht von Vollblutrennpferden träumt.«

»Ich frage mich«, sagte Toby und erhob sich, als Deaglan ebenfalls aufstand, »ob dieser Besuch in irgendeinem Zusammenhang mit dem Plan steht, von dem Jay ein Teil war. Laut Constable Doolan ist die Nachricht von seinem Tod spätestens am Vormittag in Sligo angekommen – Zeit genug, dass sich die Sache in den Wirtshäusern herumsprechen konnte.«

Deaglan nickte und drehte sich zur Tür um. »Cormack O'Grady hat möglicherweise einige Antworten, die wir gern hätten.«

Und er könnte derjenige sein, der Jays Mord angeordnet hat, schoss es Pru durch den Kopf, als sie forschen Schritts hinter Deaglan herlief.

Da Bligh es nicht für nötig gehalten hatte, O'Grady in die Eingangshalle zu bitten, begab sich der Burgherr auf die vordere Veranda hinaus, wo er den auffällig gekleideten Mann sehen konnte. Mit O'Gradys gesellschaftlichem Stand lag man richtig. Er war ein Gentleman. Seine Haltung und seine subtile Selbstsicherheit deuteten darauf hin, dass er eigentlich aus gutem Haus stammte und adliger Abstammung war. Er war hochgewachsen und hatte breite Schultern. Obwohl sein Halstuch und seine Weste ein wenig zu farbenfroh wirkten, waren sie aus gutem Stoff und elegant geschneidert.

O'Grady hatte sich einen Überblick über alles verschafft, was er von der vorderen Veranda aus erkennen konnte. Als er sich umdrehte und seine Besucher musterte, wirkte seine Miene ruhig und gelassen, ja fast freundlich. Seine braunen Augen blitzten selbstironisch auf, als er Deaglan respektvoll zunickte. »Lord Glengarah.«

Deaglan nickte ihm zu. »Mr. O'Grady. Wie ich gehört habe, wünschen Sie, mit mir zu sprechen?« Er bat O'Grady nicht in die Burg und reichte ihm nicht einmal die Hand.

O'Grady störte das nicht, er lächelte den Unbekannten an. »Ich vermute, dass Sie wissen, was mich hergeführt hat«, sagte er mit einem starken irischen Akzent.

»Vielleicht sollten Sie mich aufklären«, erwiderte Deaglan schlicht.

O'Grady legte den Kopf schräg und musterte Deaglan, als würde er sich fragen, ob er sich getäuscht hatte und Deaglan tatsächlich nicht Bescheid wusste. Nachdem er einige Sekunden lang gegrübelt hatte, räusperte O'Grady sich. »Heute Morgen ist mir in Sligo zu Ohren gekommen, dass Ihr Gutsverwalter O'Shaughnessy einen Unfall hatte, einen tödlichen sozusagen.« Er machte eine kleine Pause, um abzuwarten, ob Deaglan das bestätigen würde. Als das nicht der Fall war, machte er weiter. »Kurz gesagt: Ich bin hier, um zu fragen, ob Sie das kleine Arrangement, das ich mit O'Shaughnessy hatte, weiterführen möchten oder nicht.« O'Gradys Lippen zuckten. »Ob Sie sozusagen in die Fußstapfen Ihres toten Gutsverwalters treten möchten.«

Deaglan schluckte ein spontanes Nein hinunter. Nur Stunden nach dem Mord am Tatort zu erscheinen und eine Frage zu stellen, die ihn sofort als die Person zu erkennen gab, die ganz oben auf der Liste der Verdächtigen stehen sollte, das passte überhaupt nicht zu dem, was Deaglan über diesen Mann wusste. Statt eine Antwort zu geben, legte er den Kopf schräg. »Was würde für Glengarah dabei herausspringen?«

»Im Grunde genommen das Gleiche – der gleiche Gewinn, den O'Shaughnessy eingestrichen hat.«

»Um es klarzustellen: O'Shaughnessy hat über das Gut zusätzliche Futtermittel bestellt und dafür extrem niedrige Preise gezahlt – und dann? Er gab die Futtermittel an Sie weiter, und Sie haben sie für einen überhöhten Preis weiterverkauft.«

O'Grady nickte. »Genauso war es. Er zeigte mir die Rechnungen, und ich zahlte ihm den Preis. Nach dem Verkauf legte ich ihm meine Quittungen vor, und wir teilten die Differenz zwischen seinen Ausgaben und meinen Einnahmen fünfzig zu fünfzig auf. Ein hübscher kleiner Nebenverdienst war das.« O'Gradys Blick war hinterlistig. »Wenn Sie das kleine Geschäft weiterführen wollen, bin ich bereit, Ihnen den gleichen Anteil zu zahlen.«

Auch wenn es nicht gerade fair war, was er da gemacht

hatte, wirkte O'Grady auf Deaglan überhaupt nicht bedrohlich. Es sei denn, der Mann verstand sich perfekt zu tarnen. »Nachdem ich über Ihr freundliches Angebot nachgedacht habe«, sagte Deaglan, »muss ich, fürchte ich, ablehnen.«

O'Grady bestätigte Deaglans Einschätzung und akzeptierte das Nein mit einem Schulterzucken und einem gelassenen Lächeln. »Das dachte ich mir irgendwie, immerhin hat es sich gelohnt zu fragen.«

Deaglan war neugierig geworden. »Wie viel strich O'Shaughnessy durch den Preisunterschied eigentlich als Gewinn ein? Sagen wir durchschnittlich pro Monat?«

O'Grady erwiderte, ohne zu zögern: »Ungefähr um die dreihundert Pfund. Im Monat. Fast viertausend Pfund im Jahr.«

Zuzüglich der Summe, die Jay heimlich von den Finanzen des Guts abgezweigt hatte, waren das achttausend Pfund pro Jahr. Vielleicht sogar mehr. Wo zum Teufel war all das Geld geblieben?

Deaglan hatte O'Grady genau beobachtet. Der Mann sah aus, als würde er mit dem Gedanken spielen, sich zu verabschieden. »Was den Unfall betrifft, den O'Shaughnessy gehabt hat, Sie wissen nicht zufällig irgendetwas darüber, oder?«

O'Gradys Augen und seine Miene wirkten mit einem Mal härter als zuvor. Dennoch konnte Deaglan keine Wut bei ihm erkennen. »Wenn Sie wissen wollen, ob ich es getan oder angeordnet habe, so muss ich Ihnen sagen, dass das nicht mein Stil ist. Alle werden es Ihnen bestätigen. Tote Männer nützen mir nichts.« Er machte eine Pause und betrachtete Deaglan. »Wenn Sie mich fragen, so habe ich gehört, dass O'Shaughnessy in letzter Zeit … Kunde von Dougal Finn war.«

Deaglan konnte nicht verhindern, dass sich seine Augen weiteten. »Trotz all des Geldes steckte er noch in Schulden?« Dass Jay Kunde von Finn geworden war, erklärte schließlich, wohin das Geld geflossen war.

»Ich nehme es an.« O'Grady zuckte mit den breiten Schultern. »Er hat Wetten auf Gäule abgeschlossen – manchmal trifft es Männer und vergiftet sie, und sie können nicht mehr damit aufhören. Und angesichts der Tatsache, dass Finns Preise halsabschneiderisch sind, ist Kunde von ihm zu sein sozusagen eine Position von begrenzter Dauer. Entweder man zahlt, oder … es passiert etwas. Es ist bekannt, dass Finn die Angewohnheit hat, die Welt von Kunden zu befreien, die nicht zahlen wollen oder können. Mir ist zu Ohren gekommen, dass er behauptet, es sei ein enormer Ansporn für andere, nicht zu vergessen zu zahlen.«

Deaglan verzog das Gesicht. »Ich verstehe.«

O'Gradys leicht spöttisches Lächeln war wieder zurück. »Das glaube ich gern.« Er machte einen Schritt zurück und verbeugte sich erstaunlich anmutig vor Pru. »Miss Cynster. Es war mir ein Vergnügen, die Gesellschaft der Herrscher der Rennwelt genießen zu dürfen.« O'Grady wandte sich dem Earl zu. »Mylord. Ich wünsche Ihnen für die Zukunft alles Gute.«

Deaglan musste O'Gradys unverbesserliches Lächeln

einfach erwidern. »Ich wünschte, ich könnte das auch zu Ihnen sagen.«

»Ach. Wir alle haben unser Päckchen zu tragen, nicht wahr? Am Ende geht es immer um die Pferde.«

Damit drehte O'Grady sich um und eilte die Treppe hinunter, überquerte den Platz und ging zu einem Pferdeknecht, der einen kräftigen rotbraunen Wallach festhielt. O'Grady nahm die Zügel, stieg auf, winkte noch einmal in die Runde und ritt die Zufahrt hinunter.

Deaglan spürte, wie Pru ihre Hand in seine schob.

»Zumindest«, murmelte sie, »wissen wir nun genau, was Jay getrieben hat und warum. Und wer für seinen Tod am Strick verantwortlich ist – sofern wir O'Grady Glauben schenken wollen.«

Er ergriff ihre Hand. »Ich denke, wir können O'Grady glauben, es gab keinen Grund für ihn, hierherzukommen und all das zu erzählen, was wir gehört haben.«

Deaglan drehte sich noch einmal zur Tür um. »Wenn ich es richtig deute, hat Finn Rache genommen, und da das Mord bedeutete, werden wir wohl nichts mehr von ihm hören.«

»Angesichts all dessen, was O'Grady uns soeben erzählt hat, können wir uns, denke ich, sicher sein, dass das das Ende von Jays Geschichte war.«

Kapitel 20

Sie hatten gerade ihre Plätze in der Bibliothek eingenommen, als Bligh erneut hereinkam. »Mylord, einer der Stallburschen hat gemeldet, dass eine Kutsche die Zufahrt hinaufkommt.« Er sah Pru an. »Eine sehr schöne Kutsche. Der Bursche meinte, dass selbst die Pferde erstklassig seien.«

Pru und Toby wechselten einen entsetzten Blick. »Das kann nicht sein«, hauchte Pru. Im nächsten Moment war sie aufgesprungen und rannte zur Tür. Toby folgte ihr. Und Deaglan und Felix liefen den beiden ebenfalls hinterher.

Bligh war in die Eingangshalle zurückgeeilt und hatte an der Eingangstür Stellung bezogen. Pru stürmte auf die Veranda hinaus und blieb dort stehen, sah zu, wie eine Kutsche formvollendet um die letzte Kurve der Zufahrt bog – es war ein Gefährt der Cynsters, gelenkt von John, dem Kutscher ihrer Mutter. Die vier schwarzen Pferde zwischen den Deichseln waren wahre Schönheiten. Pru wusste das, denn sie hatte alle vier vor Jahren in einem Versuch selbst gezüchtet.

John brachte sie vor der Treppe souverän zum Stehen. Die Tür der Kutsche schwang auf, und ihr Vater stieg aus.

»Papa!« Lord Cynster breitete die Arme aus, und sie fiel ihm um den Hals. Sie genoss die Wärme seiner Umarmung, die ihr ganzes Leben lang ihr Anker gewesen war.

Dann ließ ihr Vater sie los, legte die Hände auf ihre Schultern und hielt sie eine Armeslänge von sich, um sie anschauen zu können. Der Blick aus seinen blauen Augen strich über ihr Gesicht. »Du wirkst ... seltsam glücklich.«

Sie strahlte. »Das liegt daran, dass ich glücklich bin.«

Toby war Pru gefolgt, schüttelte nun die Hand seines Vaters und klopfte ihm auf die Schulter. »Du hast ja keine Ahnung, wie glücklich ...«, murmelte er leise.

Pru warf ihm einen warnenden Blick zu. Im nächsten Moment wandte sie sich zur offenen Tür der Kutsche, und ihre Miene erhellte sich, als sie dem forschenden Blick ihrer Mutter begegnete. »Und ich bin noch glücklicher, weil ihr beide hier seid.«

Bei diesen Worten zogen ihre Eltern die Augenbrauen hoch. Ihr Vater wechselte einen Blick mit ihrer Mutter. »Nicht ganz der Empfang, den wir erwartet hätten.«

»Ich habe ihm gesagt«, sagte ihre Mutter und ergriff seine Hand, um die Stufen der Kutsche hinunterzuklettern, »dass du ihn nicht brauchst, um dieses Geschäft abzuschließen. Dass du durchaus in der Lage bist, das alles allein zu schaffen. Und du hast ja außerdem Toby an deiner Seite. Er hat die ganze Zeit auf deinen Brief gestarrt, und dann wollte er einfach hierherkommen, um zu schauen.«

Pru umarmte ihre zierliche Mutter. »Wir haben so ziemlich alles zu unserer Zufriedenheit fertig, müssen nur noch die Vorverträge unterschreiben, das war's dann.«

Sie bemerkte, dass der Blick ihrer Eltern auf die Veranda gerichtet war. Beide starrten Deaglan an, der schön und elegant die Stufen hinabschritt.

Pru drückte die Hand ihrer Mutter und flüsterte: »Bitte, halte Papa im Zaum, damit er nicht aus der Reihe tanzt.«

Ihre Mutter räusperte sich und hob das Kinn. »Ich werde mein Bestes tun, Liebling, du bist immerhin seine Erstgeborene und die erste Tochter ...«

Deaglan blieb vor ihrem Vater stehen, wodurch er sich zufällig direkt neben Pru befand. Mit einem lässigen, höflichen Lächeln nickte er ihren Eltern zu. »Sir. Ma'am. Es ist mir eine Ehre, eine große Freude und ein Privileg, Sie auf Glengarah willkommen heißen zu dürfen.«

Ihr Vater nickte. »Erlauben Sie mir, Ihnen meine Gattin vorzustellen.«

Deaglan ergriff die Hand ihrer Mutter und beugte sich leicht darüber. »Mrs. Cynster, es ist ein Vergnügen, Sie hier bei uns zu haben.« Er richtete sich wieder auf und sah ihrem Vater in die Augen. »Und Sie auch, Sir. Sie sind zur rechten Zeit hier erschienen.«

»Ist das so?« Die Miene ihres Vaters war undurchdringlich.

»Ja.« Deaglan sah Pru an. »Wir wollten gerade den Vorvertrag für unsere Zuchtvereinbarung unterzeichnen. Vielleicht möchten Sie einen Blick auf die Pferde werfen und sich dann die Vertragsbedingungen ansehen, ehe wir unterschreiben.«

Anstatt das Angebot zu akzeptieren, sah ihr Vater sie an. »Nein. Sie und Pru können die Vertragsfragen selbst erledigen. Dann gehen wir alle zusammen in den Stall, um uns die wundervollen Pferde anzuschauen.«

Prus Herz machte einen Satz. Sie strahlte ihren Vater an und ließ ihn spüren, wie sehr sie sich über sein Vertrauen in ihr Urteilsvermögen freute.

Wie nicht anders zu erwarten, reichte ihr Vater ihrer Mutter den Arm, damit sie sich bei ihm unterhakte, und sie gingen mit Tochter und Schwiegersohn in spe die Treppe hinauf.

Auf der Veranda stellte Deaglan ihnen Felix vor, seinen jüngeren Bruder, und sie trafen anschließend in der Eingangshalle der Burg auf Maude, Esmerelda, Cicely und Patrick, die es kaum erwarten konnten, ihre Gäste zu begrüßen.

Nachdem Deaglan alle einander vorgestellt hatte, wurde er von den Eltern ermutigt, mit Toby und Felix als Zeugen die endgültigen Unterschriften des Vorvertrags in der Bibliothek aufs Papier zu bringen.

Sobald Pru die Unterschriften sorgfältig getrocknet hatte, seufzte Deaglan und lächelte sie an. »Geschafft.«

Er erhob sich und richtete sein Jackett. »Jetzt kümmere ich mich mal um die andere Übereinkunft, die ich mit deinem Vater noch erzielen muss.«

Pru blickte sich um. »Ich würde dir empfehlen, dich hier mit Papa und Mama zu treffen.« Sie sah Toby, Felix und Cicely an. »Wenn ihr drei euch vielleicht unsichtbar machen könntet…«

»Wir sind so gut wie weg«, rief Toby. Er machte die Tür auf, und die drei verschwanden.

Deaglan sah Pru an. »Bereit?«

Sie lächelte. »Ja.«

Die Zuversicht und Sicherheit in diesem Wort erfreuten ihn. Er ging zum Klingelzug und läutete. Als Bligh erschien, erklärte er ihm, dass er und Pru ihre Eltern in der Bibliothek empfangen würden, und bat ihn, sie zu holen.

Sie mussten nicht lange warten. Fünf Minuten später öffnete Bligh die Tür und verkündete: »Mr. und Mrs. Cynster, Mylord.«

Deaglan erhob sich und bat Prus Eltern, es sich auf dem Sofa bequem zu machen. Als sie näher kamen, bemerkte er, dass sie die Annehmlichkeiten und die persönliche Atmosphäre des Raums sehr positiv in sich aufnahmen.

Nachdem sie Platz genommen hatten, setzte sich auch Deaglan wieder, während ihre Tochter sich zur allgemeinen Überraschung auf die Armlehne seines Sessels setzte. Angesichts dessen war es wohl das Beste, das Thema bei seinen zukünftigen Schwiegereltern sogleich ganz direkt anzusprechen.

Er richtete den Blick auf ihren Vater. »Ganz abgesehen von unserer Zuchtvereinbarung, die für uns alle gewinnbringend ist, würde ich Sie gern um die Hand Ihrer Tochter bitten.«

Ihr Vater verengte die stahlblauen Augen zu schmalen Schlitzen. »Würden Sie?« Seine Stimme hatte unterschwellig etwas Bedrohliches, das eine gewisse Zuversicht vermissen ließ. Doch dann sah er zu Pru.

Was genau er in ihrem Gesicht erkannte, konnte

Deaglan nicht sagen, aber es sorgte dafür, dass Demon Cynster, ein Reiter, der dafür bekannt war, vor keinem Hindernis zurückzuschrecken, sich entspannte und mit einem Seufzer die Richtung änderte. Nicht zuletzt, weil seine Frau ihm einen sehr eindringlichen Blick zugeworfen hatte. Damit war die Sache mit der Hochzeit geregelt.

»Ich sehe, dass mein Kind glücklich ist«, sagte ihr Vater und betrachtete Pru, als wollte er noch einmal eine Bestätigung für diesen Eindruck bekommen. »Und genau wie bei der Zuchtvereinbarung vertraue ich voll und ganz auf ihr Urteilsvermögen.«

Ein Lob, das ihm ein strahlendes Lächeln von seiner Tochter und seiner Frau bescherte. Pru sprang auf und umarmte ihren Vater stürmisch, der gar nicht wusste, wie ihm geschah. »Danke, Papa«, flüsterte sie. »Er ist der Richtige für mich.«

»Nun, nachdem du deine Entscheidung offenbar getroffen hast, und ich mir nichts mehr wünsche, als dass du glücklich und zufrieden bist, habe ich wohl kaum noch eine andere Wahl. Und der Mann hat immerhin Pferde.«

Pru und ihre Mutter mussten lachen, und Deaglan wurde klar, von wem Pru dieses warme Lachen geerbt hatte.

»Und ja«, fuhr ihr Vater fort, »ich möchte diese viel gepriesenen Tiere sehr gern sehen. Allerdings würde ich meine Pflichten als Vater vernachlässigen, wenn ich nicht fragen würde, ob Sie und das Gut Ihre Countess auch ernähren können.«

Deaglan nickte. Er hatte mit dieser Frage gerechnet und hatte sich die Antwort schon zurechtgelegt – es sollte eine kurze Zusammenfassung der finanziellen Lage des Guts werden. Es wurde angesichts seiner sorgfältigen Vorbereitung auf die Frage dann doch eine sehr gründliche Darstellung.

»Also«, schloss er kurz darauf, »selbst ohne die Einkünfte aus dem Stall schreibt das Anwesen schwarze Zahlen. Und nachdem der selbstsüchtige Betrug durch meinen verstorbenen Gutsverwalter zum Glück beendet wurde, wird das Gut ungefähr viertausend Pfund Gewinn pro Jahr mehr machen.«

Ihre Eltern spitzten die Ohren. »Was für ein selbstsüchtiger Betrug?«, fragte ihr Vater nach.

Pru erklärte nach einem bestätigenden Blick ihres künftigen Ehemanns kurz und bündig, was passiert war und was sie erst vor einer Stunde herausgefunden hatten.

»Also ist dem Betrug und den Auswirkungen ein Ende gesetzt worden?«, vergewisserte sich Prus Mutter mit einem Lächeln, das ihrer Tochter ähnelte. »In dem Fall lautet mein Ratschlag, das alles hinter euch zu lassen. Ihr beide steht davor, gemeinsam ein neues Leben zu beginnen, und darauf solltet ihr euch konzentrieren.«

Sie blickte sich im Kreis um. »Ich glaube, wir sind nun bereit, uns die Pferde anzusehen.«

Sie erhoben sich alle, gingen zum Seitenausgang der Burg und von dort in die Stallungen.

Pru war begeistert, wie ihre Eltern auf die Pferde reagierten – mit Ehrfurcht und Erstaunen. Genau wie sie es bei jeder Besichtigung, bei jedem Ausritt machte. Besonders die starken, gut gebauten Stuten gefielen ihrer Mutter. Und der Vater wurde immer stiller, je weiter sie in den Stall hineingingen, so gebannt war er von den Pferden.

Als sie die letzten fünf Boxen erreichten, verschlug es ihren Eltern schier die Sprache, denn dort waren sie mit den Pferden der Superlative konfrontiert.

Als Toby und Felix hinzukamen, bat ihre Mutter sie geradezu flehentlich, die drei Hengste aus den Boxen zu führen und auf den Voltigierzirkel zu bringen. Zusammen mit ihrem Vater und ihrer Mutter, die hinter ihr standen, ließ Pru die drei Hengste an der Longe laufen. Und da die Tiere sie inzwischen kannten, waren sie bereit, nur das Beste von sich zu zeigen.

Es war ein Moment der Glückseligkeit – für sie, für ihre Eltern, für Toby und für Felix, der sich mit einem stolzen Grinsen im Gesicht an das Gatter gelehnt hatte.

Als sie schließlich zurück zur Burg gingen, waren die Eltern Cynster begeistert von den Möglichkeiten, die das Geschäft bot, das sie mit Deaglan abgeschlossen hatten. Und von der Aussicht, eine familiäre Verbindung mit Deaglan und seinen wundervollen Pferden einzugehen und gemeinsam das Vollblutzuchtprogramm auf den Weg zu bringen.

Cicely kam ihnen lächelnd in der Eingangshalle entgegen. »Maude und Lady Connaught sind in der Küche und halten die Köchin und ihre Mannschaft dazu an, ein üppiges Abendessen zu kreieren, um das Geschäft und die Verlobung zu feiern.«

Deaglan nickte und blickte Pru an. »Wir haben tatsächlich einiges zu feiern.«

Mit Champagner und Rotwein wurde das Abendessen begleitet und auf das Wohl des jungen Paars und auf das der Pferde angestoßen.

Später wurde Deaglan gegen seinen Wunsch noch von seinem Schwiegervater zur Brust genommen, als die Damen sich in den Salon zurückgezogen hatten.

»Nur dass du es weißt: Wir kennen deinen Ruf.«

»Ich bin nicht davon ausgegangen, dass das an euch vorbeigegangen ist«, erwiderte Deaglan. »Bloß gehört dieser Ruf der Vergangenheit an. Seit ich hierher zurückgekehrt bin, habe ich praktisch das Leben eines Mönchs geführt.«

Demon, Prus Vater, hätte sich beinahe verschluckt. »Ach ja?«

»Ja. Ich habe mich nach meiner Rückkehr ausschließlich darauf konzentriert, die Situation des Guts zu verbessern und dem Anwesen wieder zu alter Stärke zu verhelfen.«

»Was dir, wie ich annehme, durchaus gelungen ist. Ich gebe zu, dass dein Ruf mir zu denken gegeben hat – ob er nun der Vergangenheit angehört oder ob es immer noch so ist, spielt dabei erst mal keine große Rolle. Bis meine liebe Frau mich daran erinnert hat, dass mein Ruf vor unserer Hochzeit nicht viel anders war.«

Deaglan nickte bedächtig. »Also weißt du, dass Menschen sich ändern können.«

»Ja. Und wichtiger noch: Ich habe beobachtet, dass

Männer wie wir, die keinen guten Lebenswandel hatten, besessen davon sind, das Glück zu finden. Wir versuchen alles Mögliche, um unser Ziel zu erreichen. Und irgendwann sehen wir es – oder die Liebe findet uns, oder wir erkennen sie und wissen, dass sie uns das Glück verspricht. Wir greifen danach, halten sie fest und sind dann besessen davon.«

Deaglan dachte über diesen Gedanken nach und konnte nicht widersprechen. »Damit zwischen uns alles klar ist: Ich würde Pru auch ohne dein Einverständnis heiraten. Sie ist frei und selbstständig, und sie gehört zu mir.«

Nachdem Demon einen Moment lang zu seiner Frau und seiner ältesten Tochter geblickt hatte, seufzte er. »Ich habe immer geglaubt, dass es fast zwingend wäre, seinem Schwiegersohn gegenüber eine gewisse Ablehnung zu empfinden. In deinem Fall werde ich wohl eine Ausnahme machen. Denn ich müsste mir das Hirn geradezu zermartern, um etwas zu finden, das mich stört.«

Deaglan lachte leise. »Kein Grund, dir zu viel zuzumuten.«

»Ganz genau.« Demon streckte ihm die Hand entgegen. »Willkommen im Club.«

Irritiert schüttelte Deaglan seinem zukünftigen Schwiegervater die Hand. »In welchem Club?« Demon sah zu seiner Frau und seiner Tochter. »Na, im Cynster-Club der geläuterten Lebemänner.« Seine Augen funkelten vergnügt, als er Deaglan einen herausfordernden Blick zuwarf. »Bei den Damen der sogenannten feinen Gesellschaft ist es allgemein gültiges Wissen, dass wir die besten

Ehemänner abgeben. Und ich kann dir sagen, dass du jede Menge Erwartungen zu erfüllen hast.«

Deaglan lachte. »Ich betrachte das als Herausforderung.«

»Tu das.« Demon nickte. »Denn das ist es wirklich.«

Deaglan sah zu Pru, die sein Lachen gehört und fragend zu ihm geblickt hatte. Er beschloss, dass er sich dieser Herausforderung allzu gern für den Rest seines Lebens stellen würde. Die Belohnung dafür war es auf jeden Fall wert.

Als Deaglan und Pru, die sich an diesem Abend als Letzte zurückzogen, den Treppenabsatz erreichten, geleitete Deaglan sie nicht durch den Korridor in den Gästeflügel, sondern zog sie hinter sich her in die andere Richtung zu seinen Räumlichkeiten.

»Nachdem wir nun den Segen deiner Eltern haben ...« Er führte sie durch die Tür und ließ Pru los. Sie war neugierig. Er konnte es ihr ansehen, beobachtete sie, als sie dieses Zimmer erkundete, hier und da etwas berührte und sich Schritt für Schritt weiter bis in sein Schlafzimmer bewegte.

Er folgte ihr und schloss auch diese Tür hinter sich. Sie küssten sich, erfüllt von all den Gefühlen, die zwischen ihnen gewachsen waren.

Sie kamen zielstrebig, voller Hingabe und Verlangen zusammen und nahmen sich gegenseitig in Besitz, fanden die Erfüllung.

Sie erlebten Leidenschaft, Freude und Vergnügen – und

eine unvorstellbare Lust, die sie erfasste, die das Leben war und die Liebe.

Zusammen griffen sie nach dem Schweif der Sternschnuppe und hielten sich daran fest, als das Feuer der Leidenschaft sie verzehrte.

Bis es vorbei war und sie im Frieden mit sich waren, zersplittert und doch ein Ganzes.

Später lagen sie Seite an Seite und Hand in Hand im Bett und blickten in den Betthimmel hinauf. Sie dachten über eine gemeinsame Zukunft nach, die jetzt bereits Wirklichkeit war.

»Wann sollen wir heiraten?«, fragte er. »Und wo?«

»Hast du denn eine besondere Vorstellung?«, erwiderte sie.

»Wo wir heiraten, spielt für mich keine Rolle. Du kannst es dir aussuchen. Ich bin dafür, dass es so schnell wie möglich stattfindet.«

»Das ist gut, wir sollten heiraten, sobald es geht und sobald alles arrangiert und das Aufgebot bestellt ist. Vier Wochen müssten meiner Mutter, meiner Tante und den anderen Cynster-Damen eigentlich ausreichen, um alles zu organisieren. Also könnte die Hochzeit Mitte Mai stattfinden. Was den Ort angeht, würde ich gerne hier in der Kapelle heiraten. Wenn das für dich in Ordnung ist?«

Er blinzelte sie an. »Absolut in Ordnung, nur sind wir hier an der Westküste Irlands, und das ist ziemlich weit.«

Sie lächelte. »Ich weiß. Das ist ja die große Herausforderung. Doch ich bin mir sicher, dass der Großteil der Familie sich über einen Grund für die lange Reise freuen würde. Außerdem wird es vielen gefallen, auf einer echten irischen Burg zu sein und sich die Pferde ansehen zu können. Das liegt uns im Blut.«

»Ich verstehe.« Er zupfte sacht an den goldenen Locken, die ihr ins Gesicht fielen. »Wenn dich der Gedanke glücklich macht, dann heiraten wir hier. Solange du mir erlaubst, dir den Ring an den Finger zu stecken, und du zustimmst, den Rest deines Lebens mit mir auf Glengarah zu verbringen, bin ich vollkommen zufrieden.«

Sie lachte leise. »Du bist leicht zufriedenzustellen.«

»Von dir, ja.« Er erinnerte sich an die weisen Worte ihres Vaters. In Wahrheit hatte er, Deaglan, immer nach dem Glück gesucht, und in ihr hatte er es gefunden.

Durch die sanften Schatten des Mondlichts blickte sie ihm in die Augen. »Ich schwöre hier und jetzt, dass ich dich heirate, dass ich deine Countess werde, dass ich deinen Ring am Finger trage und den Rest meines Lebens hier an deiner Seite verbringen werde. Mit dir. Und mit deinen Pferden. Und dass wir zusammen glücklich werden.«

Er lächelte und küsste sie zärtlich. Als sie sich entspannte und mit einem Lächeln auf den Lippen einschlief, schloss auch er die Augen.

Er hatte endlich das gefunden, was ihn vervollständigte. Seine Geliebte. Seine Countess. Seine Partnerin.

Seine Frau, seine einzig wahre Liebe.

Epilog

17. Mai 1851
Glengarah Castle, Bezirk Sligo, Irland

Nicht ganz fünf Wochen später stand Deaglan ungeduldig und voll nervöser Erwartung vor dem Altar in der Kapelle von Glengarah Castle und wartete auf Pru.

Er bemühte sich, seine Ungeduld zu verbergen, sonst könnte eine der zahlreichen Grandes Dames, die hinter ihm in den Kirchenbänken saßen, falsche Schlüsse ziehen.

Um sich selbst abzulenken, dachte er über die Ereignisse der vergangenen Wochen nach.

Prus Eltern waren noch eine Woche auf Glengarah geblieben, hatten mit ihm diskutiert und ihm Ratschläge für die Veränderungen gegeben, die notwendig waren, um den Stall in einen Zuchtbetrieb umzugestalten. In den folgenden Wochen hatten Pru und Deaglan viel zu tun gehabt. Maude und Esmerelda hatten sich voller Hingabe in die Vorbereitungen für die Hochzeit gestürzt, er und Felix sich in der Bibliothek verschanzt, weil sie sich dort mit der Entscheidung herumgeschlagen hatten, was nun mit der freien Stelle des Gutsverwalters passieren sollte.

Am Ende hatte er beschlossen, die Sache bis nach der Hochzeit aufzuschieben. Pru, die eine Weile in England verlebt hatte, war mit Toby, ihren Eltern und den Geschwistern Nicholas und Margaret vor vier Tagen nach Glengarah zurückgekehrt und hatte praktisch die ersten Gäste erwartet.

Alle Zweige der großen Familie waren vertreten, der Duke of St. Ives führte den Clan mit seinen vielen Söhnen und Töchtern einschließlich Schwiegerkindern an. Deaglan musste zugeben, dass er irgendwie skeptisch gewesen war, dem Duke und seinen Cousins gegenüber, aber seine Vorbehalte hatten sich als unbegründet erwiesen. Alle betrachteten ihn von Beginn an als Familienmitglied. Deaglan hatte einige andere adelige Herren kennengelernt, die mit Frauen aus der Familie Cynster verheiratet waren: den Earl of Dexter, Viscount Calverton, den Earl of Glencrae und den Marquess of Winchelsea, um einige zu nennen. Und tatsächlich waren die Ähnlichkeiten frappierend.

Und es gab noch den Cynster-Club der geläuterten Lebemänner, in dem die jungen Cynsters sich ihre Hörner vor der Ehe abgestoßen hatten. Was sie jetzt nicht daran hinderte, glücklich mit ihren Frauen zu leben wie etwa der Marquess of Winchelsea oder der Marquess of Earith, beides herzögliche Söhne.

Die Orgel hatte eine leise Melodie gespielt. Dann veränderte sich die Musik und schwoll an zu einem mitreißenden Kirchenlied.

Deaglan straffte die Schultern. Neben ihm warf Felix einen Blick über die Schulter. Er war neben Toby ein weiterer Trauzeuge und hatte sich wahnsinnig gefreut, gefragt zu werden. Alle warteten auf Prudence, die den Mittelgang der Kapelle entlangkommen würde.

Endlich war sie da, die Braut, das Traumbild, das unter dem mit Steinreliefs verzierten Eingang zur Kapelle stehen geblieben war.

Die Musik wurde lauter, und Prudence kam den Mittelgang der Kapelle entlang auf ihn zu.

Unter ihrem durchsichtigen Schleier aus Spitze spürte sie, wie sie die Lippen zu einem Lächeln verzog, als sie den Ausdruck auf Deaglans Gesicht wahrnahm. Er bewunderte sie, konnte nicht genug sehen. Während das Oberteil und die Ärmel ihres Kleids ganz eng anliegend geschnitten waren, hatte man die Röcke und die Schleppe aus vielen Schichten Seide über einem Unterkleid aus schwerem Satin gefertigt.

Die unzähligen winzigen Kristalle, die überall auf dem Stoff angebracht worden waren, funkelten und schimmerten bei jeder Bewegung, die sie machte. Das Kleid sah einfach magisch aus.

Gefolgt von Antonia und Catriona, ihren ältesten und engsten Freundinnen, die an diesem Tag als ihre Brautjungfern fungierten, schritt Prudence den Mittelgang entlang. Sie hörte das Raunen und Flüstern der Gäste und spürte die begeisterten Blicke ihrer jüngeren Cousinen, die ihr Kleid bewunderten.

Am starken Arm ihres Vaters näherte sie sich den Stufen vor dem Altar und musste innerlich zugeben, dass Antonia recht gehabt hatte. Der Ausdruck in Deaglans Augen war jede Stunde wert, die sie im Atelier ihrer Schneiderin hatte zubringen müssen.

Deaglan reichte ihr die Hand. Ihr Vater drückte noch einmal ihre Finger, ehe er ihre Hand in Deaglans legte.

Lächelnd sah sie ihm in die smaragdgrünen Augen, raffte die Röcke und ging die Stufen hinauf, um an seiner Seite vor den Altar zu treten.

Reverend Phillips kam ihnen mit einem erfreuten Lächeln entgegen, und sie und Deaglan stellten sich vor ihn. Die Messe begann.

»Geliebte Brüder und Schwestern, wir haben uns hier vor Gott und der Gemeinschaft der Gläubigen versammelt, um diesen Mann und diese Frau in den heiligen Bund der Ehe zu führen …«

Er redete weiter. Das Brautpaar gab mit lauter, klarer Stimme sein Eheversprechen. Sie waren entschlossen, ihren Weg zu gehen, waren eingeschworen auf ihre Zukunft und bereit, die nächste Stufe ihres gemeinsamen Lebens zu erklimmen.

Mit einem geflüsterten »Endlich!«, bei dem Pru fast in Lachen ausgebrochen wäre, steckte Deaglan ihr einen wunderbar verzierten Ring aus irischem Gold an den Finger, und eine Minute später erklärte Reverend Phillips sie zu Mann und Frau. Pru fiel Deaglan in die Arme, er neigte den Kopf, und obwohl ihnen bewusst war, dass der Kuss sich in Grenzen halten musste, war diese kleine Geste ein Meer der Versprechungen.

Im Mittelgang der Kapelle scharten sich die Gäste um sie, nicht allein die Familie, sondern ebenfalls viele Bedienstete und Bewohner, die auf dem Anwesen lebten. Sie alle hatten sich in die hinteren Kirchenbänke gedrängt oder standen Schulter an Schulter an den Wänden der Kapelle. Sie wollten miterleben, wie ihr Earl eine Dame heiratete, die sie inzwischen ins Herz geschlossen hatten.

Es war ein Moment des Glücks und der Freude, einer von vielen Momenten, die Pru und Deaglan an diesem Tag erlebten.

Nach der Rückkehr aus der Kapelle forderte Maude die Gäste auf, sich in den Ballsaal oder in die Eingangshalle der Burg zu begeben. Letztere war für dieses Ereignis in die riesige Halle zurückverwandelt worden, die sie in früheren Zeiten gewesen war. Dort hatte man für die Bediensteten und die Familien, die auf dem Anwesen lebten, ein Festmahl aufgebaut.

Bevor Deaglan und Pru sich zu ihren Familien und den anderen Gästen in den Ballsaal begaben, verbrachten sie noch eine Weile in der Eingangshalle. Deaglan stieg mit Pru an seiner Seite ein paar Stufen der breiten Treppe hinauf und hielt vor den Anwesenden eine überschwängliche Rede. Er bedankte sich für die Glückwünsche, bevor er seine und Prus Wünsche und Hoffnungen für die Zukunft des Guts zum Ausdruck brachte. Unter Jubelrufen verließ das Brautpaar die Halle, um sich auf einer Wolke des Glücks schwebend in den Ballsaal zu begeben, der sich im Erdgeschoss befand.

Später, nachdem das Hochzeitsessen vorbei war, nachdem die Reden gehalten worden waren und Pru und Deaglan ihren Hochzeitstanz vorgeführt hatten, schlenderten sie durch den großen Raum und unterhielten sich mit denjenigen, die den Gefahren der Irischen See getrotzt hatten, um ihrer Hochzeit beizuwohnen.

Wer hätte geahnt, dass Glück und Zufriedenheit so tief gehen konnten – dass sie bis in die eigene Seele reichten?

Während der vergangenen Wochen waren Deaglan immer wieder die weisen Worte seines Schwiegervaters Demon in den Sinn gekommen.

Lebemänner wie wir sind die Männer, die besonders besessen davon sind, das Glück zu finden.

Und sobald wir das Glück gefunden haben, lassen wir es nie wieder los.

Das hier war also der Anfang seines Glücks, denn er hatte geheiratet, um es für immer festzuhalten. Sie an seiner Seite, an seinem Arm, den Ring an ihrem Finger, wenn sie sich zukünftig gemeinsam den Herausforderungen der Welt stellen würden. Sein Gut wuchs und gedieh und würde noch mehr Erfolg haben, wenn sie erst zusammen das Vollblutzuchtprogramm ins Leben gerufen und etabliert hätten.

Freude, Liebe, Leben. Nun war sie seine Frau, und er hatte alles, was er brauchte, um sich allem zu stellen, was sie in Zukunft erwarten würde. In einer Zukunft, die sie zusammen bewältigen und gestalten würden.

Als hätte sie diese immer stärker werdende Entschlossenheit in ihm gespürt, blickte Pru hoch, erwiderte seinen Blick, sah ihn forschend an und lächelte schließlich. »Das war ein unglaublicher Tag. Kein Drama oder zumindest eines der positiven Sorte.«

Er lächelte ebenfalls und drückte sacht ihre Hand. »Heute war ein perfekter Tag.«

Pru las in seinen smaragdgrünen Augen, wie ernst er diese Worte meinte, und ihr Herz machte einen Sprung. Sie fühlte sich an seiner Seite, hier in seiner Burg auf Glengarah inzwischen so fest verwurzelt, dass sie keine Worte fand, um dieses Gefühl zu beschreiben.

Mit dem kleinen Finger strich sie über den goldenen Ring. Ihren Ehering. Er war ziemlich schwer, wenngleich er so filigran gearbeitet war. Dennoch fühlte sich das Gewicht an, als würde der Ring genau dorthin gehören, wo er jetzt war, denn das hier war ihr rechtmäßiger Platz, ihr wahres Zuhause.

Die Erkenntnis, die so einfach, so schlicht war, durchdrang sie und setzte sich in ihrem Innersten fest. Ein Anker, eine Grundfeste, anerkannt und bestätigt.

Sie sah Deaglan an. Er schaute gerade durch den Raum zu ihren Brüdern, die sich mit ihrem Cousin Christopher unterhielten.

Pru ergriff die Gelegenheit, um Deaglans Gesicht zu betrachten, seine Züge, die sie tief in ihrem Herzen trug. Sie hatte ihr Zuhause gefunden. Es war hier, bei ihm. Er war ihr Leitstern, ihr Anker. Hier war ihr Platz.

Bei ihm war ihr Herz zu Hause.

Vom Rand des großen Ballsaals aus beobachtete Christopher Cynster, der mit seinen Cousins Nicholas und Toby zusammenstand, wie Deaglan, sein neuester Verwandter, Pru ansah. Nachdem er kurz mit ihr gesprochen hatte, führte er sie zu einer Schar von Damen, die seit einiger Zeit versuchten, ihre Aufmerksamkeit zu erregen.

In Christopher rührte sich etwas. Was genau vermochte er nicht zu sagen. Neid vielleicht, gepaart mit einem ganz leichten Gefühl, verraten worden zu sein, zurückgelassen.

Er hatte immer geglaubt, dass Pru neben ihm das Mitglied ihrer Generation sei, das nicht heiraten würde. Aber da stand sie nun, ganz vernarrt in den ehemals so gefährlichen Earl of Glengarah, der laut Christophers Mutter inzwischen geläutert und in der Familie absolut willkommen war.

Verunsichert durch die Richtung, die seine Gedanken nahmen, verunsichert durch den Gedanken an den Fluch der Cynsters, riss Christopher sich am Riemen und dachte an etwas anderes. »Euer Vater konnte nicht aufhören zu grinsen. Ich glaube, es gibt keinen besseren Weg als diesen, um sicherzustellen, dass die Interessen Glengarahs sich mit denen der Cynster-Ställe decken.«

Mürrisch meldete sich Nicholas zu Wort. »Du solltest Pru eigentlich besser kennen. Nachdem sie den Mann geheiratet hat, wird sie für die Interessen Glengarahs kämpfen – und sich dabei notfalls über die Interessen der Cynsters hinwegsetzen. Nicht dass ich mir vorstellen kann, dass es jemals so weit kommen wird. Sie wird uns immer unterstützen. Wobei von jetzt an ihre Loyalität dem Kerl an ihrer Seite gilt. Ich würde nicht auf Vaters Chancen wetten, in irgendeiner Weise erfolgreich zu sein, wenn es nicht im besten Interesse Glengarahs ist.«

Christopher richtete den Blick wieder auf Pru und vergewisserte sich, wie sie ihren Ehemann anblickte. Die Worte kamen ihm über die Lippen, bevor er darüber nachgedacht hatte. »Es muss schön sein, wenn einem diese Hingabe entgegengebracht wird.«

»Diese Hingabe«, sagte Toby, »gibt es nur, wenn sie von beiden und von Herzen kommt.«

Christopher gab einen abfälligen Ton von sich. »Du klingst wie Duchesse Helena.«

Gelassen lächelte Toby, als wären die Worte ein Kompliment. »Das ist wohl kaum überraschend. Als ich damals als Kind noch auf ihrem Schoß saß, habe ich ihr immer aufmerksam zugehört.«

Damit verabschiedete er sich. Christopher blickte ihm hinterher. »Dein Bruder ist ein echt arroganter Mistkerl«, sagte er zu Nicholas.

»Ja, das stimmt wohl«, pflichtete der ihm bei. »Leider irrt er sich so gut wie nie.« Damit ging auch Nicholas weiter und war im nächsten Moment in der lachenden, fröhlichen Gästeschar verschwunden.

Christopher blieb stehen, wo er war, hielt sich in den Schatten. Er beobachtete das überschäumende, verlockende Glück, das er sehen konnte. Das Lachen, die unbändige Freude, die gute Laune bildeten einen Gegensatz zu der Leere, die er in sich spürte.

Würde es ihm jemals gelingen, diese Leere zu füllen? Er wusste es nicht.

Irgendwann schlüpfte er durch die Tür hinaus und ließ alle Gedanken, was er nicht hatte und was er seiner Überzeugung nach niemals haben würde, hinter sich.

– Ende –

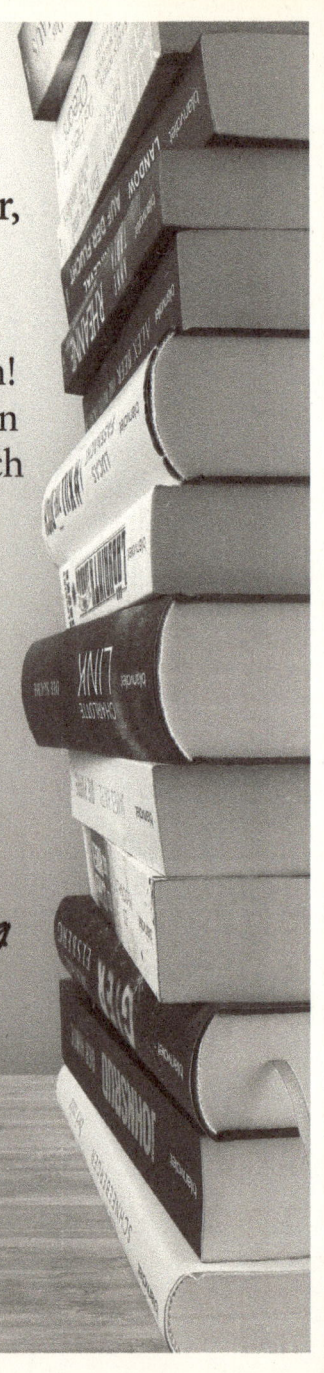

Liebe Leserinnen und Leser,

ihr liebt Bücher und verbringt
eure Freizeit am liebsten
zwischen den Seiten? Wir auch!
Wir zeigen euch unsere liebsten
Neuerscheinungen, führen euch
hinter die Verlagskulissen und
geben euch ganz besondere
Einblicke bei unseren
AutorInnen zu Hause.
Lasst euch inspirieren, wir
freuen uns auf euch.

Euer

Blanvalet Verlag

🏠 blanvalet.de

📷 @blanvalet.verlag

f /blanvalet